Violet Thomas

Jeden Tag ein neuer Himmel

VIOLET
THOMAS

Jeden Tag ein neuer Himmel

Roman

Lübbe

Dieser Titel ist auch als E-Book erschienen

MIX
Papier aus verantwortungsvollen Quellen
FSC® C014496

Originalausgabe

Titelillustration: © shutterstock: oasis15 | Gannie | kostins | Gannie | Ihnatovich Maryia | Avgust Avgustus
Umschlaggestaltung: Christin Wilhelm, www.grafic4u.de
Satz: Dörlemann Satz, Lemförde
Gesetzt aus der Quadraat
Druck und Verarbeitung: GGP Media GmbH, Pößneck
Printed in Germany
ISBN 978-3-404-17999-2

2 4 5 3 1

Sie finden uns im Internet unter www.luebbe.de
Bitte beachten Sie auch: www.lesejury.de

Kapitel 1

Charlotte

»Charlotte, sind Sie bereit?«, fragte Barbara einfühlsam.

Vor mir ragten die Mauern des St. Antonius Kinderhospiz auf. Von außen war es ein schlichter, alter Bau aus der viktorianischen Zeit. Warmes, hellgraues Ziegelmauerwerk mit weiß gestrichenen Holzfassaden. Das St. Antonius hatte mehrere Erker, die asymmetrisch übereinander angebracht waren und in einem Turm mit Kuppeldach ausliefen. Ich liebte den Anblick, weil man hängen blieb, nicht darüber hinwegglitt wie bei den modernen Gebäuden. Und doch passte das Hospiz perfekt in die Umgebung. Ein kleiner Park voller alter Obstbäume und Weiden lag rund um das Gelände, das durch einen hohen Zaun vor unerwünschten Beobachtern abgeschirmt war.

Ich spürte den Blick von Barbara auf mir. Sie erwartete eine Antwort. Aber wie konnte ich sie ihr geben, wenn ich es selbst nicht wusste? Beinahe ein Jahr war vergangen, und dies sollte mein erster Arbeitstag zurück im Kinderhospiz sein. Ein Jahr, in dem ich an vieles gedacht hatte, aber sicher nicht an die Arbeit.

Aber nun wurde es Zeit. Daisys Todestag rückte näher, und ich wollte vorbereitet sein. Wollte ihn nicht allein verbringen so wie das gesamte vergangene Jahr. Die Einsamkeit war einfach gewesen. Niemand, der mich bemitleidete. Niemand, mit dem ich reden musste. Niemand, dessen aufmunternde Blicke mich an den Rand des Abgrunds schickten.

Aber da war auch niemand gewesen, der mich in den Arm genommen hatte, wenn ich es gebraucht hatte. Deswegen hatte ich die Stelle als freie Hospizmitarbeiterin angenommen. Ich brauchte endlich wieder Menschen um mich. Barbara kannte meine Geschichte, wusste, womit ich zu kämpfen hatte, und war auf meine Bewerbung feinfühlig eingegangen. Eigentlich hatten sie eine Angestellte mit festen Arbeitszeiten gesucht. Doch für mich, mit meiner Qualifikation und Erfahrung im Umgang mit sterbenden Kindern, hatten sie eine neue Stelle geschaffen. Freie Mitarbeiterin auf Abruf. Was das im Detail bedeuten sollte, konnte ich noch nicht sagen, aber ich würde es sicher in den nächsten Tagen erfahren.

Ich mochte Barbara. Die Mittfünfzigerin war direkt und doch empathisch genug, um nicht rabiat zu erscheinen. Sie war robust gebaut und konnte als Verwaltungsleiterin sicher auf den Tisch hauen. Aber ihre Augen zeigten mir eine Tiefe und Fröhlichkeit, die mir gefiel. Vermutlich war Barbara eine Frau, mit der man Pferde stehlen konnte, wenn sie einen in ihr Leben ließ.

Schließlich seufzte ich leise und nickte. »Ich denke schon.«

»Wenn Sie irgendwelche Fragen haben, können Sie jederzeit zu mir kommen. Meine Bürotür steht Ihnen immer offen«, erklärte sie und deutete auf die Tür.

Die schwere Eichentür wirkte auf mich wie ein Hindernis, das ich nicht überwinden sollte. Seit dem Tag, an dem mein Herz gebrochen war, hatte ich weder ein Krankenhaus noch ein Hospiz betreten. Nicht einmal eine Arztpraxis, egal wie schlecht es mir ging. Emily, meine beste Freundin, hatte mir geraten, einen Psychologen aufzusuchen, um den Tod von Daisy zu verarbeiten, aber das wollte ich nicht. Ich wusste, dass es hart werden würde, aber ich wollte allein damit zurechtkommen. Daisy und die Erinnerungen an sie gehörten mir. Und auch wenn es vielleicht seltsam klang: Ich wollte sie nicht teilen. Es fühlte sich an, als würde ich sie abgeben, mich der schlechten Erinnerungen entledigen, um wieder ein normales Leben führen zu können. Aber sie alle gehörten zu mir. Die schlechten und die guten Erinnerungen. Das alles hatte das Leben mit Daisy ausgemacht. Und ich würde einen Teufel tun, das wegzuschmeißen, nur damit ich es vermeintlich überwunden hatte. Das hier. Genau so, wie es war. Das war mein überwunden.

Das hier. Das war mein *normal*. Genau so, wie ich jetzt war.

Ich straffte die Schultern. Es wurde Zeit. Lange genug hatte ich zu Hause gesessen und mich in den Erinnerungen verloren. Es wurde Zeit, meinen Platz im Leben wiederzufinden. Mit Daisy im Herzen.

Ich stieß die Tür auf, und der vertraute Geruch nach Desinfektionsspray drang mir entgegen. »Ich habe eine Frage zu dem Jungen, den ich betreuen soll.«

»Hamish?« Barbara folgte mir ins Innere. Sie hatte sich den Tag freigehalten, um mich zu begleiten. Als freie Mitarbeiterin hatte ich Kernarbeitszeiten, zu denen ich mich um meine Patienten kümmern sollte. Aber ich würde auch Notdienst machen, wenn es meinen Patienten schlechter ging.

»Ja, genau. In seiner Akte stand nichts zu seinen Eltern.«

Barbara senkte den Kopf, während sie mich durch die breite Eingangshalle führte. »Er hat keine Eltern mehr. Ich dachte, das wäre aus dem Brief klargeworden, der der Akte beilag.«

Ich nickte. »Der Brief hat deutlich erklärt, wie seine Krankengeschichte verlaufen ist. Fortgeschrittene akute lymphoblastische Leukämie. Als man ihn fand, hielt man es zunächst für Mangelernährung aufgrund seiner Zeit auf der Straße, aber nach intensiven Untersuchungen wurde klar, dass er unheilbar krank ist.«

»Niemand weiß, wo er herkommt. Wir vermuten, dass seine Eltern drogenabhängig waren und irgendwann gestorben sind.

Unsere Versuche, einen nächsten Verwandten zu finden, blieben leider alle erfolglos.«

»Verstehe.« Ich strich über mein extra für meinen ersten Tag neu gekauftes Kleid. Weiß mit Gänseblümchen darauf. Eine weitere Erinnerung, die nur mir gehörte. »Dann werde ich mich bemühen, in seinen letzten Wochen eine Familie für ihn zu sein.«

»Das wird Ihnen sicher gelingen, Charlotte. Ich bringe Sie zu seinem Zimmer und stelle Sie einander vor. Er ist ein ganz besonderer Junge. Ich habe ihm schon ein wenig von Ihnen erzählt.«

Ich dachte an die Bilder, die in seiner Akte lagen. Er war erst seit einer Woche im St. Antonius, malte aber für sein Leben gerne. Barbara hatte mir gesagt, dass er die Stifte nur aus der Hand legte, wenn er untersucht wurde. Ich freute mich schon darauf, ihn kennenzulernen.

Im Gegensatz zum altehrwürdigen Aussehen der Außenfassade war das Haus im Innern kindgerecht eingerichtet. Alles war in großen Buchstaben geschrieben. An den Wänden prangte das farbenfrohe Logo des St. Antonius: ein buntes Herz mit einem Regenbogen mittendurch. Auf eine Wand war es hundertfach von zittrigen Fingern mit Fingerfarbe gemalt worden. An der Wand hinter dem Tresen hing ein großes Banner. Nur an der rechten Mauer, die, wie ich bereits wusste, zu den Krankenzimmern führte, waren Bilder aufgehängt. Von glücklich lachenden Kindern. Man sah ihnen an, dass das Leben nicht freundlich zu ihnen gewesen war, aber sie lachten dennoch. Weil sie es konnten und weil sie es wollten.

»Sein Zimmer liegt gleich hier hinten«, sagte Barbara und deutete auf eine der Türen zu meiner Linken. Der Gang wäre breit genug gewesen, um mit mehreren Fahrrädern nebeneinander hindurchzufahren. Und wenn ich mir seine Länge so anschaute, wären vielleicht sogar eBikes sinnvoll gewesen.

»Sollte ich noch etwas zu ihm wissen?«, fragte ich sicherheitshalber. Mein Herz schlug bis zum Hals, und ich musste mehrmals schlucken, um meinen trockenen Hals zu befeuchten. Eigentlich hatte ich nicht damit gerechnet, solche Aufregung zu verspüren. Schließlich hatte ich den Job auch schon vor Daisy ausgeübt. Aber seitdem war so viel passiert ...

»Er ist wirklich ein toller Junge. Keine Angst«, beruhigte Barbara mich. »Sie werden sicher gut mit ihm auskommen. Aber eines sollten Sie vielleicht wirklich noch wissen. Er trägt sein Herz auf der Zunge. Was ihm in den Kopf kommt, spricht er aus. Das macht ihn zu unserem ehrlichsten, aber manchmal auch zum anstrengendsten Patienten.« Sie zwinkerte mir zu.

»Ehrlichkeit ist mir am liebsten. Nichts ist schlimmer, als angelogen zu werden. Gerade in den letzten Tagen auf dieser Welt sollte man mit sich im Reinen sein.«

»Oh, das ist Hamish ganz sicher«, erklärte Barbara und legte die Hand an die Türklinke.

Ohne zu warten, klopfte sie an und trat im gleichen Moment ein. »Guten Morgen, Hamish. Ich habe Besuch für dich mitgebracht.«

»Guten Morgen, Miss Pine. Ist es wer Nettes?«, rief der Junge. Ich zögerte nicht einen Moment. Dieser Job bedeutete mir so unendlich viel. Er würde mir helfen, den Jahrestag von Daisys Tod zu überstehen. Deswegen machte ich einen entschlossenen Schritt nach vorne und schaute über Barbaras Schulter in das Zimmer. Im Bett lag ein dunkelhäutiger Junge. Er zeichnete wild mit einigen Stiften. Gegen seine angewinkelten Beine gelehnt lag ein Brett mit zwei Blättern, die darin eingeklemmt waren. Seinen Kopf bedeckte eine viel zu große Mütze, die ihm bei seinen ausladenden Bewegungen in die Augen rutschte. Er schob sie wieder hoch.

Seine Augen gefielen mir. Sie wirkten aufgeweckt. Trotz allem, was sein junger Körper schon erlebt hatte, funkelten sie verschmitzt. Ich konnte spüren, wie aktiv er wäre, wenn seine

Krankheit ihn nicht ans Bett gefesselt hätte. Vielleicht könnte ich mit ihm noch einen Ausflug machen. In ein Museum. In London gab es einige Kunstmuseen. Aber bevor ich die Zeit mit ihm plante, musste ich ihn erst einmal kennenlernen. Immerhin gab es vieles, was ich noch nicht von ihm wusste. Ich lächelte. Dafür war ich neugierig darauf, mehr von dem Jungen zu erfahren, dessen Augen wie die letzten verzweifelten Sterne in einem sterbenden Universum funkelten.

»Das hoffe ich doch. Ich möchte dir Charlotte Hill vorstellen. Ich habe dir schon von ihr erzählt.«

»Ach ja«, sagte Hamish und drückte sich mit den Ellbogen hoch. »Die Neue.« Er grinste mich frech an, als würden wir uns schon ewig kennen, und schob seine Mütze erneut hoch. Der Haaransatz ließ auf sich warten. Er hatte einen kahlen Kopf. Die Behandlung kostete viele Kinder die Haare. Besonders bei Mädchen in Hamishs Alter war das ein Problem. Oft war es nicht allein die Krankheit, die sie fertigmachte, sondern die Tatsache, dass sie ohne Haare in den Himmel kommen könnten.

»Ja, die Neue«, sagte ich ebenfalls mit einem Augenzwinkern. »Ich freue mich, dich kennenzulernen.«

Mit ausgestreckter Hand ging ich auf ihn zu, und er legte seine kraftlose Hand in meine. Daisy hatte es immer geliebt, wenn ihr Arzt Dr. Florentine sie behandelt hatte, als wäre sie eine Erwachsene. Besonders, wenn er sie gefragt hatte: *Was hältst du denn davon, Daisy?* Daisy hatte dann immer nur selig gelächelt, weil er nicht wie andere nur mit mir geredet hatte. Sie hatte nicht viel in ihrem Leben mitbekommen, aber sie hatte immer gespürt, ob die Menschen in ihrer Umgebung sie ernstgenommen hatten. Ihre funkelnden Augen hatten mich daran erinnert, dass sie auch eine Meinung hatte, auch wenn sie diese nicht immer ausdrücken konnte. Daisy hatte Dr. Florentine geliebt und ihn angebetet. Jeder Besuch bei ihm war wie ein Sonnenaufgang in Daisys Augen gewesen. Sie hatte gestrahlt, weil er sie wie ein ganz normales Kind, das zu einer Routineuntersuchung zu ihm kam, behandelte.

Der Stachel in meinem Herzen machte sich wieder bemerkbar, als ich an die letzten Tage dachte, in denen auch Dr. Florentine keine Zuversicht mehr gezeigt hatte. Daisy gegenüber war er immer optimistisch geblieben, aber ich hatte seine Hoffnungslosigkeit gespürt.

Barbara schaute zwischen Hamish und mir hin und her. »Ich denke, ich kann euch alleine lassen, oder?« Auch wenn sie uns beide angesprochen hatte, merkte ich, dass die unterschwellige Frage, ob ich bereit war, mir galt.

Ich nickte. »Wir kommen schon miteinander klar.«

Auch Hamish nickte. »Ich pass schon auf, dass Miss Hill mich nicht zu sehr ärgert.«

Barbara lachte und winkte ab. »Hamish, ich denke, das wird eher andersherum sein.«

Sie schmunzelte immer noch, als sie das Zimmer verließ. Ich zog mir einen Stuhl an das Bett heran, der an einer kleinen Sitzecke stand. Diese Ecke schien bisher nur von den Schwestern benutzt worden zu sein. Auf dem Tisch befanden sich nur ein Datenblatt, das an die Wand gelehnt stand, und eine Vase ohne Blumen. Morgen würde ich ihm einen Blumenstrauß mitbringen. Vielleicht würde ihm das gefallen.

»So, Hamish, erzählst du mir ein bisschen was von dir?«, fragte ich.

»Was wollen Sie wissen, Miss Hill?«

»Nenn mich bitte Charlotte. So alt bin ich noch nicht, dass ich auf Miss Hill bestehe.«

»Wie alt sind Sie denn, Charlotte?«, fragte Hamish und legte sich wieder zurück in die Kissen.

»Ich bin 28«, erklärte ich. »Also 17 Jahre älter als du.«

»Dann waren Sie aber ganz schön früh dran, als Sie Ihr Kind bekommen haben.«

Für einen Moment entglitten mir alle Gesichtszüge, und mein Lächeln verrutschte ziemlich. Er wusste von Daisy? Ich drehte mich auf dem Stuhl um und starrte über die Schulter zur Tür.

»Ja, genau, Miss Pine hat mir davon erzählt, weil ich gefragt habe.« In seinen Worten und seiner Stimme lagen eine kindliche Unschuld, die mir schmerzlich bewusst machte, wie sehr ich Daisy vermisste. Auch sie war neugierig gewesen. Auf ihre Art und Weise. Daisy hatte bei ihrer Geburt einen Hydrocephalus, einen Wasserkopf, der allein schon für genügend Beeinträchtigungen in ihrem Leben gesorgt hätte. Doch dazu kam noch eine schwere Meningitis, die nur schlecht verheilt war. Die Kombination dieser beiden Erkrankungen hatte sie an den Rollstuhl gefesselt. Daisy hatte nur wenig von ihrer Umwelt verstanden, aber alles, was sie gesehen hatte, war ihr in Fleisch und Blut übergegangen. So wie die Angewohnheit von unserem Postboten Billy, sich nach jedem dritten Wort zu räuspern. Ich hatte sie jedes Mal mit zur Tür genommen, wenn Billy geklingelt hatte. Er hatte sich mit Daisy unterhalten und sich dabei so oft geräuspert, dass Daisy nach kurzer Zeit auch damit angefangen hatte. Sie war wie ein Schwamm gewesen und hatte alles in sich aufgesogen und ausprobiert.

Ich merkte, wie sehr es mir fehlte, ihre Fragen zu beantworten. All die Fragen über das Warum und Wieso und Weshalb. Hamish erinnerte mich daran, und ich war ihm dankbar dafür.

»Ja, ich war 23 Jahre alt«, antwortete ich. Der Schmerz in meiner Stimme war unverkennbar. Unwillkürlich erinnerte ich mich an den Tag ihrer Geburt. An den Moment, wenn man sein Kind das erste Mal in Händen hält. Ich schmunzelte. Das war ein unglaubliches Gefühl gewesen. So viele Emotionen, die auf mich eingeprasselt waren, und doch gab es keine Worte, die das ausdrücken konnten. Ich hing für einen kurzen Moment der Erinnerung nach, spürte, wie die wohlige Seligkeit mein Herz erfasste, ehe ich sie beiseiteschob.

Hamish musste die schmerzhafte Erinnerung auf meinem Gesicht gesehen haben, und doch lächelte er mich an. Er wollte mich ermuntern, weiterzuerzählen, aber dazu war ich noch nicht bereit. Ich war in den Beruf zurückgekehrt, um mich Daisy zugleich verbunden zu fühlen und einen Abschluss zu finden. Ihm die Geschichte meiner Tochter gleich am ersten Tag zu erzählen, erschien mir viel zu viel und zu persönlich. Vielleicht an einem anderen Tag. »Was malst du denn da?«, fragte ich stattdessen und schaute auf sein Bild.

»Ich weiß nicht. Die Schwestern haben mir heute Morgen neues Papier gegeben. Aber ich habe noch keine Idee gehabt«, antwortete er mit dem typischen Slang der Londoner Straßenkinder, den man nur erkannte, wenn man in London aufgewachsen war.

»Wollen wir uns zusammen was überlegen? Vielleicht kann ich dir ja helfen, etwas zu finden, das du malen möchtest.«

»Klar. Wissen Sie, Miss Charlotte«, sagte er und tat dabei so, als wäre er ein Erwachsener. Er zog eine Augenbraue hoch, senkte die Stimmfarbe etwas ab und sprach wie ein junger Mann aus der Oberschicht. »Mir helfen Geschichten von Menschen, sie inspirieren mich. Erzählen Sie mir was von sich.«

Ich lachte. »Du bist ein kleiner Schauspieler.«

»Wie glauben Sie denn, habe ich sonst fünf Jahre auf der Straße überlebt?«, erwiderte er und setzte die Mütze wieder richtig auf. Das blau-braune Karomuster schmeichelte seiner herzförmigen Gesichtsform.

»Ich verstehe.« Mit den Fingern griff ich nach einem der Stifte. Grün. »Mal überlegen, was ich dir von mir erzählen kann. Ich bin in Notting Hill aufgewachsen. Meinen Eltern gehörte eine Immobilienfirma, die ich aber nicht weiterführen wollte. Als ich alt genug war, habe ich eine Ausbildung zur Kinderkrankenschwester mit dem Schwerpunkt Hospiz gemacht. Meine Lieblingseissorte ist Zitrone, und ich mag absolut keinen Kaffee.«

»Das kann ich verstehen. Kaffee schmeckt wie ausgelatschte Schuhsohlen.« Er schüttelte sich.

Ich fragte mich, woher er wusste, wie ausgelatschte Schuhsohlen schmeckten, aber ich konnte mir denken, dass das Leben als Straßenkind nicht einfach gewesen war. Umso mehr freute es mich, dass er für seine letzten Wochen eine so wunderschöne Unterkunft bekommen hatte.

»Hast du schon mal versucht, dein Zimmer zu malen?«, fragte ich ihn unvermittelt. »Oder etwas, das vor deinem Fenster passiert?«

»Ich komme nicht mehr ans Fenster.« Er winkte ab. »Dazu bin ich zu schlaff. Liegen und sitzen geht noch, aber aufstehen ist zu anstrengend.«

»Dafür hast du ja jetzt mich, junger Mann. Wenn du möchtest, kann ich mit dir in den Garten gehen und wir malen eine der großen Weiden, die dort stehen.«

»Darf ich dann im Rollstuhl rumcruisen?« Seine Augen leuchteten auf, als wäre es das Coolste, was er jemals erlebt hatte.

»Darauf würde ich sogar bestehen«, antwortete ich. »Soll ich uns also einen Rollstuhl besorgen?«

Hamish nickte eifrig und drückte sich bereits in eine sitzende Position hoch. Seine Aufregung zu sehen, öffnete mir das Herz. Hamish war erst seit ein paar Tagen in St. Antonius, hatte ich seinen Unterlagen entnommen. Vorher hatte er einige Wochen auf der Kinderintensivstation eines Londoner Krankenhauses verbracht. Vermutlich hatte er abgesehen vom Tag seines Transports keinen freien Himmel gesehen oder die Sonne auf seiner Haut gespürt. Das würde ich ändern. Ich stand auf, schob meinen Stuhl wieder zurück in die kahle Ecke und ging auf den Flur, um einen Rollstuhl zu holen. Auf dem Gang hatte ich vier Stück an einer Wand aufgereiht gesehen. Sicher würde niemand etwas dagegen haben, wenn ich mit ihm hinausging. In seinen Unterlagen hatte ich nichts von Allergien gelesen, und ein wenig Sonnenlicht half immer. Vielleicht nicht im medizinischen Sinne, aber für die Seele.

Eine junge Frau kam vorbei und runzelte die Stirn, als ich den Rollstuhl nahm und damit zu Hamishs Zimmer ging. »Entschuldigung, kann ich Ihnen helfen?«, fragte sie und hielt ein Klemmbrett gegen ihre Brust gedrückt.

»Ich wollte nur mit Hamish ein wenig spazieren gehen. Er braucht neue Inspirationen.« Ich schmunzelte.

»Ah.« Der Argwohn wich dennoch nicht aus dem Gesicht der Schwester. »Und Sie sind?«, hakte sie nach.

»Entschuldigung. Charlotte Hill. Die neue freie Hospizmitarbeiterin«, erklärte ich, während ich ihr die Hand entgegenstreckte.

Die Frau kniff die Augen zusammen und wirkte angespannt. Sie guckte wie meine Freundin Alice, die immer neidisch auf mich gewesen war. Auf meine Familie, meine Noten, meine Freunde. Dabei hatte sie all das auch gehabt. Genauso sah nun auch diese junge Frau aus. Ihre schwarzen Haare umrahmten ihr Gesicht, während sie die Arme fester vor der Brust verschränkte und den Kopf senkte. »Stimmt. Barbara hat beim letzten Teammeeting so etwas erwähnt.«

Auf dem Namensschild stand Mary-Jane. Davor und dahinter hatte jemand mit rotem Glitzerstift Herzchen gemalt. Ich war mir sicher, dass ihr meine Anwesenheit nicht gefiel. Dennoch blieb ich freundlich. »Vielleicht sehen wir uns ja später noch mal, wenn Hamish schläft«, schlug ich mit einem Lächeln vor.

»Mhm, ja.« Sie winkte ab und marschierte an mir vorbei.

Stirnrunzelnd schaute ich ihr nach und fragte mich, was ich falsch gemacht hatte. Ich kannte sie nicht, und trotzdem wirkte sie kühl und distanziert, wie nach einem Streit. Ich nahm mir vor, später Barbara darauf anzusprechen, ob es Diskussionen zu meiner Anstellung gegeben hatte. Es war sicher nicht einfach, eine Frau mit meiner Hintergrundgeschichte einzustellen, da gab es sicher Stimmen, die dagegen waren. Allerdings wäre diese Mary-Jane die Erste gewesen, die mir gegenüber offen unfreundlich war. Die meisten, die von Daisy gehört hatten, zeigten Mitleid oder Unbehagen, weil sie nicht wussten, wie sie reagieren sollten.

Ich schaute Mary-Jane hinterher, bis sie vor einem Raum anhielt. Sie schaute noch ein letztes Mal über die Schulter zu mir, bemerkte, dass ich ebenfalls noch in ihre Richtung sah, und schickte mir einen undurchdringlichen Blick, ehe sie in den Raum ging. Diese unfreundliche Art war zur Abwechslung erfrischend, auch wenn ich sie noch nicht verstand.

Den Rollstuhl vor mir herschiebend ging ich zurück zu Hamishs Zimmer und stieß die Tür auf. Der Junge saß bereits aufrecht auf dem Bett und bemühte sich angestrengt, die Beine über den Rand zu schwingen.

»Moment, ich helfe dir.« Ich stellte den Rollstuhl neben dem Bett ab.

»Das kann ich schon alleine, Miss Charlotte«, erklärte er und nickte entschlossen. »Ein bisschen Sport soll ich ja auch jeden Tag machen. Also wenn ich will. Und Aufstehen ist fast wie ein Marathon für mich.«

»Hast du dir mal den Londoner Marathon angesehen?«, lenkte ich das Gespräch in ungefährlichere Bahnen.

»Einmal.« Er wiegte den Kopf hin und her, während ich ihm die Zeit ließ, die er brauchte, um selbständig aufzustehen. »War ganz schön langweilig. Die laufen ja nur herum und sehen dabei aus, als ob sie alten Käse gegessen haben. Sie wissen schon. Den, der Pelz draufhat und nicht mehr lecker ist.«

Ein Schmunzeln glitt über meine Lippen. »Ich kann dir sagen, dass du nicht so aussiehst. Wenn du Hilfe brauchst, sagst du einfach Bescheid.«

»Danke, Miss Charlotte.« Sein Gesicht wurde bleicher, als es für seine Hautfarbe üblich war, und ich beobachtete ihn genau.

Zu viel Anstrengung war nicht gut, aber ich wollte nicht gleich am ersten Tag die strenge Schwester sein, die ihm alles verbot, damit er noch einen Tag länger auf dieser Welt weilen konnte.

Schließlich saß er. Dieses Erfolgserlebnis ließ ihn über das ganze Gesicht strahlen. »Sehen Sie, Miss Charlotte, ich habe doch gesagt, dass ich es schaffe.«

»Ich habe nie daran gezweifelt«, sagte ich mit einem Schmunzeln und hob ihn aus dem Bett. Er war leicht. Viel zu leicht für einen Elfjährigen. Aber das hatte ich erwartet. Das Erste, was die Bewohner eines Kinderhospizes verloren, waren nicht die Hoffnung oder die Lebensfreude. Es war das Gewicht. Hamish schlang seine dünnen Arme um meinen Hals und starrte mir direkt ins Gesicht.

»Was sind das für witzige Punkte in Ihrem Gesicht?«, erkundigte er sich.

»Das sind Sommersprossen. Die habe ich von meiner Mutter geerbt.«

Er runzelte die Stirn. »Kann ich auch etwas an Sie vererben? Wenn ich nicht mehr bin, brauche ich meine ...« Er schaute an sich herunter und überlegte. »... Knie nicht mehr. Die sind hübsch, hat mir mal eine Frau gesagt.«

Ich lachte leise. »So funktioniert das nicht ganz. Aber danke für das Angebot.«

»Wie geht das denn dann?«, wollte er wissen, während ich ihn behutsam in den Rollstuhl setzte.

Ich schluckte. Musste ich einem sterbenden Kind wirklich die Vererbungslehre und Fortpflanzung erklären? Eigentlich war es vergebliche Liebesmüh, denn Hamish würde niemals Kinder bekommen. Er würde nicht einmal eine Freundin haben. Ich könnte ihm jetzt sagen, dass es nicht wichtig sei. Aber in seinen strahlend braunen Augen sah ich wieder die Neugier aufblitzen, die trotz allem in ihm brannte. Diese Neugier im Keim zu ersticken, wäre der Anfang vom Ende. Eine Krankenschwester im

Kinderhospiz hatte nur eine Charaktereigenschaft zu pflegen. Und das war Empathie. Alles andere war ein Bonus, aber die Fähigkeit, Kindern gegenüber ehrlich und aufgeschlossen zu sein, die musste man sich erhalten.

»Du weißt vielleicht schon, wie ein Kind entsteht?«, begann ich hoffnungsfroh.

»Miss Charlotte, ich habe eine Zeit lang neben den Huren vom Straßenstrich gewohnt. Da kriegt man auch als Siebenjähriger schon einiges mit«, antwortete er abgeklärt mit einem Zwinkern.

Ich schluckte, als ich mir vorzustellen versuchte, wie er wohl gelebt haben musste. In meiner Kindheit hatte ich ein Himmelbett und einen Sternenhimmel an der Zimmerdecke gehabt und alles, was ich mir gewünscht hatte. Doch eine Kindheit, wie Hamish sie verlebt hatte, lag jenseits meiner Vorstellungskraft. Zugleich empfand ich Erleichterung über seine Aussage. »Nun, dann weißt du es ja.« Also erklärte ich ihm auf dem Weg nach draußen, wie ich die Sommersprossen von meiner Mutter geerbt hatte. Und Daisy von mir. Diese vielen, wunderschönen und winzigen Punkte in ihrem zarten Gesicht. Sie hatte es geliebt, mit mir zusammen die Punkte im Spiegel zu berühren. Stundenlang hatten wir mit dem alten verzierten Handspiegel meiner Mutter die Punkte gesucht und angetippt. Dabei hatte sie so fröhlich gekichert, als könnte keine Krankheit der Welt ihr je etwas anhaben. Allein der Gedanke an ihr Lachen trieb mir die Tränen in die Augen. Dennoch erzählte ich weiter. Hamish starrte die ganze Zeit geradeaus und kicherte zwischendurch immer wieder. Aber er hörte zu.

Erst als wir auf die Tür zum Ausgang zukamen, wurde er unaufmerksam. Ich sah, wie er seine Hände nervös im Schoß knetete. »Bist du bereit?«, fragte ich ihn.

»Ich bin ein Kind der Straße. Ich bin immer bereit«, murmelte er, als wäre es ein Leitspruch, den er sich angeeignet hatte. Für Situationen, in denen er sich selbst motivieren musste.

»Dann lass uns mal schauen, was ein Kind der Straße zu diesem Park sagt.« Ich schob ihn zu der milchigen Glastür, der Sensor reagierte, und lautlos schwang die Tür auf. Sonnenlicht blendete uns. Hamish hob die Hand vor die Augen. Ich hingegen schob ihn langsam hinaus in den Garten. Er war wunderschön angelegt. Mit gepflasterten Wegen, die an einem kleinen Bachlauf entlangführten. Er plätscherte direkt neben uns, floss einen kaum bemerkbaren Hügel herunter und bog dann nach rechts ab. Eine kleine Kirschlorbeerhecke versperrte einen allzu tiefen Blick in den Garten, sodass wir dem Weg ein Stück folgen mussten, bevor wir die volle Schönheit der Anlage zu sehen bekamen.

»Wow!«, entfuhr es Hamish. Von oben beobachtete ich ihn. Seine Augen waren weit aufgerissen, und ich konnte sehen, wie er damit kämpfte, alles in sich aufzunehmen. »Das ist hübsch.«

»Wunderschön, da hast du recht, Hamish. Für heute suchen wir uns einen Ort aus, und den besuchen wir. Wo möchtest du als Erstes hin?«

»Das klingt toll. Moment, ich würde gerne ...« Er legte einen Finger an die Lippen und tippte wie ein Denker dagegen. Sein Kopf wanderte bedächtig hin und her. »Zu der Bank dort und dann die Sonne genießen.«

Ich hob den Kopf und folgte seinem Fingerzeig. »Einverstanden. Aber zu lange können wir nicht in der Sonne sitzen bleiben, sonst verbrennst du dir die Haut«, erinnerte ich ihn.

»Miss Charlotte, ich bin schwarz«, erwiderte er langgezogen. »In meinem ganzen Leben hatte ich noch keinen Sonnenbrand, und das wird sich wohl nicht mehr ändern.«

Schmunzelnd ging ich mit ihm zu der Bank. »Na gut, dann müssen wir auf meine Haut aufpassen«, entgegnete ich, um ihm seine Illusion nicht zu nehmen, indem ich ihm erklärte, dass auch er seine dunkle Haut verbrennen könnte.

»Keine Sorge, Miss Charlotte«, er tätschelte über seine Schulter hinweg meine Hand. »Ich passe schon auf Sie auf.«

Kapitel 2

Sam

»Wo willst du dich heute hinstellen, Sam?«, fragte mein Bruder und warf sich sein Sakko über.

Ich schluckte den Bissen von meinem Marmeladenbrot herunter und legte die Scheibe auf den Teller vor mir. »Vermutlich wieder in die Saxon Street. Die Menschen dort sind spendabler, wenn es um Musik geht.«

Marc runzelte die Stirn. »Warum gehst du nicht an den Piccadilly Circus? Da laufen doch viel mehr Touristen herum.« Er richtete seinen Kragen und zog dann die Krawatte stramm. »Außerdem wäre es nicht so weit draußen.«

»Mach dir mal keine Sorgen«, erklärte ich und legte eine Hand an meine Gitarre. »Mit der Oystercard komme ich überallhin.«

»Das weiß ich.« Er kam mit einem Grinsen auf mich zu. »Ich bezahle dafür.«

»Bis ich es dir zurückzahlen kann«, versicherte ich ihm schnell.

Marc schlug mir brüderlich gegen die Schulter. »Ja klar, Sam, das weiß ich doch. Ansonsten würde ich dich wohl kaum hier wohnen lassen, oder?«

In meinem Magen rumorte es. Jedes Mal, wenn er das ansprach, wurde mir ganz anders. Er meinte es nicht böse. Im Gegenteil. Mein Bruder war der einzige Mensch, der mich immer bedingungslos in meinem Berufswunsch unterstützt hatte. Nicht einmal meine Eltern hatten daran geglaubt, dass ich es schaffen könnte. Nun ja, genau genommen war es nur meine Mutter gewesen, die nie an mich geglaubt hatte. Als Chefsekretärin hatte sie immer für unseren Lebensunterhalt gesorgt. Sie war pragmatisch veranlagt und hatte schon lange keine Träume mehr gehabt. Mir hatte sie immer einen Job bei der Inventur oder als Ferienaushilfe in ihrer Firma besorgt. Damit ich lernte, wie die Arbeitswelt funktioniert, hatte sie immer gesagt. Dabei hätte ich viel lieber eine Musikschule besucht oder wäre ins Zeltlager gefahren so wie andere Kinder in meinem Alter. Mein Vater hatte es einmal versucht und meiner Mutter ein Musikcamp für mich vorgeschlagen, aber sie hat es sofort abgeschmettert: Es wäre ihr Geld, das ich dann verprassen würde, und solange sie den Großteil des Geldes verdiente, dürfe sie auch bestimmen, was damit geschah. Und mein Dad war eben nur ein einfacher Automechaniker.

Meine Mutter hat meine Musik immer als ein teures und etwas unnötiges Hobby betrachtet, und ständig hatte es deswegen Streit zwischen mir und ihr gegeben. Auch wenn mein Vater mich zu unterstützen versucht hatte, indem er mit mir zu Festivals ging oder Musikshows im Fernsehen schaute, scheiterten seine Bemühungen an meiner Mutter. Sie verbat mir meinen Traum von vornherein.

Und vor zwei Jahren stimmte sie schließlich auch meinen Vater um. Irgendwann fing auch er an zu drängeln, dass ich mir doch langsam mal einen Job suchen müsste, um auf eigenen Beinen zu stehen. Am Ende hatten wir uns so sehr darüber gestritten, dass sie mich rausgeworfen hatten.

»Und dafür zahle ich dir auch Miete, sobald ich wieder einen Gig bekomme.«

»Sam, noch einmal. Es ist okay, du musst dich deshalb nicht

stressen.« Marc griff nach seinem halb aufgegessenen Toast und winkte mir damit. »Ich verdiene in der Kanzlei genug, um uns beide durchzubringen. Hat auch Vorteile, Single zu sein.«

»Das macht mein schlechtes Gewissen nicht besser«, rief ich ihm hinterher, als er sich seinen Aktenkoffer schnappte und die Tür kurz darauf hinter sich zuschlug.

Seine Wohnung war prädestiniert für Kinder. Der offene Wohn-Essbereich mit der Küche auf einer Seite und dem riesigen Flatscreen auf der anderen wirkte wie aus einem Katalog. Die hohe Decke, die durch weiß gestrichene Balken künstlich niedriger wirken sollte, tat dem Ganzen keinen Abbruch. Am meisten erinnerten allerdings das helle Kiefernholz als Bodenbelag, dazu die weißen Möbel und die schwarzen, schmalen Deckenfluter an ein Katalogfoto. Alles an dieser Wohnung war wunderschön, wie ich fand. Nicht nur praktisch, sondern auch noch optisch perfekt gestaltet. Marc hatte ein Händchen für Dekoration. Schon sein Kinderzimmer war immer aufgeräumt gewesen. Meins hingegen war, wie ich es nannte, das kreative Chaos. Eine Umgebung, in der die Ideen fließen konnten. Dutzende Poster an der Wand und Notizblätter mit Songideen auf dem Boden und dem Schreibtisch verteilt. Musikinstrumente, die ich mir aus ausrangierten Möbeln oder Maschinen gebaut hatte und die ich monatelang bearbeitete, bis sie die Klänge von sich gaben, die ich von ihnen haben wollte.

Meine Eltern hatten sich immer darüber gewundert, wie sie praktisch gleichzeitig zwei so unterschiedliche Jungen großziehen konnten. Marc, der erfolgreiche Anwalt, dessen Zukunft schon immer festgestanden hatte und der sie stolz machte. Und ich. Der Singer-Songwriter, der im Monat nicht einmal genug Geld verdiente, um sich eine eigene Wohnung leisten zu können. Manchmal fragte ich mich, ob es das wert war. Seit fünf Jahren schickte ich meine Songs immer wieder an Musikstudios. Erfolglos. Zwar bekam ich dort oft zu hören, dass sie die

Musik ganz toll fänden, aber es fehlte ihnen noch das gewisse Etwas. Mal war es das Gefühl, das fehlte. Mal die Geschichte, die ich nicht überzeugend genug erzählte. Aber die meiste Zeit bekam ich Standardabsagen. Ich persönlich glaubte, dass es in den Musikstudios eine schwarze Liste gab, auf der ich stand. Zwar hatte ich mich nie mit irgendwem angelegt, aber in jedem Musikstudio von London war ich bereits mindestens einmal abgelehnt worden. Vielleicht hörte sich die neuen Songs niemand mehr an, wenn man einmal abgelehnt wurde. Anders konnte ich mir die teilweise rasend schnellen negativen Antworten nicht erklären.

Ich strich mir über die Augen und aß den Rest meines Brotes. Wenn ich ganz ehrlich war, musste ich die Schuld bei mir suchen, nicht bei anderen. Ich hätte schon längst eine Daueranstellung in einem Club bekommen oder als Gitarrist auf einem Kreuzfahrtschiff anheuern können. Doch das war es nicht, was ich vom Leben wollte. Ich wollte mehr. Meine Musik sollte nicht nur zur Berieselung nebenbei dienen. Ich wollte die Menschen berühren und in ihnen Gefühle wecken, die sie verborgen gehalten hatten.

In meinem Songbuch standen Dutzende Kompositionen, aber keine davon schien die Menschen so anzusprechen, dass sie länger als ein paar Sekunden innehielten. Und keine war ihnen mehr als ein Pfund wert. Es gab Tage, da fragte ich mich, ob ich wirklich dazu geschaffen war, Musiker zu sein. Es gab so viele, und dank YouTube konnte heutzutage jeder einen Song rausbringen und zum Star werden. Aber mir ging es nicht darum, berühmt zu werden. Ich wollte einfach nur meine Lieder spielen. Und dabei möglichst genug verdienen, um meinem Bruder nicht mein Leben lang auf der Tasche zu liegen.

Ich hatte es mit einem festen Job versucht und einige Monate in einer Bar als Barkeeper gearbeitet. Jeden Abend war ich hingegangen und frühmorgens wieder rausgekommen. Um dann wieder auf der Straße zu spielen und tagsüber meine Songs zu schreiben. Aber das hatte nicht funktioniert. Schon nach wenigen Wochen merkte ich, dass meine Kreativität auf der Strecke blieb. Ich konnte mich nicht mehr auf die Songs konzentrieren, weil mir ständig irgendwelche Cocktailrezepte oder Bestellungen durch den Kopf rasten. Jeder Song, den ich anfing, war belanglos, hatte keine Tiefe und erst recht kein Gefühl. Dieser Job hatte meine Musik versiegen lassen und mein Herz gestohlen. Als ich eines Abends in die Bar ging und mich nicht einmal mehr an einen Songtext zu einem meiner ältesten Songs erinnern konnte, wusste ich, dass es so nicht weitergehen konnte. Mir wurde klar, dass ich nie ein erfolgreicher Musiker werden würde, wenn ich mich nicht voll auf meinen Traum konzentrierte. Das war der Abend, an dem ich meinen Job kündigte.

Marc war es gewesen, der mich nach dem Rauswurf durch meine Eltern bei sich aufgenommen hatte. Und dann erneut, als ich meinen Job aufgegeben hatte. *Ich glaube an dich, Sam.* Das hatte er immer wieder gesagt. Anfangs konnte ich kaum glauben, wie selbstverständlich er sich um mich kümmerte. Warum sollte er sich mit mir ein Apartment teilen? Wieso sollte er für mein Essen zahlen?

Die Antwort war einfacher, als ich vermutet hatte. Marc liebte seinen kleinen Bruder und wollte mich wirklich unterstützen – und er glaubte tatsächlich an mein Talent. In der Anfangszeit hatte er mir sogar Kontakte aus seiner Kanzlei vorgestellt. Einen Musikproduzenten, der mir ein Angebot gemacht hatte. Aber das war unverschämt gewesen. Ich hätte die Rechte an meinen Songs auf ewig abgeben müssen und das für extrem wenig Geld. Marc selbst hatte mir von diesem Vertrag abgeraten und darauf bestanden, dass wir etwas Besseres finden würden. Marc konnte nicht zusehen, wie ich meine Seele verkaufte. Er hielt zu mir, auch als ich die folgenschwere Entscheidung traf, nur noch von der Musik zu leben. Seither hatte ich kein weiteres Angebot bekommen. Doch die bedingungslose Unterstützung meines Bruders war mehr wert als jeder Vertrag.

Ich schlug mit den Handflächen auf den strahlend weiß gestrichenen rustikalen Esstisch und stand auf. Zeit zu gehen. Bald würden die Stadtpendler in der Saxon Street ihre Häuser verlassen, und bis dahin musste ich an meiner Straßenecke stehen.

Marc hatte schon recht, auf dem Piccadilly gab es mehr Menschen, aber die wollten keinen Straßenmusiker hören, sondern Sightseeing machen. Die wussten meine Musik nicht zu schätzen. Die arbeitende Bevölkerung aus den etwas betuchteren Gegenden hingegen schon. Viele blieben stehen, lauschten einem Song, ehe sie mit einem Lächeln weitergingen. Das war mehr wert als jedes Pfund in meiner Kasse. Ein Lächeln auf den Gesichtern der Menschen, die früh ihr Haus verließen, um ihre Familien zu ernähren. Ich begleitete sie mit meinen Songs in den Tag. Und auch heute wollte ich das tun.

Ich machte mich auf den Weg, meine Gitarre auf dem Rücken und den Rucksack in der Hand. Darin befanden sich mein Essen und eine Flasche Wasser für den Tag. Ein paar Brote, keine Brötchen, die Krümel kratzten im Hals. Wenn ich genug zusammenbekam, würde ich mir mittags in der Einkaufsstraße in der Nähe etwas zu essen holen. Manchmal ließ mich Craig, der Besitzer des Burgerladens, auch vor seinem Laden spielen. Je nachdem, wie seine Laune war. Hoffentlich erlaubte er mir an diesem Tag zu spielen. Marc hatte bald Geburtstag, und ich brauchte noch ein Geschenk für ihn.

Die Unterhaltung mit Marc hatte meinen inneren Zweifler wieder geweckt. Der, der mich permanent fragte, warum ich das alles tat. Seit zwei Jahren stand ich frühmorgens auf, um auf der Straße zu spielen. Stundenlang sang ich, spielte mir die Finger wund. So viel Zeit opferte ich, nur um am Abend mit zehn Pfund in der Tasche nach Hause zu gehen. Es reichte, um Marc zumindest ab und an einen Teil der Miete zu bezahlen. An Tagen, an denen ich bei Craig vor dem Laden spielen durfte, schaffte ich gut und gerne das Doppelte. Genau das konnte mein Ego heute gebrauchen.

Mit der Metro fuhr ich einige Stationen, ehe ich an der Saxon Street ausstieg. Wie jeden Morgen saß Jellyfish Jim am Ausgang und grüßte mich. Er wartete darauf, dass er älteren Damen und Herren dabei helfen konnte, das Gepäck nach oben zu tragen. Dabei machte er seinem Spitznamen alle Ehre. Er sah aus wie eine große Qualle. Genauso bleich und schwabbelig, nur mit Armen und Beinen. Und auch die Geschwindigkeit seiner Namensgeber imitierte er perfekt. Trotzdem spendierten ihm nach getaner Hilfe einige etwas Kleingeld oder schenkten ihm einen Kaffee.

»Na, Sam, alles klar«, fragte er und kratzte sich dabei am Hinterkopf. Seine Haare standen wirr von seinem Kopf ab, wie die Tentakel einer Qualle.

»Wie immer, Jim. Bei dir auch?«, erwiderte ich mit einem Lächeln. Auch wenn ich selbst nicht viel Geld hatte, gab ich ihm jeden Morgen eines von meinen Käsebroten ab. Er liebte Käse, das wusste ich. Aber leisten konnte er ihn sich selten.

Er hielt mich für das größte Musikgenie aller Zeiten, aber vermutlich sagte er das zu jedem Musiker, der ihm etwas zu essen schenkte.

»Ich denke, es wird heute regnen.« Er deutete in den wolkenfreien Himmel. »Mein Knie tut wieder weh.«

»Danke für den Tipp. Dann stell ich mich lieber in den Hauseingang.« Jim behauptete jeden Morgen, dass es regnen würde. Für London eine Vorhersage, bei der die Chancen eigentlich immer gut standen, dass sie zutreffen würde. Dennoch vertraute ich an diesem Tag darauf, dass das Wetter bis zum Mittag hielt.

»Viel Erfolg. Heute packst du es, Sam«, rief er mir hinterher.

Ich winkte ihm zu, ohne mich noch einmal umzudrehen. Auch das wiederholte er jeden Morgen, und bisher war es noch nicht wahr geworden. Wenn es am späten Vormittag ruhiger wurde, kam er manchmal zu mir und aß das Brot. Als wollte er mir beweisen, dass er sich wirklich darüber freute und es nicht gegen Zigaretten oder Ähnliches eintauschte.

»Guten Morgen, Sam«, begrüßte mich Kayla, die Verkäuferin des Gemüsestands. »Wie geht's dir?«

Ich lächelte ihr zu. Sie war eine attraktive junge Frau, mit der ich einen gelegentlichen Flirt pflegte. Ihre mandelbraunen Augen standen im krassen Kontrast zu ihren hellblonden Haaren und schimmerten förmlich. Jeder halbwegs am weiblichen Geschlecht interessierte Mann musste da einfach hinschauen. Und doch hatte ich keine Chance. Sie war schon seit Jahren mit dem Besitzer des Ladens zusammen und zu meinem Bedauern auch glücklich mit ihm.

Ich blieb kurz stehen. Manchmal hatte ich Glück, und sie schenkte mir einen Apfel oder eine Banane, die niemand kaufen wollte, weil sie nicht *hübsch* war. Ich hatte nie verstanden, warum Menschen etwas nicht aßen, nur weil es von außen nicht so wie in der Werbung aussah. Solange der Inhalt identisch war, würde ich mich doch nicht beschweren. »Guten Morgen, Kayla. Das Wetter ist toll, und ich hatte vorgestern eine Idee für einen neuen Song. Habe die letzten beiden Tage daran gefeilt. Mal sehen, wie er ankommt. Ich spiele ihn heute das erste Mal.«

»Und ich kann nicht weg von hier.« Sie deutete auf den Rollwagen mit den gestapelten Kisten voller Obst und Gemüse. »Bist du die Tage noch mal in der Einkaufspassage? Dann kann ich in der Mittagspause mal zuhören.«

»Bestimmt. Ich wollte heute eventuell Craig belästigen«, sagte ich mit einem breiten Grinsen.

Hätte ich eine CD auf dem Markt, würde Kayla sie mit Sicherheit hören. Sie mochte meine Stimme. Gleichzeitig war sie neben mir meine größte Kritikerin. Sie hörte sich jeden Song von mir an und gab mir Tipps, was ich verbessern könnte. In ihrer Jugend hatte sie selbst Musik gemacht, hatte dann aber aufgehört, weil ihr die Zeit gefehlt hatte. Die Leidenschaft hatte sie jedoch nie verlassen.

»Der wird sich freuen. Straßenmusiker sind dank Ed Sheeran ja gerade total in Mode. Hast du dir eigentlich diese Steampunk-Rockabilly-Band mal angeguckt, die ich dir empfohlen hatte?«

Ich lehnte mich auf die Bananenkiste und schob eine Locke aus meinem Gesicht. »Habe reingeschaut. Die Stilrichtung ist schon sehr speziell, aber der Rhythmus ist genial.«

»Nicht wahr? Ich bin bei einer kleinen Vernissage auf sie gestoßen und war sofort begeistert.«

Wir unterhielten uns noch einige Minuten, ehe eine Kundin mehr zu dem Ursprungsort und der Anbaureinheit der Wassermelonen wissen wollte. Was auch immer das bedeuten sollte. Ich winkte Kayla zu und sagte ihr lautlos auf Wiedersehen.

Mein nächster Halt war mein üblicher Platz. Eine Hausecke mit breitem Bürgersteig. So konnte ich niemanden daran hindern, schnell zur Arbeit zu gelangen, und gleichzeitig konnten einige Menschen stehen bleiben und mir zuhören, wenn sie es denn wollten. Die Kreuzung war eine der Hauptverkehrsadern. In zwei Richtungen etwa gleich weit entfernt lagen Tubestationen. Nicht weit von mir begann die Einkaufsstraße des Viertels. Und auf der anderen Seite waren die Wohnhäuser und Apartmentgebäude der Saxon Street. Dank Marc hatte ich eine Wohnung, die ähnlich schick war wie die in diesem Viertel. Ich war noch nie in einem der Häuser gewesen, aber was ich durch die Fenster erkennen konnte, erzählte von Reichtum. Zwar nicht unbedingt Goldhähne an den Waschbeckenarmaturen, aber doch sehr viel bessere Lebensverhältnisse, als sich ein einfacher Arbeiter leisten konnte, der den ganzen Tag in einer Werkstatt oder Fabrik schuftete. Und auch, als ich mir als Straßenmusiker ohne die Unterstützung meines Bruders hätte leisten können.

Ich legte meinen Gitarrenkoffer auf den Boden und öffnete ihn. Die Gitarre, eine Gibson Hummingbird, besaß ich nun seit sechs Jahren. Mein Vater hatte sie mir zum 18. Geburtstag geschenkt. Gegen den Willen meiner Mutter. Damals hatte auch er meine Liebe zur Musik noch für eine ungefährliche Leidenschaft gehalten, ein besonders intensiv betriebenes Hobby. Nichts, womit ich meinen Lebensunterhalt verdienen wollte. Beinahe hätte meine Mutter sie mir zerschmettert, als wir im Streit auseinandergingen. Aber ich konnte sie ihr gerade noch entreißen. Mit den Fingerspitzen streichelte ich liebevoll über das helle Holz. Mit dieser Gitarre hatte ich so vieles erlebt, Stunden über Stunden über Songs gesessen und sie wie ein Besessener zu spielen gelernt. Ich hatte mir mit ihr mehr Nächte um die Ohren gehauen als mit meinen Freunden. Und eines Tages würden wir auf einer großen Bühne spielen. Da war ich mir sicher.

Nach und nach baute ich alles auf. Die Gitarre um den Hals, die Wasserflasche neben mir auf dem Boden, den Rucksack in das Gebüsch hinter mir, sodass ich in Ruhe spielen konnte, ohne Angst zu haben, dass er mir gestohlen wurde.

Dann fing ich an zu spielen. Meinen ersten Song. *Melody for life*. Ein fröhlicher Song, bei dem ich viel mit dem Fuß im Rhythmus auf den Asphalt klatschen konnte. Geschrieben hatte ich ihn nach einer langen Partynacht. Wir hatten uns an Marcs Geburtstag in ein Irish Pub verirrt. Dort hatte eine Frau gesungen, deren rote Haare wie ein Feuer der Leidenschaft um ihr Gesicht gewirbelt waren. Wir hatten uns nach ihrem Auftritt die halbe Nacht über Musik unterhalten und waren schließlich im Bett gelandet. Das war längst nicht so befriedigend gewesen wie die Gespräche über ihre Erfahrungen im Musikbusiness. Aber dennoch ein toller Abend. Ihr Name war Melody gewesen, und ich hatte mit ihr die Musik gefeiert. Gleich am nächsten Tag hatte ich den

Song geschrieben. Ich mochte ihn, denn er spiegelte wider, wie sehr ich das Leben und die Menschen liebte. Diese Freude und Leidenschaft, die ich an jedem einzelnen Tag verspürte, war es, die mich antrieb.

Zwei Männer im Anzug blieben direkt vor mir stehen und unterhielten sich leise, während sie im Takt zur Musik nickten. Als der Song endete, applaudierten sie. Einer warf mir ein Pfund in den offenen Gitarrenkoffer, ehe sie weitereilten.

Ich stimmte den nächsten Song an. *First Time*, eine etwas ruhigere Nummer über das erste Mal von allem. Der erste Atemzug, der erste Schritt, der erste Schultag, der erste Kuss, das erste Kind und schließlich der erste Tod. Es gab so viele erste Male, dass ich nicht alle in einem Song von drei Minuten hatte unterbringen können.

So ging es noch eine Weile weiter. Ich spielte meine Lieblingslieder. Von denen ich wusste, dass sie den Menschen ein Lächeln auf die Lippen zauberten. Eines, das sie freiwillig gaben und ehrlich meinten. Ich hatte oft genug einige Abende in Cafés und Bars gespielt, aber das war nicht dasselbe. Auf der Straße wusste man sofort, welche Songs die Leute wirklich berührten. In einem Café saßen die Menschen, sie gingen nicht weg, weil sie eine Verabredung hatten oder gerade etwas zu essen bestellt hatten. Sie applaudierten nach jedem Song, weil sie sich dazu verpflichtet fühlten. Manchmal war der Applaus lauter, manchmal leiser, aber selten war er echt. Auf der Straße herrschte bedingungslose Ehrlichkeit, hier entschieden die Zuhörer, ob sie stehen bleiben und lauschen wollten.

Blieben sie stehen, war es eine der höchsten Formen der Anerkennung, die ein Straßenmusiker bekommen konnte. Vom monetären Aspekt mal abgesehen. Und genau das machte das Leben als Straßenmusiker für mich aus. Viele glaubten, dass ich obdachlos und durch Zufall an eine Gitarre gekommen war. Aber ich hatte dank Marc ein Dach über dem Kopf. Ich bekam regelmäßig zu essen und musste mir keine Sorgen darüber machen, was in der nächsten Woche auf dem Tisch stand. Ich konnte mich nicht beklagen.

Und doch träumte ich davon, dass meine Musik von Tausenden gehört wurde und nicht nur von den wenigen zufriedenen Zuhörern, die für eine kurze Zeit vor mir innehielten und dann weiterliefen, weil die Zeit drängte.

Trotz der frühen Morgenstunden wurde mir in der Sonne schnell warm, und ich zog meine Mütze vom Kopf. Sofort breiteten sich meine schwarzen Locken unkontrolliert in alle Richtungen aus. Sie liebten die Freiheit beinahe genauso sehr wie ich. Während einer Trinkpause beobachtete ich meine Umgebung. Gerade war niemand in meiner Richtung unterwegs, aber wenn ich die Zeit richtig im Kopf hatte, würde es nicht mehr lange dauern, bis die Lady vorbeikam. Ich hatte keine Ahnung, wie sie hieß oder ob sie wirklich eine Lady war. Möglich war es bei dieser Gegend sicher. Einige Bewohner des Viertels kamen sehr regelmäßig vorbei. Und die Lady war eine davon. Jeden Morgen zur selben Zeit. Pünktlich auf die Minute verließ sie ihr Haus und marschierte in Richtung Innenstadt. Wohin genau, wusste ich nicht. Sie hatte immer nur eine kleine Handtasche dabei und kam meistens nach ziemlich genau einer Stunde wieder zurück.

Und schon öffnete sich am Ende der gegenüberliegenden Sackgasse eine Haustür, und die Lady trat heraus. Es war ein altes viktorianisches Gebäude. Die makellose helle Mauer strahlte im Licht der Morgensonne orange. Die Lady hob die Hand vor die Augen, da sie geblendet wurde. Dem Haus gegenüber lag ein Park, weswegen die Sonne überhaupt schon so früh ihr Haus erreichte. Der Rest der Straße lag noch in dämmrigen Schatten.

Sie war eine meiner Unterstützerinnen und warf jeden Tag ein Pfund in meinen Koffer. Dabei hatte ich bis auf »Danke« nie ein Wort mit ihr geredet. Vermutlich würde sie nie mit mir sprechen. Wer solch einen edlen Gang hatte und in dieser Gegend wohnte, sprach sicher nicht mit einem Straßenmusiker in halb zerrissenen und geflickten Jeans, T-Shirt und Hemd.

Doch an diesem Morgen war etwas anders. Es dauerte einen Moment, bis ich verstand, dass es ihre Kleidung war. Normalerweise trug sie Designerkleidung. Nichts sehr Extravagantes wie die Herrschaften in Notting Hill. Aber selbst ein Laie wie ich konnte erkennen, dass sie viel Geld für ihre Garderobe ausgab.

An diesem Tag sah sie aber aus, als ob sie zu einem Fußballspiel gehen wollte. Legere Jeans, ein einfaches gelbes Oberteil, das luftig-leicht um ihren Oberkörper schwang, und ein weißer Schal. Dazu flache Schuhe, die sich eng um ihre schmalen Knöchel schmiegten. Eine Windböe enthüllte ihre schlanke Statur, als sie das dünne Oberteil gegen ihren Oberkörper drückte. In ihrer Hand hielt sie nicht ihre übliche kleine Handtasche, sondern eine große, in der man alles für einen kurzen Wochenendtrip mitnehmen konnte. Daraus ragte ein Blumenstrauß hervor.

Ihr Weg führte immer an mir vorbei, da die Sackgasse automatisch in meine Kreuzung mündete. Wie jeden Morgen lief sie auf mich zu und nickte in meine Richtung, während ich spielte. Niemals blieb sie stehen, wurde nur immer etwas langsamer, um kurz den Klängen meiner Musik zu lauschen.

Ihre blonden Haare hatte sie zu einem Zopf zusammengebunden, was eine Schande war, denn ich mochte die Löwenmähne, die nun gebändigt auf ihrem Rücken lag. Die offenen Haare waren sonst das Einzige, was sie äußerlich von einer steifen Dame der höheren Gesellschaft unterschied. Sie war mir ein Rätsel.

Ich schüttelte den Kopf und konzentrierte mich wieder auf meinen Song. Er sollte gut klingen, ich wollte ihn nicht einfach nur herunterleiern. Vermutlich war die Lady Besseres gewohnt. Personal Artists und Streichorchester. Umso mehr verlangte es mein Ehrgeiz, sie von meiner Musik zu überzeugen.

Ich lächelte, während ich sang, und freute mich über die ehrliche Reaktion auf ihrem Gesicht. Aus ihrer Hosentasche zog sie eine Pfundmünze und warf sie in meinen Gitarrenkoffer. Gleich darauf eilte sie weiter. Ich sah ihr nach. Schöner Hintern, dachte ich und musste schmunzeln.

Dann bog sie nach links ab. Ich runzelte die Stirn. Das tat sie sonst nie. Ihr Weg hatte sie seit Monaten immer nach rechts geführt. Ob sie wohl einen neuen Job hatte? Wenn sie denn überhaupt arbeitete, überlegte ich. Eine Stunde Abwesenheit sprach nicht unbedingt dafür.

Es dauerte nicht lange, dann ließ ich die Gedanken an die Lady hinter mir und wandte mich wieder der Gegenwart zu. Morgen würde ich sie wiedersehen. Aber bis dahin hatte ich noch einige Songs zu spielen und anderen Menschen ein Lächeln auf die Lippen zu zaubern.

Kapitel 3

Charlotte

Ich betrat das St. Antonius mit einem Lächeln. Meine ersten Tage mit Hamish waren toll gewesen. Der Junge erinnerte mich mit seinem ungebrochenen Lebenswillen immer wieder an Daisy in ihren letzten Tagen, und doch hatte er etwas Eigenes an sich. Mit seiner frischen und direkten Art hatte er sich augenblicklich in mein Herz geschlichen. Ich fragte mich, wieso seine Eltern ihn verlassen hatten. Ich war nicht sicher, ob die Geschichte mit den Drogeneltern wirklich der Wahrheit entsprach oder man einfach nur nicht nach den Eltern suchen wollte. Das britische Gesundheitssystem war nicht dafür bekannt, viel Geld zu verschwenden. Die Suche nach leiblichen Eltern, die ihr Kind nicht finden wollten oder konnten, war wahrscheinlich aussichtslos und eine Verschwendung von Geldern, die lieber in die Genesung des Patienten investiert werden sollten. Oder in Hamishs Fall: in die passende Unterbringung.

Am Empfangstresen von St. Antonius stand ein junger Mann, der sich mit Mary-Jane unterhielt. Freundlich grüßte ich die beiden, als ich an ihnen vorbeiging.

Von dem Mann hinter dem Empfang kam ein zaghaftes Lächeln, aber keine Antwort. Von Mary-Jane hingegen bekam ich nur einen wütenden Blick mit zusammengezogenen Augenbrauen. Ich runzelte ebenfalls die Stirn und fragte mich, was die Frau gegen mich hatte. Irgendetwas schien sie an meiner Anwesenheit zu stören. In Gedanken notierte ich mir dass ich sie darauf ansprechen wollte. Ich hasste nichts mehr als ungeklärte Verhältnisse. Besonders auf der Arbeit, wo man einen Großteil seiner Zeit verbrachte. Das beeinträchtigte meine Freude über die Anstellung, und das konnte ich nicht zulassen. Aber jetzt ging ich erst mal zu Hamish. Ich hatte ihm versprochen, mit ihm zu frühstücken. Und ich wollte nicht gleich an meinem dritten Tag diejenige sein, die ein Versprechen brach. Ich erinnerte mich nur zu gut an all die Menschen, die mir versprochen hatten, für mich da zu sein. Und die dann einfach abgetaucht waren, weil sie mit dem Druck und dem Anblick von Daisy nicht klargekommen waren. Versprechen waren da, um gehalten zu werden. Das hatte ich mir nach dem Tod von Daisy geschworen.

»Ah, Charlotte?«, hörte ich hinter mir eine Stimme, als ich gerade vor Hamishs Tür angekommen war. Barbara winkte mir. »Habe ich doch richtig gehört.« Sie wedelte mit einem Blatt, während sie mir entgegenkam.

»Guten Morgen, Barbara, wie geht es Ihnen?« Ich lächelte.

»Wunderbar, danke«, erwiderte sie und erinnerte sich scheinbar daran, dass etwas Smalltalk zum guten Umgang gehörte. Mir war das schon in die Wiege gelegt worden. So oft hatte ich meinen Eltern beim Brunch zugesehen oder mit ihnen Teepartys veranstaltet, bei denen Höflichkeit das oberste Gebot gewesen war. Wie sehr hatte ich mir als Kind gewünscht, aus diesen Konventionen ausbrechen zu können. Einfach von einem Räuber entführt zu werden, der mich auf sein Schloss im Wald mitnahm, wo wir ein Leben wie Ronja Räubertochter führten. Doch dann war ich erwachsen geworden. Und der Räuber war nur ein idiotischer Möchtegernprinz gewesen, auf den ich hereingefallen war. Das Einzige, was er mir geschenkt hatte und wofür ich ihm ewig dankbar sein würde, war Daisy.

»Wie waren Ihre ersten Tage, Charlotte? Hamish ist ja begeistert.«

»Wirklich? Das freut mich. Er ist ein toller Junge. Ich glaube, dass ich mit ihm sehr gut auskommen werde«, erklärte ich und zog den Riemen meiner Handtasche hoch, der mir von der Schulter gerutscht war.

»Was das angeht …« Barbaras Blick wurde düsterer.

Für einen Moment glaubte ich, dass sie mich wieder entlassen wollte. Ich war noch in der Probezeit, sodass sie mir jederzeit kündigen könnte. Aber ich hatte nichts getan. Hatte es etwas mit Mary-Jane zu tun? Meine Gedanken rasten, suchten nach einer Antwort, dabei musste ich einfach nur warten. Barbara würde es mir jeden Augenblick sagen. Ich presste die Lippen zusammen und wartete gespannt.

»Ich glaube nicht, dass Sie noch sehr lang mit ihm haben werden«, murmelte sie.

Ich runzelte die Stirn. »Wie bitte?«

»Seine jüngsten Blutergebnisse sind heute Morgen gekommen.« Sie deutete auf den Zettel und schüttelte den Kopf.

»Aber die letzten zwei Tage ging es ihm doch noch gut. Wir waren sogar draußen im Park.« Zwar hatte er danach den halben Tag verschlafen, aber er war mit einem Lächeln eingeschlafen.

»Die Medikamente schlagen nicht mehr an. Das, was ihn am Leben halten sollte, damit er sich von der Welt verabschieden kann, wirkt nicht so, wie es soll.«

»Oh nein.« Ich griff nach dem Blatt Papier. Es war etwas über ein Jahr her, dass ich die Ergebnisse eines Bluttests in Händen gehalten hatte. Lesen konnte ich sie dennoch ohne Probleme. »Was ist mit dem neuen Medikament, das in Amerika getestet wird?«, fragte ich. »Es soll angeblich das Fortschreiten der Leukämie etwas eindämmen, sodass die Sterbenden länger ohne Schmerzen leben.«

Barbara schüttelte den Kopf. »Das befindet sich noch in der Testphase und wird sicher nicht an unseren Bewohnern ausprobiert. Wir haben geschworen, ihnen die besten letzten Tage zu bieten, die sie erleben können. Wir sind kein Krankenhaus, in dem man noch alles Mögliche versucht«, erklärte Barbara behutsam, aber bestimmt. »Wir sind die letzte Station. Hier leben die Menschen, damit sie sich von allem verabschieden können. In Würde.«

»Das weiß ich, Barbara. Ich dachte nur nicht, dass er schon so schnell von uns gehen würde.«

Die ältere Frau legte mir ihre Hand auf die Schulter. »Manchmal lernen wir unsere Bewohner kaum kennen. Das gehört zum Job.«

Ich verzog den Mund. »Auch das ist mir schmerzlich bewusst. Nun gut. Weiß er schon Bescheid?« Ich zog mir den weißen Schal vom Hals. Im Innern von St. Antonius war es warm genug, um einem Heizungsraum Konkurrenz zu machen.

»Noch nicht. Die Ergebnisse sind erst vor einer halben Stunde gekommen.« Barbara deutete auf das Blatt in meinen Händen. »Sie können ihm sagen, was es für ihn bedeutet.«

Ich seufzte.

»Oder ist das ein Problem für Sie, Charlotte?«, hakte meine Vorgesetzte nach.

»Nein, überhaupt nicht«, erwiderte ich ehrlich. »Ich weiß nur noch nicht, wie ich ihm beibringen soll, dass er nur so kurze Zeit hat. Seine Schmerzen werden ja sicher nicht weniger werden.« Erneut prüfte ich die Analyse des Blutbilds. »Wir werden seine Morphiumdosis erhöhen müssen.«

»Das können Sie nachher bei der Visite mit dem Arzt besprechen. Der legt die Dosis fest.«

Ich nickte und presste die Lippen aufeinander. Barbara drehte sich weg, wollte zurück in ihr Büro.

»Darf ich Ihnen noch eine Frage stellen?« Ich entfernte mich ein paar Schritte von der Tür, steckte das Blatt Papier in meine Handtasche und rieb meine Handflächen aneinander.

»Ich habe Ihnen doch gesagt, dass meine Tür immer offen steht«, antwortete Barbara mit einem mütterlichen Lächeln.

»Gibt es hier vielleicht Kollegen, die meine Anstellung missbilligen?«, fragte ich geradeheraus. Ich wusste, dass ich Mary-Jane nichts getan hatte. Also blieb nur die Erklärung, dass sie meine Einstellung an sich nicht gut fand.

»Wie kommen Sie denn darauf?« Barbara runzelte die Stirn und schüttelte den Kopf. »Als es hieß, dass ich eine weitere Kraft einstellen würde, die sich um spezielle Fälle kümmert, waren alle begeistert.«

»Dann muss ich das missverstanden haben«, sagte ich schnell. Scheinbar hatte Mary-Jane also doch etwas gegen mich persönlich. Ein Gespräch mit ihr wurde unabdingbar.

»Hat jemand etwas gesagt?«, wollte Barbara wissen. »Wenn ja, kann ich die Person zur Rede stellen.«

»Das wird nicht nötig sein. Ich kann das direkt besprechen. Aber vielen Dank für das Angebot.«

Barbara zögerte noch einen Moment, ehe sie nickte und in ihr Büro ging.

Ich wartete noch einen Augenblick, ehe ich zu Hamish ging. Den Zettel mit seinen Blutwerten steckte ich tiefer in die Handtasche und hoffte, dass er ihn noch nicht sofort entdecken würde. Zunächst wollte ich schauen, wie es ihm ging.

Ich klopfte an und öffnete gleich darauf die Tür. »Guten Morgen, Hamish«, sagte ich, während ich den Raum betrat.

»Guten Morgen, Miss Charlotte«, erwiderte er schläfrig. »Sie sind ganz schön früh dran.«

»Es ist fast neun Uhr. Wir wollten doch zusammen frühstücken«, erinnerte ich ihn freundlich.

»Das habe ich nicht vergessen. Sie haben mir Pudding versprochen.« Er richtete sich langsam auf.

Ich ging zum Fenster und öffnete die Jalousien, damit das Sonnenlicht in den Raum konnte. Jede Stunde Sonne in London musste man ausnutzen. »Und ich habe welchen mitgebracht. Selbstgemachten sogar.«

»Schmeckt der anders als der aus dem Supermarkt?«, fragte er verwirrt. »Den hat doch auch jemand selbstgemacht.«

Ich lachte. »Das stimmt. Aber die im Supermarkt sind von Maschinen gemacht. Ich habe den Pudding mit meinen Händen gemacht.« Wie zum Beweis hob ich die Hände und zeigte sie ihm, obwohl man keine Anzeichen vom Puddingkochen mehr daran erkennen konnte.

Ich war früh aufgestanden, um für Hamish den Pudding zu machen, den meine Mutter mir immer gemacht hatte, wenn es mir schlecht ging. Egal ob bei Bauchweh, Kopfschmerzen oder Fieber. Mamas Vanillepudding hatte immer geholfen.

Das Rezept hatte ich in einem Ordner gefunden, den sie mir damals zum Einzug geschenkt hatte. Es war einfacher Vanillepudding, aber mit einem Schuss Kokos versehen. Nun, da ich ihn selbst machte, wusste ich, dass die Zubereitung sie nie viel Zeit gekostet hatte. Aber aus dem Rezept hatte sie immer ein Geheimnis gemacht. Als steckte darin eine Geheimzutat, die alle Krankheiten besiegen konnte.

»Das ist sehr lieb von Ihnen, Miss Charlotte«, erklärte Hamish, und ich erkannte, wie seine blassen Wangen sich rot färbten. Seine funkelnden Augen täuschten über den Zustand seines Körpers nicht hinweg. Man konnte ihm genau ansehen, dass es ihm nicht gut ging.

»Es ist ein altes Rezept meiner Familie«, sagte ich, nachdem ich mich von seinem Anblick losreißen konnte. »Ich glaube ja, dass der Pudding Zauberkräfte hat«, erklärte ich so voller Überzeugung, dass Hamish mich mit großen Augen ansah.

»Das ist doch Blödsinn«, erwiderte er dann. »Es gibt keine Zauberei.«

»Bist du dir da sicher?«, fragte ich ihn verschwörerisch. »Jedes Mal, wenn es mir schlecht ging und ich diesen Pudding gegessen habe, war ich am nächsten Tag gesund.«

Hamish lachte. »Das erklärt, warum Sie so teure Klamotten tragen.«

Nun war es an mir, verwirrt zu sein. »Was hat denn meine Kleidung mit dem Pudding zu tun?«

»Na, Sie verkaufen ihn sicher, damit es anderen besser geht. So würde ich es jedenfalls machen.« Er deutete mit dem Kinn auf meine Bluse. »Auf der Straße habe ich gelernt, was Klamotten wert sind. Je teurer jemand gekleidet war, desto mehr konnten wir erbetteln. Und Ihre Sachen waren ganz sicher teuer.«

Ertappt senkte ich den Kopf. »In Ordnung, du hast mich durchschaut, aber das hat nichts mit dem Pudding zu tun. Ich verkaufe ihn nicht, sondern mache ihn nur zu ganz besonderen Gelegenheiten und für ganz besondere Menschen.«

»Er hat also keine Zauberkräfte?«, hakte er noch einmal nach.

»Nur die, die ich ihm zuspreche. Mir hat er als Kind immer geholfen, mich besser zu fühlen. Das könnte aber auch daran gelegen haben, dass ich gemerkt habe, mit wie viel Liebe meine Mutter sich in solchen Momenten um mich gekümmert hat.«

Hamish nickte wissend. »Das denke ich auch, Miss Charlotte. Mit Liebe kann man vieles heilen. Schon die Beatles haben gesungen ›All you need is love‹. Und die Beatles lügen nicht.«

Ich fragte mich für einen Moment, woher ein Straßenjunge die Beatles kannte, aber der Gedanke verflog so schnell, wie er gekommen war. »Möchtest du von dem mit Liebe gekochten Pudding etwas essen?«

Hamish war bereits wieder in seine Kissen zurückgesunken und starrte mich an, als wartete er auf etwas. »Nur einen kleinen Klecks. Ich habe heute noch nicht so viel Hunger.«

»Das ist in Ordnung, Hamish. Ich mach dir was fertig und bringe es dir ans Bett.«

Ich stellte meine kleine Reisetasche auf dem Tisch ab. Neben dem Pudding, den ich vorbereitet hatte, lagen darin noch einige Beutel mit Keksen und geschnittenem Obst, das ich für meine neuen Kollegen im Aufenthaltsraum bereitlegen wollte.

»Hast du denn gut geschlafen?«, erkundigte ich mich.

»Ich habe von seltsamen Dingen geträumt. Ein Einhorn kam mich hier besuchen und wollte mir Staubsauger verkaufen. Um zu zeigen, wie toll sein Staubsauger war, hat es Feenstaub gefurzt, der an allen Wänden kleben blieb. Und als die Schwestern reinkamen, war das Einhorn weg und sie haben mir die Schuld an dem Staub gegeben. Blödes Ding, hat mir ziemlichen Ärger eingehandelt.«

Ich hielt in meinen Bewegungen inne. »Ein Einhorn?«

Hamish zuckte mit den Schultern. »Durfte gestern einen Cartoon schauen, und da kam so ein Einhorn vor. Das doofe Ding hat sich wohl in meinen Schädel geschlichen, während ich geschlafen habe.«

»Das wäre eine Erklärung«, stimmte ich zu. »Und es sagt mir, dass du so spät abends nicht mehr fernsehen solltest.«

Hamish seufzte und klang tieftraurig. »Wollen Sie mir wirklich jetzt noch verbieten fernzusehen? Ich habe doch sonst nichts mehr im Leben.«

Abrupt drehte ich mich um und schaute ihn an. Hamish grinste breit. »Ehrlich, an dir ist ein genialer Schauspieler verloren gegangen.« Ich stemmte die Hände in die Hüften und legte den Kopf schief. »Trotzdem werden wir das Fernsehen etwas einschränken müssen, wenn es deinen Schlaf stört.«

Hamish druckste noch ein wenig herum, ehe er zustimmte. »Eigentlich läuft auch nur dieser Kinderkram.«

»Wir sind in einem Kinderhospiz, Hamish. Hast du geglaubt, dass es hier Actionfilme gibt?«

»Zuhause durfte ich immer welche schauen.«

»Erinnerst du dich an dein Zuhause?«

Hamish zuckte mit den Schultern. »Nicht viel. Ich weiß, dass ich Eltern hatte, aber ich erinnere mich kaum an sie. Die waren kaum da. Ich weiß nur noch, dass wir in einer kleinen Wohnung gelebt haben und ich den ganzen Tag fernsehen durfte, wenn ich nicht in den Kindergarten musste. Wann ich wollte.« Er grinste und deutete auf den Fernseher.

Ich schüttelte den Kopf und schmunzelte. »Das hatten wir schon. Woran erinnerst du dich noch?«

»Boah, warum fragen mich das alle?« Er verdrehte genervt die Augen. »Ich erinnere mich nicht mehr an meine Alten. Und die sich scheinbar auch nicht an mich, wenn sie mich nicht mal gesucht haben!«

»Schon gut«, beruhigte ich ihn und tätschelte seine Hand. Vielleicht konnte ich es später noch mal ansprechen. Aber erst mal wechselte ich das Thema, und wir unterhielten uns noch eine Weile über Filme, die er gesehen hatte. Hamish erzählte mir von seiner Zeit auf der Straße, und wie er es geschafft hatte, dort zu überleben. Hauptsächlich, weil er einen Beschützer hatte. »Und wenn es früher ganz doll geregnet hat, dann haben wir uns im Heizungskeller des Wyndham's Theatre am Leicester Square versteckt. Der ehemalige Nachtwächter hat uns geholfen und ließ uns dort übernachten. Der alte Tom war wirklich nett.« Ein trauriger Ausdruck huschte über sein Gesicht. »Aber er ist vor einer Ewigkeit gestorben. Danach kamen wir nicht mehr in das Theater.«

Ich saß auf einem Stuhl neben seinem Bett, wir waren schon fertig mit dem Frühstück. Hamish hatte nur einen Anstandsbissen von seinem Brötchen genommen. Dafür hatte er die Schale mit meinem Pudding leergegessen. Immerhin etwas. Wenn ich eine Beobachtung bei sterbenden Kindern gemacht hatte, dann, dass ihr Appetit nie ganz verschwand. Er wurde durch Medikamente unterdrückt oder von den Schmerzen verdrängt. Aber an guten Tagen hatte auch Daisy immer anständig gegessen.

Langsam erhob ich mich und ging zu meiner Tasche, um den Zettel mit seinen Blutwerten hervorzuziehen. Es wurde Zeit. Ich musste ihn darauf vorbereiten, dass er nicht mehr lange bei uns bleiben würde. In meiner Ausbildung war es eine der ersten Fragen gewesen, die ich gestellt hatte: Warum wir den Bewohnern mitteilten, wann sie sterben würden. Wäre es nicht viel einfacher für sie, wenn es einfach passierte? Sie würden nicht wissen, wann der Tod kommt, und könnten einfach leben. Doch meine Ausbilderin damals hatte mir erklärt, dass es immer besser sei, wenn man sich vorbereiten konnte. Die Familie konnte Abschied nehmen, und auch das Kind wusste dann, dass es alles, was es noch machen wollte, in den wenigen Tagen erledigen sollte. Vorbereitung war wichtig. Auch für das Kind.

»Hamish, ich muss mit dir über etwas sprechen.«

»Was ist das für ein Zettel, Miss Charlotte?« Er lugte neugierig über den Rand seiner Decke. »Sind das meine Blutergebnisse? Vorgestern ist mir Blut abgenommen worden. Und sonst hat es immer zwei Tage gedauert, bis das Ergebnis da war.«

»Ja, das sind deine Blutwerte.« Ich ergriff seine Hand und drückte sie. »Es wird nicht mehr lange dauern.«

Hamish legte den Kopf schief und tippte mit der freien Hand gegen seine Lippen. »Dann sterbe ich bald?«

»Ja, deine Werte sind schlecht. Deine Leber hat ihre Funktion bereits auf weniger als zehn Prozent runtergeschraubt. Deine Nierenwerte sind ebenfalls stark eingeschränkt. Die Nieren werden wohl als Nächstes ihren Dienst einstellen.«

Hamish schluckte und drehte den Kopf so, dass er aus dem Fenster schauen konnte. Ich ließ ihm den Moment. Das war sicher nicht leicht zu verstehen.

»Dann kann ich Tom wiedertreffen«, sagte er unvermittelt. »Und mich bei ihm bedanken.«

»Wie geht es dir mit dieser Nachricht, Hamish?«, wollte ich wissen. Nichts war schlimmer, als es zu verdrängen.

»Ganz ehrlich, Miss Charlotte?« Er wandte sich wieder mir zu. In seine Augen kehrte das schalkhafte Funkeln zurück, das für einen kurzen Augenblick erloschen war. »Ganz gut. So langsam wurde mir nämlich langweilig dabei, auf den Tod zu warten.«

Mir klappte der Mund herunter, und Hamish lachte bei meinem Anblick laut los. Ich konnte nicht anders, als mit ihm zu lachen. Die Wärme in meinem Herzen war so erfüllend, dass sie sogar die eiskalten toten Stellen kurz wiederbelebte. »Du bist doch verrückt«, entfuhr es mir, als wir uns wieder beruhigt hatten.

»Nicht verrückt, Miss Charlotte. Ich habe mich nur damit abgefunden, dass ich sterben werde.«

»Das ist sehr erwachsen für dein Alter«, sagte ich ernst und drückte seine Hand erneut. Sie war kalt, obwohl das Zimmer gut geheizt war.

Auf einmal tanzten Funken in seinen Augen, als schiene die Sonne selbst aus seinen Pupillen. »Gibt es so etwas wie einen Himmel für Kinder?«, fragte er.

»Ganz sicher«, antwortete ich voller Überzeugung. »Dort gibt es überall Spielplätze und Eisdielen und Fußballplätze.«

»Und Malpapier?«, hakte er nach.

»Eine ganze Stadt, die nur aus Malpapier und Stiften besteht. Vielleicht kannst du ja fragen, ob du dort wohnen darfst«, schlug ich vor.

Einen Moment lang überlegte er. Ich konnte förmlich sehen, wie es in seinem Verstand arbeitete. Dann schüttelte er den Kopf. »Ich glaube nicht, Miss Charlotte.«

»Warum das nicht? Ich dachte, du liebst das Malen.«

»Ja, das tue ich.« Er griff ganz unwillkürlich zu den Stiften auf seinem Nachtschrank. »Aber ich dachte mir, dass ich im Kinderhimmel nach Ihrer Tochter suche und sie von Ihnen grüße.«

Die Tränen schossen in meine Augen. Ich konnte es nicht verhindern. »Das musst du nicht tun, Hamish. Wirklich.«

Meine Stimme brach, noch während ich sprach. Der Kloß in meinem Hals war so fest, dass ich ihn nicht herunterschlucken konnte, egal wie sehr ich es versuchte.

»Doch, das will ich tun. Ihre Tochter soll wissen, was für ein netter Mensch Sie sind und wie es Ihnen geht. Außerdem kann ich mich dann um sie kümmern. Ich passe auf sie auf.« Er reckte entschlossen das Kinn wie ein General, der kurz davor war, in eine Schlacht zu ziehen.

Ich lächelte, auch wenn ich Hamish nur noch verschwommen sah. »Das ist sehr lieb von dir, Hamish. Daisy wird sich sicher freuen, einen großen Freund zu haben.«

Als er nicht antwortete, wischte ich mir über die Augen. Hamish hielt noch immer die Stifte in der Hand und schnarchte leise vor sich hin. Er war wieder eingeschlafen und sah dabei so friedlich aus wie die wenigsten Erwachsenen.

Ich schluchzte leise und vergrub mein Gesicht in den Händen. Dieses glückliche Lächeln auf seinen Lippen zeugte von einer Zufriedenheit, die Erwachsene kaum mehr verspürten. Dieser kleine Junge war ein unglaubliches Kraftpaket. Nicht körperlich, aber seelisch. Und ich würde mir ein Beispiel an seinem Funkeln nehmen. Dieses Funkeln war vielleicht dazu in der Lage, mein Herz so weit zu reparieren, dass ich den Jahrestag von Daisys Tod überstehen würde.

Kapitel 4

Sam

»Ach, komm schon, Marc. Du musst das wirklich nicht tun!«, rief ich und knetete meine Hände.

Vor mir auf dem Tisch lagen zwei neue Hemden und einige T-Shirts. Sprücheshirts, wie ich sie liebte. Mit Andeutungen zu Musiklegenden wie Jimi Hendrix oder Freddy Mercury.

»Hast du in den letzten Monaten mal in deinen Kleiderschrank geschaut?« Mein Bruder blickte mich mit großen Augen an und deutete in Richtung meines Zimmers. »Der sieht aus, als ob sich eine Legion Motten über ihn hergemacht hat. Überall Löcher im Stoff. So kannst du doch nicht rumlaufen.«

Ich lachte unwillkürlich. »Weißt du, wie du jetzt klingst?«

Marc runzelte die Stirn und grinste im nächsten Moment verschmitzt. »Schon gut. Mom hatte vielleicht nicht immer Unrecht.«

Ich griff nach meinem Kaffee und lehnte mich gegen die Wand. »Wenn ich ehrlich bin, sehe ich immer mehr Ähnlichkeiten. Sag mal, sind das Ansätze von Brüsten?«, neckte ich Marc.

»Haha, sehr witzig.« Mein Bruder zeigte mir eine unflätige Geste, ehe er wieder ernst wurde. »Aber jetzt mal im Ernst: Du siehst aus, als ob deine Klamotten einem Kugelhagel ausgesetzt waren. Wenn du schon auf der Straße spielst, um dein Geld zu verdienen, kannst du dann nicht wenigstens gut dabei aussehen?«

Die Shirts waren wirklich gut. Eines zeigte in dezentem Design Waffen und Rosen, die sich kreuzten. Er wusste schon, was ich mochte. Dennoch schüttelte ich den Kopf. »Ich kann das nicht annehmen, Marc«, erwiderte ich nach einigen Sekunden und vergrub mein Gesicht in der Kaffeetasse.

»Wir hatten das Thema schon so oft.« Marc kam auf mich zu und grinste mich an. Er hob die Hand und streichelte mir über das Gesicht, als wäre er mein Freund und ich seine Geliebte. »Lass mich dir ab und an was Hübsches zum Anziehen schenken.«

Ich konnte nicht anders und lachte laut auf. Fast hätte ich den Kaffee ausgeprustet, den ich kurz zuvor geschlürft hatte. Ich wusste, dass ich nachgeben würde. Eine andere Wahl blieb mir auch nicht, da ich kein Geld für neue Klamotten hatte. »Du bist unmöglich, weißt du das? Solltest du nicht ein seriöser Anwalt sein?«

Marc winkte ab und ging zum Kühlschrank, um sich einen Energydrink zu holen. Er hatte die halbe Nacht über einer Anklageschrift gesessen. Wenn ich ehrlich war, verstand ich nur die Hälfte von dem, was er von sich gab, wenn er von seinem Beruf redete. Ich hörte ihm immer interessiert zu, aber wenn er sich richtig hineinsteigerte und mit Paragrafen anfing, dann verwechselte er mich gerne mal mit einem seiner Kollegen. Ich hielt ihn nicht auf, da er es liebte, von seinem Job zu erzählen. Manchmal saßen wir stundenlang abends zusammen, der Fernseher lief nebenbei, und er berichtete von den Entwicklungen in seinen Fällen. Solche Abende liebte ich. Sie waren selten, da er häufig lange arbeitete. Aber für die Zeit mit meinem Bruder war ich dankbar. Er war alles an Familie, was mir nach dem großen Streit mit meinen Eltern noch geblieben war, und das wollte ich niemals verlieren.

»Seriosität wird überbewertet. In Wirklichkeit ist es in einer Kanzlei wie in einem Haifischbecken. Der mit dem größten Schwanz gewinnt.«

»Na, dann wünsch ich dir heute wieder einen fröhlichen Schwanzvergleich«, sagte ich und stellte meine leere Tasse ab.

»Ich wollte morgen Abend noch etwas trinken gehen. Willst du mitkommen?«, bot Marc mir an.

»Mit deinen Kollegen?«, fragte ich vorsichtig nach.

»Keine Sorge. Nur Elton und William kommen mit. Sonst würde ich dich nicht fragen.«

Ich verzog den Mund vor Erleichterung. Auch wenn Marc es nicht störte, dass ich Straßenmusiker war, schienen einige seiner Kollegen tierisch Spaß daran zu haben, mich aufzuziehen. Dabei verwechselten sie das Leben als Straßenmusiker mit dem eines Obdachlosen. Bei der letzten Begegnung hatten mich Alexander und Martin niedergemacht. Das waren zwei Kollegen, die nicht arbeiten müssten, es aber taten, um später mal die Anwälte in den Firmen ihrer Daddys zu werden. Ich konnte sie nicht leiden. Arrogante Idioten, die nicht über ihren Tellerrand hinausschauen konnten. »Mit den beiden nur?«, vergewisserte ich mich, und Marc nickte. »Dann gerne.«

»Elton fragt immer, wann du mal wieder einen neuen Song hast. Er interessiert sich wirklich für deine Musik«, rief Marc über die Schulter und griff nach seinem Sakko. »Kannst ihm ja heute Abend von *Daisy* erzählen.«

»Erst muss ich ihn vor Publikum probieren.« Ich winkte ihm mit einem Croissant in der Hand. »Vielleicht mach ich das heute Abend.«

»Tu das. Es ist ein guter Song. Er wird deinen Zuhörern gefallen. Warte es nur ab. Ich schreib dir nachher, wo wir uns treffen.« Damit verabschiedete Marc sich und ließ mich allein in der Wohnung zurück. Ich schmiss mich vor den Fernseher. Es war Montag. Heute wollte ich nicht in den frühen Morgenstunden los, sondern erst gegen Mittag. Mein Lieblingsfilm *Walk the Line* lief im Vormittagsprogramm, und ich hatte mir mal geschworen, dass ich ihn mir immer anschauen würde, wenn er im Fernsehen lief. Und vielleicht war es auch gut, wenn ich meine Gewohnheiten mal durchbrach. Statt am Vormittag konnte ich auch am Nachmittag in dem Viertel spielen, wenn die Menschen nach Hause kamen. Dann würde ich zwar vermutlich einige meiner Stammhörer verpassen, aber vielleicht auch neue gewinnen.

Ich schaltete den Fernseher ein und ließ mich einige Stunden berieseln, genoss den Film und stand erst wieder auf, als der Abspann lief. Die Musik von Johnny Cash war einfach inspirierend. Wenn ich einen neuen Song schreiben wollte, legte ich eine seiner Schallplatten auf. Marc hatte mir von einem Kollegen einen gebrauchten Plattenspieler besorgt, nachdem meiner nicht mehr zu reparieren gewesen war. Er war fast unbenutzt gewesen, und ich hatte nur die Nadel austauschen müssen. Meine Platten fand ich auf Flohmärkten oder bei eBay. Die meisten Menschen schmissen Schallplatten weg oder verscherbelten sie für kleines Geld. Aber für mich waren sie Schätze aus einem anderen Jahrhundert. Ich liebte den Klang, dieses Rauschen und die originalen Tonspuren. Heutzutage wurde alles digital erstellt und verzerrt oder geradegerückt. Aber damals gab es einfach die Stimme des Musikers und die Band. Mehr nicht. Ich liebte diese Reinheit, dieses Direkte. Man spürte die Liebe und die Leidenschaft der Musiker durch die Schallplatten.

Ich stand auf und machte mich auf den Weg. Mittag war bereits durch, und ich ging zu Craigs Burgerladen, um mir etwas zu essen zu holen. Am Vortag hatte ich ein paar Pfund eingenommen, sodass ich mir etwas Warmes leisten konnte. »Sam, warum heute so spät?«, begrüßte mich Craig, als er mich aus der Küche sah.

»Hey, Craig. *Walk the Line* lief im Fernsehen«, sagte ich nur und bedeutete der tauben Verkäuferin, was ich gerne hätte. Craig hatte sie vor einigen Monaten eingestellt, weil sie die Freundin eines Bekannten war. Und sie machte ihren Job super. Sie war immer freundlich und lächelte, was man von so manch anderer Verkäuferin in Craigs Laden nicht behaupten konnte.

»Ah, dein Film. Willst du heute wieder hier spielen?«, fragte er weiter. »Ich weiß nicht, ob es sich lohnt. Die Bauarbeiter machen nur kurz Pause.«

Ich drehte mich um und mein Blick folgte seinem Finger. Vor seinem Laden wurde der Gehweg ausgebessert. Das war mir am Vortag schon aufgefallen. »Wie lange dauern denn die Bauarbeiten noch?«

»Diese Bastarde äußern sich nicht dazu«, wetterte der korpulente Burgerladenbesitzer mit sarkastischem Unterton. Seine dichten Augenbrauen zogen sich zusammen, als wollten sie miteinander kuscheln. »Faule Säcke sind das!«, rief er und schleuderte seine Faust in Richtung Baustelle.

»Du hast also wieder Freunde gefunden«, sagte ich amüsiert. Für Craig war es ein verschenkter Tag, wenn er nicht auf irgendetwas schimpfen konnte. Das Wetter, die Regierung, die Leistung eines Fußballclubs. So viele Möglichkeiten und viel zu wenig Zeit. »Ich denke, dann bleibe ich heute wohl an meiner üblichen Ecke.«

»Ist vielleicht besser. Wenn die nächste Woche immer noch da draußen rumlungern, schmeiß ich die eigenhändig raus.«

Ich enthielt mich eines Kommentars darüber, dass sie bereits draußen standen und er keinerlei Befugnis hatte. Ich war nicht lebensmüde und erst recht nicht blöd genug, um mich mit Craig zu verkrachen.

»Mach das, Craig. Mach das. Ich wünsch dir einen schönen Nachmittag, und lass die Bauarbeiter heile.«

Ich zwinkerte der Verkäuferin zu und verabschiedete mich auf Gebärdensprache von ihr. Das hatte sie mir gleich zu Anfang beigebracht. Meine Kenntnisse reichten nicht, um mich zu unterhalten, aber für die Höflichkeit einer Verabschiedung konnte ich genug.

Den Burger aß ich im Gehen, denn ich war etwas spät dran. Viele der Mütter würden bald mit ihren Kindern vorbeikommen, und das musste ich nutzen. Kinder waren die besten Zuhörer. Ehrlich und fröhlich. Aber sie konnten auch die schlimmsten sein. Früher hatte ich mal eine Zeit lang in einigen Kindergärten gespielt, war von der Stadt beauftragt worden. Bis der Behörde aufgefallen war, dass ich Geld kostete, das man auch einsparen könnte, wenn man Erzieher einstellte, die Gitarre spielen konnten. Es waren schöne vier Wochen gewesen.

Der Tag an meiner Straßenecke verging wie im Flug. Einige der Kinder blieben stehen, während die Eltern genervt auf ihr Smartphone starrten. Kurz bevor ich gehen wollte, tauchte ein kleines braunhaariges Mädchen mit ihrem Vater auf. Sie wollte zu meiner Musik tanzen. Zuerst überlegte ich, ob ich einen schnellen Song anstimmen sollte, aber dann entdeckte ich die Ballettschuhe auf ihrem Rücken und entschied mich, meinen neuen Song zu spielen. Er war eine Mischung aus schnellen Rhythmen und langsameren Passagen, sodass ein kleines Mädchen gut dazu tanzen konnte.

»Das ist ein neuer Song, den ich erst vor einigen Wochen geschrieben habe. Ich spiele ihn heute zum ersten Mal«, sagte ich an das Mädchen gerichtet.

Die Augen der Kleinen strahlten, während ich meine Gitarre kurz stimmte. Ihr Vater wartete geduldig, wollte seiner Prinzessin vermutlich jeden Wunsch erfüllen. Ich hatte die beiden in dem Viertel noch nie gesehen. Entweder waren sie neu hergezogen oder ihr Vater hatte Urlaub, um mit ihr etwas Zeit zu verbringen.

Gerade als ich die ersten Akkorde anstimmte, entdeckte ich die Lady, die von links um die Häuserecke kam. Ich fragte mich, ob sie den ganzen Tag unterwegs gewesen war. Das war sie sonst nie. Seltsam.

Doch dann konzentrierte ich mich auf den Song, wollte dem Mädchen eine Freude machen und ihr meine volle Aufmerksamkeit schenken.

Sie stellte sich neben mich und fing an, sich im Takt der Musik zu wiegen. Wie ich vermutet hatte, fing an sie mit Ballettschritten.

Dear Daisy, you were my life
I dedicated it to you from the start
Dear Daisy, it was this day
You stole my heart

Ich spielte einige weitere Akkorde und gab mir Mühe, damit das Mädchen hinterherkam. Sie tanzte wirklich schön, hatte Spaß und quietschte vor Freude.

Oh my Daisy
Give me a reason just to smile
It would take me quite a while
You gave me one day to accept
And a lifetime to forget
And if the world would end
I would be with you to pretend

Einige der Vorbeigehenden blieben stehen und lauschten meinem Song. Oder schauten dem Mädchen zu. Sie strahlte so viel Lebensfreude aus, dass ich unwillkürlich lächeln musste.

Dear Daisy, you were my life
I dedicated it to you from the start
Dear Daisy, it was this day
You stole my heart

Ich hob den Kopf und schaute auf die Handvoll Menschen, die inzwischen vor mir standen. Vielleicht hatte Marc recht, und der Song war wirklich gut. Ich hatte ihn bisher noch nie gespielt, weil er sich noch nicht fertig angefühlt hatte. Es fehlte noch die Prise Leidenschaft, die mir auch in der Beziehung zu der Freundin gefehlt hatte, in Erinnerung an die ich diesen Song verfasst hatte. Es war eine Liebschaft während der Schulzeit gewesen, die mir vor einigen Wochen wieder in den Sinn gekommen war und die ich für ein Thema für einen guten Song gehalten hatte. Den Zuhörern schien es zu gefallen. Also stimmte ich den Refrain erneut an.

Dann glitt mein Blick zur Lady hinüber, und ich stockte für den Bruchteil einer Sekunde. Sie war stehen geblieben und starrte mich an. In ihren Augen schimmerten Tränen. Ihr Blick ging mir durch Mark und Bein. Die Tränen in ihren Augen hielten mich fest, ließen mich nicht entkommen, und ich versank in ihnen wie ein Ertrinkender. Eine unfassbare Traurigkeit lag in diesem Blick. Die Lady weinte. Wie war das möglich? Ich hatte sie immer für eine Frau gehalten, die nichts an sich heranließ. Und nun stand sie hier auf offener Straße, sah mich an und weinte. Warum? Wo kamen die Tränen her? Ich sang die nächste Strophe, aber ich hatte kein wehmütiges Lächeln mehr auf meinen Lippen. In meinem Herzen krampfte sich etwas zusammen. Ich verspürte den unwiderstehlichen Drang, sofort aufzuhören und die Lady in den Arm zu nehmen. Es war, als ob mich etwas zu ihr zog, das ich nicht aufhalten konnte. Eine Verbindung, die zwischen ihr und mir existierte. Ich verstand es nicht. Ich sah sie fast jeden Tag. Wir hatten uns auch schon so manches Mal in die Augen gesehen, aber das, was gerade in mir vorging, war nicht zu erklären. Es fühlte sich an, als ob sie tief in mir etwas gepackt hatte und ein Teil von mir geworden war. Ein Stück meines Herzens. Sie berührte mich mit ihrem Blick stärker als je eine Frau zuvor. Dabei schaute sie offensichtlich nicht mich an, sondern sah etwas vollkommen anderes.

Waren es die Tränen? Oder warum berührte mich ihr Anblick so sehr? In ihren Augen stand unendliche Trauer. Ein Teil von ihr war so schwarz wie die Handtasche, die sie mit ihren Fingern umklammerte. Ihre Fingerknöchel traten weiß hervor. Was auch in ihr vorging, sie litt unfassbar.

Stumme Tränen rannen ihre Wangen hinunter, hinterließen einen dünnen Film auf ihrer Haut. Aber sie rührte sich nicht. Die Lady schien nicht einmal zu merken, dass sie weinte. Ein melancholisches, fast wehmütiges Lächeln lag auf ihren Lippen.

Ich schluckte schwer, wandte den Blick ab. Meine Finger hatten instinktiv weitergespielt, aber ich verpasste beinahe meinen Einsatz zum Refrain. Da die meisten Zuschauer auf das kleine Mädchen achteten, merkte niemand etwas.

Dear Daisy, you were my life
I dedicated it to you from the start
Dear Daisy, it was this day
You stole my heart

Ich endete und atmete schwer. Nicht weil der Song mich so aufgewühlt hatte. Sondern weil die Lady mich immer noch ansah und doch nicht erkannte. Sie stand einfach da, horchte den Klängen nach.

Dann wurde sie vom Klatschen der Zuhörer aufgeschreckt. Ich konnte sehen, wie sie zusammenzuckte und merkte, dass ihre Wangen nass waren. Hastig wischte sie mit dem Handrücken darüber, schaute sich um, ob sie jemand bemerkt hatte.

Ich ignorierte die Beifallsbekundungen der Umstehenden und machte einen Schritt auf die Lady zu. Sie bemerkte meine Geste und trat einen Schritt zurück, hob abwehrend die Arme.

»Nicht«, hauchte sie nur mit einer zarten, zerbrechlichen Stimme.

Ich verharrte an meinem Platz und sah zu, wie sie sich umdrehte und davoneilte. Schneller als üblich hastete sie über den Bürgersteig und zog ihren Schlüssel aus der Handtasche, ließ ihn aber kurz vor der Haustür noch fallen. Ich hob meine Hand, als könnte ich ihr helfen, den Schlüssel aufzuheben. Doch das war natürlich Blödsinn. Sie bückte sich, hob ihn auf und verschwand in ihrem Haus.

Die Menge vor mir löste sich auf. Ein paar Münzen und ein Schein landeten in meinem Koffer. Aber das interessierte mich nicht. Ich beobachtete noch immer das Haus der Lady. Was hatte sie so traurig gemacht? War es mein Song gewesen? Oder hatte sie einen schlechten Tag gehabt?

Ich wusste nicht, wie lange ich so dastand. Die Zeit verging seltsam unkontrolliert, wenn ich mich in meine Gedanken vertiefte. Aber als ich das nächste Mal aufschaute, waren sämtliche Zuhörer verschwunden.

In meinem Gitarrenkoffer lag ein wenig Geld, längst nicht genug, aber ich fühlte mich nicht in der Lage, heute auch nur noch einen Song zu singen. Der Blick der Frau hatte mich so nachhaltig getroffen. Ich hatte das Gefühl, ihren Schmerz zu spüren, dabei kannte ich noch nicht einmal ihren Namen. Wahrscheinlich würde ich ihn auch niemals erfahren. Aber eines wusste ich genau: Diese Frau würde mich so schnell nicht wieder loslassen.

Kapitel 5

Sam

Ich machte mich wie in Trance auf den Heimweg. Die ganze Zeit über sah ich das Gesicht der Lady. Was war nur mit ihr gewesen? Hatte sie einen schlechten Tag gehabt? Ich lief beinahe in ein halbes Dutzend Menschen an einer Bushaltestelle. Erst ihre wütenden Rufe ließen mich aufblicken und bemerken, dass ich zu weit gegangen war. Die Tubestation war schon einige Querstraßen hinter mir. Für einen kurzen Moment überlegte ich, zur Lady zurückzukehren und an ihre Tür zu klopfen. Ich wusste ja genau, wo sie wohnte.

Schließlich entschied ich mich dagegen. Sie hatte mir klar zu verstehen gegeben, dass sie nicht mit mir reden wollte. Wer war ich auch schon in ihrem Leben? Ein Passant, den man alle paar Tage mal auf der Straße traf und grüßte. Wenn überhaupt. Vielleicht war ich auch nur ein Hindernis auf ihrem Weg, das sie mit dem täglichen Pfund, das sie mir in den Gitarrenkoffer warf, loswerden wollte.

Ich drehte um und ging zur Tubestation. Es war schon beinahe Abend, und ich wollte pünktlich zuhause sein, um Marc zu begrüßen. Aber hauptsächlich, um ihm von dem seltsamen Vorfall zu erzählen.

Als ich in der Wohnung ankam, war sie leer und ruhig. Marc

war wohl noch auf der Arbeit, also ging ich in die Küche und begann das Abendessen vorzubereiten. Rastlos ging ich von einem Schrank zum nächsten, versuchte, mich auf das Gemüse zu konzentrieren, das vor mir lag, aber immer wieder sah ich das Gesicht dieser Frau, das mich aus der Paprika anstarrte. Schließlich warf ich das Messer beiseite und ging ins Wohnzimmer. Ich nahm mir eine Zeitung, die auf dem kleinen, weißen Fernsehtisch lag und für Marc so etwas wie sein Heiligtum war. Vorsichtig blätterte ich durch die Seiten und versuchte mich abzulenken.

Ohne Erfolg. Der erste Artikel in der Zeitung handelte von einem trauernden Politiker, der seine Kinder nach einem Erdbeben in seiner Heimat zu Grabe tragen musste. Trauer. Genauso hatte die Lady ausgesehen, als sie geweint hatte. War es ein Verlust gewesen, der sie beschäftigt hatte?

Ich warf die Zeitung zurück auf den Tisch. Auch damit würde ich mich nicht ablenken können. Der Balkon. Vielleicht hatte ich Glück, und ich konnte den Sonnenuntergang sehen. Es regnete nicht, und Marcs Apartment war hoch genug, um über die Häuser hinwegzusehen. Tatsächlich erkannte ich noch einen Rest des roten Abendhimmels. Wolken türmten sich am Horizont auf und ließen mich tief einatmen. Einige Sekunden war mein Verstand abgelenkt. Doch kaum bemerkte ich eine bestimmte Rotfärbung an einem geschwungenen Wolkenrand, dachte ich wieder an die vom Weinen geröteten Augen der Lady.

Es war sinnlos. Egal, was ich tat, überall entdeckte ich die Frau wieder. Sogar in dem Gemälde, das Marc über dem Fernseher aufgehängt hatte. Eine wirre Zeichnung von einem noch unbekannten Künstler, den er mal als Mandanten vertreten hatte. Der Mann hatte ihn nicht bezahlen können, aber ihm dieses Gemälde geschenkt. Manchmal übernahm seine Firma auch solche Fälle, aber das war sehr selten.

An der Tür hörte ich schließlich meinen Bruder. Sofort sprang ich von dem Sessel auf, in dem ich gerade saß, und rannte den

Flur hinunter zur Eingangstür. Marc blieb stehen, als er mich sah, und zögerte. »Hallo?«, fragte er verwirrt.

»Hi Marc, schön, dass du da bist«, sagte ich etwas überhastet und holte tief Luft, um mich zu beruhigen. Mein Herz klopfte hart gegen meinen Brustkorb, und ich hatte Mühe, mich zurückzuhalten und nicht mit dem Erlebten herauszuplatzen.

»Okay, was ist passiert?«, fragte Marc und betrat das Apartment. Seine Ledertasche stellte er wie jeden Abend neben die farblich auf die Garderobe abgestimmte Kommode und legte seinen Schlüssel in die Bambusschale, die auf der Kommode stand. »Du siehst aus wie ein Kleinkind, das gleich platzt, weil es ein Geheimnis hat, das es gerne teilen will.«

Ich biss mir auf die Lippen und wollte mich noch zurückhalten, aber er hatte Recht. »Es ist kein Geheimnis, aber ich hatte heute ein sehr seltsames Erlebnis.«

»Hat das Zeit, bis ich ein Bier in der Hand habe?« Er ging, ohne eine Antwort von mir abzuwarten, zum Kühlschrank. Er öffnete es und ging dann zur Anrichte, wo er sich neben die angeschnittene Paprika stellte.

»Bereit?«, fragte ich aufgeregt. Ich wusste nicht, was ich mir von dem Gespräch mit Marc erhoffte, aber immer, wenn mich etwas nicht losließ, war er da, um mit mir darüber zu reden. Vor anderthalb Jahren hatte ich das drängende Verlangen, einen Song zu schreiben, bei dem ich Hilfe gebraucht hätte. Tagelang hatte ich mich in mein Zimmer eingesperrt und nach den richtigen Worten gesucht. Und als am dritten Tag Marc schließlich mit Essen hereinkam und mich sah, hatte er darauf bestanden, mit mir einen Spaziergang im nahegelegenen Park zu machen. Die frische Luft und das Zwitschern der Vögel hatten meinen Verstand zur Ruhe gebracht. So sehr, dass ich mit Marc über die Textzeilen reden konnte, die mir Probleme bereiteten. Er war es auch gewesen, der mir schließlich den richtigen Ansatz eröffnet hatte. Zwei Stunden später war der Song fertig gewesen.

Daraus hatte ich gelernt und redete seither über alles mit Marc, was mich bedrückte. Zum Glück hatte ich einen Bruder, der mir auch immer zuhörte.

»Habe ich eine Wahl?« Marc schmunzelte, ehe er einen zweiten Schluck Bier trank. »Na los, schieß los. Was lässt dich aussehen, als ob du den Weihnachtsmann persönlich getroffen hast?«

»Eine Frau hat heute geweint«, sprudelte es aus mir heraus. Kaum sagte ich die Worte, merkte ich, wie bedeutungslos sie klangen. Eine Frau, die weinte, kam öfter vor, wenn man bedachte, dass sie in einer Großstadt mit Millionen von Menschen lebten. Es wurde meinem Erlebnis mit der Lady nicht gerecht.

»Wieso das?« Marc runzelte die Stirn.

»Das weiß ich nicht. Ich habe einfach so dagestanden und *Daisy* gesungen. Du weißt schon, den Song, den ich vor ein paar Wochen geschrieben habe«, erklärte ich und ließ meine Hand in der Luft rotieren. »Die Frau sehe ich fast jeden Morgen, wenn ich da oben spiele. Aber sie ist noch nie stehen geblieben.«

»Glückwunsch.« Marc schlug mir auf die Schulter. »Dann hast du mit deiner Musik etwas erreicht. Ich freue mich wirklich für dich.« Aus Marcs Stimme klang ehrliche Freude, aber das war es gar nicht, was ich von ihm hatte hören wollen.

»Nein, warte. Das ist es nicht, was mich so beschäftigt«, sagte ich und lief vor ihm auf und ab. »Diese Frau hat nicht einfach nur geweint. Sie hat meinen Song gehört, blieb dann stehen und weinte.«

Das Runzeln auf Marcs Stirn wurde tiefer. »Ich weiß nicht, was du genau meinst.«

»Als ich sie angesehen hatte, konnte ich nicht mehr wegsehen. Es war, als ob sie und ich miteinander verbunden waren. Durch die Musik. Diese schimmernden Augen, die voller Trauer waren. Sie haben mich mitgenommen auf eine Reise.« Ich hielt inne. *Sie nahm mich mit auf eine Reise.* Der Gedanke ließ mich erstarren. »Ich brauche Zettel und Stift«, rief ich und lief in mein Zimmer, wo ich immer einen Block und Stifte liegen hatte.

»Eine neue Songidee?«, fragte Marc hinter mir. Er war mir gefolgt und lehnte nun im Türrahmen meines Zimmers.

»Keine Ahnung«, erwiderte ich abwesend und klammerte mich an diesen Gedanken. Er sollte nicht im Sturm meiner Aufregung davongeweht werden. Meistens waren es nur Gedankenfetzen, die in meiner Schreibtischschublade landeten, aber in wenigen, kostbaren Augenblicken hatte ich einen ganzen, neuen Song in meinem Kopf.

»Soll ich dich allein lassen?« Marc deutete mit dem Bier über die Schulter. »Ich kann mir ein Spiel im Fernsehen anschauen.«

Ich hörte auf zu schreiben und schaute zu ihm auf. Kurz glaubte ich, durch zwei starke Brillengläser zu blicken. Meine Umgebung war wie in einem außergewöhnlichen Schimmer verschmiert. Doch gleich darauf erkannte ich Marc klar und deutlich. Durch ihn hatte ich den Gedanken überhaupt erst gefasst. »Wenn ich ehrlich bin, würde ich gerne noch etwas über die Lady reden.« Ich blinzelte wie ein Maulwurf gegen das Sonnenlicht, ehe ich eine weitere Textzeile aufschrieb. »Stell mir einfach Fragen, ja? Immer weiter. Alles, was dir einfällt. Damit würdest du mir ungemein helfen.«

»Kein Problem«, erwiderte Marc und setzte sich auf das Bett, die Flasche immer noch in der Hand. »Wie sieht sie denn aus, deine Lady?«

»Elegant, wie eine dieser alten, griechischen Statuen. Nur dass ihre Haut wie Bernstein schimmert. Weich und samtig«, berichtete ich und drehte mich zu Marc um. Ich lehnte mich mit meinen Ellbogen auf meine Knie vor und beschrieb ihre Figur mit den Händen. »In ihren Augen liegt immer ein Funkeln, als ob sie die Sterne selbst eingefangen hätte. Nein, viel leuchtender, so hellblau schimmern sie. Vielleicht war das aber auch nur durch die Tränen. Aber in diesen Augen liegt so viel verborgen.

So viel Geschichte, wie in einem Kristall«, begeisterte ich mich. »Ein Kristall entsteht über Jahrtausende und saugt alles an Geschichte auf, das in seiner Umgebung ist. Genauso sind ihre Augen. Sie nimmt alles auf.«

»Klingt nach einer Göttin«, sagte Marc. »Meinst du nicht, dass du etwas übertreibst?« Er lehnte sich mit dem Kopf gegen die Wand und schloss die Augen. »Du siehst sie gerade nur noch in deiner von Emotionen verklärten Erinnerung. Du hast wohl kein Foto von ihr gemacht, oder?«

Ich schüttelte den Kopf. »Dazu blieb weder Zeit, noch schien es mir angebracht«, winkte ich ab und drehte mich auf dem Stuhl, um mir mehr Notizen zu machen. »Aber du hättest sie sehen müssen.« Ich pfiff bewundernd, während ich mir ihre Augen noch einmal ins Gedächtnis rief.

»Wieso nennst du sie eigentlich Lady? Ist sie adlig?«, wollte Marc wissen. »Jemand, den man kennt?«

»Ich habe absolut keine Ahnung, wie sie heißt. Ich nenne sie nur immer so, weil sie sich genau so gibt. Elegant, verschlossen, adlig eben. Ja, das ist gut«, sagte ich und hielt in meinen Drehungen wieder an, um eine weitere Textzeile niederzuschreiben.

»Hast du sie angesprochen?«, wollte Marc wissen.

»Ich habe es versucht, aber sie wollte nicht. Sie wollte offensichtlich mit ihrer Trauer allein sein«, überlegte ich.

Marc lehnte sich vor und schmunzelte. »Woher weißt du, dass es Trauer war? Es hätte auch dein schräger Gesang sein können.«

Für einen kurzen Moment blinzelte ich verwirrt in seine Richtung, fasste kaum auf, dass er einen Scherz gemacht hatte. »Habe ordentlich gesungen. Alle anderen waren begeistert, nur sie weinte.«

Marc schwieg und sah mir zu, wie ich immer wieder eine Zeile auf das Blatt schrieb, sie durchstrich und darüber etwas Neues verfasste. Ich spürte, wie meine Augen brannten, weil ich keine Sekunde verpassen und mich auf keinen Fall verschreiben wollte. Nur im Notfall blinzelte ich. Dass ich das Blatt schon an einer Stelle durchgerieben hatte, weil ich zu fest gedrückt hatte, merkte ich erst, als der Stift ein kratzendes Geräusch auf dem Schreibtisch verursachte. Ich hatte keine Ahnung, wie lange ich so dagesessen hatte. Als ich mich das nächste Mal zu Marc umdrehte, hatte er eine neue Flasche Bier und das Abendessen auf seinem Teller halb aufgegessen.

»Willst du auch was?«, erkundigte er sich und grinste. »Du warst so vertieft in deinen Song, dass du nicht einmal mitbekommen hast, wie ich gekocht habe.«

Meine Hand schmerzte vom vielen Schreiben. Der Zettel vor mir war jedoch nicht mehr leer, sondern voll mit gestrichenen Zeilen und Worten. Einige Strophen hatte ich schon zusammen, aber ich hing noch beim Refrain.

Ein Blick auf meine Handyuhr zeigte mir, dass es kurz vor Mitternacht war. »Müsstest du nicht längst schlafen?«, fragte ich verwirrt.

Marc legte die Gabel auf den Teller ab. »Hatte ich auch vor, aber es ist das erste Mal, dass ich dich so sehe, und ich weiß noch nicht, ob ich Angst haben oder dich einfach machen lassen soll«, antwortete er ehrlich. »Du bist so vertieft in diesen Song, und so wie es klingt, steckt da mehr als nur dein Herz drin. Deswegen wollte ich lieber bei dir bleiben.«

Marcs Worte brachten mich endgültig zurück in die Gegenwart. »Das … das hättest du wirklich nicht machen müssen«, sagte ich und legte den Stift ab. »Ich komm schon klar.«

»Wirklich?« Echte Sorge sprach auf einmal aus ihm. »Du siehst nämlich aus, als ob du eine Schulter zum Anlehnen gebrauchen könntest.«

Mein Bruder deutete auf meine Wange, und erst da merkte ich den kühlen Lufthauch, der die Tränen trocknete. »Ich weine«, rief ich überrascht. »Das habe ich gar nicht gemerkt.«

»Und deswegen sitze ich hier. Du hast noch nie geweint,

wenn du einen Song geschrieben hast. Nicht einmal, als du das wütende Lied über unsere Eltern geschrieben hast. Wie hieß es noch mal?«

»*A Chapter Ends*«, erwiderte ich nebenbei und wischte mir die Tränen von der Wange. »Wieso weine ich jetzt?«

Ich schaute hinunter auf den Text. An die Hälfte davon erinnerte ich mich kaum. Den Song hatte ich wie im Wahn geschrieben. Ich drehte den Zettel, so dass ich alle Notizen lesen konnte, die ich an den Rand geschrieben hatte. Riff, Pull-Off? Meine Augen brannten, während ich die Notizen zu entziffern versuchte.

»Das kannst nur du wissen«, reagierte Marc, nachdem er gegähnt hatte. »Ich habe nur zum Teil mitbekommen, was du da geschrieben hast. Du hast dich von der Fröhlichkeit verabschiedet und sagtest etwas von brennenden Kerzen.«

Ich schaute hinunter, suchte auf dem Zettel die Notizen dazu. Es waren nur Worte, die am Rand standen. So nah am Abgrund, dass sie vom Papier zu rutschen drohten, wenn ich sie nicht schnell einfing. Meine Finger strichen darüber. Kerzen. Fröhlichkeit.

»Danke, Marc, ich denke, von hier an komme ich wieder allein klar«, murmelte ich, während ich den Konturen meiner krakeligen Handschrift folgte.

Mein Bruder stand auf und gähnte erneut. Er hob seinen Teller hoch. »Wenn du was brauchst, ich bin direkt nebenan«, sagte er und machte einen Schritt auf die Tür zu, ehe er wieder stehen blieb und zögerte. »Bist du sicher, dass ich dich allein lassen kann?«

»Keine Sorge. Ich bin wieder vollkommen da«, beruhigte ich ihn und winkte ihm hinterher. »Du kannst ruhig schlafen gehen.«

»Dann schlaf gut. Ich bin schon gespannt darauf, den Song zu hören, wenn er fertig ist.« Zunächst glaubte ich, dass er es nur so dahersagte, aber dann sah ich die ehrliche Vorfreude.

Seine Worte wärmten mein Herz und trockneten die Tränen endgültig.

Ich nickte ihm zu. »Danke.«

Marc ließ mich mit meinen Notizen und meinen Gefühlen allein. Erneut las ich die Zeilen, die mein Herz, meine Seelengedanken geschrieben hatten, und ich spürte, wie sie mir durch Mark und Bein gingen. Das war der Text, der mich mit der Lady verband, das konnte ich spüren. Auf Wiedersehen, Fröhlichkeit.

Wieder lehnte ich mich über den Tisch und begann, den Refrain zu schreiben. Wort für Wort floss aus meinem Stift auf das letzte Stückchen blütenweißes Papier. Die Nacht glitt an mir vorbei wie ein Schnellzug. Minuten, Stunden, Sekunden, alles floss vorbei und in die Saiten meiner Gitarre. Leise, beinahe zärtlich strich ich über die Saiten, sang den Song und entwickelte eine Melodie.

Erst als die ersten Sonnenstrahlen durch mein Fenster drangen, fiel ich erschöpft ins Bett. In meiner Hand lag das Blatt Papier mit den Akkorden und den Zeilen, die mich nicht mehr loslassen wollten. Dem Song über die traurige Frau, die solch tiefe Gefühle in mir hervorgerufen hatte, dass ich sie niemals vergessen konnte. Leise murmelte ich die letzte Zeile des Refrains ein weiteres Mal. *»My Sad Woman«*, ehe ich vor Erschöpfung einschlief.

Kapitel 6

Charlotte

Meine Finger zitterten, als ich bei Emily klingelte. Ihr Haus lag in Acton, nicht weit vom Twickenham Stadium entfernt, in dem Rugby gespielt wurde. Ich hatte nur ein einziges Mal das größte Rugbystadion der Welt besucht, weil Emily mich eingeladen hatte, aber dem Sport konnte ich nicht viel abgewinnen. Schwitzende Männer, die sinnlos gegeneinander krachten, weil sie einen eiförmigen Ball haben wollten. Aber für Emily hatte ich es getan. Ihr Mann Piri hatte an dem Abend im Endspiel seiner Amateurmannschaft, der London Wasps, gestanden, und Emily hatte jemanden gebraucht, der ihr die Hand hielt.

Für meine beste Freundin war ich gerne bereit gewesen, eine Betreuung für Daisy zu organisieren, was aufgrund der medizinischen Bedürfnisse meiner Tochter nicht leicht gewesen war. Leider hatte Piri mit seiner Mannschaft verloren, aber das hatte Emilys Enthusiasmus für den Sport nicht gemindert. Sie hatte aber auch gemerkt, dass ich nur für sie mitgekommen war, und fragte mich nicht wieder.

Ich hörte leise Schritte, die sich der roten Tür näherten. Durch das Milchglas konnte ich den Umriss eines kleinen Mädchens ausmachen. »Ich mach auf!«, hörte ich sie immer wieder wiederholen.

»Warte!«, rief Emily von weiter hinten im Haus.

Ich musste schmunzeln, als Laila mir bereits freudestrahlend entgegensprang. Sie war die dreijährige und jüngste Tochter meiner besten Freundin. Emily hatte vier Kinder: Gareth, Sam, Elton und Laila. Alle voller Leben und Lebensfreude. Kurz nach Daisys Tod hatte ich mich nicht auf die Kinder einlassen können, war zu tief in meinem Verlust verloren gewesen. Doch Emily gab mir die Zeit, die ich brauchte. Irgendwann stand sie mit Sack und Pack vor meiner Tür. Die Kinder mit Spielsachen in ihren Rucksäcken und Emily mit einer Flasche Rotwein in ihrer Handtasche. Während Piri sich um die Kinder in meinem weitläufigen Garten kümmerte, hatten Emily und ich einfach nur dagesessen und getrunken. Der Anblick ihrer Kinder in meinem Garten hatte mich ein wenig aus der Tiefe emporgezogen. Zumindest so weit, dass ich beim Anblick von Kindern nicht sofort weinen musste.

»Tante Charlie«, kreischte Laila mir ins Ohr, während sie ihre dünnen Ärmchen um mich schlang.

Ich lächelte unwillkürlich und vergaß für einen Moment, warum ich meine beste Freundin besuchen wollte.

Emily kam den schmalen Flur des Hauses entlang und bremste, als sie mich sah. »Charlotte, was machst du denn hier?«, fragte sie und nahm mir ihre Tochter ab. »Waren wir verabredet, und ich habe es wieder vergessen?«

»Nein, ich wollte einfach mal vorbeischauen«, erwiderte ich und presste die Lippen aufeinander. Es war unser geheimer Code dafür, dass ich dringend reden musste. Die Kinder wussten zwar, dass Daisy nicht mehr da war, aber die jüngeren hatten noch nicht verstanden, wie sehr es mich mitgenommen hatte. Um ihnen das Leben nicht unnötig schwer zu machen, redeten wir nicht vor den Kindern darüber.

»Ah, ja. Moment.« Emily drehte sich zu ihrer Tochter. »Mäuschen, kannst du zu Sam und Elton in den Garten gehen? Ich glaube, die brauchen noch Hilfe beim Training.« Liebevoll strich sie ihrer Tochter die Haare aus dem Gesicht, ehe sie Laila auf den Boden setzte. Mit einem fröhlichen Lied auf den Lippen rannte sie den Flur hinab und in das Wohnzimmer hinein.

»Was ist passiert?«, fragte Emily, gleich nachdem sie sicher war, dass ihre Tochter außer Hörweite war.

Ich wusste nicht, wo ich anfangen sollte. Eigentlich hatte ich einen schönen Tag mit Hamish verbracht. Bis ich nach Hause gegangen war. Diese Melodie, dieser Song hatten mich vollkommen aus dem sowieso schon fragilen Gleichgewicht gebracht.

»Ist es die Arbeit?«, schob Emily hinterher und bedeutete mir, ihr zu folgen.

Ich schüttelte den Kopf. »Die Arbeit ist zwar auch nicht leicht, aber der Junge, den ich betreue, schafft es, mich wieder an die harte Zeit zu gewöhnen. Er ist ein ganz besonderer Kerl«, erwiderte ich, dankbar für das unverfängliche Thema.

Stumm lief Emily durch das von Spielsachen dominierte Haus, direkt in den Garten auf die Terrasse. Bauchige Korbmöbel standen dort auf vom Unkraut langsam zurückeroberten Steinen. Die neuen, grün-weiß karierten Auflagen täuschten nicht darüber hinweg, dass diese Möbel ihre beste Zeit schon hinter sich hatten. Einer der Stühle stand abseits der anderen und hatte nur noch drei Beine. Vermutlich wollte Piri am Wochenende versuchen, den Korbstuhl zu reparieren. Trotz seiner grobschlächtigen Statur besaß Emilys Mann ein gewisses handwerkliches Geschick. Bei vier Kindern, die er zu versorgen hatte, war es wohl auch notwendig, öfter mal etwas zu reparieren statt ständig etwas neu zu kaufen. Sam, Elton und Laila spielten im kleinen Garten auf der Rasenfläche. Gareth, der Älteste, war vermutlich in seinem Zimmer und machte Hausaufgaben, wie so oft, wenn ich am späten Nachmittag Emily besuchen kam.

Emily deutete auf einen Stuhl neben sich und setzte sich ebenfalls. »Möchtest du darüber reden?«

Das liebte ich so an meiner Freundin. Sie wusste, dass man

nicht unbedingt immer reden musste. Manchmal half es auch, die Gesellschaft der anderen zu spüren, zu wissen, dass da jemand war, der für einen da war. Egal, was passierte.

Doch heute musste ich reden, musste über den Song sprechen, der mich so aufgewühlt hatte, dass ich meine Beherrschung verloren hatte. »Es geht um Daisy«, sagte ich und seufzte. »Also im weitesten Sinne.«

»Schätzchen, du musst deswegen doch nicht seufzen.« Emily tätschelte meine Hand, die auf der Lehne des Korbstuhls lag. »Immerhin holt dein Job gerade sicher einiges wieder hervor. Ich kann mir gar nicht vorstellen, wie es ist, jeden Tag mit dem Tod konfrontiert zu werden.«

Ich presste meine Lippen zusammen und holte tief Luft. »Das ist es gar nicht«, erwiderte ich langsam. »Ich habe gestern auf dem Heimweg einen Musiker gehört.« Ich machte eine wegwerfende Handbewegung, als wäre es nicht weiter von Belang, aber er war der Grund, warum ich nun vor meiner besten Freundin saß und so aufgewühlt war. »Genau genommen sehe ich ihn recht regelmäßig. Er spielt öfter in meiner Straße. Ist auch gar nicht so schlecht. Ich schenke ihm immer ein bisschen Geld.«

Emily sah mich erwartungsvoll an. Sie wusste, dass ich mit meinen Worten nur auf Zeit spielte. Eigentlich wollte ich ja auch darüber reden, aber es fiel mir trotz allem immer noch schwer. Emily und ich kannten uns seit Kindertagen, und auch wenn unsere Leben nicht gegensätzlicher sein könnten, waren wir schon damals unzertrennlich gewesen. Emily war fünf Jahre älter als ich, aber das hatte uns nicht davon abgehalten, in der Schule miteinander zu reden. Das Mädchen mit den konservativen Eltern, die eine erfolgreiche Immobilienfirma leiteten, und das Mädchen, deren Eltern arbeitslos gewesen waren. Das Einzige, was uns verbunden hatte, waren die abwesenden Eltern. Wenn auch aus anderen Gründen. Meine Eltern waren ständig auf einer Besichtigung oder einer Konferenz gewesen, und Emilys

Eltern waren entweder in einer Kneipe oder hatten vor dem Fernseher gehockt, wo sie nicht für ihre Kinder ansprechbar gewesen waren. Diese Abwesenheit hatte ein Band zwischen Emily und mir geknüpft, das weit über eine normale Schulfreundschaft hinausging. Auch als wir älter wurden, verloren wir uns nicht aus den Augen, sondern hielten den Kontakt und redeten über alles.

Ich hob den Blick und schluckte meine Bedenken herunter. In ihren Augen konnte ich sehen, dass sie mir die Zeit gab, mich zu sammeln. Emily drängelte nicht, sie war einfach an meiner Seite und hielt meine Hand.

»Jedenfalls«, begann ich erneut und löste meine Hand aus ihrer, um selbige zu kneten. »Er hat einen Song mit dem Titel *Daisy* gesungen. Eigentlich nichts Schlimmes. Ich höre ihren Namen immer wieder und denke ja auch viel über sie nach, aber das, was er gesungen hat, hat mich berührt. Als würde seine Stimme direkt in mein Herz sprechen und es entzünden. Verstehst du, was ich meine?« Ich verzog das Gesicht. Wenn es um Daisy ging, konnte ich mich nie gut ausdrücken.

»Klar und deutlich. Er hat dir aus der Seele gesprochen«, sagte Emily und nickte langsam. »Hast du mit ihm geredet?«

Ich schüttelte den Kopf. »Kaum hat er aufgehört zu singen, habe ich gemerkt, wie sehr ich geweint habe. Er hat mich bemerkt und wollte reden, aber ich konnte nicht.«

»Wolltest du denn mit ihm reden?« Emily spielte mit der kleinen Plastikkirsche, die als Beschwerer an der Wachstischdecke über dem Gartentisch hing.

Eine Gruppe Spatzen wurde von den Kindern aufgeschreckt und flatterte schimpfend über die dunkelgrüne Buchenhecke hinweg auf das Grundstück des Nachbarn. Ich fühlte mich genauso, war aufgeschreckt, wusste nicht, was ich dazu sagen sollte. »Darüber habe ich noch gar nicht nachgedacht. Warum sollte ich mit ihm reden wollen?«

»Der Song wird vermutlich nicht von deiner Tochter gehandelt haben«, erklärte Emily pragmatisch und zugleich einfühlsam. »Aber vielleicht hat er etwas Ähnliches durchgemacht. Wenn der Song dich so berührt hat, stecken Gefühle vom Musiker darin. Die hast du vielleicht gespürt und so eine Verbindung aufgebaut.«

Ich saß nur da und beobachtete Laila, die aus dem Hochbeet eine Erdbeere mopste. Sie konnte mit ihren kurzen Armen gerade so über den Rand greifen und die vorderste Reihe der Pflanzen erreichen. So fühlte ich mich auch, als ich darüber nachdachte, was Emily gesagt hatte. Als käme ich nur an die vorderste Reihe meiner Gedanken und Emotionen, weil ich einfach noch nicht ausreichend gewachsen war. Brauchte ich die Hilfe meiner besten Freundin, um an die Früchte meiner Gedanken zu gelangen? Und wenn ja, war es so verwerflich, wenn ich mir helfen ließ? »Vielleicht hast du recht. Aber ich werde nicht mit ihm reden. Selbst wenn er etwas Ähnliches durchgemacht hat, will ich nicht mit einem Wildfremden über meine Tochter sprechen.« Ein zaghaftes Lächeln glitt über meine Züge. »Dafür habe ich doch dich. Du kanntest Daisy und hast mich bei allem begleitet, was wir durchgemacht haben.«

»Und das tue ich noch«, sagte Emily und zwinkerte mir zu. »Auch wenn ich das Gefühl habe, dass diese Räuberbande mir eines Tages jede Kraft rauben wird. Irgendwann liege ich wie ein Marienkäfer auf dem Rücken und komme nicht mehr allein hoch.«

Bei der Vorstellung musste ich lachen. Es gab viele Menschen, die vermutlich irgendwann kraftlos auf dem Rücken liegen bleiben würden, aber nicht Emily. »Dazu bist du zu aktiv. Ich weiß schon, warum du vier Kinder hast«, schmunzelte ich. »Alles darunter wäre keine Herausforderung für dich.«

»Oh, glaub mir, die Kinder sind definitiv eine Herausforderung. Vor allem Laila. Erinnere mich daran, dass ich kein Kind mehr kriege, falls ich doch noch mal auf den Gedanken kommen sollte. Diese Nachtschreckphasen sind echt anstrengend.«

Ich nickte und griff nach dem Wasserkrug, der immer auf dem Tisch stand, wenn Emily mit den Kindern im Garten war. Ebenso wie einige Gläser auf einem Tablett. Sie war gerne vorbereitet, auch wenn ich oft genug miterlebt hatte, dass sie mit ihren vier Kindern nie auf alles vorbereitet sein konnte. Allerdings war es bereits erstaunlich, dass sie häufig das Richtige aus ihrer Handtasche ziehen konnte. Als ob darin mehr Platz war, als man von außen erkennen konnte.

Einen Moment lang beobachteten wir die Kinder beim Spielen. Laila kreischte, als ihr großer Bruder sie mit Sand aus der rechteckigen Sandkiste bewarf. Emily schüttelte nur den Kopf, griff aber nicht ein.

»Willst du mir von dem Song erzählen?«, fragte Emily nach einer Weile und hielt sich an ihrem Glas fest.

»Es war eigentlich ein einfacher Song, und wenn ich so darüber nachdenke, ein Liebeslied.« Ich schnaubte. »Wer schreibt auch schon einen Song über einen Toten?«

»Weiß nicht.« Emily schmunzelte. »Elton John vielleicht?«

»Aber doch kein Straßenmusiker, oder? Auf der Straße einen so traurigen Song zu singen wäre sicher nicht sehr hilfreich. Die Menschen, die für Lieder stehen bleiben, wollen im Takt mitklatschen oder mit den Köpfen nicken. Aber doch nicht auf offener Straße weinen.« Ich senkte den Kopf. »Nicht so wie ich. Das ist doch furchtbar unangenehm.«

Emily nickte mitleidig. »Weißt du noch, als ich mit Laila schwanger war und wir uns zum Shoppen verabredet hatten?«, fragte sie und hob ihr Glas wie zum Anstoßen.

Ich wusste sofort, worauf sie anspielte. Wir hatten Winterhandschuhe gesucht, und ihre Finger waren so geschwollen gewesen, dass sie in kein Paar gepasst hatte. »Du warst im neunten Monat schwanger und von Hormonen überschüttet.«

»Dennoch habe ich geheult wie ein Schlosshund. Mitten in der Boutique. So sehr, dass die Verkäuferin mir die Handschuhe schenken wollte. Die, in die ich wohlgemerkt damals nicht hineinpasste.« Emily lachte und deutete nach drinnen. »Mittlerweile sind sie mir fast zu groß. Aber der Punkt ist, dass jeder mal in der Öffentlichkeit weint. Das ist doch nichts Schlimmes.«

»Ich finde nicht, dass Emotionen in die Öffentlichkeit gehören. Weinen ist etwas sehr Intimes, und das sollte auch so bleiben.« Ich presste die Lippen aufeinander. Emily war schon immer offener im Umgang mit ihren Gefühlen gewesen. Auch wenn ich mich nicht vor ihnen verschloss, so lebte ich sie selten offen aus. Für mich war es eher ein innerer Kampf.

»Was hältst du davon, wenn du heute Abend zum Essen bleibst?«, schlug Emily vor und stellte ihr Glas vor sich ab. »Du bekommst echte Hausmannskost und kannst mir dann helfen, diese Rasselbande ins Bett zu bringen.«

»Verlockendes Angebot«, erwiderte ich und legte den Kopf schief. Emilys Essen war besser als das in so manchem Sternerestaurant, das ich früher mit meinen Eltern besucht hatte. Vor allem, weil sie es mit Liebe und Leidenschaft kochte. Mit genauso viel Liebe und Leidenschaft erzog sie ihre Kinder. Zwar hatte Emily eine Ausbildung zur Verkäuferin gemacht, aber schon kurz nachdem sie fest angestellt worden war, war sie das erste Mal schwanger geworden. Seither hatte sie alle zwei Jahre ein Kind bekommen. Es war immer ihr Traum gewesen, viele Kinder zu haben, und mit Piri, der selbst aus einer Großfamilie mit sieben Geschwistern stammte, hatte sie den perfekten Partner gefunden. In ihrem kleinen Häuschen in Acton waren die sechs glücklich. Auch wenn sie sich keine großen Reisen leisten konnten, waren sie mit dem zufrieden, was sie hatten. Und das bewunderte ich an Emily. In manchen, sehr nagenden Momenten war ich eifersüchtig auf das, was sie hatte. Wenn der Schmerz zu düster wurde und mich in den Abgrund zog. Dort, wo auch die bösartigen Gedanken lauerten. Wo die Eifersucht mich mit säuselnder Stimme um den Finger wickeln wollte. Warum ausgerechnet meine beste Freundin vier vollkommen gesunde Kinder auf die Welt gebracht hatte und sie alle noch lebten. Warum sie einen Mann hatte, der sie bedingungslos liebte und sich um ihre gemeinsamen Kinder kümmerte, wenn sie mal einen Tag frei brauchte. Und warum ich das alles nicht haben konnte? Doch ich widerstand jedes Mal wieder dieser Stimme, denn es gab etwas in mir, das stärker war als all die Dunkelheit und Finsternis, die mich hinabzog, und das war das leuchtende Band der Freundschaft, das wir in jungen Jahren geknüpft hatten. Es reichte bis in meine tiefsten Seelenabgründe hinab, strahlte hell genug, um alle Dunkelheit zu vertreiben, und half mir jedes Mal wieder, mich herauszuziehen.

»Gehst du auch darauf ein?«, unterbrach Emily meine Gedanken.

»Ja, natürlich. Ich bleibe gerne. Aber nur, wenn ich dir beim Kochen helfen darf.«

Während die Kinder im Garten weitertobten und nur hereinkamen, wenn sich eines ungerecht behandelt fühlte, konnten Emily und ich in Ruhe kochen.

Kurz bevor das Essen fertig war, kam Piri von der Arbeit heim. Er war ein hochgewachsener, breitschultriger Mann, dessen schwarze, gelockte Haare immer wieder in die Stirn fielen. Seine Eltern waren aus Neuseeland nach London ausgewandert. Ich hatte nie verstanden, was seine Eltern dazu bewogen hatte, dieses wunderschöne Land zu verlassen und in eine Großstadt zu ziehen.

»Was verschafft uns die Ehre?«, sagte er und warf seine Tasche mit den Arbeitsklamotten in den Hauswirtschaftsraum vor die Waschmaschine. Piri arbeitete in einer Baufirma als Polier, wenn er nicht gerade Rugby spielte. Auch wenn er auf der Arbeit selbst nicht mehr so häufig anpacken musste, konnte er es nicht sein lassen.

»Ich musste mal mit Emily reden«, antwortete ich ehrlich. Zwischen Piri und Emily gab es keine Geheimnisse. Was ich Emily erzählte, erfuhr auch Piri. Aber ich vertraute ihm genauso wie Emily. Keiner von ihnen würde mir wehtun, indem er etwas über mich weitertratschte.

»Frauengespräche?«, hakte Piri nach und zog eine Augenbraue hoch, so dass diese unter seinen Locken verschwand.

»So in etwa«, erwiderte ich und griff nach den Tellern, um sie auf den Esstisch im Wohnzimmer zu stellen. Früher hatte ich das immer mit Daisy gemacht. Ich hatte ihr die Teller auf den Schoß gestellt, und gemeinsam waren wir dann zum Tisch gefahren, um die Teller zu verteilen. Es hatte länger gedauert, als wenn ich es allein gemacht hätte, aber darum war es mir nie gegangen. Wehmütig strich ich über den Rand des Tellers, als mir die Erinnerung kam. Geduld. Ja, das hatte sie mir beigebracht. Verstehen, dass jeder sein eigenes Tempo hatte. Natürlich hätte ich die Teller allein aufstellen und meine Tochter außen vor lassen können, aber dann hätte sie sich wie eine Außenseiterin gefühlt. So hatte ich ihr das Gefühl geben können, etwas zum Abendessen beigetragen zu haben.

»Ich hoffe, du hast heute was mit Fleisch gekocht«, donnerte seine Stimme durch die Küche. »Piri mag Fleisch.«

»So sieht Piri auch aus«, erwiderte Emily und lachte. Aus dem Augenwinkel konnte ich sehen, wie sie ihm in den leicht gerundeten Bauch stach.

»Daddy!«, rief Laila und kam mit voller Geschwindigkeit durch die Terrassentür auf ihren Vater zugelaufen. Sie stolperte beinahe vor ihm, aber Piri reagierte blitzschnell und ging in die Hocke, um sie aufzufangen.

»Vorsicht, kleiner Kiwi«, sagte er liebevoll und hob sie hoch. »Wir wollen doch nicht, dass du dir deinen süßen Schnabel brichst.«

»Bin kein Kiwi, bin ein Rabe«, widersprach Laila.

Ich schmunzelte. Es war ein kleiner Wettstreit, den Piri und Emily austrugen. Piri nannte seine Tochter immer Kiwi, wie den Nationalvogel aus Neuseeland. Er war stolz auf seine Wurzeln, was man nicht nur an den traditionellen Maori-Tätowierungen an seinem Arm erkennen konnte. Aber Emily ärgerte ihn gerne, indem sie den Kindern beibrachte, dass die Raben vom Tower viel besser zu ihnen passten. Schließlich waren sie ja in London geboren und nicht in Neuseeland.

»Ich glaube nicht, denn einen spitzen Schnabel wie der Kiwi hast du schon«, lachte Piri und setzte sich an den Tisch.

Ich seufzte voller Wärme, als ich zusammen mit Emily die Speisen auf den Tisch stellte und im Anschluss auf meine Hände schaute. Sie zitterten nicht mehr. Die Unterhaltung mit Emily und die Lebensfreude dieser Familie hatten mir einmal mehr geholfen, mich von dem Abgrund zu entfernen, an den ich durch den Song getrieben worden war.

Ein letztes Mal ging ich in die Küche und nahm Emily die Schüssel ab. Dabei lächelte ich und nickte ihr zu. »Danke«, sagte ich einfach nur, obwohl so viel mehr darin steckte, als dieses eine Wort ausdrücken konnte.

Emily nickte ebenfalls und scheuchte mich gleich darauf an den Tisch. »Los, sonst wird das Essen noch kalt.«

Kapitel 7

Charlotte

»Möchtest du noch ein Kissen?«, fragte ich Hamish, der sich aufzusetzen versuchte, um die Blumen zu malen, die ich ihm mitgebracht hatte.

»Geht schon«, erwiderte er und kämpfte sich Zentimeter für Zentimeter weiter nach oben. Ich wollte ihm helfen, wollte ihm die Last abnehmen, aber ich wusste auch, dass es ihm viel bedeutete, wenn er sich noch selbst aufrichten konnte. Daisy war genauso gewesen. Bis zum Schluss hatte sie immer wieder darauf bestanden, selbst den Strohhalm von ihrem Trinkbecher in den Mund zu führen. Es war, als ob sie sich verzweifelt an die Freiheit der Bewegung hatte klammern wollen. Ich hatte ihr eben diese Freiheit gelassen, auch wenn es mich gequält hatte. Bei dem Gedanken, wie sie mit ihrer kindlichen Stimme immer *Mama, nein* gesagt hatte, wurde mein Herz warm. Die Tatsache, dass ich immer noch ihre Stimme so hörte, wie sie wirklich gewesen war, gab mir die Zuversicht, dass ich sie nie vergessen würde. Denn das war meine größte Angst. Eines Tages nicht mehr zu wissen, wie sie aussah oder wie sie sich bewegt hatte. Einfach zu vergessen. Niemals wollte ich das zulassen. Daisy war ein Teil von mir und würde es hoffentlich immer bleiben.

»Bist du müde?«, fragte ich ihn, da er sich kraftlos die Augen rieb. »Soll ich dich ein bisschen allein lassen?«

In den wenigen Tagen, die ich nun schon bei Hamish war, kam es öfter vor, dass er sich vornahm, ein Bild zu malen, dann aber zu müde von dem Morphium oder von der Anstrengung aufzustehen war.

»Nicht gehen«, sagte er etwas schneller, als er es vermutlich beabsichtigt hatte. Er räusperte sich und ergänzte: »Ich meine, bitte bleiben Sie bei mir.«

Ich nickte, konnte verstehen, dass er nicht allein sein wollte. Niemand wusste genau, wie viele Tage er noch hatte. Aber die wollte er nicht allein verbringen. »Natürlich. Was wollen wir denn machen? Ein Spiel spielen?«

Hamish zuckte nur mit den Schultern. »Entscheiden Sie.«

Seine Reaktion ließ mich schmunzeln. Kinder waren doch alle gleich. Egal, wie alt oder krank sie waren. Wenn man ihrem Willen erst einmal nachgegeben hatte und auf einmal die Kinder eine Entscheidung treffen sollten, wirkten sie so, als ob es sie gar nicht interessierte. »Also gut. Wie wäre es, wenn wir uns einfach unterhalten?«

»Und worüber?« Hamish legte die Malsachen auf den grauen Tisch, dessen Platte über sein Bett reichte.

Einen Moment lang überlegte ich. Ich wollte, dass er mit einem Lächeln gehen konnte. »Gibt es etwas, das du schon immer mal machen wolltest, es aber nie geschafft hast?«, erkundigte ich mich daher.

»Miss Charlotte«, begann er und seufzte theatralisch. »Ich habe auf der Straße gelebt.«

»Das stimmt.« Ich schob seine Mütze ein Stück weit nach oben, damit er mich besser sehen konnte. »Du willst damit sagen, dass du verdammt viele Wünsche hast?«, hakte ich nach.

»Tonnenweise!«

»Dann erzähl doch mal. Was steht ganz oben auf deiner

Liste?« Ich griff in meine Handtasche neben seinem Bett und zog einen Block und einen Bleistift hervor.

»Mhm, da muss ich überlegen«, erwiderte er und tippte sich mit dem Finger gegen die Unterlippe. Ich gab ihm Zeit, um sich in Ruhe Gedanken zu machen, und beobachtete ihn solange. Durch seine Bewegungen merkte ich, dass sich sein Zugang zu lockern schien. Ich würde ihn später austauschen müssen.

Draußen regnete es, und der Wind heulte durch das Fenster. Die Bäume am Rand des Parks wiegten sich hin und her, wie eine Mutter, die ihr kleines Baby auf dem Arm hielt und es beruhigen wollte. Vor und zurück, vor und zurück. So wie ich es damals mit Daisy getan hatte, nachdem die Ärzte festgestellt hatten, dass sie nicht lange leben würde. Eine Diagnose, die mein Leben beinahe zerstört hätte. Doch nie, niemals hatte ich daran gedacht, mein Kind nicht in den Armen zu halten und sie zu trösten, wenn sie Schmerzen hatte. Wochenlang hatte ich sie nicht aus den Augen gelassen, hatte sie ständig bei mir getragen, um ihr zu zeigen, dass ich immer für sie da sein würde, auch wenn sie mich zu der Zeit noch kaum hatte sehen können. Sie hatte mich gespürt, da war ich mir sicher. Und das war alles, was zählte.

»Ich wollte schon immer auf einem Pferd sitzen«, riss mich Hamish aus meinen Gedanken. »Stella hat mir immer davon vorgeschwärmt, dass man nur auf dem Rücken eines Pferdes wirklich frei wäre«, erklärte er. Das Funkeln seiner Augen kehrte zurück und vertrieb die Müdigkeit, die sich zuvor ausgebreitet hatte.

»Ein Pferd?«, wiederholte ich überrascht. Das hatte ich von einem elfjährigen Jungen nicht erwartet. Dennoch schrieb ich es auf meinen Zettel. »Noch etwas?«

»So viele Burger essen, bis mir schlecht wird«, rief er und lachte. »Einmal haben wir die Reste aus dem Mülleimer eines Burgerladens gefischt, und ich habe nur die Pommes bekommen, während alle anderen die Brötchen essen durften.« Hamish riss die Augen auf und nickte. »Henry durfte sogar das Fleisch essen, nachdem er Stella besiegt hatte.«

Ich runzelte die Stirn und sah ihn neugierig an. Das war bereits das zweite Mal, dass er diesen Namen erwähnte. Ich schrieb ihn in die obere rechte Ecke, um ihn mir zu merken, falls er sie später noch einmal erwähnte. »Burger essen, bis du spucken musst.« Das war ein Wunsch, den ich ihm erfüllen konnte, ohne mit ihm nach draußen zu gehen. »Sonst noch etwas?«

Hamish tippte sich wieder gegen die Lippen. »In den Schaufenstern standen immer diese großen Spielekästen. Playstation oder so. Stella meinte, das wäre nichts für mich, aber ich glaube, ich würde das mal testen wollen.«

Wieder dieser Name. Ich schrieb mir Playstation auf. »Sag mal, diese Stella, hast du viel Zeit mit ihr verbracht?«, fragte ich leise. Er war bisher nicht sehr gesprächig, was seine Zeit auf der Straße anging. Nur ab und an hatte er etwas erzählt, doch von Stella erzählte er mir heute zum ersten Mal.

»Stella war mein Beschützer«, erwiderte er mit langgezogener Stimme, als wäre es nichts Besonderes.

»Stella war ein Junge?«, fragte ich verwundert nach. »Ich dachte erst, es wäre ein Mädchen.«

»Ist sie auch, aber das darf niemand wissen«, flüsterte Hamish und sah zur Tür, als ob jeden Augenblick jemand hereinkommen würde, um ihn für seine Aussage zu bestrafen.

»Sie tut so, als ob sie ein Junge wäre? Warum das?« Ich legte den Zettel beiseite und konzentrierte mich voll und ganz auf Hamish.

»Weil nur die Jungs Anführer auf der Straße sein können. Mädchen doch nicht«, erklärte er und verzog das Gesicht, als hätte ich etwas unglaublich Dummes gesagt. »Aber ich habe mal gesehen, wie sie pinkeln musste. Seit dem Tag hat sie mich beschützt, solange ich niemandem verraten habe, wer sie wirklich ist.«

»Und niemand hat bei dem Namen Verdacht geschöpft?«, wollte ich wissen. »Stella ist ja schon ein Mädchenname.«

Hamish lachte und schob seine Mütze wieder zurück auf den Kopf. »Sie hat es ironistisch gemeint«, belehrte Hamish mich neunmalklug. »Alle sollten denken, dass sie schwach ist, weil sie sich einen Mädchennamen als Straßennamen ausgesucht hatte, hat sie mir mal erzählt.« Er nickte wissend und zwinkerte mir dann zu. »Und jetzt müssen Sie auch schwören, es niemals jemandem von der Straße zu erzählen!«

»Ich verspreche es«, schwor ich feierlich mit der Hand über dem Herzen.

»Wenn nicht, wird Stella dich finden und deine Eingeweide kochen«, erklärte er und nickte dabei so ernst, dass ich Schwierigkeiten hatte, selbst ernst zu bleiben.

»Erzählst du mir von ihr?«, lenkte ich ab.

»Da gibt es nichts zu erzählen. Sie ist halt so ein Mädchen von der Straße.« Hamish ließ sich wieder in sein Kissen fallen. »Sie hat kurze, helle Haare und einen breiten Mund. Und wenn sie jemanden nicht mag, dann boxt sie ihn. Mich hat sie nie geboxt«, ergänzte er stolz.

»Du scheinst sie ja zu mögen, wenn du so viel Zeit mit ihr verbracht hast.« Mir kam ein Gedanke. Ich hatte keine Ahnung, ob die Verwaltung des St. Antonius mir dabei helfen würde, aber ich konnte es zumindest versuchen.

»Sie war ganz okay«, sagte er und schaute aus dem Fenster. »Aber das letzte Mal habe ich sie gesehen, bevor die vom Krankenwagen mich eingesammelt haben.«

»Hat sie dich nicht im Krankenhaus besucht?« Ich lehnte mich vor und stützte meine Ellbogen auf dem Bett ab.

»Bloß nicht. Sonst hätten die sie gekriegt«, sagte er entrüstet, als wäre es das Selbstverständlichste auf der Welt zu wissen, worüber er genau redete.

»Wer sind denn die?«, fragte ich weiter.

Da stockte er. »Na, die eben«, erklärte er und zog einen Schmollmund. »Sie verstehen das gar nicht.«

Ich beließ es dabei, da Hamish erneut seine Augen rieb und gähnte. »In Ordnung. Dann ruh du dich ein wenig aus, und ich komme in einer Stunde wieder zu dir.«

Hamish nickte nur noch und schloss bereits die Augen. Ich hatte kaum die Tür erreicht, da hörte ich schon sein regelmäßiges Schnarchen, als er auf dem Rücken eingeschlafen war.

Leise schloss ich die Tür hinter mir und betrachtete meine Liste. Ein Pferd zu reiten wäre in seinem Gesundheitszustand fast unmöglich. Selbst auf einem Therapiepferd, das stillhielt, würde er sich nicht oben halten können. Die Burger würde ich besorgen, ohne dass das Hospiz etwas davon mitbekam. Solch einen kleinen Wunsch konnte ich aus eigener Tasche bezahlen. Und eine Playstation zum Ausleihen gab es sicher irgendwo.

Was mich jedoch wirklich beschäftigte, war der Name, den ich oben rechts in die Ecke geschrieben hatte. Auch wenn Hamish es sich nicht hatte anmerken lassen, war mir nicht entgangen, dass Stella ihm mehr bedeutete, als er sagen wollte. Dieses Mädchen musste viel Eindruck auf ihn gemacht haben, als es auf ihn aufgepasst hatte. Und ich wurde den Gedanken nicht los, dass es ihn freuen würde, sie noch einmal zu sehen.

Ich straffte meine Schultern und ging zum Büro von Barbara. Die Tür stand wie immer offen, aber ich klopfte trotzdem kurz an.

»Charlotte, schön, Sie zu sehen. Was kann ich für Sie tun?«, begrüßte Barbara mich. Wir hatten uns seit zwei Tagen nur kurz gesehen und gegrüßt. Sie ließ von ihrer Tastatur ab und drehte sich auf dem Schreibtischstuhl zu mir.

»Es geht um Hamish«, fing ich an und trat in das Büro. »Ich würde ihm gerne einige letzte Wünsche erfüllen.«

»Gleich einige?« Barbara hob die Augenbrauen, so dass sie weit über ihrem Brillengestell thronten.

»Es sind nur kleine Wünsche. Zumindest die, die ich ihm körperlich noch zutrauen würde.« Ich zählte die kurze Liste auf, und Barbaras Augenbrauen wanderten wieder hinunter.

»Das ist kein Problem. Wir haben eine Playstation im Aufenthaltsraum der Kinder. Dort können wir ihn gerne hinbringen«, erlaubte Barbara und lächelte. »Aber so, wie Sie aussehen, ist da noch mehr.«

Ich zögerte, hatte keine Ahnung, was genau Barbara von meinem Vorschlag halten würde. Aber solange ich es nicht aussprach, würde ich es weder herausfinden, noch könnte ich Hamish einen Gefallen tun. »Während Hamishs Zeit auf der Straße hatte er eine Beschützerin. Stella. Er hat mir von ihr erzählt, und ich glaube, dass er sie gerne noch einmal sehen würde, bevor er stirbt.«

»Sie glauben?«, hakte Barbara nach und lehnte sich in ihren Stuhl zurück, die Hände gemütlich auf der leichten Wölbung ihres Bauchs abgelegt. »Hat er es sich nicht explizit gewünscht?«

Ich schüttelte den Kopf. »Hamish hat eher so getan, als ob er sich nicht mehr für sie interessierte, aber seine Worte und das Funkeln in seinen Augen haben etwas anderes gesagt.«

Barbara seufzte. »Charlotte, Sie sind erst seit einer Woche für den Jungen zuständig und glauben schon zu wissen, was ein Funkeln in seinen Augen und nicht ausgesprochene Worte bedeuten sollen?« Barbara schüttelte den Kopf. »Es tut mir leid. Solange er es nicht ausdrücklich ausspricht, kann ich leider keine Stunden meines Personals dafür opfern.«

»Und wenn ich einen ehrenamtlichen Verein finde, der das für mich übernehmen würde?«, beharrte ich. Mein Gefühl ließ mich selten im Stich. Schon damals nicht, als mir die Ärzte sagten, dass Daisy kein Jahr alt werden würde, und ich das nicht wahrhaben wollte. Woche um Woche hatte ich um sie gekämpft. Monat für Monat hatte ich gebangt, bis das erste Lebensjahr vorüber war und Daisy noch lebte. Die Hoffnung, die mir dieser einzige Tag gegeben hatte, hatte mich in meinem Bestreben bestärkt, auch weiterhin alles für sie zu tun, was in meiner Macht gestanden hatte.

Und dieselbe Energie wollte ich nun in Hamish stecken. Ein Jahr lang hatte ich mich zurückgezogen, hatte neue Kraft getankt und mich den Erinnerungen hingegeben, die mir als Einziges geblieben waren. Nun wollte ich diese Kraft, diese Hoffnung anderen Kindern schenken, die sie ebenso dringend wie Daisy brauchten.

»Was denken Sie denn, was der Verein sagen wird, wenn er herausfindet, dass der Junge das gar nicht wollte?«, sagte Barbara in meine Gedanken hinein. »Ich denke, es ist das Beste, wenn wir uns an die tatsächlichen Wünsche halten.« Barbara schob ihre Brille hoch und sah mich durch das dünne Glas an. »Ist sonst noch etwas?«

Ich presste die Lippen aufeinander und schüttelte den Kopf. »Danke«, sagte ich nur und ging wieder heraus.

Einen Moment blieb ich neben ihrem Büro an der Wand stehen und atmete tief ein. Die Bürokratie hatte schon immer dem Glück der Patienten im Weg gestanden. Aber zum Glück hielt es mich nicht davon ab, mich in meiner Freizeit nach Stella umzuschauen. Das konnte mir niemand verbieten.

Ich ging den Gang hinunter, bis ich zum Zimmer der Schwestern kam. Bisher hatte ich zwar mit allen die Bekanntschaft gemacht, aber noch keine Zeit gefunden, mich intensiver mit einer von ihnen zu unterhalten. Es war beinahe Mittagszeit, und mit Glück traf ich auf ein oder zwei Kolleginnen.

Als ich die Tür öffnete, saßen zwei Schwestern im Zimmer und plauderten. Eine von ihnen war Mary-Jane, die am offenen Fenster stand und eine Zigarette rauchte. Kaum erblickte sie mich, vereisten ihre Gesichtszüge, und sie schwieg. Die zweite Schwester, eine ältere, gutmütige Polin, schaute sich verwirrt um.

»Ah, Charlotte«, begrüßte mich Ida und winkte mich heran. Offensichtlich hatte sie kein Problem mit mir. »Sie machen Pause, ja?«

Ich lächelte und ging zu ihnen ans Fenster. Der Raum war groß genug, um einem Dutzend Schwestern und Pflegern Platz zum Essen zu bieten. Eine schlichte, weiße Küchenzeile ermöglichte es, Essen zu kochen oder warmzumachen. An den Wänden hingen bunte Gemälde, die das ansonsten sterile und praktisch eingerichtete Zimmer bunter gestalteten. Die einzigen anderen Farbkleckse im Zimmer waren außer den Jacken der Angestellten die Rosen. Sie blühten in kräftigen, zerlaufenen Rottönen, die selbst einem Sonnenuntergang Konkurrenz gemacht hätten. Ich hatte mich am ersten Tag gewundert, warum diese Blumen in der Vase standen, aber Barbara hatte es mir erklärt. Wenn ein Kind starb, legten jede Schwester und jeder Pfleger, die das Kind betreut hatten, eine Rose auf sein Bett. Eine kleine Geste, die den Eltern zeigen sollte, dass nicht nur sie um das Kind trauerten.

»Ja, eine Pause muss sein«, antwortete ich auf Idas Frage. »Hamish schläft gerade, und ich wollte die Zeit nutzen, um etwas zu essen.«

»Das muss man ausnutzen«, kommentierte Mary-Jane trocken und blies den Rauch aus dem Fenster. Dabei sah sie mich nicht mal an.

»Wie gefällt Ihnen das St. Antonius?«, fragte Ida weiter und ignorierte Mary-Janes Einwurf. »Ist schön, ja?«

»Eine wunderbare Einrichtung«, stimmte ich höflich zu, auch wenn ich noch nicht so viel gesehen hatte. Abgesehen von Hamishs Zimmer, Barbaras Büro und dem Schwesternzimmer hatte ich nur den Park gesehen. Und selbst den nur am äußeren Rand, da Hamish zu müde geworden war, bevor wir den Park hatten erkunden können.

»Das freut mich. Ich arbeite schon seit zehn Jahren hier«, erklärte Ida stolz. Ihr polnischer Akzent war unverkennbar, auch wenn sie die Sprache perfekt beherrschte. »Es ist das beste Kinderhospiz in ganz London.«

»Deswegen habe ich mich hier beworben«, erklärte ich und ging zu dem Kühlschrank, in dem ich mein Mittagessen abgestellt hatte. Die Reste vom Abendessen mit Emily, die sie mir aufgedrängt hatte. Immer noch lecker, auch wenn ich niemals so viel essen konnte, wie sie mir eingepackt hatte. »Möchten Sie etwas abhaben?«, fragte ich daher meine beiden Kolleginnen.

Mary-Jane drückte ihre Zigarette aus und schloss das Fenster mit einem lauten Knall. »Nein, danke«, erwiderte sie schnippisch und nahm ihr Telefon, das auf dem Esstisch neben der Küchenzeile gelegen hatte.

Bevor ich fragen konnte, ob ich mal mit ihr reden konnte, war sie bereits aus dem Zimmer verschwunden, ohne sich noch einmal umzudrehen.

Ich wandte mich an Ida. Ihre fröhlichen, lebensfrohen Augen waren mir schon vom ersten Moment an sympathisch gewesen. Kurz überlegte ich, ob ich sie fragen sollte, was Mary-Jane gegen mich hatte. Denn dass sie einen Groll gegen mich hegte, war deutlich zu spüren.

Doch ich entschied mich, Mary-Jane direkt anzusprechen und nicht eine unbeteiligte Kollegin einzubeziehen, die ich damit in eine unangenehme Lage bringen könnte.

Ich drehte mich also zu Ida um und redete unverfänglich mit ihr über das Essen und die Arbeit. Doch die ganze Zeit fragte ich mich, was es mit Mary-Janes Feindseligkeit wohl auf sich hatte.

Kapitel 8

Sam

Drei Tage waren seit der schicksalhaften Begegnung mit der Lady vergangen, und noch immer konnte ich an nichts anderes denken als an ihre unglücklichen Augen und die Trauer, die mich so tief berührt hatte. Den gestrigen Tag hatte ich verschlafen, war zu erschöpft gewesen, um noch zum Spielen hinauszugehen. Stattdessen hatte ich als Dankeschön für Marcs Unterstützung die Fenster geputzt, als ich wach geworden war. Ich fühlte mich wie runderneuert nach fast zehn Stunden Schlaf. Als ob der Song und der Gedanke an die Lady mir Kraft gaben. Ich musste immer wieder die Melodie summen, ertappte mich dabei, wie ich es unbewusst bei jeder Tätigkeit machte. Dabei war es kein fröhlicher Song. Im Gegenteil. Ich hatte noch nie beim Schreiben geweint, gefühlt ja, aber nie geweint. Diese Erfahrung war für mich ebenso neu wie für Marc gewesen.

Ich schulterte meine Gitarre und machte mich auf den Weg zu meiner üblichen Stelle. Ich hatte ein seltsames Gefühl bei dem Gedanken, den Song das erste Mal zu spielen. Er wollte gesungen werden, keine Frage, das spürte ich. Die Angst schwang jedoch in jedem Moment mit. Was, wenn der Song schlecht war und nicht gut ankam? Würde ich das verkraften? Es steckte so viel von meiner Seele in den Zeilen, dass ich mich von dieser Ablehnung vielleicht nicht erholen würde. Zuhörer konnten manchmal grausam sein. Was dem Künstler das Herz war, war für den Zuhörer nur ein störender Faktor auf dem Weg nach Hause oder zur Arbeit.

Mein Herz schlug schneller bei dem Gedanken, dass ich vielleicht sogar die Lady wiedersehen würde. Bisher war sie für mich nur eine Zuhörerin gewesen. Gutaussehend, ohne Frage, aber so weit außerhalb meiner Liga, dass ich nicht einmal darüber nachgedacht hatte, ob ich ihr gefallen könnte. Seitdem sie jedoch ihre Trauer und ihre Tränen gezeigt hatte, war ich neugierig geworden. Nicht darauf, ob sie sich für mich interessierte. Ich war neugierig darauf, die Frau kennenzulernen, die so offen auf der Straße Gefühle zeigte. Ich machte mir wenig Hoffnungen, dass sie an mir interessiert sein würde, aber vielleicht konnte ich ihr Interesse mit dem Lied über sie wecken. Sie war nicht die erste Frau, der ich ein Lied geschrieben hatte und die voller Dankbarkeit darüber für mich war.

»Hey Sam«, rief Jellyfish Jim, als ich aus der Tubestation kam. »Du solltest heute vorsichtig sein. Ich glaube, es wird regnen.«

Ich sah zum Himmel. Es goss bereits den ganzen Morgen, und Jellyfish Jims Mantel troff vor Regen. »Da könntest du recht haben. Danke für den Tipp«, erwiderte ich gut gelaunt und schenkte ihm wie üblich mein Käsebrot. Dankbar steckte er es in seine Manteltasche, die vermutlich schon voller Wasser war. Wie gut, dass ich das Brot immer in eine kleine Tüte wickelte. So hatte er später vielleicht kein durchgeweichtes Brot.

»Willst du wirklich spielen heute?«, wollte Jellyfish Jim wissen. »Es ist Wochenende, hat Pete gesagt.«

»Das stimmt wohl. Aber Musik geht immer. Auch am Wochenende.« Zwar war es erst Donnerstag, aber ich ließ Jellyfish Jim in dem Glauben. Ich lief bereits weiter, denn ich wollte die Nachmittagsheimkehrer nicht verpassen. Am Morgen hatte ich mit Marc ausgiebig gefrühstückt, ehe er ins Büro gefahren war. Ich machte mich lieber nachmittags auf den Weg, besonders wenn es so wie heute den ganzen Tag regnete. Zum einen hatte ich dann die Hoffnung, dass es aufhörte, und zum anderen waren die Leute auf dem Heimweg nach der Arbeit spendabler. Anfangs war ich nie rausgegangen, wenn es geregnet hatte. Ich hatte meine Gitarre nicht zerstören wollen. Doch wenn ich jeden einzelnen Tag zuhause blieb, an dem es in London regnete, würde ich gar nichts verdienen. Also hatte ich mir etwas überlegt. An meinem Rucksack waren auf der Rückenseite Halterungen, um ihn an einem Koffer zu befestigen. Ich hatte festgestellt, dass man dort jedoch auch einen großen Regenschirm hineinschieben konnte und es hielt, ohne dass ich eine Hand gebrauchen musste. So konnte ich spielen und blieb dennoch trocken.

Nur bei starkem Sturm musste ich zuhause bleiben oder hoffen, dass ich in einem nahegelegenen Einkaufszentrum spielen durfte. An manchen Tagen waren die Verkäufer der Läden gnädig, doch meistens jagten sie mich fort, um ihre Kunden nicht zu verärgern.

Als ich meinen Stammplatz erreichte, ließ der Regen nach. Es nieselte kaum mehr, so dass ich den Gitarrenkoffer auf den Boden hinlegen konnte, ohne ihn mit Folie auszukleiden.

Die Hecke hinter mir tropfte noch stark, aber auch das würde bald enden. Für die arbeitende Bevölkerung die Gelegenheit, um noch rasch einkaufen zu gehen, ehe sie nach Hause liefen. In der nahegelegenen Einkaufsstraße gab es alles, was man benötigte, so dass man kein Auto brauchte. Und der Weg führte immer an mir vorbei.

Ich begann mit dem ersten Stück. Ein alter, aber fröhlicher Song aus meiner Schulzeit über die Liebe, der immer noch gut funktionierte.

Niemand blieb stehen, aber es landeten ein paar Münzen in meinem Koffer. Ein Mädchen, vielleicht 16, flirtete mit mir, bis sie um die Straßenecke bog. Ich spielte meinen Song einfach weiter, zwinkerte ihr zu, wie ich es immer tat, wenn ich sang. Es war ein Spiel zwischen dem Publikum und mir. Ich tat so, als ob die Person, die ich ansah, die einzige für mich war, und der Zuhörer dankte es mir mit Applaus oder im besten Fall mit einer Münze. Bei der 16-Jährigen hatte ich jedoch kein Glück. Sie lief weiter, ohne mir etwas dazulassen.

Song um Song spielte ich, jedoch nicht den einen. Ich traute mich nicht, hatte Angst davor, dass er nicht gut angenommen werden würde. Dass die Menschen genauso gelangweilt wie immer vorbeigehen würden. Mein Magen zog sich zusammen, als ich daran dachte, wie die Passanten mich ignorierten. Zugleich fragte ich mich, ob der Song die Vorbeieilenden genauso berühren würde wie mich.

Schließlich war ich durch mit meinem Set. Mein Koffer war kaum gefüllt. Der Regen hatte aufgehört. Aus der Einkaufsstraße hörte ich Stimmen, die vermutlich bald an mir vorbeilaufen würden.

Jetzt oder nie.

Ich schloss für einen Moment die Augen und atmete tief durch. Meine Stimme war längst warmgesungen, hatte den richtigen Ton für genau diesen Song. Ich spielte den ersten Akkord, ließ mich darauf ein. Ein Wagnis, das mich an den Rand der Verzweiflung treiben würde oder aber das mir Bestätigung verschaffte.

I saw you back in September
Statue made of white amber
Bright eyes of pure power
Showed up in my darkest hour
Riven by your open mourning
Silently you kept on listening
No peace for me, an act of caprice

Eine junge Frau mit einem rothaarigen Mädchen auf dem Arm blieb stehen und lauschte mir. Gleich darauf folgte ein älterer Herr, der seine Einkaufstasche auf den Boden stellte.

Ich hatte Zuhörer. Menschen, die meinen Auftritt verfolgten. Mein Herz machte einen Sprung, als ich das sah, und ich setzte zum Refrain an, schloss dabei die Augen, um die richtige Stimmung beizubehalten.

Goodbye happiness
I never felt like this
Like a candle in the storm
Desperate not to be blown
You kept staring at me
Blown away is all I can be

Für die zweite Strophe öffnete ich wieder die Augen und war überrascht, dass bereits sieben Leute vor mir standen. Jemand hatte sein Handy gezückt und es auf mich gerichtet. Dabei lächelte er wehmütig, als wüsste er genau, worüber ich sang. In all den Augen, die mich anstarrten, sah ich zaghaftes Verständnis.

Carried feelings like a uniform
In a roaring storm
Pounding ship was all on fire
Deep painful desire
Send me down an infernal creek
Tears trickle down your cheek
Dashed to the ground, I'm standing
All I can do keep on singing

Immer mehr Menschen blieben stehen, lauschten meinem Song. Die Traube um mich herum wurde größer. Handys wurden auf mich gerichtet. Ich konnte es kaum glauben. Der Song gefiel den

Zuhörern. Die Erleichterung, die mich durchflutete, trieb mir die Tränen in die Augen. Das hier war alles, was ich mir gewünscht hatte. Erneut setzte ich zum Refrain an und hatte Mühe, meine Stimme unter Kontrolle zu halten.

Goodbye happiness
I never felt like this
Like a candle in the storm
Desperate not to be blown
You kept staring at me
Blown away is all I can be

Ich ließ mich von meinen Gefühlen treiben, wollte genießen, was gerade passierte. Inzwischen standen gut drei Dutzend Passanten um mich herum. Das Gefühl, das ich zwei Tage zuvor bei dem Anblick der Lady gehabt hatte, strömte durch mich hindurch, und ich legte all diese Emotionen in die nächste Strophe. Ich wollte, dass die Zuhörer das spürten, was ich gespürt hatte.

The moment that I stopped singing
Breathlessly you were dreaming
Wanted to help, wanted you to stay
You turned around and ran away
With my blood and in the air
You're with me everywhere
That day my heart drowned in the dark
And I don't even know your name

Ein letztes Mal noch den Refrain. Ein letztes Mal leise, ruhige Klänge. Das, was diesen Song ausmachte. Nicht die wilden, pulsierenden Rhythmen, die einen mittanzen ließen. Nicht das Feuer eines Megahits. Einfach nur das Gefühl, das von meinen Worten in die Herzen der Menschen getragen wurde. Mehr wollte ich nicht. Also ließ ich die Akkorde langsam ausstreichen, während ich den Refrain sang.

Goodbye happiness
I never felt like this
Like a candle in the storm
Desperate not to be blown
But you kept staring at me
And blown away is all I can be

Als ich endete, waren alle stumm. Ich hatte die Augen geschlossen gehalten und spürte selbst den Worten nach. Kaum öffnete ich sie, begannen die Menschen um mich herum zu applaudieren. Verhalten, fast als wenn sie nicht wussten, ob man nach solch einem Lied applaudieren oder nichts machen sollte. Ich konnte nicht einmal sagen, wie ich mich fühlte. Deshalb konnte ich gut verstehen, dass die Menschen nicht wussten, was sie tun sollten.

»Klasse«, hörte ich vereinzelt oder auch: »Sehr emotional. Wem ist er gewidmet?«

Dutzende Münzen landeten in meinem Koffer, und ich verneigte mich, als die Menschengruppe sich langsam auflöste.

»Vielen Dank«, rief ich allen hinterher, die schon im Begriff waren, zu gehen. »Das war die allererste Aufführung meines neuen Songs *Sad Woman.*«

»Das erste Mal?«, fragte ein alter Mann und winkte mit seinem Gehstock. »Dafür hast du das aber verdammt gut gemacht, Junge.«

»Danke, Sir«, erwiderte ich und spürte, wie die Hitze in meine Wangen stieg.

Immer wieder verneigte ich mich, bis ich schließlich allein vor meinem Gitarrenkoffer stand. Fassungslos und vollkommen überfordert.

Ich starrte die Straße hinunter und schüttelte den Kopf. »Sie mochten es«, murmelte ich immer wieder und fuhr mir mit den Händen durch die Haare. Das hatte ich nicht erwartet. Gehofft, sicher, aber niemals erwartet. Jeder Künstler wollte genau das. Einen Song schreiben, der die Menschen berührte. Und das erste Mal in meinem Leben schien ich dieses Glück gehabt zu haben. In mir staute sich Energie auf, die ich unmöglich beim Gitarrespielen loswerden würde. Ich musste laufen, springen, fliegen. Irgendetwas, damit ich nicht vor unterdrückter Freude platzte. Also tat ich das Erste, was mir in den Sinn kam. Ich legte den Kopf in den Nacken und drehte mich mit ausgestreckten Armen im Kreis. Ich lachte und sprang schließlich mit gereckter Faust in die Luft, als die Energie mich zu übermannen drohte.

Das Räuspern einer älteren Frau mit Gehwagen, die ich beinahe umgerissen hatte, holte mich in die Realität zurück. Der missbilligende Blick zauberte mir ein Lächeln auf die Lippen, und ich konnte nicht anders, als sie zu umarmen. »Genießen Sie Ihren Tag«, rief ich ihr hinterher, als sie sich eilig von mir entfernte. Ich schaute ihr noch kurz hinterher, ehe ich meinen Koffer zuklappte.

Gerade, als ich gehen wollte, entdeckte ich sie. Die Lady. Der Grund, warum ich mir die Nacht um die Ohren geschlagen hatte. Ich hörte damit auf, meine Gitarre auf den Rücken über meinen Rucksack zu schnallen. Sollte ich sie ansprechen? Mein Herz sagte ja, mein Verstand nein. Ich hatte keine Ahnung, ob sie darüber reden wollte, was sie so sehr beschäftigte. Geschweige denn, ob sie sich für meinen Song interessierte. Aber etwas zog mich zu ihr, wollte, dass ich mit ihr sprach. Ich schnaubte. Seit wann hörte ich auch auf meinen Verstand?

Langsam senkte ich meinen Arm mit der Gitarre wieder. Die Lady hielt den Kopf gesenkt, als wollte sie auf gar keinen Fall in meine Richtung schauen. Sie eilte auf der anderen Straßenseite an den Pfützen vorbei, die der Regenschauer hinterlassen hatte. In ihnen schimmerten die weißen Wolken, die nun über den Himmel zogen. Und die Lady stolzierte an ihnen vorbei, als hätte sie nicht vor einigen Tagen an derselben Stelle ihr Innerstes vor mir ausgebreitet.

Ich schmiss all meine Bedenken über den Haufen und lief über die Straße. »Entschuldigung«, rief ich ihr hinterher. Sie war bereits einige Schritte vorausgeeilt und fühlte sich nicht angesprochen, denn sie lief einfach weiter.

»Verzeihung, bitte«, wurde ich lauter und rannte ein paar Meter, um sie einzuholen. Erst da realisierte sie mit einem verträumten Blick, dass ich sie gemeint hatte. Sie lächelte freundlich, auch wenn sie mich zunächst nicht einordnen konnte.

Erst als sie meine Gitarre sah, gefroren ihre Gesichtszüge, und ich wusste, dass sie mich erkannt hatte. Sie hob ihre Hand, wollte offensichtlich etwas erwidern, doch ich war schneller.

»Ich musste Sie einfach ansprechen, denn ich muss Ihnen etwas erzählen.«

Die Frau stutzte. »Sie wollen mich nicht zu dem ... Vorfall befragen?«

Amüsiert schmunzelte ich über ihre Bezeichnung. Es klang, als ob es einen Unfall in einem Labor gegeben hätte. Etwas, über das man in der Zeitung auf Seite 14 berichtete. Ein Vorfall, der das Leben nicht veränderte, sondern einfach am Rande wahrgenommen wurde. »Nein, das hatte ich nicht vor«, antwortete ich ehrlich. »Dazu habe ich kein Recht. Es beschäftigt mich zwar schon, aber es ist Ihre Angelegenheit.«

Die Lady zögerte und starrte mich an, als ob ich der große, böse Wolf und sie Rotkäppchen wäre. Zu meiner Erheiterung trug sie tatsächlich eine dünne, rote Regenjacke mit einer Kapuze, die sie jedoch nicht aufgesetzt hatte.

»Und was genau wollen Sie dann von mir?«, fragte sie vorsichtig. Ich konnte in ihren Augen die Neugier sehen. Dennoch klammerte sie sich an ihre Handtasche, als ob sie jeden Augenblick damit rechnete, dass ich sie ihr stehlen würde. Das passierte mir leider häufiger.

»Ich würde Ihnen gerne von dem Song erzählen, den ich nach unserer Begegnung geschrieben habe. Hätten Sie Lust, mit mir einen Kaffee trinken zu gehen?« Mein Herz pochte so stark in meiner Brust, dass sie es hätte hören müssen. Ich drückte meine Gitarre gegen meine Brust, klammerte mich wie ein Ertrinkender daran. Meine Gitarre war schon immer mein Zufluchtsort gewesen. Jedes Mal, wenn mich eine Welle in die Tiefe ziehen wollte, hatte ich mit meiner Gitarre dagegen gespielt.

Bange Sekunden verstrichen, in denen die Lady schwieg. Ich rechnete schon damit, dass sie mir einen Korb geben würde, doch im nächsten Moment tauchte ein zauberhaftes Lächeln auf ihren Lippen auf. »Sie haben einen Song dazu geschrieben? Das würde mich nun wirklich interessieren.«

Den Jubelschrei konnte ich nur schwer unterdrücken, denn er presste sich hart gegen meine Kehle. Allerdings wollte ich die Lady nicht gleich verjagen. Ich strahlte sie an. Das war seit langem der beste Tag, den ich erlebte.

Kapitel 9

Charlotte

Es war ein seltsamer Tag gewesen. Hamish hatte nur wenig von Stella preisgegeben, aber es hatte gereicht, um mir ein besseres Bild von ihr zu machen. Zumindest würde mir die Beschreibung reichen, um auf den Straßen von London nach ihr Ausschau zu halten und mich durchzufragen.

Doch nun stand ein fremder Mann vor mir und erzählte mir, dass er einen Song von unserem ersten Zusammentreffen geschrieben hatte. Normalerweise hätte ich solch einen Mann beiseitegeschoben und wäre weiter meines Weges gegangen. Damit hatte er jedoch meine Neugier geweckt. Zudem war er mir nicht vollkommen fremd. Immerhin sah ich ihn regelmäßig an der Straßenecke spielen. Er war der freundliche Gitarrenspieler aus der Nachbarschaft, den ich gerne auf dem Weg zum Friedhof gehört hatte. Seine Stimme war angenehm weich und barg das Versprechen einer gewissen Tiefsinnigkeit. Diese Mischung sorgte jedes Mal für einen Schauer, wenn ich ihn hörte.

Und nun wollte er mit mir einen Kaffee trinken gehen. Ich hoffte, dass er mir wirklich keine Fragen zu meinem Gefühlsausbruch stellen wollte, denn auch wenn er mir sympathisch war, redete ich nicht mit Fremden über solch ein persönliches Thema.

»Ich bin übrigens Sam.« Er schulterte seine Gitarre und streckte mir die Hand entgegen.

»Charlotte«, erwiderte ich und schüttelte seine Hand. Gleich darauf bedeutete er mir, ihm zu folgen.

»Ich kenne ein niedliches Café, ganz hier in der Nähe«, erzählte er begeistert und sprang vor mir herum wie eines von Emilys Kindern. Dabei wippte seine Gitarre gefährlich nah an seinen Kopf heran. Ich wartete nur darauf, dass er eine Kopfnuss von seinem Instrument bekam.

»Dann sollten wir da hingehen«, schmunzelte ich. Ein klein wenig erinnerte er mich an mich, als ich die Zusage für die Ausbildung in einem Kinderhospiz bekommen hatte. Damals war es mein absoluter Traum gewesen, Menschen, vor allem Kindern, zu helfen, denen eigentlich nicht mehr zu helfen war. Meine Eltern hatten mir zwar immer in Aussicht gestellt, eines Tages das Immobiliengeschäft zu übernehmen, aber das war nichts für mich. Ich wollte helfen. Wirklich helfen. Nicht nur ein Haus oder eine Wohnung vermitteln. Sondern Hilfe leisten, die über das Monetäre hinausging.

»Ich hoffe, ich halte dich jetzt nicht von etwas Wichtigem ab«, sagte er unvermittelt und blieb stehen. »Ich wollte dich nicht überrumpeln.«

»Keine Sorge. Wenn ich etwas nicht möchte, sage ich das«, erwiderte ich mit einem scheuen Lächeln. »Es ist zwar schon etwas seltsam, auf der Straße damit konfrontiert zu werden, dass es einen Song über mich gibt, aber die Umstände sind wohl auch nicht ganz gewöhnlich.«

»Das kannst du laut sagen.« Sam nickte.

Wir liefen nebeneinander die Straße entlang, redeten über unverfängliche Dinge wie das Wetter und die Gartengestaltung einzelner Vorgärten, bis wir zu dem Café kamen, das Sam vorgeschlagen hatte. Ich stutzte kurz. War das doch mehr als ein Zufall, dass er in der Nähe meines Hauses gespielt hatte? Ein zarter Hauch von Misstrauen breitete sich in mir aus, säte Argwohn in meinen Gedanken. Wir standen vor dem *Flower Café*, einem kleinen Geschäft im Hinterhof eines Wohnhauses, das man von der Straße aus nicht sehen konnte. Das Café war über und über mit duftenden Blumen dekoriert und erinnerte eher an ein Blumengeschäft. Besucher meines Viertels kannten das *Flower Café* meist nicht, weil es ein Geheimtipp war, den nur Ortsansässige kannten.

»Woher kennst du das Café?«, fragte ich und blieb vor dem Eingang stehen.

Sam grinste. »Craig, der Besitzer vom Burgerladen um die Ecke, hat mir davon erzählt. Anscheinend kennt er die Besitzerin vom *Flower Café* gut und hat ihr am Anfang geholfen, ein paar Stammgäste zu gewinnen.«

Erleichtert nickte ich. Zwar war ich noch nie in dem Burgerladen gewesen, aber ich kannte ihn von außen. Für einen kurzen Moment hatte ich befürchtet, dass Sam mich gestalkt hatte. Ich musste wirklich daran arbeiten, das Misstrauen gegenüber Männern abzubauen. Nicht jeder war so ein selbstsüchtiger Mensch wie Daisys Vater. »Das *Flower Café* ist mein Lieblingscafé«, erklärte ich und trat mit ihm ein.

»Wirklich?«, fragte er ehrlich überrascht und auch ein klein wenig enttäuscht. Hatte er mich mit dem Café beeindrucken wollen? Das war schon fast niedlich.

Ich nickte und grüßte Greta, die Besitzerin, die wie jeden Tag hinter dem schmalen Tresen stand. Es war, als wäre das Café ihr ganzes Leben, als bräuchte sie keinen freien Tag oder Urlaub. Ich konnte das gut verstehen. Greta hatte keine Kinder, und doch war dieser Laden wie ein Baby für sie. Die Besitzerin pflegte ihn mit aller Liebe, und das spürte man in jeder Ecke. Das war es, was wahre Hingabe ausmachte, und die fühlte Greta definitiv. »Die Torten werden hier noch von Hand hergestellt. Jeder Kuchen, jede Torte wird von den Angestellten und der Besitzerin gebacken«, erklärte ich Sam, um die Stille zwischen uns nicht zu groß werden zu lassen.

Kaum war ich zwei Schritte ins Innere gegangen, umgaben mich die Düfte der Pflanzen. Ob nun Lilien oder Rosen, Orchideen oder Calla, Veilchen oder einfache Palmengewächse: Greta sorgte sich um die Blumen genauso liebevoll wie um ihren Laden. Die Dekoration eines jeden Tisches war an die Farben der aktuell blühenden Tischpflanze angepasst. Da es nur zehn Tische für maximal drei Personen gab, hatte jeder Tisch eine eigene Blumenbezeichnung, über die man am Ende des Tages seine Rechnung bekam.

Es ging auf den Abend zu, und die Tische des Cafés waren beinahe alle besetzt. Die Besucher redeten leise miteinander, niemand war übermäßig laut. Das *Flower Café* war nicht der Laden, den man besuchte, wenn man feiern wollte. Es war ein gemütlicher Ort für einen Plausch unter Freunden. Oder für einen Abend, an dem man in Ruhe einen Tee nach einem anstrengenden Arbeitstag trinken wollte. Abseits des Londoner Trubels der Innenstadt und der Szenekneipen. Aber hier war es noch so gemütlich, dass man sich auch nicht einsam vorkam, wenn man allein war.

»Wollen wir uns hier hinsetzen?«, fragte Sam und deutete auf den Tisch mit den Azaleen.

Da es der einzig freie Tisch war, nickte ich. Er war höflich und hielt meinen Stuhl, ehe er seine Gitarre und seinen Rucksack in die Ecke stellte und sich setzte. Sam war nicht viel größer als ich, und ich war mir nicht sicher, ob er vielleicht jünger als ich war. Es konnte aber auch das leidenschaftliche Feuer eines Künstlers sein, das ihn jung aussehen ließ. Sein Dreitagebart war vermutlich das Ergebnis künstlerischer Faulheit. In der Schulzeit hatte ich eine Freundin gehabt, die für ihr Leben gerne gezeichnet hatte. Sie hatte mittlerweile Kunst studiert, wie ich erfahren hatte. Auch sie war das beste Beispiel dafür gewesen, wie andersdenkend eine Künstlerseele sein konnte. Ihre Haare hatte sie ständig nur zu einem Zopf zusammengebunden und höchstens nach einem Jahr mal geschnitten. Aussehen war ihr egal gewesen, auch wenn sie bei anderen stets darauf geachtet hatte, da sie am liebsten Porträts gemalt hatte.

Greta kam an unseren Tisch geschlendert. Auch wenn der Laden voll war, wirkte sie nie gehetzt. Sie war der Typ Mensch, den man in hektischen Momenten brauchte, um zu entspannen. Mit einer der Gründe, warum ich regelmäßig zu ihr kam.

»Hi, Charlotte, heute mal in Begleitung?«, begrüßte Greta mich, und ich konnte das Wohlwollen auf ihrem Gesicht sehen. Die Lachfalten in dem leicht gebräunten Gesicht waren vielzählig und zeugten von einem fröhlichen Leben. Sie war Mitte vierzig, hatte jedoch vor der Eröffnung des Ladens die ganze Welt bereist. Sie war gebürtige Schwedin, hatte aber in England studiert und sich damals in das Land verliebt. Ich hatte mich ab und an mit ihr unterhalten, wenn das Café nicht so voll gewesen war. Es waren vergnügliche Stunden mit einer Frau gewesen, die wusste, was sie vom Leben erwartete.

»Ja, heute mal in Begleitung«, erwiderte ich mit einem Schmunzeln und nickte zu Sam. »Magst du mir einen Tee und für Sam einen Kaffee bringen?«

»Klar. Sonst noch etwas?«, fragte sie und tippte auf ihren Block, auf dem sie sich die Bestellung notiert hatte.

»Erst mal nicht. Danke.«

Greta nickte und verschwand hinter dem Tresen. Den Tee hielt sie nicht in Beuteln vorrätig, sondern hatte verschiedene Boxen, aus denen sie die beste Mischung zusammenstellte. Da ich immer denselben Tee trank, wusste sie, was sie mir bringen sollte. In der Zwischenzeit wandte ich mich an Sam und wartete gespannt darauf, dass er mir von dem Song erzählte.

»Du bist sicher neugierig, was ich meinte, oder?«, fragte er und massierte seine Hände. Bevor ich antworten konnte, redete er bereits weiter. Es war, als ob die Worte einfach aus ihm heraussprudelten. »Nachdem du weggegangen warst, musste ich die ganze Zeit daran denken, was dich wohl an meinem Song so getroffen hatte. Ich kam nicht mehr los von deinem Anblick.«

Ich presste die Lippen aufeinander und hob eine Augenbraue. »Das klingt sehr ...«

»... verrückt?«, ergänzte er meinen Satz und fuhr sich mit beiden Händen durch die Haare. »Ich weiß. Frag mal meinen Bruder, der hat mich wohl auch für wahnsinnig erklärt, als er von der Arbeit nach Hause kam und ich auf ihn losgesprungen bin wie ein kleines Kind, das sich über den von der Arbeit heimkehrenden Vater freut.«

Bei dem Wort Kind zuckte ich zusammen. Daisy hatte ihren Vater nie kennengelernt, weil der kein Interesse an einer Tochter mit körperlicher und geistiger Behinderung gehabt hatte. Er hatte nie ein Kind gewollt. Erst recht keins, um das er sich vierundzwanzig Stunden am Tag hätte kümmern müssen. Stattdessen hatte er sich von der Vaterrolle verabschiedet. Daisy und ich waren aber auch ohne ihn gut klargekommen. An einigen Tagen besser, an anderen schlechter. Aber sie hat ihren Vater nie vermisst. Wie konnte sie auch etwas vermissen, das nie eine Rolle in ihrem Leben gespielt hatte?

»Wenn du ihn genauso begrüßt hast, wie du jetzt redest, dann war es kein Wunder, dass er dich für verrückt gehalten hat«, sagte ich mit einem Schmunzeln.

»Entschuldige. Ich bin noch immer so aufgeregt. Abgesehen von meinem Bruder bist du die Einzige, die von der Bedeutung des Songs für mich weiß.« Er versuchte angestrengt, seine Worte nicht übereinanderstolpern zu lassen.

»Dann fühle ich mich geehrt, aber bisher weiß ich ja noch gar nichts davon«, bemerkte ich und dankte gleich darauf Greta für den Tee.

Die dampfende Tasse in meinen Händen wärmte meine kalten Finger. Ich fühlte, wie die Hitze durch meine Haut drang und einen erbitterten Kampf um die Vorherrschaft der Temperatur führte. Auch wenn Kälte mir nicht viel ausmachte, als echte Londonerin war man kaltes Wetter gewohnt, so hatte ich doch nie etwas gegen ein wenig innere Wärme, um das Herz zu erfreuen.

Sam nickte und griff ebenfalls zu der Tasse, allerdings tippte er mit seinem Zeigefinger nervös dagegen. »Das stimmt.« Er lachte.

Das Lachen passte zu seiner Erscheinung. Ein zerschlissenes T-Shirt mit alten Bandlogos. Keine coolen Modelabel, die jeder trug, dem Aussehen etwas bedeutete. Er war frei von jeglichen Zwängen und Einschränkungen. Das in Kombination mit der Leidenschaft, mit der er seine Geschichte vortrug, faszinierte mich. Ich war neugierig auf den jungen Mann, der so unbekümmert vor mir saß. Ein Reiz, den ich schon lange nicht mehr bei einem Mann verspürt hatte. Nicht mehr seit Jason.

»Also, wie gesagt ließ mich der Gedanke an dich nicht mehr los, und ich habe wie im Wahn einen Song geschrieben. Einen Song darüber, was du in mir ausgelöst hast. Welche Fragen du aufgeworfen und welche Emotionen du in mir geweckt hast. Ich habe mich noch nie so sehr in einem Song verloren und doch sicher gefühlt. Das war unglaublich.«

Er stellte seine Tasse ab und rückte auf die Kante seines Stuhls vor, um gleich darauf wild mit den Händen zu gestikulieren. Er war so voller Begeisterung und Enthusiasmus, dass es mich mitzog. Aus unerfindlichen Gründen wollte ich mit ihm diese Freude spüren. Ich wollte mitgerissen werden. Nicht mehr und nicht weniger. Erstaunt runzelte ich die Stirn.

»Und weißt du, was das Beste daran ist?«, fragte er in meine Gedanken hinein.

Ich schüttelte den Kopf. Ich hatte keine Ahnung, was er meinte, nippte nur an meinem Tee und wartete darauf, dass er es mir erklärte.

Er wurde ganz ruhig und sah mir tief in die Augen. »Die Zuhörer heute mochten den Song. Einige wollten sogar wissen, wem ich diesen Song gewidmet habe.« Zwar wurden seine Wangen nicht rot, aber dafür leuchteten seine Augen so fröhlich, dass ich unwillkürlich lächeln musste.

»Das freut mich für dich. Wenn aber irgendjemand wieder fragt, würde ich dich bitten, mich und meinen Gefühlsausbruch nicht zu erwähnen. Mir ist das wirklich unangenehm«, bat ich ihn vorsichtig.

»Natürlich. Das ist kein Problem. Ich kann schweigen wie ein Grab«, erwiderte er und versiegelte seine Lippen mit einem symbolischen Schlüssel, den er hinter sich warf. »Von mir wird niemand etwas erfahren«, sagte er mit einem Augenzwinkern.

»Danke«, sagte ich erleichtert. Ob er mir den Song wohl vorspielen würde? Neugierig gemacht hatte er mich darauf. »Geht das mit einem Song denn immer so schnell? Ich meine von der Idee zum fertigen Lied?«

Sam fasste sich mit beiden Händen an den Kopf und schüttelte ihn. »Nein, das hatte ich noch nie. Das ist ja das Unglaubliche. Ich hätte es nie für möglich gehalten, dass ein Song, den ich über Nacht geschrieben und den ich nicht einmal großartig überarbeitet habe, so gut ankommen würde.«

Ich spürte das Kribbeln, das ihn überwältigt hatte, beinahe körperlich. Es breitete sich auch in mir aus, fegte wie ein Sandsturm über meine Haut und hinterließ winzige Hügel.

»Das freut mich für dich«, wiederholte ich und trank weiter meinen Tee. Seine Begeisterung sprang auf mich über, und meine Finger zitterten, als ich die Tasse anhob. Wie war das möglich? Wieso hatte ein mir fast fremder Mann solch einen Einfluss auf mich? Der letzte Mann, den ich an mich herangelassen hatte, war Daisys Vater gewesen. Und seine Reaktion auf die Schwangerschaft war Grund genug für mich gewesen, Männern in Gänze abzuschwören. Und seit Daisys Geburt hätte ich eh keine Zeit mehr für Männer gehabt, selbst wenn ich gewollt hätte. Daher hatte ich immer Abstand gehalten, egal wie sehr Emily auch versucht hatte, mich mit einem ihrer Bekannten zu verkuppeln. Ich war lieber für mich allein geblieben. Und diesen Zustand wollte ich auch beibehalten.

Deswegen hielt ich mich Sam gegenüber zurück. Ich wollte nicht, dass er sich Hoffnungen machte, mehr von mir zu erfahren. Mein Leben ging nur mich etwas an.

»Und das alles verdanke ich dir«, sprach Sam mit gleicher Begeisterung weiter. »Ohne dich hätte ich diesen Song niemals geschrieben.«

»Na ja, das war ja nun eher Zufall«, wandte ich ein und hörte mich an wie mein alter Ausbilder, der uns immer streng korrigiert hatte, wenn wir in einem ansonsten richtigen Sachverhalt einen kleinen Fehler eingebaut hatten.

»Da gebe ich dir recht«, stimmte er mir zu. »Aber mir sollen solche Zufälle recht sein. Denn auch wenn es vielleicht seltsam klingt: Dieser Song ist gut für mich.«

»Ich wünsche dir auf jeden Fall viel Erfolg«, sagte ich. Ein winziger Teil von mir wollte gehen, wollte nicht hören, wie sehr ihn meine Traurigkeit inspiriert hatte. Denn das rührte direkt an die Erinnerung an Daisy. Und zugleich war ich fasziniert von dem Kontrast zwischen der Freude und dem Moment der Traurigkeit, aus dem heraus sie entstanden war. Das war schon fast philosophisch.

»Entschuldigung«, sagte er da auf einmal. »Ich rede die ganze Zeit davon, dass ich mich so freue, dabei basiert die Idee auf einem wirklich traurigen Moment für dich.«

Überrascht sah ich auf. Hatte er meine Gedanken gelesen, oder war er einfach nur empathisch genug, um zu merken, was mich beschäftigte? »Es ist schon in Ordnung«, entgegnete ich. »Mein Vater hat immer gesagt: Wo Schatten lauern, muss es irgendwo Licht geben, um diese zu werfen. Ich denke, unser Fall ist das beste Beispiel dafür.«

»Dein Vater war ein weiser Mann.« Sam knetete seine Hände. »Darf ich dich etwas fragen?«, schob er gleich darauf nach.

Jetzt kommt es, dachte ich und presste die Lippen aufeinander. »Solange es nichts mit Montag zu tun hat, ja.«

Sam nickte. »Okay. Aber ich würde dich gerne näher kennenlernen. Ich weiß nicht, ob ich mich da vielleicht in etwas verrenne, aber du hast mich zu einem Song inspiriert, der mich selbst überrascht hat.«

»Und du hoffst, dass du noch mehr Songs schreiben kannst, wenn du mich näher kennenlernst?« Ich runzelte die Stirn. »Ich weiß nicht. Damit fühle ich mich nicht so wohl.«

»So war das nicht gemeint«, sagte er rasch. »Ich will mich nur mit dir unterhalten. Im alten Griechenland hatten sie Musen, die ihnen Ideen ins Ohr geflüstert haben. Manchmal sind es banale Dinge wie die Arbeit, die mich inspirieren.«

Nun wurde es wirklich schräg. »Ich bin noch nie gefragt worden, ob ich die Muse für jemanden sein wollte«, lachte ich und schüttelte den Kopf. »Aber ich muss das ablehnen. Ich habe im Moment keine Zeit, um mich regelmäßig mit dir zu treffen. Ich habe gerade einen neuen Job und investiere viel Zeit und Kraft da rein.«

»Was für ein Job ist das denn?«, erkundigte sich Sam ehrlich interessiert. Entweder hatte er nicht mitbekommen, dass ich ihm gerade eine Abfuhr erteilt hatte, oder es störte ihn nicht im Geringsten. Stattdessen schaute er mich mit großen Augen an, als wollte er jedes Wort aufsaugen, das ich von mir gab.

Ich zögerte kurz. Schon früher war die Erwähnung meines Jobs ein Stimmungskiller sondergleichen gewesen. Wer redete schließlich gerne über tote Kinder? Zudem hatte ich selbst versucht, meinen Job abends hinter mir zu lassen, um ein normales Leben zu führen. Nicht gerade leicht, wenn man einen Teil seines Herzens an jedes Kind verlor, das man betreut hatte und das schließlich über die Regenbogenbrücke gegangen war.

»Ich arbeite als Schwester in einem Kinderhospiz«, antwortete ich kurz angebunden und sah ihn nicht an. Ich kannte alle Reaktionen. Von absoluter Stille bis hin zu einem mitleidigen *Oh*. Doch Sam überraschte mich.

»Das ist faszinierend.«

Ich hob den Kopf und sah ihm in die Augen. Es lagen kein Bedauern oder Ablehnung darin. Einfach nur Neugier auf den Beruf. Viele glaubten, dass man als Krankenschwester in einem Kinderhospiz eine Heilige sein musste. Oder gefühlskalt. Je nachdem, wen man fragte.

»Ist es so herzergreifend, wie ich vermute?«, hakte er nach.

Ich nickte, erstaunt darüber, dass er so entspannt mit meiner Berufswahl umging. Abgesehen von Emily war er der erste Mensch, der mir nicht mit Ratlosigkeit ob meiner Berufswahl begegnete. »Manchmal lässt man sich auf Patienten ein, die einem nahegehen. Wenn sie dann sterben, ist es, als ob ein naher Verwandter gehen musste.«

»Ich bewundere diese Berufswahl.« Er tippte dann auf seine Brust. »Ich könnte das nicht.«

Amüsiert schmunzelte ich. »Dein Job ist gar nicht so anders.«

»Musiker im Vergleich zu Krankenschwester im Kinderhospiz?« Sam lehnte sich zurück und verschränkte die Arme. Er lachte. »Das musst du mir erklären.«

»Deinen Songs gibst du jedes Mal ein Stück deines Herzens mit, oder nicht?« Ich nippte an meinem Tee.

Sam nickte.

»Und wenn du sie dann in die Welt hinauslässt, weißt du nie, ob sie gut ankommen oder nicht.« Ich stellte meine Tasse auf den Keramikuntersetzer und lehnte mich vor. »Du gibst ein Stück deines Herzens ab. Und wenn du dann keine Reaktionen bekommst, was geschieht dann mit dem Stück deines Herzens?«

Sams Mund stand offen, als ihm klar wurde, worauf ich hinauswollte. »Es wird krank und stirbt«, sagte er leise. »So habe ich das noch nie betrachtet. Aber es stimmt. Wenn ein Song einige Male nicht gut ankommt, verbanne ich ihn aus meinem Repertoire. Zwar habe ich noch die Erinnerung an ihn, aber ich spiele ihn nicht mehr.«

»Siehst du?« Ich lehnte mich nun meinerseits zurück.

»Wow«, sagte er und lachte. »Du hast eine interessante Sicht auf die Welt!«

Eine, die immer nach Gemeinsamkeiten sucht, wollte ich ergänzen, aber das wäre zu weit gegangen. Es hätte zu viel über mich verraten, und dafür kannte ich Sam noch zu wenig. Aber seine enthusiastische Art war erfrischend, so voller Lebensfreude. Etwas, das ich im Moment gut gebrauchen konnte. Wenn ich mich einfach nur auf den Abend einließ, würde er mir vielleicht ein paar freudige Momente schenken.

Ich zögerte, suchte in seinen Augen nach Hinweisen darauf, dass er mehr plante, als sich mit mir zu unterhalten. Doch ich fand nichts. Und schließlich gab ich mir einen Ruck. Ich hob meine Hand und bestellte einen weiteren Tee bei Greta. Wie viele Tassen es darüber hinaus noch werden würden, wollte ich nach jeder neu entscheiden. Aber so, wie er mich anstrahlte und sich nach meinem Beruf erkundigte, würde es wohl nicht bei zwei Tassen Tee bleiben.

Kapitel 10

Charlotte

»Ja, genau, ich bräuchte Hilfe bei der Erfüllung eines Wunschs«, sagte ich hektisch am Telefon. *The Last Watch* war bereits der dritte Verein, bei dem ich anfragte, aber keiner von ihnen hatte bisher die Zeit oder die Manpower, um so schnell Stella zu finden. Nachdem ich selbst am Morgen in die Innenstadt gegangen war und ich nicht ein einziges Straßenkind gefunden hatte, das ich hätte befragen können, musste ich zugeben, dass ich Hilfe brauchte.

»Dann sind Sie hier richtig«, erwiderte eine ältere Männerstimme am anderen Ende. Sie war rau und abgenutzt von vielen Gesprächen, aber der Mann klang freundlich und engagiert. »Was genau möchten Sie denn?«

»Es ist eine etwas außergewöhnliche Bitte«, begann ich und nestelte an meinem Mantel herum. Ich hatte Hamish nur für eine Stunde besucht. Eigentlich wäre es mein freies Wochenende gewesen, aber da er nicht mehr lange hatte, wollte ich so viel Zeit wie möglich mit ihm verbringen.

»Außergewöhnliche Bitten gibt es nicht. Wir kriegen alles hin.« Der Mann hörte sich sehr ambitioniert an. »Erzählen Sie mir davon.«

»Es geht darum, ein Mädchen zu finden, das auf der Straße

lebt und sich als Junge ausgibt«, erklärte ich in knappen Worten, um dem Mann zu zeigen, wie schwierig die Aufgabe war.

»Oh, ich verstehe«, antwortete er mitfühlend. »Will eine Mutter noch einmal ihre Tochter sehen?«

Ich bog ab und lief durch die Einkaufsstraße, in der auch das *Flower Café* war. Kurz überlegte ich, ob ich dorthin abbiegen sollte, entschied mich aber dagegen. Ich wollte nur schnell nach Hause und danach wieder in die Innenstadt, um mein Glück erneut zu versuchen. »Nein, wir haben im St. Antonius einen Jungen, der auf der Straße gelebt hat und der noch einmal seine beste Freundin sehen möchte«, erklärte ich und schämte mich für die Lüge. Hamish würde sich sicher freuen, redete ich mir ein, aber bisher wusste er ja noch nichts davon.

»Oh, ich verstehe.« Ich hörte einen Stift auf Papier kratzen. Vermutlich schrieb er sich alles nebenbei auf. »Im St. Antonius, sagen Sie? Wieso meldet sich denn Barbara nicht?«, wollte er wissen. Ich fühlte mich ertappt.

»Ich bin die Betreuerin des Jungen«, antwortete ich schnell und hoffte, dass ich damit jeder weiteren Lüge aus dem Weg gehen konnte.

»Ich verstehe.« Der alte Mann schnalzte mit der Zunge, ehe er weitersprach. »Ehrlich gesagt weiß ich nicht, ob wir da helfen können.«

»Bitte«, flehte ich ihn an. »Hamish hat nicht mehr lange, und er hat keine Verwandten. Eine Freundin zu sehen, mit der er jahrelang durch dick und dünn gegangen ist, würde sein Herz sicher erfreuen.«

Am anderen Ende der Leitung herrschte Schweigen. Während ich geduldig wartete, bog ich an der Kreuzung ab, an der Sam sonst immer stand. Nicht mehr lange und ich war zuhause.

»Könnten Sie es wenigstens versuchen?«, drängte ich, als keine Antwort kam.

»Ich gehe gerade den Kalender der Freiwilligen durch. Wir

hätten morgen Vormittag jemanden, der frei wäre.« Der alte Herr prustete und schwieg erneut.

»Das wäre doch ein Anfang.« Ich versuchte, überzeugt zu klingen. »Ich suche parallel ebenfalls nach ihr. Dann hätten wir schon zwei Augenpaare, die Ausschau halten.«

»Ich verstehe.« Er seufzte. »Na gut, weil es wirklich traurig ist, dass ein Kind ganz ohne Angehörige und Freunde sterben könnte, trage ich das mal in den Kalender ein. Also, wonach genau suchen wir?«

Ich gab die Beschreibung von Stella durch, und mir fiel ein Stein vom Herzen. Ich legte auf und lief zu meinem Grundstück. Die Sonne verbarg sich hinter einer dichten Wolkendecke, aber in meinem Herzen strahlte sie hell genug, um mir den Tag zu verschönern. Als ich auf mein Telefon schaute, bemerkte ich eine Nachricht von einer unbekannten Nummer. Vermutlich nur Spam, den ich mir auch später anschauen konnte.

Ich steckte das Handy weg, schaute zu meinem Haus und zuckte zusammen. Auf den Stufen vor meinem Haus saß Sam und wartete auf mich. Als er mich sah, sprang er auf und kam auf mich zu. Ich blieb jedoch hinter dem Gartentor stehen und hielt es geschlossen. »Was machst du hier?«

»Ich musste dich wiedersehen. Es ist ...«

»Nein«, unterbrach ich ihn und deutete auf mein Haus. »Ich meine, was machst du hier? Das ist mein Haus. Woher weißt du, wo ich wohne?«

Sam deutete mit dem Daumen über die Schulter. »Ach so. Du bist mir schon früher aufgefallen, lange, bevor du geweint hast«, erklärte er und grinste. Mir war jedoch nicht nach Grinsen zumute. Es war mir unheimlich, dass er mein Haus kannte, während ich nur das über ihn wusste, worüber wir zwei Tage zuvor im *Flower Café* geredet hatten. Es war ein schöner Abend gewesen, der meine Gedanken eine Weile von Hamish und der Suche nach Stella abgelenkt hatte. Doch jetzt, da er vor meiner

Haustür stand, machte es mir wieder Angst. Ich hatte ja schon am Donnerstag geglaubt, dass er mich verfolgt hätte. Seine Aussage machte es nicht besser. Ihm schien nicht bewusst zu sein, wie bedrohlich es war, wenn ein Fremder mehr wusste, als man gedacht hatte. »Das ist nicht witzig, Sam«, sagte ich scharf. »Im Gegenteil, es ist schon ein wenig unheimlich.«

Das Grinsen rutschte aus Sams Gesicht, und er schaute zum Haus. »Ich wollte dir mit meinem Auftauchen keine Angst machen«, erklärte er hastig. »Auf gar keinen Fall will ich dir Angst machen. Es ist nur so, wenn man regelmäßig von derselben Person Geld bekommt und das fast immer zur selben Tageszeit, dann weiß man irgendwann, aus welcher Richtung besagte Person kommt. Und da du in Sichtweite wohnst, weiß ich halt, wo dein Haus steht.«

Einen Moment lang beobachtete ich ihn, ehe ich schließlich auf mein Grundstück ging. »Schon gut. Ich bin es nicht gewohnt, dass man mich einfach so zuhause besucht.« Und das war noch untertrieben. Monatelang war ich das Gesprächsthema meiner Nachbarn gewesen. Sie hatten regelmäßig an meiner Haustür geklingelt, um mit mir zu reden, aber ich hatte sie meist weggeschickt. Es dauerte Monate, ehe sie sich endlich etwas anderem zugewandt hatten. Aber die Sensationsgier einiger Menschen war scheinbar unersättlich, wenn ich mir in Erinnerung rief, welche Gerüchte alles im Umlauf gewesen waren. Einige hatten behauptet, dass ich Daisys Leben selbst ein Ende bereitet hätte. Andere erzählten, dass ich mein krankes Kind ausgenutzt hatte, um mehr Aufmerksamkeit zu erhaschen. Alles Lügen. Die Erinnerungen an Daisy und meine Trauer gehörten mir allein. Das mit anderen zu teilen, konnte ich mir nicht vorstellen.

Ich ging zu meiner Haustür und blieb davor stehen. »Warum bist du überhaupt hergekommen?«

Sein Lächeln kehrte zurück, und das gefiel mir. Zwar war er niedlich, wenn er verschreckt war, aber wenn er lächelte, strahlte sein ganzes Gesicht. »Ich habe dir geschrieben, aber du hast nicht geantwortet, also dachte ich, ich frage dich persönlich, ob du Lust hättest, mit mir einen Ausflug zu machen.« Sam vergrub seine Hände in seinen Hosentaschen. Es war niedlich, wie er vor mir stand und mich um ein Date bat. Fast schon schüchtern, als würde er das nicht oft machen, dabei konnte ich das kaum glauben. Vermutlich hatte er im letzten Monat mehr Dates gehabt als ich in den letzten fünf Jahren. Ich schüttelte den Kopf. »Du hast mir geschrieben?« Ich zog mein Telefon heraus und öffnete die ungelesene WhatsApp. Tatsächlich war vage das Gesicht im Profilbild zu erahnen, die Gitarre verriet ihn. »Oh, das habe ich nicht mitbekommen. Ich war auf der Arbeit und habe im Anschluss noch etwas erledigt.«

»Was musstest du denn erledigen?«, fragte er interessiert. »Auch etwas für die Arbeit?«

»Mehr oder minder. Deswegen habe ich auch nur wenig Zeit. Ich muss gleich wieder los.«

Jähe Enttäuschung trübte die Fröhlichkeit, die Sam bis dahin noch ausgestrahlt hatte. »Oh, musst du wieder arbeiten?«

»Nicht direkt«, erklärte ich und steckte den Schlüssel ins Schloss. Für die meisten ein eindeutiges Zeichen. Jedoch nicht für Sam. Er lächelte mich weiter an, und ich konnte nicht weggucken. Ich war schon so lange nicht mehr fröhlich gewesen, dass dieses Lächeln wie ein Suchtmittel für mich war. Mit Daisy war auch die Freude aus meinem Leben verschwunden. Sie hatte sie zusammen mit einem Stück meines Herzens mitgenommen.

»Wenn es nicht für die Arbeit ist, kann ich dir dann vielleicht helfen?«, fragte er, als er mein Zögern bemerkte.

»Du weißt doch gar nicht, was ich vorhabe. Vielleicht will ich ja zu meinem Drogendealer.«

Sam hob eine Augenbraue und schmunzelte. »Habe ich dir erzählt, wie ich dich heimlich getauft habe? Lady, weil du der

Inbegriff von Erhabenheit für mich bist«, erklärte er und lehnte sich gegen den Türrahmen.

»Lady?« Ich lachte und ließ von der Tür ab. »Davon bin ich sicher weiter entfernt als du vom erfolgreichen Sänger. Aber wieso bist du dir so sicher, dass ich nicht trotzdem Drogen konsumiere?«

»Weil du nicht aussiehst, als ob du das nötig hättest. Ich habe noch nie eine Frau getroffen, die so selbstsicher auf mich wirkt«, sagte er voller Überzeugung.

»Danke«, erwiderte ich und lehnte mich ebenfalls an die Tür. »Ich weiß zwar nicht, ob das ein Kompliment sein soll, aber ich nehme es einfach mal als solches.«

»Es war ein Kompliment. Andere Frauen sind mit 28 noch so aufgedreht und wissen nicht, was sie vom Leben wollen, aber du bist anders. Das fasziniert mich«, murmelte er mit seiner rauchigen Bassstimme.

»Du weißt nicht, wer ich bin«, sagte ich ebenso leise, und die fröhliche Stimmung in mir verblasste langsam. »Du hast keine Ahnung, was ich alles durchgemacht habe.«

Sam zuckte mit den Schultern. »Das ist egal. Ich habe dich gesehen, als du tief in Gedanken versunken warst. Ich konnte dich sehen«, erwiderte er und kam einen Schritt näher. »Dich, Charlotte, und nicht das, was du nach außen vorgibst zu sein. Was glaubst du denn, warum der Song so gut ankommt? Weil ich bis tief hinunter in dein Herz schauen konnte.«

Ich schnaubte. »Ich kenne den neuen Song nicht, aber ich bezweifle, dass du verstehst, was in dem Augenblick in mir vorging, als ich *Daisy* gehört habe.«

Sam kam noch einen Schritt näher. »Wenn du darüber reden möchtest, höre ich zu.«

In seiner Stimme lag keine übertriebene Neugier wie in den falschen Angeboten meiner Nachbarn. Die waren immer nur erpicht darauf gewesen, möglichst viel als Tratsch für das nächste

Teekränzchen zu haben. Ich war nicht mehr als eine reißerische Geschichte, die sie als Erste erzählen wollten.

Mittlerweile war ich Expertin darin, herauszuhören, wer mir nur um des Klatsches willen oder wer mir um meinetwillen zuhörte. Bei Sam hörte es sich so an, als ob er mir helfen wollte. Das verwirrte mich wirklich. Wie konnte er, der so unfassbar lebensfroh war, sich auf eine Talfahrt mit einer abgestürzten Seele wie meiner begeben? Oder ahnte er in seiner Naivität nicht, was ihn erwartete? Konnte ich mit ihm befreundet sein, ohne dass ich ihm von Daisy erzählen musste? Seine Fröhlichkeit würde mit Sicherheit getrübt werden, wenn ich ihm meine Geschichte enthüllte. Und doch wollte ich diese überschwängliche Freude noch etwas genießen. Vielleicht war es eigennützig, vielleicht egoistisch, aber ich hatte jahrelang nur an Daisy gedacht. Vielleicht war es Zeit, dass ich auch einmal an mich dachte. Und wenn mir nach Frohsinn war, konnte ich ihn mir dann nicht einfach nehmen?

»Schon gut. Ich erzähle es dir vielleicht ein anderes Mal«, wiegelte ich ab und strich mir eine Haarsträhne aus dem Gesicht.

»Heißt das, wir treffen uns noch öfter?«, fragte Sam und lächelte verschmitzt.

Ich presste die Lippen aufeinander. Eigentlich hatte ich das nur so dahergesagt, aber ein Teil von mir wollte mehr von Sam. Ihn kennenlernen und sehen, wohin diese ungewöhnliche Freundschaft führte. Ich stand in meiner Tür und überlegte, was ich tun könnte. Ich hatte vorgehabt, in der Stadt nach Stella zu suchen. Doch nun kam mir in den Sinn, dass die Straßenkinder an einem Samstag höchstens an den üblichen Touristenplätzen sein könnten. Nicht aber dort, wo ich mit meiner Suche starten wollte: am Wyndham's Theatre. Vielleicht sollte ich das auf einen anderen Tag verschieben und den Nachmittag mit Sam verbringen.

Kurz klopfte mein schlechtes Gewissen an. Enttäuschte ich

damit Hamish? Niemand wusste, wie lange er noch durchhalten würde. Und ich hatte keine Ahnung, wie lange es dauerte, ein Straßenkind ausfindig zu machen. Verschenkte ich in diesem Moment meine Chance, Stella zu finden? Ich wandte mich meinem Haus zu und wollte hineingehen.

»Ich würde mich sehr freuen, wenn ich noch ein wenig Zeit mit dir verbringen dürfte«, murmelte Sam mit einem schüchternen Lächeln. »Mir hat der Abend im *Flower Café* nämlich sehr gefallen, und ich würde dich gerne näher kennenlernen.«

Ich lächelte unwillkürlich. »Mir hat es auch Spaß gemacht. Es war sehr ... angenehm«, erklärte ich nach kurzer Suche nach dem richtigen Wort.

»Was hält dich dann davon ab, es zu wiederholen?«, ging Sam in die Offensive.

»Wenn ich ehrlich bin, nur mein Verantwortungsgefühl meinem Patienten gegenüber«, erwiderte ich und schloss mein schlechtes Gewissen in eine Ecke meines Verstands. »Okay, wenn ich mitkomme, musst du aber wissen, dass ich mein Telefon die ganze Zeit auf laut haben werde. Sollte ein Anruf aus dem Hospiz kommen, muss ich augenblicklich aufbrechen. Egal, wo wir uns gerade aufhalten.«

Sam strahlte über das ganze Gesicht, als er nickte. »Sehr gerne. Ich habe auch schon eine Idee, wohin wir gehen können. Du bist doch in London geboren, oder?«

Ich runzelte die Stirn. »Ja, wieso?« Ich fragte mich, was meine Herkunft mit einer Verabredung zu tun hatte, aber Sam grinste nur, ehe er mir den Arm anbot.

»Das verrate ich dir erst, wenn wir dort sind. Nur so viel: Ich wette, du warst noch nie da.«

Er sprach mit so viel Überzeugung, dass ich unwillkürlich an ein kleines Kind denken musste, das seiner Mutter erklärte, der beste Versteckspieler aller Zeiten zu sein. »Jetzt bin ich aber gespannt. Gib mir einen Moment«, bat ich und ging ins Haus.

Auch wenn ich nicht glaubte, dass Sam sich unangemessen verhalten würde, schloss ich die Tür hinter mir.

Wenige Minuten später trat ich wieder hinaus. Ich hatte die Jacke gewechselt, da der Wind auffrischte, und eine kleinere Handtasche mitgenommen.

»Also, wo geht es hin?«, fragte ich neugierig.

»Erst mal zur Tube. Wir müssen ein bisschen fahren. Ich hoffe, das macht dir nichts aus.« Er schien auf einmal verunsichert, so als hätte er nicht damit gerechnet, dass ich zustimmen würde.

»Ich fahre gerne mit der U-Bahn.« Ich hakte mich bei ihm ein, als er mir seinen Arm anbot.

Erleichtert atmete er aus. »Das ist gut. Ich habe nämlich kein Auto. Und wenn ich ehrlich bin, wüsste ich nicht einmal, ob ich im Londoner Straßenverkehr klarkäme, wenn ich eins hätte.«

»Das ist der Vorteil einer Großstadt«, stimmte ich zu. »Man kommt auch sehr gut ohne Auto aus. Ich habe auch keins.«

»Wirklich nicht?«, fragte Sam überrascht. Er drehte sich um und schaute zu meinem Haus. »Was steht dann in der Garage?«

Ich schluckte, als er das ansprach. Vor einigen Monaten hatte ich angefangen, einige von Daisys Spielsachen dort auszulagern. Dinge, mit denen sie kaum gespielt hatte oder die sie nicht mehr hatte nutzen können, weil wir die letzten Wochen im Krankenhaus verbracht hatten. »Die Garage ist für mich eher ein Lagerraum«, erklärte ich schließlich neutral und deutete auf Sam. »Aber reden wir nicht schon wieder von mir. Das haben wir im Café schon getan«, lenkte ich ab. »Wie kam es eigentlich, dass du Musiker werden wolltest?«, fragte ich, als wir an der Tubestation ankamen. Ein Zug wartete bereits am Gleis, und wir stiegen ein.

»Ach, das ist eigentlich ziemlich langweilig«, winkte er ab. »Ist so eine typische Musikerstory.«

»Ich kenne keine Musiker außer dir, also wäre die Story für mich komplett neu«, ermunterte ich ihn.

Sam bedachte mich mit einem skeptischen Blick. »Du kennst keinen anderen Musiker und das in einer Stadt wie London?«

Die Bahn fuhr an, und ich hielt mich an einer der Stangen fest. Für einen Samstagnachmittag war erstaunlich viel los und kein Sitzplatz frei. Ich merkte, dass er vom Thema ablenken wollte. »Sagen wir einfach, ich hatte in den letzten Jahren wenig Zeit, um mich um Musik zu kümmern«, sagte ich mit einem wehmütigen Lächeln. Wobei das nicht ganz stimmte. Ich hatte Musik gehört, jedoch hauptsächlich Kindermusik und klassische Musik, weil sie Daisy gefallen hatte. Mein Herz stolperte, als ich an ihren vierten Geburtstag dachte. Damals hatte ich Emilys Kinder und ein paar Nachbarskinder eingeladen. Es sollte ein ganz normaler Kindergeburtstag werden mit Topfschlagen, Musik und einer riesigen Torte, die die Kleinen niemals aufessen konnten. Aber die Art und Weise, wie die Kinder mit Daisy umgegangen waren, hatte es zu einem ganz besonderen Tag gemacht. Elvis und Laila zum Beispiel wollten, dass Daisy mit ihnen Fangen spielte. Sie verstanden noch nicht, dass Daisy anders war als sie. Für die Kleinen war sie nur ein Kind, das in einem besonderen Stuhl saß. Als es darum ging, neben Daisy zu sitzen, bemühten sich alle um einen Platz bei ihr, weil Daisy sich immer an dem Trubel um sie herum erfreute. Jeder wollte sie zum Lachen bringen, um ihr wunderschönes Lachen zu hören. Doch am meisten hatte mich die Verabschiedung berührt. Emilys Kinder hatten Daisy wie immer in den Arm genommen und ihr gesagt, wie lieb sie Daisy hatten. Daraufhin machten das auch die Nachbarskinder. Kinder waren so frei von Vorurteilen, so unglaublich herzlich.

Ich wandte mich von Sam ab und wischte unauffällig die Träne weg, die sich in meinen Augenwinkel geschlichen hatte. Sam bemerkte es hoffentlich nicht, und wenn, war er gentlemanlike genug, um nichts zu sagen.

»Dann muss ich dich wohl in die Grundlagen der Musikklischees einführen.« Er räusperte sich. »Es begab sich zu einer Zeit, als ich noch ein kleiner Bub war.«

»Ein Bub?«, wiederholte ich und lachte, während ich beim abrupten Halt der Tube beinahe in ihn gefallen wäre.

Sam hielt mir seinen Arm als zweiten Haltegriff hin, und ich nahm das Angebot an. »In der Tat. Na gut, ich war etwa fünf Jahre alt, als ich das erste Mal im Fernsehen ein Konzert gesehen habe. Es waren eine Zusammenfassung des Live-Aid-Konzerts und die Mitschnitte der Londoner Aufführung. Ich war so geflasht von der Musik der Weltstars und dem Spaß, den sie auf der Bühne hatten, dass ich mir zum Geburtstag eine Gitarre gewünscht habe. Natürlich bekam ich sie nicht. Ich war sechs, und meine Eltern hielten das für eines dieser Hirngespinste, die sich ein kleines Kind so ausdenkt. Doch als ich dann anfing, all mein Taschengeld zu sparen und in den Gärten der Nachbarn das Laub zu harken, damit ich mir ein paar Pfund dazuverdienen konnte, begriffen sie, dass ich es ernst meinte. Zu Weihnachten bekam ich dann meine erste Gitarre. Es war eine kleine für Kinder, aber sie war mein Ein und Alles.«

Ich spürte, wie sehr Sam Musik liebte. Es war eine Liebe, die offensichtlich auf Gegenseitigkeit beruhte, wenn man bedachte, dass er immer wieder neue Songs schrieb und diese auf der Straße gut ankamen. »Das klingt jetzt aber nicht sehr standardmäßig«, milderte ich seine Behauptung ab.

»Oh, glaub mir, in jedem Interview mit einem Musiker gibt es eine ähnliche Geschichte«, beteuerte er und hielt sich an den Haltestangen über unseren Köpfen fest, als die Bahn wieder anfuhr.

Meine Gedanken wanderten kurz wieder zu Hamish. Auch wenn ich die Zeit mit Sam genoss – ein Stück Normalität in einem Leben, das sonst alles andere als normal war –, so musste ich ständig an meinen kleinen Patienten denken. Als ich ihn zurückgelassen hatte, war er gerade wieder eingeschlafen, in seinen Händen der Zeichenblock. Auch wenn ich wusste, dass ich meine Freizeit brauchte, fühlte ich mich ihm gegenüber verpflichtet.

»Charlotte?«

Ich blinzelte, als mir klar wurde, dass Sam mich angesprochen hatte. »Ja?«

»Wir müssen gleich aussteigen.« Er deutete auf die laufende LED-Anzeige am Ende des Waggons.

»Oh, schon? Ich war so in Gedanken versunken«, murmelte ich und löste mich von seinem Arm.

»Das habe ich gemerkt.« Er schmunzelte verständnisvoll. »Hast du an die Arbeit gedacht?«

»Ja, irgendwie schon«, gab ich zu. »Hamish ist mein erster Patient in dem neuen Job, und ich weiß, dass es seltsam klingt, aber ich will ihn nicht enttäuschen.«

Die Tube hielt an, und wir stiegen aus.

»Das klingt gar nicht seltsam«, widersprach Sam und runzelte die Stirn. »Ich kann es sogar gut verstehen. Du willst nicht deinen Boss beeindrucken, sondern den Jungen.«

Die kalte, weiß gekachelte Tubestation umfing mich und ließ mich schaudern. Oder war es nur Sams Volltreffer, was meine Empfindungen anging? Waren sie so offensichtlich für ihn?

»Schon gut, du musst nicht antworten.« Sam zuckte mit den Schultern.

»Nein, du hast recht. Es verwirrt mich nur, dass du mich verstehst«, gab ich ehrlich zurück.

Sam lachte. »Es tut mir leid, aber du zeigst deine Gefühle ziemlich offen.«

»Wirklich?«, fragte ich überrascht. »Bisher scheint das niemandem aufgefallen zu sein.«

»Na gut, vielleicht bin ich auch nur etwas empfindsamer für Frauen, die mich so unfassbar inspiriert haben«, erklärte er mit einem Zwinkern.

Ich merkte, wie mir wärmer wurde, und presste die Lippen aufeinander. Bisher war ich davon ausgegangen, dass Sam mich einfach nur mochte, weil er dank mir einen guten Song geschrieben hatte. Aber so langsam wurde ich das Gefühl nicht los, dass er mehr wollte. Mehr, als ich ihm geben konnte.

Wir gingen den schmalen Bahnsteig entlang, der zu den Treppen führte. Je näher wir dem Ausgang kamen, desto stärker wurde der Luftzug. Er zog an meinen Haaren und wirbelte sie durcheinander. Vielleicht hätte ich mir einen Zopf machen sollen. Erst als ich auf dem Bürgersteig angekommen den Kopf hob, um die Haare aus meinem Gesicht zu streichen, merkte ich, wo wir waren. »Wir sind in Westminster, mitten in der Innenstadt«, sagte ich verwirrt und lächelte gleich darauf. »Also ich muss dich enttäuschen. Hier war ich schon einmal.«

»Mal sehen, ob du das in ein paar Sekunden auch noch behaupten kannst. Meiner Erfahrung nach haben nämlich Großstädter einen großen Makel.«

»Jetzt bin ich aber gespannt«, sagte ich. Wir standen direkt vor dem berühmtesten Bauwerk ganz Londons, Big Ben. Seine schlanke Kirchturmuhr war von Baugerüsten eingefasst, aber majestätisch wie immer erhob er sich in den bewölkten Nachmittagshimmel. Ich wandte den Blick ab und sah Sam an. »Du weißt schon, dass du dich mit diesem Makel selbst belastest, oder stammst du nicht aus London?«

»Doch, aber ich habe den Makel durchschaut und wirke ihm entgegen«, lachte Sam und deutete zur Brücke, die über die Themse führte. »Ich wohne bei meinem Bruder, und der hat als Anwalt eigentlich nie Zeit, etwas zu unternehmen. Also habe ich irgendwann alleine angefangen, die Stadt zu erkunden.«

»Du wohnst mit deinem Bruder in einer WG?«, fragte ich nach. »Funktioniert das gut?« Ich hatte keine Geschwister und konnte mir nur schwer vorstellen, mit jemandem zusammenzuleben, den ich schon von klein auf kannte.

»Besser, als ich gedacht hätte. Als Kinder haben wir uns ständig in den Haaren gelegen, weil er immer lernen, ich aber lieber mit ihm bolzen wollte. Aber inzwischen verstehen wir uns echt gut.« Wir liefen strammen Schrittes über die Brücke zur anderen Uferseite und gingen die Stufen zur Promenade hinunter, auf der das London Eye die halbe Stadt überragte. »Und wenn ich ehrlich bin, wohne ich eher zur Untermiete bei ihm. Wobei meine Miete hauptsächlich darin besteht, dass ich seinen Haushalt mache und ab und an mal das Essen bezahle.«

Sam wurde bei den letzten Worten leiser und senkte den Kopf. Ihm war unangenehm, was er mir gerade gestanden hatte.

»Das klingt so, als wäre es dir peinlich. Dabei folgst du deiner Leidenschaft. Das ist vielleicht anfangs etwas zäh, aber eines Tages wirst du damit Erfolg haben, und dann wird es besser«, ermutigte ich ihn.

»Trotzdem ist es manchmal sehr unangenehm, wenn man den eigenen Bruder darum bitten muss, einem ein paar Pfund zu leihen, weil man das Essen sonst nicht bezahlen kann«, gestand er und verzog den Mund. Wir gingen an der Promenade entlang, schlenderten an Dutzenden Touristen vorbei, die alle Fotos vom Big Ben oder vom London Eye machten. »Aber ich will nicht jammern. Ich bin sehr dankbar, dass er es schon so lange mit mir aushält. Wir sind übrigens da.«

Verwirrt blickte ich mich um. Wir standen mitten auf der Promenade. Hinter uns befand sich das große Sea-Life-Gebäude, das in den Abendstunden von blauem Licht beleuchtet wurde. Über uns ragten die imposanten, roten Streben auf, die das London Eye hielten. »Was genau meinst du denn?« Ich suchte ein Café, das ich noch nicht kannte, aber es gab hier nur ein kleines Restaurant im Sea Life. Wollte er mit mir dort essen gehen?

Doch Sam drehte sich vom Sea Life weg und deutete nach oben. »Der gigantische Makel der Großstadtbewohner. Sie erleben niemals die Attraktionen, die die Touristen in ihrer Stadt besuchen.« Er bot mir erneut seinen Arm und deutete hinauf. »Oder bist du etwa schon mal mit dem London Eye gefahren?«

Verblüfft starrte ich ebenfalls hinauf und sah zu, wie die Gondeln sich langsam drehten. »Nein. Erwischt. Du hast recht. Das habe ich noch nie gemacht.«

Sams Augen leuchteten, als er mich zur Kasse führte und trotz seiner knappen Lage die Tickets kaufte. »Das sind die ersten Einnahmen, die ich durch deinen Song hatte. Ich finde es nur fair, wenn ich sie mit dir teile.«

»Oh, das wäre wirklich nicht nötig gewesen«, erwiderte ich überrascht. Ich hatte gedacht, dass er mich ohne besonderen Grund zu einem Date gebeten hatte, aber diese Begründung war ganz anders, als ich erwartet hatte. »Das waren deine Einnahmen. Ich habe ja schließlich nichts weiter getan, als zu weinen.«

»Du hast mich in deine Seele blicken lassen«, sagte Sam todernst, als er sich mit mir in die kurze Schlange vor den Gondeln einreihte. »Sag bitte niemals, dass das nichts ist.«

Ich nickte und schluckte. Ich wusste nicht, was ich erwidern sollte. Also schwiegen wir, bis wir in eine der Gondeln durften. Zusammen mit zwei Familien und einem älteren Pärchen stiegen wir ein und warteten, dass die Umdrehung begann. Dreißig Minuten sollte sie laut Prospekt dauern. Ich legte eine Hand um das Telefon in meiner Jackentasche. Wenn ich jetzt einen Anruf bekäme, wäre ich hoffentlich schnell genug im Hospiz. Doch für den Moment wollte ich den Ausflug mit Sam genießen.

»Wieso ausgerechnet hierher?«, fragte ich Sam, als wir uns in Bewegung setzten.

Sam zuckte mit den Schultern, lehnte sich mit dem Arm gegen die Glasfront und legte seine Stirn gegen seinen Unterarm. »Wenn ich dir das erzähle, hältst du mich für verrückt.«

»Du hast mir heute vor meiner Tür aufgelauert«, schnaubte ich. »Da habe ich dich für verrückt gehalten. Das hier kann nicht schlimmer sein.«

»Du kennst die seltsamen Gedanken eines Musikers nicht.« Er holte tief Luft und drehte sich dann zu mir. »Als ich dir in die Augen gesehen habe, konnte ich sehen, wie traurig du warst. Ein kleiner Teil von mir wollte dich wieder aufheitern. Kindisch, ich weiß. Mit einer einfachen Gondelfahrt in den Himmel von London nicht machbar, aber als ich darüber nachgedacht habe, hat es noch logisch geklungen.« Er vergrub seine Hände wieder in den Taschen und zog die Schultern nach oben.

Ich hingegen stand perplex vor ihm. Diese tiefgründigen Einblicke in meine Seele hatte ich nicht von ihm erwartet. Das Lächeln rutschte unwillkürlich aus meinem Gesicht. »Bitte, Sam, du machst dir zu viele Gedanken um mich. Das ist es nicht wert.«

»Hast du eine Ahnung«, erwiderte er und riss die Arme nach oben. »Seit ich dich gesehen habe, ist mein Künstlerherz wie freigeblasen. So viele Ideen, was ich machen könnte, wie ich mit der Musik arbeiten könnte.«

Ich winkte ab und drehte mich zur Glasfront, damit er mein Gesicht nicht sehen konnte. Wir stiegen langsam nach oben. »Du hast sicher nicht ausgerechnet mich gebraucht. Aber es freut mich, dass du so glücklich bist.«

»Glücklich ist gar kein Ausdruck.« Sam lächelte verstohlen. »Ich liebe den Song über dich, und die Zuhörer scheinbar auch. Auf jeden Fall wollte ich mich dafür noch einmal bedanken.« Er wandte sich von der Aussicht ab und schaute nur mich an. »In deinen Augen hast du nichts getan, aber für mich war es viel. Deswegen wäre ich froh, wenn du meinen Dank akzeptieren würdest.«

Aus dem Augenwinkel beobachtete ich ihn, während wir immer höher stiegen. Ein sanftes Prickeln schoss durch meinen Bauch, von dem ich nicht wusste, ob es von der Höhe über der Themse oder von Sams Nähe kam.

Ich drehte mich langsam zu ihm und schaute ihm tief in die Augen. »Dann akzeptiere ich das doch gerne.«

Sam lächelte, nickte mir zu und für einen kurzen Augenblick glaubte ich, dass er sich zu mir vorlehnen wollte, um mich zu küssen. Sekunden verstrichen, in denen ich nicht sicher war, was er vorhatte. Ich war wie erstarrt, wusste nicht, wie ich reagieren sollte, wenn er es denn versuchte. Doch statt sich nach vorne zu lehnen, drehte er sich wieder um und starrte aus der Gondel. Ich beobachtete ihn noch einen Moment, doch Sam schien in seine Gedanken vertieft, also sah ich auch wieder aus dem Fenster. Diese geruhsame Stille zwischen uns war angenehmer als jedes Gespräch, und ich genoss sie, während ich das erste Mal in meinem Leben als Londonerin im größten Riesenrad Europas stand und auf meine Heimatstadt hinunterblickte.

Kapitel 11

Sam

Ich reckte mich, als ich aus meinem Schlafzimmer zu Marc ins Wohnzimmer ging. Er saß bereits am gedeckten Esstisch und wartete auf mich. Vor ihm stand wie beinahe jeden Sonntag sein Firmenlaptop. Marc arbeitete auch an dem heiligsten aller Tage. Es gab immer einen Mandanten, den er retten musste. Oder eine Abschrift, die er lesen musste, ehe sein Chef eine Zusammenfassung davon am Montagmorgen auf dem Schreibtisch erwartete. Er tippte, also verfasste er entweder einen Schriftsatz oder chattete mit einem Kollegen, der ebenfalls sonntags arbeitete.

Marc sah nur kurz von seinem Laptop auf und grinste. »Ist spät geworden gestern. Warst du noch in einer Bar?«, fragte er und schaute gleich darauf wieder auf den Bildschirm.

»Nein, war im London Eye mit Charlotte und im Anschluss noch an der Themse spazieren«, erwiderte ich. Allein bei der Erwähnung ihres Namens musste ich lächeln.

Marc sah verwirrt auf. »Wer ist denn nun schon wieder Charlotte?«

Ich winkte ab. »Bei dir klingt es ja, als ob ich jede Woche eine andere abschleppen würde«, meckerte ich und ließ mich auf den Stuhl links neben Marc fallen. »Charlotte ist die Lady.«

»Ach!«, entfuhr es Marc. Er schob seinen Laptop kurz beiseite. »Du hast sie getroffen? Du hast mir gar nicht erzählt, dass du sie treffen wolltest.«

»Das war auch eher spontan«, gab ich zu und griff nach der Kaffeekanne, um mir einzuschenken. »Ich habe gestern die Gunst der Stunde ergriffen. Hättest du nicht bis in die Puppen gearbeitet, wüsstest du schon längst, dass ich mich schon das zweite Mal mit ihr getroffen habe.«

Marc grinste und stützte sein Kinn in der Hand ab. »Erzähl mir mehr.«

»Da gibt es nicht viel zu erzählen.« Ich zuckte mit den Schultern. Das war glatt gelogen. Charlotte war faszinierend und anders als die Frauen, die ich bisher getroffen hatte. Sie hatte etwas an sich, das den meisten Frauen in meinem Alter fehlte. Dabei war sie nur einen Monat älter als ich.

»Dann muss sie ja eine ganz besondere Frau sein.« Marc lachte. »Jedes Mal, wenn du mir von einer Frau erzählst, egal, ob One-Night-Stand oder Beziehung, hast du dich nicht zurückgehalten. Und bei ihr gibt es nichts zu erzählen? Ich kenne sogar die Schuhgrößen all deiner Exfreundinnen.«

Ich verzog den Mund und griff nach der Milch, um den von Marc immer zu stark gekochten Kaffee abzumildern. »Vielleicht war es fürchterlich langweilig«, versuchte ich ihn von der Spur abzubringen, aber das machte ihn nur noch neugieriger.

»Auf keinen Fall. Mr. Lewis, ich lege Ihnen gerne die Fakten dar«, begann er mit seiner Anwaltsstimme, und ich musste unwillkürlich schmunzeln. Er klang dabei immer so ernst, dass ich ihn nicht mehr ernst nehmen konnte. »Sie, Mr. Lewis, kamen gestern spät nach Hause. Das bedeutet, dass Sie sich lange mit dieser Charlotte getroffen haben. Zweitens grinsen Sie seit dem Heraustreten aus Ihrem Schlafzimmer wie ein Honigkuchenpferd, und drittens brauchst du mich nicht zu verscheißern. Ich kenne dich und weiß genau, dass du der Letzte bist, der schweigt, wenn er ein gutes Date gehabt hat.«

»Das ist es ja. Das erste war kein wirkliches Date. Wir haben einfach nur was zusammen getrunken«, sagte ich und versuchte mir mit der Hand das Lächeln aus meinem Gesicht zu streichen. Ohne Erfolg. »Das zweite war ... ein Spaziergang.«

»Das war ein Date, ob du es so nennst oder nicht.« Marc schlug mir auf die Schulter. »Und offensichtlich eines, das echt gut verlaufen ist.«

Einen Augenblick lang zögerte ich, doch dann konnte ich nicht mehr widerstehen. »Sie ist wirklich anders als andere Frauen«, stimmte ich ihm zu. »Sie ruht irgendwie in sich selbst, und sie ist auch noch intelligent.«

»Und das waren weiß Gott nicht alle deine Exfreundinnen«, amüsierte sich Marc und griff nach der Marmelade.

Zuerst wollte ich widersprechen, aber Marc deutete mit dem Messer auf mich und sagte: »Ich sag nur Debby.«

»Ja, du hast ja recht. Sie war wirklich nicht die hellste Kerze auf der Torte.« Ich suchte nach den richtigen Worten, um Marc klarzumachen, was ich dachte, aber das war nicht so einfach.

»Hast du herausgefunden, warum sie geweint hat?«, wollte Marc wissen und fing an, seinen Toast zu schmieren.

»Nein, aber das wollte ich auch gar nicht. Als ich vor ihr stand, war das auf einmal nicht mehr so wichtig für mich. Ich wollte einfach nur mehr über sie erfahren. Du hältst mich vermutlich für verrückt, aber ...« Ich zögerte. Marc wusste alles von mir, aber ich hatte Angst, dass er mich auslachen würde, wenn ich ihm erzählte, was ich glaubte.

»Nun spuck es schon aus. Ich muss gleich weiterarbeiten, und dann höre ich nur mit einem halben Ohr zu«, sagte Marc und biss herzhaft in seinen Toast.

»Ich glaube, dass sie meine Muse sein könnte.« Ich seufzte. »Ja, das klingt verrückt und bescheuert. Wer hat denn heutzutage noch eine Muse? Nur die abgedrehten Künstler, deren Werke eh niemand versteht.«

»Finde ich nicht.« Marc schüttelte den Kopf. »Und wenn sie tatsächlich deine Muse ist, fände ich das absolut genial. Du hast es verdient, auch endlich Erfolg zu haben.«

Ich war ihm dankbar für seine Worte. Immer, wenn ich dachte, dass er mich für meine Taten oder Gedanken verurteilen würde, belehrte er mich eines Besseren.

»Musst du wieder was für deinen Chef schreiben?«, wechselte ich das Thema und lugte auf seinen Bildschirm. Ein Chatfenster war geöffnet, und jemand tippte am anderen Ende der Unterhaltung etwas.

»Ich chatte mit Elena«, erwiderte Marc und deutete auf den Laptop. »Du weißt doch, die Neue in der Kanzlei. Sie ist noch ehrgeiziger als ich und hat ständig Fragen. Da ich ihr Ansprechpartner für die ersten Wochen bin, versuche ich ihr alles zu erklären.« Marc schüttelte den Kopf. »Aber die holt Paragrafen heraus für unseren Fall, da frage ich mich, wo sie studiert hat.«

»So schlimm?« Ich verzog mitleidig das Gesicht. Es gehörte zu Marcs Aufgaben in der Kanzlei, Praktikanten oder neue Angestellte anzulernen.

»Im Gegenteil. Die muss sämtliche Rechtsprechungen auswendig kennen und jeden Präzedenzfall schon mal gelesen haben. Selbst ich muss manchmal schnell nachlesen«, erklärte er verblüfft. »Die muss mehrere Unis besucht haben, damit sie so viel Wissen angesammelt hat.«

»Klingt, als ob sie ein echter Gewinn für eure Kanzlei wäre.« Ich trank meinen Kaffee. Er war nicht so gut wie im *Flower Café* vor drei Tagen, aber dennoch genoss ich ihn.

»Das wird sie, sobald sie lernt, dass sie nicht jeden Fall gewinnen kann.« Marc schlang den letzten Rest seines Toasts herunter und setzte sich wieder an die Tastatur, als eine längere Nachricht auftauchte. »Entschuldige, ich antworte ihr nur kurz. Erzähl mal noch etwas von deiner Charlotte. Triffst du sie noch mal, oder hat sie schon die Schnauze voll von dir?«

»Zumindest hat sie mir am Donnerstag ihre Nummer gegeben. Und gestern Abend hat sie sich mit »Bis bald« verabschiedet. Ich deute das mal als Zusage für ein weiteres Treffen. Es gibt da noch so einiges, was sie mir nicht erzählt, und ich bin wirklich neugierig darauf. Es ist wie ein Rätsel, das sie noch vor mir am Grund ihrer Seele verborgen hält, und ich will es lösen.«

»Klingt wie bei einer Schatzjagd«, antwortete Marc mit dem Blick auf den Bildschirm.

Ich kannte das schon von ihm und nahm es ihm nicht übel. Mein Bruder wusste genau, wie er mich zu nehmen hatte und ich ihn. Wir waren ein eingespieltes Mitbewohner-Team. An vielen Frühstückstischen in London war sonntagmorgens Handyverbot. Erst recht durfte kein Laptop auf dem Tisch stehen. Doch bei Marc und mir war das etwas anderes. Wenn ich mal tief in einem Song drinsteckte und Zettel und Papier mitbrachte, dann störte er mich nicht, sondern aß in Ruhe, während er mir bei meinem kreativen Schaffen zuschaute. Genauso wenig störte ich ihn, wenn er arbeiten musste. Es war ein Zeichen von gegenseitigem Respekt. Wir wussten, dass wir, wenn es darauf ankam, für den anderen da waren. Doch an einem ganz normalen Sonntag nahm ich es Marc nicht übel, wenn er nebenbei arbeitete.

»Eine Schatzjagd ist es eher nicht. Mehr eine Herausforderung, die ich willens bin, einzugehen«, erwiderte ich und aß in Ruhe meinen Toast, während Marc tippte.

Erst als er seine Nachricht beantwortet hatte, drehte er sich wieder zu mir. »Ich habe ihr gesagt, dass sie auch ein Leben außerhalb des Jobs braucht«, erklärte er. »Sie soll sich mal eine Stunde lang nur Tierbabyvideos anschauen, um den Kopf frei zu kriegen.«

»Das sagt der Richtige«, erwiderte ich. »Hast du dir in letzter Zeit mal Tierbabyvideos angesehen?«

»Sag nichts«, widersprach Marc und drehte den Laptop so, dass ich den Bildschirm sehen konnte. Dann klickte er auf einen

Tab in seinem Browser und deutete auf ein Video, das er angehalten hatte. »Bevor du aus deinem Dornröschenschlaf erwacht bist, habe ich Musik gehört.«

»Irgendwas Spannendes dabei?« Ich griff nach den Cornflakes, die neben dem Toastkorb standen. »Jemand, den ich kenne?«

Marc schüttelte den Kopf. »Ich habe gerade erst begonnen, die neuen Videos durchzuschauen. In der Viertelstunde, die ich jetzt hier mit dir quatsche, sind schon wieder Hunderte hochgeladen worden.«

»Deswegen habe ich es aufgegeben. Die neuen Videos kann man gar nicht alle anschauen.«

Marc scrollte zum Beweis durch die Reihen der Videos und sagte: »Zum Glück kann ich die Let's-Play-Videos gleich überspringen. Die interessieren mich nicht. Wie kommt es eigentlich, dass es davon immer mehr gibt? Was ist so spannend daran, anderen Menschen beim Spielen zuzuschauen?« Er setzte zu einer Schimpftirade über das Big-Brother-Verhalten der heutigen Jugend an, als ich auf einmal etwas entdeckte.

»Moment, warte mal«, unterbrach ich ihn und schob seine Hand von dem Rädchen an der Maus.

»Was ist denn? Hast du wieder einen Bekannten von dir entdeckt?« Marc schaute ebenfalls interessiert auf den Bildschirm.

Ich drehte den Laptop zu mir und scrollte wieder etwas herunter, suchte das Vorschaubild, das mir ins Auge gestochen war. Einige Seiten weiter unten fand ich es wieder, und ich hielt die Luft an.

»Bist du das?«, fragte Marc auf einmal und bestätigte damit meine Vermutung.

»Ich glaube schon«, sagte ich atemlos. »Was ist das für ein Video?«

Fahrig klickte ich auf das Video und legte gleich darauf meine Hand vor den Mund.

»Hat da jemand eine Videorezension von einem deiner Auftritte gemacht?«, fragte Marc weiter, während ich den Titel des Videos laut vorlas.

»Cooler Straßenmusiker mit bewegendem Song.« Ich schluckte, konnte nicht glauben, was ich da las.

Marc drückte zwei Tasten, und im nächsten Moment war meine Stimme zu hören. Dazu ein Handyvideo, das mich vor drei Tagen auf der Straße zeigte.

»Ist das der neue Song?« Marc drehte den Laptop wieder ein bisschen zu sich, um sich meinen Auftritt anzuschauen.

Ich nickte mit einigen Sekunden Verzögerung. »Ja, das muss einer von den Zuschauern gewesen sein.«

»Hätte nicht gedacht, dass du den Song schon so früh spielst. Normalerweise dauert es ja immer eine ganze Weile«, sagte Marc und starrte auf den Laptop, als wäre es das erste Mal, dass er mich singen hörte.

Wir schwiegen, bis der Song endete. Dann lehnte sich Marc zu mir herüber und sagte: »Das war unfassbar gut.«

Erwidern konnte ich darauf nichts. Ich war immer noch verwundert, dass *Sad Woman* auf der Plattform zu finden war. Jemand fand den Song so bewegend, dass er ihn hochgeladen hatte. Darüber kam ich nicht hinweg.

»Sam?«, fragte mein Bruder und holte mich aus meiner Schockstarre.

Nur langsam kam ich zu mir und blinzelte in seine Richtung. »Ja?« Ich riss die Augen auf.

»Hast du dir mal die Views angesehen?« Marc deutete ungläubig auf eine vierstellige Zahl am Rand des Videos.

»Seit wann ist das Video denn online?«, fragte ich verwirrt.

Marc scrollte etwas nach unten und prustete dann die Luft aus. »Seit etwa zwei Stunden.«

»Was?«, rief ich lauter als beabsichtigt. Ich sprang auf, lief in Richtung Küche und fuhr mir durch die Haare. »Das ist echt viel. Über dreitausend Views in zwei Stunden. So viel habe ich nicht mal bei meinen besten Videos, die schon seit Jahren oben sind.«

Marc stand ebenfalls auf und deutete auf den Bildschirm. »Das könnte dein Durchbruch sein, Bruderherz.«

»Ausgerechnet mit einem Herzenssong.« Ich musste ein Schluchzen unterdrücken. »Das kann doch nicht sein, oder? Du verarschst mich gerade, oder?«

»Wie sollte ich das bitte hinbekommen?« Marc knuffte mich in die Seite. »Ich war nicht mal bei dem Auftritt dabei. Aber wäre ich da gewesen, hätte ich mit Sicherheit auch ein Video gemacht. Der Song ist Wahnsinn!«

Erneut fuhr ich mir durch die Haare und pustete Luft aus meinen Wangen. »Ich kann es nicht fassen.« Für eine Sekunde blieb ich regungslos stehen, ehe ich wieder zurück zum Laptop ging, mir die Viewerzahl einprägte und auf F5 drückte. Der Bildschirm aktualisierte sich, und gleich darauf war die Zahl um zwanzig angewachsen.

»Was sagt denn die Beschreibung?« Marc blieb neben mir stehen. Keiner von uns beiden konnte jetzt stillsitzen.

»*Habe gerade diesen Straßenmusiker in London gesehen. Der ist echt cool und hat eine hammermäßige Stimme. Hoffe, dass er bald mehr davon bringt. Werde jetzt nach ihm auf den Straßen Ausschau halten. Weiß jemand, wer das ist?*«, las ich vor. »Oh mein Gott«, entfuhr es mir. Das Adrenalin rauschte nur so durch meinen Körper und schien ein Konzert in meinen Ohren zu veranstalten. Immer wieder wiederholte ich in Gedanken die Sätze.

»Das ist genial, Sam!« Marc klopfte mir auf die Schulter. »Komm, das teile ich gleich mal.«

Er stieß mich beiseite und drückte auf der Tastatur herum, bis sich Facebook öffnete. Schließlich richtete er sich wieder auf und nickte mir zu. »Du solltest das auch teilen. Dann weiß die Person, die das hochgeladen hat, wer du bist.«

»Meinst du wirklich?« Ich zögerte. »Ich bin ja der Letzte, der keine Werbung für sich macht, aber wäre das nicht ein wenig arrogant?«

»Warum denn arrogant?« Marc schüttelte den Kopf und deutete auf den Bildschirm. »Er oder sie sucht doch schon auf der Straße nach dir. Also enthülle deine geheime Identität.«

»Ich bin kein Superheld«, schnaubte ich. »Ich könnte auch einfach einen Kommentar unter dem Video hinterlassen.«

Noch immer schwankte ich, aber Marc nahm mir die Entscheidung ab. Er ging zurück auf den Tab mit dem Video und scrollte zur Kommentarspalte. Bevor ich ihn aufhalten konnte, hatte er bereits die Worte *Das ist mein Bruder Sam Lewis* getippt.

»So, das sollte den Leuten erst mal genug Futter geben, um zu schauen, was es noch von dir gibt.« Marc griff nach seinem Handy und machte ein Foto von mir.

»Hey, was machst du da?« Ich hob abwehrend die Hand.

»Ich halte den Moment fest, in dem alles angefangen hat«, grinste mein Bruder. »Der Moment, in dem Sam Lewis berühmt wurde.«

»Hör auf damit. Das ist nur ein Video, das jemand geteilt hat«, versuchte ich es herunterzuspielen. Doch in mir wollte alles Marc zustimmen, wollte glauben, dass dieses Video Erfolg haben würde. Mein Verstand sagte mir, dass es unmöglich war. Niemand wurde über Nacht berühmt. Erst recht nicht, wenn man keinen Manager oder ein Marketingteam an seiner Seite hatte.

»Hast du die Kommentare schon gelesen?«, fragte Marc, ohne auf meine Worte einzugehen. »Es sind schon über fünfzig.«

»Zeig her.« Ich nahm den Laptop und balancierte ihn auf einem Arm, während ich durch die Wohnung lief und die Kommentare vorlas.

»Geile Stimme, Alter.

Ein Straßenmusiker?

Wie originell seit Ed Sheeran. Straßenmusiker haben es halt drauf.

Der klingt wie eine Mischung aus Ed Sheeran und Elvis.« Ich schluckte bei den Vergleichen.

»Ich würde den nicht von der Bettkante stoßen.«

So ging es immer weiter. Ein paar bemitleideten mich dafür, dass ich anscheinend auf der Straße lebte, während andere mich als den nächsten Straßenmusiker-Star feierten. Es war surreal. Als wäre ich am Abend in ein Portal gelaufen, das mich in eine Parallelwelt geschleudert hatte.

»Das ist richtig, richtig gut.« Marc nickte stolz. »Du solltest das heute Abend gebührend feiern.«

»Auf jeden Fall«, sagte ich und gab ihm den Laptop zurück, rannte in mein Zimmer und holte mir das alte, ausrangierte Tablet von Marc, das er mir überlassen hatte. Ich öffnete das Video erneut, und wieder war die Zahl der Viewer nach oben gegangen. Diesmal beinahe um einhundert. Mir stockte der Atem.

»Das ist unfassbar.« Mit der freien Hand fuhr ich mir über das Gesicht und massierte mein Kinn. »Alles nur, weil ich eine Frau auf der Straße habe weinen sehen.« Ich hielt inne. »Charlotte. Ich muss ihr das erzählen.« Ich griff nach meinem Telefon und suchte ihre Nummer heraus.

»Willst du sie jetzt stören? Es ist Sonntagmorgen«, erinnerte mich Marc, und ich zögerte.

»Du hast recht. Ich sollte ihr nur schreiben. Anrufen wäre unhöflich.« Ich öffnete den Messenger auf dem Tablet und tippte die Nachricht.

»Na, die muss es dir ja angetan haben«, lachte Marc und stellte seinen Laptop wieder auf den ursprünglichen Platz. »Wenn du einen trinken gehen willst, stehe ich gerne zur Verfügung.«

»Natürlich. Das weiß ich doch«, sagte ich, ohne aufzusehen. »Aber Charlotte hat diesen Song verursacht. Ich kann es nicht genau erklären, aber ich will ihr sagen, wie wichtig das für mich ist.«

»Klar, Bruderherz.« Marc winkte ab. »Wir können auch morgen in *Mollys Bar* gehen.«

Ich nickte und tippte weiter an der Nachricht. Nichts, was ich schrieb, gefiel mir, sagte nicht das aus, was ich ausdrücken wollte. Also löschte ich den ganzen Text und schrieb einfach nur: »Willst du dich heute noch mal mit mir treffen?«

Wenn sie schnell antworten würde, wüsste ich, dass sie nur auf eine Nachricht von mir gewartet hatte. Ich fühlte mich wie ein Teenager, dabei sollte ich längst über dieses Stadium hinweg sein.

Voller Ungeduld wartete ich auf eine Antwort. Die erste Minute verstrich. Eine zweite, in der ich mich mit nervös wackelndem Fuß an den Tisch setzte.

Minutenlang starrte ich auf das Tablet, aber sie hatte die Nachricht noch nicht einmal gelesen. Schließlich wechselte ich den Tab. Ich würde eine Desktopbenachrichtigung erhalten, wenn sie mir antwortete. Bis dahin las ich einfach die neuen Kommentare und schüttelte ungläubig den Kopf über die stetig wachsende Anzahl der Views.

Kapitel 12

Charlotte

»Warte, du hast dich mit dem Musiker getroffen?«, fragte Emily und setzte sich auf die Couch neben mich. Dabei stellte sie eine Platte mit geschnittenen Gemüsesticks und ihrem selbstgemachten Mango-Aioli-Dip zwischen uns.

Ich nickte und sah den nächsten Blitz über den Himmel zucken. Draußen regnete es schon seit Stunden. Obwohl ich mir ein Taxi zu Emily genommen hatte, war ich nur auf dem kurzen Weg von der Straße zur Haustür pitschnass geworden. Aber Piri war mit den Kindern zu einem Jugendrugby-Spiel gefahren, weil Gareth überlegte, ebenfalls zu spielen, und Emily hatte die Gelegenheit genutzt, mich einzuladen. Am Morgen war ich einige Stunden bei Hamish gewesen und direkt im Anschluss zu meiner besten Freundin gefahren.

»Das musst du mir genauer erklären. Ich dachte, du wolltest dich nicht mit ihm treffen?«, fragte Emily verwirrt und griff nach einer Karotte.

Ich seufzte. »Wollte ich auch eigentlich nicht, aber er hat mich vor einigen Tagen angesprochen.« Ich schüttelte den Kopf. »Na, jedenfalls war er sehr freundlich und wollte mir erzählen, dass er einen Song geschrieben hat über mich. Das hat mich neugierig gemacht.«

Emily grinste, tauchte ihre Karotte in den Dip und biss herzhaft davon ab. »Ich bin nur froh, dass er kein Serienmörder ist.«

Ich nahm mir eine Gurke. »Sam ist weit davon entfernt.« Ich verzog den Mund. »Hoffe ich zumindest. Er weiß, wo ich wohne, aber das konnte er vernünftig begründen«, schob ich rasch hinterher, als Emily eine Augenbraue hob.

»Das hoffe ich für ihn. Ansonsten schicke ich ihm die London Wasps auf den Hals. Sag ihm das ruhig.« Emily ballte eine Faust und drohte damit in die Luft. »Wenn er dir wehtut, soll er sich in Acht nehmen.«

»Keine Sorge, Emily«, erwiderte ich schmunzelnd. »Ich kann gut auf mich aufpassen. Ich weiß auch gar nicht, ob wir uns noch einmal treffen.«

»Wieso solltet ihr nicht? Magst du ihn nicht? Oder war dir der Ausflug mit dem Riesenrad zu kitschig?«

Ich griff nach meiner Teetasse und rollte sie zwischen meinen Handflächen. Die Wärme tat gut nach dem kalten Regen. Zwar lag eine flauschig-warme Decke auf meinen Beinen, aber im Innern spürte ich noch die Kälte. »Nein, das Riesenrad war eine schöne Idee, und er hatte recht, dass ich noch nie damit gefahren war. Und auch der Spaziergang danach war wundervoll. Wir sind kilometerweit an der Themse entlanggegangen.«

»Aber warum solltet ihr euch dann nicht wieder treffen?« Emily schaute mich skeptisch an. »Wenn du mir jetzt erzählst, dass du nicht weißt, ob du einen Mann willst, dann hau ich dich mit meiner Karotte.« Emily hob drohend einen Karottenstick.

»Es passt gerade einfach nicht in mein Leben«, erklärte ich ernst. Emily senkte die Karotte und biss hinein.

»Dein Leben war vor einem Jahr viel komplizierter. Ich weiß, du liebst Daisy«, erklärte Emily einfühlsam. Dennoch zuckte ich bei dem Namen meiner Tochter zusammen. »Aber wie lange willst du das noch hinziehen? Glaubst du wirklich, dass deine Tochter dich so lange hätte trauern sehen wollen?«

Ich presste die Lippen aufeinander und schluckte den letzten Rest Gurke herunter. Er blieb mir fast im Hals stecken. »Vermutlich nicht, aber ich weiß nicht, ob ich im Moment einen Mann in meinem Leben haben möchte. Sam ist ein toller Kerl und so lebensfroh, dass ich mich jedes Mal freue, wenn ich ihn sehe. Aber kann ich ihm mich antun?«, stellte ich die Frage, die mir schon seit gestern im Kopf herumspukte.

»Charlotte, ich weiß wirklich nicht, was du damit meinst. Du bist ein bezauberndes Wesen, das Liebe verdient. Egal, wie dunkel es manchmal in dir aussieht. Oder wie du glaubst, dass es aussieht. Wenn er der Richtige ist, wird er dich so akzeptieren, wie du bist. Mit deiner Vergangenheit.«

»Das ist es ja gerade. Ich weiß nicht, ob es ihn nicht zerstören würde«, murmelte ich und spielte mit dem Saum meiner schwarzen Strickjacke. »Er ist eine Künstlerseele und sehr empathisch. Wenn ich ihm meine Geschichte erzähle, dann weiß ich nicht, wie er reagiert. Entweder rennt er schreiend weg, weil es ihm zu viel ist, oder – was noch schlimmer wäre – er würde mich nur noch mit diesem mitleidigen Blick ansehen wie so viele andere.«

Emily schwieg einen Moment, griff zu ihrem Kaffee und nippte daran. »Du glaubst also, dass du ihn zerstörst? Für dich oder für ihn?«

Irritiert runzelte ich die Stirn. »Wie meinst du das?«

»Na ja, im Moment macht er dich glücklich, weil er nichts von Daisy weiß. Du glaubst, dass es ihn zerstören würde, wenn er von ihr erfährt. Glaubst du, dass du seine Fröhlichkeit zerstörst und er dich dann nicht mehr ablenken kann? Oder glaubst du, dass du tatsächlich ihn zerstörst?« Emily traf damit mitten ins Schwarze.

Ich senkte den Kopf, aber das reichte Emily als Bestätigung.

»Süße, du weißt doch, dass ich dich niemals verurteile. Was du durchgemacht hast, ist für viele Menschen unvorstellbar, sogar für mich, und ich war dabei.« Emily ergriff meine Hand und drückte sie. »Und Gott weiß, dass ich die Letzte bin, die dir ein wenig Glück verweigert. Wenn du glaubst, dass du ihn mit deiner Vergangenheit vertreibst, dann belass es einfach noch eine Weile so, wie es ist.«

Interessanterweise waren das genau meine Gedanken, die Emily nun aussprach. Ich seufzte. »Bin ich dann nicht unfassbar selbstsüchtig und dumm? Ich weiß doch, dass es enden wird. Ich kann keine Beziehung zu ihm aufbauen, wenn ein wichtiger Teil von mir immer verschwiegen bleibt.«

»Wer sagt denn, dass du eine Beziehung mit ihm aufbauen willst?«, unterbrach Emily mich. »Vielleicht ist er einfach nur der erste Schritt für dich, um wieder zurück ins Leben zu finden«, schlug sie mit einem Augenzwinkern vor.

»Also dafür habe ich nun wirklich keinen Kopf im Moment«, entgegnete ich amüsiert.

»Ach, komm, ein bisschen Spaß hat noch niemandem geschadet«, sagte sie und lächelte. »Immerhin kannst du mir nicht erzählen, dass du es in den letzten Jahren nicht vermisst hast.«

Emily löste ihre Hand von meiner und pustete in ihren Kaffee, während sie mich erwartungsvoll über den Tassenrand hinweg ansah.

»Du weißt doch, dass ich keinen Mann in meinem Leben hatte seit Jason«, erwiderte ich leise, da mir das Thema unangenehm war. In meinem Elternhaus war nie über Sex gesprochen worden. Das höchste der Gefühle war mal ein Kuss auf die Wange, den meine Eltern in der Öffentlichkeit ausgetauscht hatten. Sie hatten sich geliebt, aber sie hatten diese Liebe nie nach außen gezeigt. Einmal hatte ich sie in der Küche gesehen, wie sie sich innig geküsst hatten, aber kaum hatten sie mich bemerkt, kümmerten sie sich wieder ums Kochen, als wäre nichts gewesen.

»Und ich hatte nie einen anderen als Piri. Und? Du kannst nicht zulassen, dass Jason dich für alle Zeit von Männern entwöhnt hat. Dein Körper braucht auch Zuwendung.«

»Schon gut, Emily. Ich habe verstanden«, bremste ich sie, ehe das Gespräch zu sehr in eine falsche Richtung driftete. »Aber selbst, wenn ich Sam in mein Leben lasse, sei es auch nur für eine Nacht, so weiß ich gar nicht, ob er das überhaupt will. Für ihn bin ich eher eine Inspirationsquelle. Viel mehr sieht er nicht in mir.«

»Du hast also schon darüber nachgedacht.« Emily stellte triumphierend ihre Tasse ab. »Charlotte, er ist ein Mann. Er hat Interesse.«

Nun musste ich eine Augenbraue heben und sie zweifelnd ansehen. »Nicht jeder Mann ist gleich.«

»Sicher nicht, aber weißt du, ob du das einzige Exemplar erwischt hast, das eine attraktive Frau von der Bettkante stoßen würde, weil er noch nicht so weit ist?«, fragte sie amüsiert. »Was passiert im schlimmsten Fall, wenn du es darauf ankommen lässt?«

Ich schaute aus ihrem Fenster hinaus in den Garten. Die Terrasse schwamm bereits vom Regen, und die Blitze zuckten in immer kürzeren Abständen über den Himmel. Das Unwetter war direkt über uns. War das ein Zeichen? Sollte ich mich lieber von Sam zurückziehen? Oder hatte Emily recht? Ich mochte ihn, und im schlimmsten Fall würde er wieder aus meinem Leben verschwinden. Ich würde vielleicht seine lebensfrohe Art vermissen. Aber mein Leben würde weitergehen.

Meine Gedanken spielten jedoch nicht nur mit einem negativen Ergebnis. Was, wenn ich es darauf ankommen ließ und es mir gefiel? Wenn er wirklich Interesse hätte? Der Gedanke ließ mich nicht mehr los. Konnte ich das riskieren, oder würde ich nur verletzt werden? Ein winzig kleiner Teil von mir flüsterte mir zu, dass Sam nicht so eine Art Mann war, und ich war gewillt, diesem Teil zu glauben. Ich schaute wieder zu Emily, die mich mit einem süffisanten Grinsen ansah.

»Du musst nichts sagen. Ich kann sehen, was du denkst«, erklärte sie und griff nach der nächsten Karotte. »Gute Entscheidung.«

»Danke«, sagte ich lächelnd. »Also sollte ich wohl auf seine Nachricht antworten. Er hat mir heute Morgen geschrieben.«

Emily machte eine scheuchende Handbewegung. »Warum sitzt du denn noch hier? Sag ihm, dass du Zeit hast.«

»Nein, morgen erst. Ich will heute den Tag mit dir verbringen«, erwiderte ich vehement. »Was wäre ich für eine Freundin, wenn ich dich ausgerechnet an deinem freien Tag sitzen lasse?« Ich schüttelte den Kopf und deutete zur Tür. »Solange Piri mit den Kindern nicht zurückkommt, werden wir über alles reden, was uns so einfällt, und du wirst mich nicht davon überzeugen, etwas anders zu machen.«

»Okay, aber dann antworte ihm wenigstens jetzt. Ich bin neugierig, was er schreibt.« Emily rückte näher. »Das ist wie damals, als ich meine ersten Dates mit Piri hatte. Nur, dass wir nicht vor einem Handy gesessen haben, sondern vor dem Telefon und auf seinen Anruf gewartet haben.«

»Nur, weil deine Eltern dir kein Handy kaufen wollten«, erinnerte ich sie. »Du hättest dir eins holen können, aber du warst zu geizig, meintest, diese Technik würde sich nicht durchsetzen.«

»Schon gut. Jeder kann sich mal irren.« Emily tippte auf das Display von meinem Handy. »Los jetzt. Schreib ihm schon.«

Kapitel 13

Charlotte

Ich hatte keine Ahnung, warum Sam sich mit mir treffen wollte. Daraus hatte er ein Geheimnis gemacht. Der einzige Hinweis waren ein halbes Dutzend jubelnder und lachender Smileys gewesen, die am Ende der Nachricht standen.

Wir trafen uns vor einer Bar namens *Morningstar*, die für einen Montagabend erstaunlich voll war. Ein Pianoman spielte im Hintergrund sanfte Klaviermusik, während eine Kellnerin in teufelsrotem Outfit an unseren Tisch kam, um unsere Bestellung aufzunehmen. Die Bar selbst war hauptsächlich in sündigem Rot, aber trotzdem dezent dekoriert. Auf dem Tisch stand eine schneeweiße Vase, die mit winzigen LED-Lichtern ein schummriges Ambiente erzeugte. Darin ragte eine einzelne Rose auf, die unter einer durchsichtigen Glocke verborgen war. Umgeben war die Vase von künstlichen Apfelschalen und Äpfeln. Ein Ruf der Versuchung, vermutete ich.

»Was ist das für eine Bar?«, wollte ich wissen, als die Kellnerin unseren Tisch verließ.

»Ich kenne sie schon seit einem Jahr, war aber noch nie hier. Aber ich habe mir immer geschworen, dass ich hier mal hergehe, wenn ich etwas zu feiern hätte«, entgegnete Sam und strahlte dabei heller als alle LED-Lämpchen.

»Was gibt es denn zu feiern?«, hakte ich nach. »Hast du einen neuen Song geschrieben?«

»Nein, noch nicht«, sagte er und knetete seine Finger, als müsste er Mut fassen.

»Dann spann mich nicht auf die Folter. Warum freust du dich so sehr?« Mit seiner Aufregung steckte er mich ein wenig an, und ich spürte, wie mein rechtes Bein zu wippen anfing. Ich konzentrierte mich darauf, es ruhig zu halten, während ich auf eine Antwort wartete.

»Ich wollte dir erzählen, dass der Song verdammt gut ankommt.« Sein Strahlen erhellte den ganzen Raum, obwohl es in der Bar kein einziges Fenster gab.

»Das weiß ich doch. Du hast mir doch schon vor ein paar Tagen von deinem Auftritt erzählt«, sagte ich verwirrt und nahm meinen Gin Tonic von der Kellnerin entgegen.

»Nein, das meinte ich nicht. Ich hatte dir doch erzählt, dass mich einige Zuschauer gefilmt haben, oder?«

Langsam nickte ich, wusste aber nicht, worauf er hinauswollte.

»Jedenfalls hat eine von den Zuhörerinnen das Video auf YouTube online gestellt, und es hat mittlerweile schon über 20000 Views«, erzählte er euphorisch. »Und das seit gestern Morgen.«

»Ist das viel?«, fragte ich und hob die Augenbrauen. Ich hatte in den letzten Jahren nicht viel mit den Online-Medien zu tun gehabt. Wegen Daisys Krankheit hatte ich so gut wie nie etwas gepostet. Die, die ich erreichen wollte, hatte ich privat getroffen, wie Emily. Auch wenn ich einen Instagram-Account hatte, so schaute ich mir lieber Bilder an, als dass ich selbst welche postete.

»Das ist bombastisch. Für einen Neuling wie mich ist das irre. Immerhin ist es Montag, und die Leute haben meist Besseres zu tun, als sich durch irgendwelche Videos zu klicken.«

»Da wäre ich mir nicht so sicher.« Ich musste an die wenigen Fußgänger denken, die mir auf der Straße entgegengekommen waren. Alle hatten auf ihre Handys gestarrt, egal, ob sie allein oder in einer Gruppe unterwegs gewesen waren. »Aber wow, dann gratuliere ich dir!«

Ich freute mich für ihn, fragte mich aber, warum er mir das nicht hatte schreiben wollen.

»Ich musste dir davon einfach erzählen«, erklärte er, während ich mit der Serviette spielte, die die Kellnerin mir zu meinem Drink dagelassen hatte. »Es war mein erster Gedanke, dir zu schreiben und davon zu erzählen.«

»Danke, ich fühle mich geehrt«, erwiderte ich. »Wie geht es denn für dich weiter, wenn das Video jetzt so erfolgreich ist? Hast du dadurch bessere Chancen bei den Plattenfirmen?«

Sam stieß die Luft aus und warf sich in seinem Stuhl nach hinten. »Das ist eine gute Frage. Wenn man es genau nimmt, gibt es keinen Vorteil für mich. Im Gegenteil. Ich verdiene nicht einmal etwas daran. Aber es trägt meinen Namen in die Welt. Dass ein Musikproduzent auf mich aufmerksam wird, ist eher unwahrscheinlich«, schob er am Ende seiner lebhaften Erzählung nach.

Im Hintergrund wechselte der Klavierspieler zu einer etwas flotteren Nummer, die ins Ohr ging. Ich wandte mich kurz zu ihm um. »Hast du schon mal überlegt, selbst Platten rauszubringen?«

Sam schüttelte den Kopf. »Dazu fehlt mir das nötige Equipment und Geld. Und andere Musiker wollen für eine Zusammenarbeit auch Geld sehen, das ich nicht aufbringen könnte. Deswegen waren es immer nur meine Gitarre und ich. Ein unzertrennliches Duo«, erklärte er.

»Und scheinbar eines, das auf dem Weg ist, erfolgreich zu werden. So manch ein Künstler wird doch heutzutage im Netz entdeckt, oder nicht?«

»Ja, das stimmt schon. Ich bin zwar ein Träumer und hoffnungsloser Optimist, aber ich denke nicht, dass man mit einem einzigen Song gleich berühmt wird.« Er trank von seinem Gin Tonic.

Ich musterte ihn scharf und erkannte, dass er es nicht so meinte. Ja, er war ein Optimist, und in seinem verträumten Blick sah ich, dass er sich sehr wohl eine andere Zukunft ausmalte, als ihn vermutlich erwarten würde. Dennoch schwieg ich und ließ ihn in dem Glauben, dass er mich mit seinen Worten überzeugt hätte. Ich vermutete, dass er sich das selbst auch einzureden versuchte, und wer war ich, dass ich diesen Versuch sabotierte?

Sam schaute aufs Handy. Er aktualisierte die Seite mit dem Video. Es war bereits das vierte Mal, dass ich das an ihm beobachtete, seitdem wir die Bar betreten hatten. Ich legte eine Hand auf sein Handy. »Die Kommentare gehen nicht weg. Aber ein Moment kann schnell im Hier und Jetzt verfliegen.«

Sam hob ertappt den Kopf und legte rasch das Handy beiseite. »Du hast recht. Entschuldige bitte. Das war unhöflich.« Er verschränkte die Finger ineinander und massierte sie. »Na, jedenfalls wollte ich das mit dir teilen. Gestern wäre ich fast wieder zu dir gefahren, so dringend wollte ich dir das erzählen.«

»Da hättest du kein Glück gehabt. Ich war bei meiner besten Freundin«, erwiderte ich und nahm einen weiteren Schluck Gin Tonic. Der leicht bittere Geschmack legte sich wohlig auf meine Zunge. Ich wusste, dass ich nicht mehr als zwei Gläser von dieser Sorte trinken durfte, sonst würde ich zu betrunken sein.

»Kennst du sie schon lange?«, wechselte Sam nun das Thema.

»Fast mein ganzes Leben lang. Wir haben uns in der Schule kennengelernt. Sie ist ein paar Jahre älter als ich, aber wir haben uns immer gut verstanden und tun das auch heute noch blind.«

»Klingt nach einer innigen Freundschaft«, erwiderte Sam. »Ich beneide dich.«

»Wieso das?«, fragte ich verwirrt. »Hast du keine Freunde, mit denen du was unternehmen kannst?«

Sam wiegte den Kopf hin und her. »Keinen besten Freund so wie du. Ich habe sehr viele Bekannte, mit denen ich jeden Abend um die Häuser ziehen könnte, aber das ist mehr die Sorte Saufkumpan, wenn du verstehst, was ich meine.«

Ich nickte und zupfte ein Stück der Serviette ab, um es langsam auseinanderzunehmen. »Solche Freunde hatte ich früher. Also neben Emily. Doch man merkt erst in den ernsten Situationen, auf wen man sich wirklich verlassen kann«, murmelte ich und starrte in die LED-Lichter.

Erst als Sams Hand sich auf meine legte, merkte ich, dass er mich angesprochen hatte. Ich hob den Blick und blinzelte die schwarzen Flecken von dem hellen Licht weg, die sich vor meinen Augen gebildet hatten. »Wie bitte?«

»Geht es dir gut?« Sam strich mit dem Daumen über meinen Handrücken. Es war eine weiche, sanfte Berührung, nichts, was mich drängte, die Hand wegzuziehen. Eher wie ein Rettungsring, der mich davor bewahrte, ein weiteres Mal in der Öffentlichkeit unterzugehen.

»Ja, geht schon. Danke«, erwiderte ich und strich mit meiner freien Hand über meine Augen, um die letzten dunklen Flecken zu vertreiben.

»Ich weiß, du willst nicht darüber reden, aber ich bin für dich da. Wenn du ...«

»Nein, schon gut«, sagte ich rasch und zwang mich zu einem Lächeln. »Es tut mir leid, dass ich immer wieder so reagiere. Das nervt dich sicher.«

»Ganz im Gegenteil. Es macht mich neugierig auf dich.« Sam umschloss mit seiner anderen Hand meine Finger. »Charlotte, ich möchte dich wirklich kennenlernen. Nicht nur, weil ich glaube, dass du meine Muse bist. Eine Frau wie dich habe ich noch nie getroffen, und auch wenn ich keine Ahnung habe, warum du so traurig bist, möchte ich für dich da sein.«

Der Kloß in meinem Hals wurde zu einem großen, klebrigen

Ball, der mich am Sprechen hinderte. »Das ist ein Versprechen, das man nicht leichtfertig geben sollte.«

»Das würde ich nie leichtfertig geben, Charlotte.« Sam runzelte die Stirn, ehe er meine Hand drückte. »Du musst früher wirklich ziemlich enttäuscht worden sein, oder?«

Ich presste die Lippen aufeinander. »Sagen wir einfach, ich habe herausgefunden, wer meine wahren Freunde sind.«

»Das tut mir leid, Charlotte.« Sam hielt weiter meine Hand, und wir schauten uns lange in die Augen. Er meinte es ernst, und das raubte mir den Atem. Auch wenn er keine Ahnung hatte, auf was er sich mit mir einließ. Was, wenn er sich ernsthaft in mich verliebte?

»Willst du deshalb nicht, dass jemand von dem Weinen auf der Straße erfährt?«, sprach Sam weiter.

»Unter anderem. Ich will einfach die Fragen vermeiden, die sich unweigerlich daraus ergeben.«

Denn sobald ich diese Fragen beantwortete, beendete ich diese erste Verliebtheit. Und je länger ich damit wartete, desto schmerzhafter würde sein Erwachen werden. Abrupt entzog ich ihm meine Hand.

»Alles in Ordnung? Habe ich etwas Falsches gesagt?«, fragte er leise.

»Nein«, erwiderte ich und fuhr mir durch die Haare, um meine Hände zu beschäftigen. »Es ist nicht deine Schuld. Eher meine. Ich laste dir eine Verantwortung auf, indem ich von dir verlange, dass niemand von den Umständen unseres Kennenlernens erfährt.«

»Das ist doch keine Verantwortung, sondern eine Selbstverständlichkeit. Also bitte, mach dir keinen Kopf. Für mich kommt es nicht in Frage, dich zu verraten.«

Die Herzlichkeit, die aus seinem Lächeln zu mir hinüberwanderte, wärmte mein Innerstes, und ich lächelte unwillkürlich zurück.

»Das Lächeln steht dir«, sagte er erleichtert. »Du solltest es öfter tragen, auch wenn es dir schwerfällt.«

»In deiner Nähe fällt es mir tatsächlich nicht so schwer«, gab ich leise zu.

Sam strahlte bei meinen Worten und hob sein Glas. »Auf einen Abend unter Freunden, die füreinander da sind.«

Kurz zögerte ich, ehe ich mit ihm anstieß. Der Klang der Gläser aneinander war hell und wie ein Versprechen, das wir uns gaben.

Den Rest des Abends verbrachten wir damit, über meine Arbeit – ich erzählte ihm von Stella, nach der ich immer noch suchte – zu sprechen. Er hingegen erzählte mir von den Abenden mit seinem Bruder und wie gut die beiden miteinander lebten. Mit jeder Sekunde in seiner Nähe wurde mein Herz leichter, und ich entspannte mich mehr und mehr. Die Zeit mit ihm zu verbringen, machte mich glücklich, und das war alles, was im Moment für mich zählte.

Kapitel 14

Sam

Zwei Tage später starrte ich immer noch ungläubig auf die weiter steigenden Zahlen der Viewer meines Videos. Es waren mittlerweile mehr als 100000, die Kommentare gingen durch die Decke, und ich hatte das Video sogar schon in der Timeline meiner diversen Social-Media-Kanäle gesehen. Das Ganze fühlte sich immer noch surreal an. Und doch passierte es. Genau jetzt. Ausgerechnet mir. Ich verstand es nicht und steckte das Handy weg. Vom Daraufstarren bekam ich auch keine Erklärung. Außerdem wollte ich mir meinen wöchentlichen Burger bei Craig holen.

Die Bauarbeiten vor seinem Laden waren endlich beendet. Vielleicht konnte ich ihn fragen, ob er mir wieder erlaubte, vor seinem Laden zu spielen. War es einfach nur ein kurzer Hype, der schnell wieder abflaute? Oder würden mich auch andere gerne hören, die *Sad Woman* noch nicht aus dem Netz kannten? Es juckte mich in den Fingern, es noch einmal zu spielen und zu sehen, was passierte.

Charlotte hatte mir dazu geraten, den Song noch ein paar Mal vor Livepublikum zu spielen, um die Reaktionen zu sehen. Und ich wollte auf sie hören. Der wunderbare Abend im *Morningstar* mit ihr hatte mich wieder etwas geerdet. Charlotte hatte mich davon abgehalten, ständig auf dem Telefon nach den neuesten Klickzahlen zu schauen. Erst danach war das Gespräch persönlicher geworden.

Charlotte hatte beim Thema Freunde so traurig ausgesehen, dass ich sie am liebsten in den Arm genommen hätte. Doch es war eben diese Traurigkeit, die mich davon abgehalten hatte. Ihre Augen hatten für einen Moment den Glanz verloren, und ich war mir nicht sicher gewesen, ob sie sich von mir abwenden wollte. Doch sie hatte schließlich das Thema gewechselt.

Das machte mich nur neugieriger darauf, was wohl hinter ihrer Trauer steckte. Sie war so jung und hatte offensichtlich schon mehr erlebt als eine Neunzigjährige. Ich war neugierig, und doch beherrschte ich mich. Wenn ich sie zu sehr drängte, wäre sie schneller weg, als ich *Sad Woman* sagen konnte.

»Hey Craig.« Ich winkte Craig zu, der hinter der Theke stand und in irgendwelchen Büchern schrieb, und ging direkt auf die Kassiererin zu, um meine Bestellung aufzugeben.

»Sam, mein Junge«, rief Craig überschwänglicher als sonst und kam auf mich zu. »Ich habe im Internet dein Video gesehen.«

»Echt?«, wunderte ich mich. Bisher war ich nicht davon ausgegangen, dass er sich mehr als Fußballvideos ansah.

»Na ja, genau genommen hat mein Sohn es gesehen und meinte, das wäre ein cooler Song«, gab er zu und steckte den Stift in seine obere Hemdtasche. »Ich habe von sowas ja keine Ahnung. Aber du hättest mal das Gesicht meines Sohnes sehen sollen, als ich erzählt habe, dass du Stammgast bei mir bist.«

Ich lachte, als ich mir die Situation vorstellte. Craig, der abends auf der Couch saß und Fußball schaute, während sein Sohn ihm das Video zeigte.

»Kommt wohl echt gut an, dein Song, oder?«, wollte Craig wissen und schlug mir auf die Schulter.

Ich konnte weder den Stolz aus meinem Gesicht wischen

noch das Grinsen. »Schon so ein bisschen.« Selbst wenn der Erfolg nichts Langfristiges war, wovon ich ausging, konnte ich ihn genießen, solange er anhielt. Das Internet war zu schnelllebig, als dass ich mir einen echten Durchbruch davon erhoffte. Ein winziger Funke schwelte in mir, der dem Traum noch Hoffnung gab, aber der war so klein, dass ich ihn wie ein Stück Asche von meiner Hand hätte pusten können.

»Ich habe es doch immer gesagt, Junge«, dröhnte Craig und nahm mich in den Arm. »Irgendwann klappt es. Habe ich es nicht immer gesagt?«

»Ja, Craig, das hast du«, erwiderte ich und schmunzelte. »Aber es ist nur das Internet. Solange ich nicht im Radio gespielt werde, hat es leider keinen finanziellen Vorteil für mich. Ich muss trotzdem noch auf der Straße spielen, um mir deine Burger leisten zu können.«

»Ach, komm. Zur Feier des Tages lade ich dich ein!« Er bedeutete mir, mich hinzusetzen. »Dafür spielst du heute deinen Song vor meinem Laden. Was hältst du davon?«

Natürlich nickte ich. Immerhin war der Platz in der Einkaufsstraße begehrt und brachte meist mehr ein als freie Plätze, die abseits der großen Laufwege lagen.

»Sehr gut. Dann kannst du in Ruhe essen, und ich filme dich nachher. Mein Sohn sagte was davon, dass er mir nicht glauben würde, dass du hier öfter isst.« Craig ließ mich los und rieb sich die Hände. »Dieser kleine Satansbraten wird schon sehen, dass ich recht habe.«

Mir kam eine Idee. »Kannst du das Video mit meinem Handy aufnehmen? Dann kann ich es auch auf meine Portale hochladen. Wir können ja dann noch ein Selfie machen.«

Craig hob eine Augenbraue. »Das sind diese seltsamen Fotos von vorne, oder?«, fragte er unsicher. »So einen Blödsinn brauchten wir früher nicht. Da hatten wir noch echte Freunde, die man fragen konnte, ob sie ein Foto von einem machten«, wetterte er lautstark los. »Heute schaut jeder nur noch auf sein Handy und textet, statt zu reden.«

Ich hörte mir sein Gemecker geduldig an. Wenn ich dafür einen kostenlosen Burger bekam und vor seinem Laden spielen durfte, hätte ich ihm auch eine Stunde zugehört.

Schließlich ließ ich meinen Rucksack bei ihm hinter der Theke und bekam von ihm sogar noch ein Glas Wasser, das er auf einem kleinen Tisch neben mir abstellte.

Ich spielte meine Songs, verdiente ein paar Pfund damit, ehe ich als Abschluss *Sad Woman* spielte. Ich drückte Craig mein Handy in die Hand, und nachdem ich ihm erklärt hatte, wie man ein Video aufnahm, hoffte ich, dass er den richtigen Knopf drücken würde.

»Diesen Song habe ich vor einer Woche das erste Mal gespielt«, sagte ich zu den drei Zuhörern, die vor mir standen. Vor den Cafés der Einkaufsstraße und Craigs Laden saßen einige Besucher, die zu Mittag aßen und die ich erreichen wollte. »Er heißt *Sad Woman* und handelt von einer Frau, die mich mit ihrer Trauer und ihren wunderschönen Augen sehr berührt hat. Ein Teil von mir wird nun für immer in ihr sein.«

Die drei Zuhörer applaudierten, eine beugte sich zu ihrer Freundin hinüber und deutete dann auf mich. Als ihr Mund herunterklappte, konnte ich mir denken, was sie geflüstert hatten.

Ich begann zu singen, und wie schon beim ersten Mal wurde die Menschentraube immer größer, je länger ich dastand. Vielen konnte ich ansehen, dass sie den Song zum ersten Mal hörten, denn diesmal schloss ich die Augen nicht. Ich wollte jedes Gefühl einsaugen, das mich von den Zuhörern erreichte, wollte daraus Kraft schöpfen, um neue Songs zu erschaffen, die ebenso wundervoll und magisch waren.

Als ich die letzten Töne verklingen ließ, herrschte wieder Stille. Nur heute war die Stille bedeutsamer. Sie wirkte stärker auf mich, weil ich sehen konnte, dass es der Song gewesen war, der diese Stille ausgelöst hatte. Glückseligkeit durchströmte mich und feuerte meinen inneren Künstler an. Das war es, was ich wirklich liebte. Diese Reaktionen der Zuhörer, dafür lebte mein künstlerisches Herz.

Kurz darauf brandete der Applaus auf. Er zog sich wie ein Lauffeuer durch die Reihen der Zuhörer. Manche saßen noch auf ihren Stühlen, andere standen in einem Kreis um mich herum. Selbst Craig nickte mir anerkennend zu und gab mir kurz darauf das Handy wieder.

»Gar nicht mal so schlecht, Junge«, brummte er. »Gar nicht mal so schlecht.«

»Danke, Craig«, erwiderte ich und verbeugte mich gleich darauf vor den Zuschauern.

Zwei Mädchen, vielleicht vierzehn oder fünfzehn, kamen mit einem Handy auf mich zu und kicherten verstohlen. Die Blonde stieß der Rothaarigen den Ellbogen in die Seite und deutete mit dem Kopf auf mich.

»Entschuldigung, Sie sind doch der Musiker aus dem Video, oder?«, fragte sie schüchtern und deutete auf ihr Handy. Darauf war meine Aufnahme zu sehen. Ich schmunzelte und nickte.

Die Blonde quietschte leise, und ich konnte es kaum glauben. Hatte ich etwa einen Fan? Einen, der nicht mit mir verwandt oder befreundet war? Das Glücksgefühl überfiel mich hinterrücks, und ich schwankte.

»Dürfte ich bitte ein Autogramm haben?«, fragte sie weiter.

»Natürlich, wenn du einen Zettel hast.« Auf so etwas war ich nicht vorbereitet. Hätte ich Zettel und Stift mitnehmen sollen? Oder Autogrammkarten? Ich runzelte die Stirn. Wo bekam ich so etwas her?

Die Rothaarige reichte mir ein Notizbuch und einen roten Glitzerstift, an dessen oberen Ende ein dickes Einhorn steckte.

»Cooles Teil«, sagte ich amüsiert und nahm den Stift entgegen.

Die Farbe ihrer Haare schien hinunter in ihre Wangen zu fließen. Feuerrot leuchtete ihre Haut, als ich mit ihrem Stift in das Notizbuch schrieb. Ich malte einen kleinen Smiley neben meine Unterschrift und reichte es ihr zurück. Kichernd rannten die beiden Mädchen davon und deuteten in das Buch hinein. Ich fuhr mir durch die Haare und atmete heftig aus. Was für ein Auftritt.

Ich holte mein Handy aus meiner Jackentasche. Zuerst wollte ich wieder das Video mit den vielen Views aktualisieren, aber Charlottes mahnendes Gesicht ploppte vor mir auf. Ihre Worte waren hängengeblieben. Nicht ständig draufschauen. Heute Abend konnte ich das immer noch machen. Ich steckte das Handy wieder weg.

Ich winkte Craig, bevor ich zurück zur Tubestation ging. In der Stunde, die ich vor seinem Laden gespielt hatte, war mehr Geld in meinem Koffer gelandet als sonst in vier Stunden in Charlottes Straße. Ich konnte Feierabend machen und mir überlegen, was ich mit dem Rest des Tages anfing. Mit Marc endlich mal in *Mollys Bar* gehen. Das hatte ich ihm versprochen. Diesmal konnte ich ihn sogar einladen. Auf mehr als ein Bier. Oder ich bezahlte das Essen. Mein Kopf rauschte vor Adrenalin und Glück, so dass ich beinahe an Jellyfish Jim vorbeigelaufen wäre. Er stand einfach nur da und starrte in den Himmel. Manchmal tat er das. Jellyfish Jim wartete darauf, dass ihn die Aliens holten, um ihm einen Schatz aus seiner Vergangenheit wiederzubringen. Das hatte er mir vor einigen Monaten mal im Vertrauen erzählt. Ich wusste, dass er verrückt war, aber diese Aussage hatte es endgültig bestätigt. Das hinderte mich jedoch nicht daran, ihn weiterhin zu grüßen und kurz mit ihm zu quatschen.

Heute jedoch wollte ich nur schnell nach Hause. Der Abend mit Marc stand an, auch wenn ich am liebsten Charlotte angerufen hätte, um ihr von dem Auftritt zu erzählen. Allerdings wusste ich, dass sie im Augenblick Besseres zu tun hatte, als sich mit mir zu unterhalten. Sie hatte gesagt, dass sie sich wieder melden würde. Und auch wenn es mir schwerfiel, so wollte ich ihr Zeit geben.

Ich war schon fast am Fuß der Treppe angekommen, als mir etwas einfiel. Eine Verbindung, die ich schon viel früher hätte sehen sollen.

Augenblicklich drehte ich um und rannte wieder hinauf. »Jim, sag mal, du kennst doch die anderen auf der Straße gut, oder?«

Jellyfish Jim brauchte einen Moment, bevor er den Kopf senkte und mich aus seinen grauen Augen ansah. »Sam? Was machst du denn hier? Der Krieg ist doch längst vorbei.«

Verwirrt runzelte ich die Stirn. »Welcher Krieg?«

»Der größte von allen. Der, der alle anderen beenden wird«, erwiderte er und packte mich am Arm. Er drückte nicht zu, aber herauswinden konnte ich mich auch nicht.

»Jim, ist alles okay?«, fragte ich vorsichtig und legte meine freie Hand auf seine Schulter.

Jellyfish Jim schaute zu mir, dann wieder auf den Boden und erneut zu mir hoch. »Sam, hast du noch so ein leckeres Käsebrot für mich?« Er ließ mich los, und im nächsten Moment grinste er. »Ich bin mir sicher, dass wir uns heute noch nicht gesehen haben.«

»Nein, das haben wir nicht.« Ich richtete meine Jacke. »Aber ich habe dich etwas gefragt. Du kennst doch auch die anderen Obdachlosen gut, oder?«

»Klar! Die Straße ist der bequemste und freiste Ort, den du dir vorstellen kannst«, erwiderte Jellyfish Jim stolz. »Schon seit fast zwanzig Jahren mein Zuhause. Ich kenne hier jeden.«

»Dann kennst du vermutlich auch die Straßenkinder, oder?«, tastete ich mich vorsichtig vor. Bei Jellyfish Jim wusste man nie, wie lange er sich auf etwas konzentrieren konnte.

»Ein paar von diesen Straßenflöhen, ja, wieso?«, fragte er und öffnete meine Jacke, um an meiner Hüfte zu tasten.

»Was suchst du?«

»Die Marke. Bist du einer von diesen Dibbles, die sich heimlich einschleichen? Lass dir gesagt sein, Junge, dass ich die Spione im Krieg immer sofort durchschaut habe!« Er machte einen Schritt nach hinten und stieß dabei eine Mülltonne um, die von einem der Geschäfte an die Straße geschoben worden war.

»Jim, du kennst mich doch. Ich bin Musiker, kein Polizist«, beruhigte ich ihn. »Ich frage nur für eine Freundin, verstehst du? Sie sucht ein Straßenmädchen, das schon eine Weile hier leben könnte.«

»Für eine Freundin?« Jim klopfte sich unsichtbaren Dreck von seinem langen Mantel und legte dann die Hände wie ein stolzer Offizier an die oberste Knopfreihe. »Warum sagst du das nicht gleich? Wenn ich einer Frau helfen kann, dann ist Jellyfish Jim stets bereit. Das oberste Gebot der Soldaten: Lass niemals eine Frau hängen. Oder einen Kameraden. Ist dasselbe«, sagte er und machte eine wegwischende Bewegung.

»Es ist ein ... Junge. Er nennt sich Stella«, begann ich und beschrieb den Jungen, von dem ich wusste, dass er eigentlich ein Mädchen war.

Jim nickte und strich sich über das Kinn. »Schon mal gehört, ja. Diese Kids bleiben meistens unter sich. Bringen dem alten Jellyfish Jim aber manchmal etwas Popcorn aus der Nacht mit. Ist schon lange her. Jellyfish Jim hat schon lange kein Popcorn mehr gegessen.«

Ich merkte, dass seine Konzentration nachließ und ich mich beeilen musste. »Kannst du herausfinden, wo dieser Stella ist? Das wäre sehr wichtig für mich.«

»Was für Käsebrot-Sam wichtig ist, ist auch für mich wichtig«, erklärte Jim und schlug sich gegen die Brust. »Ich werde diese Mission mit akribischer Sorgfalt planen und dir baldmöglichst einen Report zukommen lassen.« Jim salutierte und lief gleich darauf davon, ohne sich zu verabschieden.

Kopfschüttelnd fragte ich mich, ob ich mich auf Jellyfish Jim verlassen konnte. Er war verlässlich, was seine Uhrzeiten anging. Jeden Tag stand er zur selben Zeit an der Saxon Street. Das Wyndham's Theatre, an dem Charlotte angefangen hatte zu suchen, war jedoch weit entfernt. Vielleicht kannte er Stella gar nicht.

Schließlich drehte ich mich um und ging zur Tube. Selbst wenn er Stella nicht fand, war es zumindest einen Versuch wert gewesen. Und wer wusste schon, was das Schicksal noch so vorhatte? Vielleicht fand der verrückte Jellyfish Jim das Mädchen, das Charlotte suchte. Und ich konnte sie ihr dann vorstellen. Mein Bauch kribbelte, schickte winzige Schauer in meine Beine und trieb sie an, schneller zu laufen. Ein Lächeln breitete sich von meinem Herzen auf mein Gesicht aus. Der Tag konnte kaum besser werden, dennoch schrieb ich Charlotte eine Nachricht. Nur ein unverfängliches Hi, *wie geht's?*

Eine Bahn fuhr ein, und ich stieg ein. Ich machte mir keine großen Hoffnungen, dass sie antworten würde, und lehnte mich mit dem Gesicht gegen die kalte Fensterscheibe. Diese Kälte tat mir gut und beruhigte meinen brennenden Verstand, der ein halbes Dutzend Dinge zur gleichen Zeit zu verarbeiten versuchte. Charlotte, mein Video, Stella finden, der Abend mit Marc und noch einmal Charlotte. Ich seufzte. Wie kam es eigentlich, dass das Schicksal immer dann mehrfach zuschlug, wenn man es gar nicht gebrauchen konnte? Gut, in diesem Fall bedingte das Treffen von Charlotte auch den Song, der mich im Internet gerade nach oben brachte.

Heute Abend wollte ich an nichts anderes denken als an meinen Bruder und einen gemütlichen Abend mit ihm. Das war das Mindeste, was ich ihm nach all seiner Hilfe schuldete. Zufrieden nickte ich und genoss die Kälte. Sie drang langsam durch meinen Verstand, und ich spürte, wie sich meine Gedanken verlangsamten und ich mich endlich entspannte.

Kapitel 15

Charlotte

»Kommen Sie schon, Miss Charlotte«, sagte Hamish und grinste mich kraftlos an. »Ich habe doch nicht mehr lange.«

Seine Worte trafen mich mitten ins Herz, denn er wirkte an diesem Tag so verletzlich wie noch nie zuvor. Ich hatte das Gefühl, dass er jeden Augenblick einfach einschlafen und nicht mehr aufwachen würde. Die Nacht über hatte er wohl gar nicht geschlafen, da ihn ein Hustenanfall wachgehalten hatte. Ich war zu ihm gerufen worden, weil die Nachtschwester geglaubt hatte, dass er die Nacht nicht überleben würde, so sehr waren seine Werte abgesackt.

Doch Hamish war irgendwann kurz nach Sonnenaufgang eingeschlafen und nun wieder wach geworden. Er wirkte kräftiger als in der Nacht, dennoch war ich nicht sehr optimistisch, dass er noch lange bei uns bleiben würde. Manchmal, in Momenten, in denen man es nicht erwartete, entwickelten Kinder jedoch einen Kampfgeist, der stärker war als das Schicksal. Sie hielten durch, ließen die Hand nicht los, die sie durch die schwere Zeit gebracht hatte. So wie bei Daisy. Zwei Wochen lang hatte ich an ihrem Bett gesessen. Zwei Wochen lang war ich durch die Hölle gegangen. Zwei lange Wochen, die ich nie vergessen werde.

Ich räusperte mich und wischte mir mit der freien Hand über die Augen, hinunter über die Wangen bis zum Kinn, in der Hoffnung, dass Hamish die Tränen nicht gesehen hatte, die sich heimlich aus meinem Augenwinkel geschlichen hatten. »Diese Karte kannst du nicht mehr ewig spielen, junger Mann«, sagte ich mit einem Lächeln auf den Lippen. Er sollte nicht merken, wie ich mich dabei fühlte, ihm beim Sterben zuzusehen. Was es in mir auslöste. All die Erinnerungen. All die Gefühle.

»Schon klar«, gab er lapidar zurück und hustete leise. Ich hielt den Sauerstoff bereit, für den Fall, dass er ihn wollte. Doch er winkte ab, schluckte einmal hart und fragte: »Also, sagen Sie schon. Wer ist der Kerl?«

»Woher weißt du, dass es ein Mann ist?«, wich ich seiner Frage aus. Hamish hatte mitbekommen, dass ich kurz auf mein Handy geschaut hatte, als ich geglaubt hatte, dass er schlief. Dabei hatte er mein Lächeln gesehen, das ich selbst nicht einmal bemerkt hatte, als ich die einfache Nachricht von Sam gelesen hatte.

»Jo, sowas erkenne ich halt, Miss Charlotte«, erwiderte er vermeintlich cool. Dabei sah ich ihm an, dass ihn jede Bewegung schmerzte.

Kurz überlegte ich, ob ich ihm von Sam erzählen sollte. Ich hatte mich noch nicht damit auseinandergesetzt. Zumindest nicht bewusst. Mein Unterbewusstsein hingegen schien bereits Schlüsse zu ziehen. Warum sonst sollte ich bei einer simplen *Wie-geht's-dir?*-Nachricht lächeln?

»Warum interessiert es dich so?«, fragte ich ihn, um mir noch etwas Zeit zu erkaufen.

Hamish seufzte und zuckte mit den Schultern. »Wenn ich in den Himmel komme, dann kann ich Daisy sagen, dass Sie glücklich sind.«

Das traf mich so unvorbereitet, dass mir die Gesichtszüge entglitten. Hamish legte den Kopf schief und runzelte die Stirn. »Alles okay?«

Ich brauchte einen Moment, um mich zu fassen, aber schließlich nickte ich. Der Kloß in meinem Hals wurde riesig, und ich hatte Mühe, ihn herunterzuschlucken.

»Ja«, erwiderte ich und ging zum Fenster. Der Himmel war bedeckt, und es stürmte, aber der übliche Regen blieb aus. Am Horizont zog eine Gewitterwolke auf, so finster, dass sie schon beinahe schwarz war.

»Dann lassen Sie es raus«, sagte er mit der schnoddrigen Stimme eines Elfjährigen, der seinen Willen haben wollte. »Bitte«, schob er gleich darauf hinterher, als er merkte, dass ich nicht eines seiner Straßenkinder war.

»Na gut.« Ich drückte den Kloß, so gut es eben ging, beiseite. »Sein Name ist Sam.«

»Ha, ich wusste es«, erwiderte Hamish und grinste.

»Ja, du bist ein menschlicher Gefühlsleser«, gab ich zurück und schnitt ihm eine Grimasse, was ihn nur noch mehr freute. Ich setzte mich wieder neben ihn ans Bett.

»Wer ist denn Sam?«, wollte er wissen.

Tja, dachte ich, das ist eine gute Frage. Allerdings hatte ich noch keine richtige Antwort darauf. Also beschloss ich, ihm einfach die Fakten zu geben. »Sam ist Straßenmusiker, und er hat einen Song geschrieben, weil er mich gesehen hat.«

»Wow, krasser Typ.« Hamish griff zu dem Beatmungsschlauch-Trink-System, das ich ihm am Vortag installiert hatte. Er konnte sich nicht mehr allein aufsetzen, so dass er nicht an die Trinkflasche auf seinem Nachtschrank gekommen war. Also hatte ich ihm aus einem Beatmungsschlauch ein Trinksystem gebaut, damit er sich nicht zu sehr anstrengen musste. Nachdem er seinen Durst mit einem winzigen Schluck Wasser gestillt hatte, fragte er: »Ist er nett?«

Kurz überlegte ich, ehe ich nickte. »Ich denke schon. Auf jeden Fall ist er ein sehr fröhlicher Mann und bringt mich zum Lachen.«

»Das ist gut, Miss Charlotte.« Hamish tätschelte meinen Arm. »So einen brauchen Sie. Wenn ich nicht mehr bin, wer soll Sie denn sonst zum Lachen bringen?«

Ich presste meine Lippen zusammen und legte meine Hand auf seine. »Das ist eine gute Frage.«

»Dieser Sam ist ein Guter?«, wollte er wissen.

»Ich glaube schon«, antwortete ich ehrlich. »Er ist hilfsbereit, authentisch und ein Künstler. Sein Lächeln ist warmherzig, und seine Augen sind ehrlich.« In meinem Bauch kribbelte es, als ich an Sam dachte. Ich unterdrückte es. Dafür hatte ich gerade keine Zeit.

»Klingt wie einer von den Jungs, die ich gerne verprügelt habe«, grinste Hamish. »Muss also ein Guter sein.«

Einen Moment schwiegen wir, und Hamish starrte aus dem Fenster. Ich wusste nicht, ob ihm bewusst war, dass seine Hand noch immer auf meinem Arm lag, aber ich wollte ihn nicht um den wenigen Körperkontakt bringen, den er noch haben würde. Wenn er meine Nähe brauchte, würde ich sie ihm bieten.

»Miss Charlotte?«, fragte er schließlich und schaute weiter aus dem Fenster. In sein Gesicht kehrte etwas Farbe zurück. Anscheinend beruhigte sich sein Kreislauf wieder. Vielleicht konnte er sich nun etwas ausruhen.

»Ja, Hamish?«

»Versprechen Sie mir, dass Sie mich nicht vergessen?«, flüsterte er so leise, dass ich ihn kaum verstand. Seine Augen flatterten bereits. Er würde gleich wieder einschlafen.

»Natürlich, Hamish«, erwiderte ich rasch. »Dich werde ich nie vergessen.«

»Gut«, murmelte er noch und schlief dann ein.

Eine Weile blieb ich noch an seinem Bett sitzen, beobachtete ihn und fühlte seinen Puls. Hamish schlief tief und fest, und sein Herz schlug gleichmäßig. Er ruhte sich aus. Das war es, was er brauchte. Ruhe und Geborgenheit.

Da konnte ich nicht brauchen, dass ein junger Mann in mein Leben trat und es auf den Kopf stellte, nur weil er ein Lied über mich geschrieben hatte. Ich seufzte und schaute erneut auf mein Telefon. Die Nachricht war immer noch geöffnet, aber ich hatte noch nicht geantwortet. Sollte ich ihm schreiben, dass ich keine Zeit hatte? Ich musste mich um Hamish kümmern.

Ich verzog das Gesicht, wusste, dass ich den Jungen gerade nur vorschob. Ja, Hamish war gerade das Wichtigste in meinem Leben. Nicht nur wegen Daisy. Hamish hatte es einfach verdient, endlich einmal eine Person in seinem Leben zu haben, die nur für ihn da war. Durfte ich meine Aufmerksamkeit da überhaupt teilen? Sam konnte ich auch noch treffen, wenn Hamish nicht mehr lebte.

Und doch zog mich etwas zu Sam. Anfangs hatte ich es für meinen mütterlichen Instinkt gehalten, der ihn mit seiner fast naiven, kindlichen Freude beschützen wollte. Diesen unschuldigen, manchmal zu enthusiastischen Mann, der sich nur einem Lebensziel verschrieben hatte? Der ein Musiker sein und Tausende begeistern wollte? Aber mittlerweile war da mehr.

Vorsichtig löste ich mich von Hamish, blieb aber sitzen. Ein Teil von mir flüsterte: Trau dich. Warum warten? Dieser Teil weckte Zweifel in mir, ob ich mich wirklich nur auf Hamish konzentrieren sollte. Vielleicht war eine Mischung aus beiden eine gute Idee? War Sam ein Anker, an dem ich mich festhalten konnte, wenn ich drohte, einmal mehr in meiner Trauer zu ertrinken? Ein Rettungsring, der mich obenauf hielt?

Ich seufzte und stand auf. Sam war sicher niemand, der mir Böses wollte. Allerdings konnte ich noch nicht einschätzen, ob er mich nicht aus Versehen verletzen würde. Und das konnte ich nicht riskieren. Nicht mit den Tagen, die vor mir lagen. Da brauchte ich all meine Kraft, um mich auf Hamish und auf Daisys Todestag zu konzentrieren.

Entschlossen streckte ich die Schultern durch. Ja, ich würde ihn vertrösten, bis ich wieder die Kraft hatte, um mich auf ihn einzulassen. Das war nur fair. Also hob ich das Handy und schrieb ihm, dass wir uns treffen sollten. Ich war erwachsen genug, um ihm das von Angesicht zu Angesicht zu sagen.

Als ich das Zimmer verließ, kam mir Mary-Jane im Flur entgegen. Sie verdrehte die Augen, als sie mich sah. Wir waren allein, und ich nutzte die Gelegenheit, sie anzusprechen, ohne dass es peinlich für eine von uns beiden wurde.

»Guten Tag, Mary-Jane«, begrüßte ich sie mit einem Lächeln.

»Charlotte«, gab sie nur kurz angebunden zurück. Ihr Tempo verringerte sie jedoch nicht. Sie wollte offensichtlich nicht stehen bleiben.

»Entschuldige, könnten wir beide kurz reden?«, hielt ich sie auf.

»Keine Zeit«, erwiderte sie und lief weiter.

Ich folgte ihr. »Wann würde es dir denn passen?« Ich wollte nicht aufgeben und hatte nicht vor, mir gleich am Anfang meines zweiten Berufsstarts eine Feindin zu machen, ohne zu wissen, warum.

»Gar nicht«, kam nur zurück. Mary-Jane schaute nicht einmal über die Schulter. Sie hielt allerdings inne, bevor sie eines der Zimmer betrat. »Nicht für eine falsche Schlange wie dich.«

Die Worte trafen mich wie eine Faust in der Magengegend, und ich schwankte. Bevor ich etwas erwidern konnte, betrat Mary-Jane das Patientenzimmer und schloss die Tür hinter sich.

Ich hielt mich an der Wand fest und fragte mich, was Mary-Jane gemeint haben könnte. Hatte ich sie schon einmal getroffen? Das wäre mir neu. Aber wieso sonst sollte sie mich als falsche Schlange bezeichnen? Aus welchem Grund? Je länger ich nachgrübelte, desto weniger kamen mir Antworten. Es wurde alles nur noch nebeliger und ließ mich verwirrt zurück.

»Charlotte, ist alles in Ordnung?«, sprach Barbara mich an. Ich hatte keine Ahnung, wie lange ich an der kühlen, weißen

Wand gestanden hatte, aber nun stieß ich mich ab und setzte ein Lächeln auf, von dem ich nicht wusste, ob es echt wirkte. »Ja, es geht schon, danke.«

»Wenn Sie reden möchten ...«, begann Barbara fürsorglich. »Ich weiß, dass Ihre Situation eine besondere ist, und ich bewundere, dass Sie trotzdem ausgerechnet diesen Job gewählt haben. Aber es kann sicher auch hart sein, ein weiteres Kind sterben zu sehen.«

Ich atmete tief durch die Nase ein. Es war, als ob ein Gewicht auf meiner Brust lag. Kaum hatte ich es etwas angehoben, schlug mein Herz wieder mit voller Kraft, nur um beim nächsten Ausatmen wieder eingeklemmt zu werden. »Ich habe den Beruf nicht trotz, sondern aufgrund meiner Erfahrungen gewählt«, sagte ich und seufzte. »Aber danke der Nachfrage. Es geht schon wieder.«

»Wie gesagt, wenn Sie reden möchten, meine Tür steht immer offen.« Barbara drückte meine Hand.

»Danke schön, das weiß ich zu schätzen.« Bei Barbara hatte ich nicht das Gefühl, dass es eine leere Floskel war. Sie hatte viele Gespräche mit Eltern geführt, die ihr Kind verloren hatten. Wenn es jemanden gab, der auch nur ansatzweise verstehen konnte, wie es mir ging, dann war es Barbara.

Ich deutete über die Schulter zu der Tür, die zum Park führte. »Entschuldigen Sie mich bitte, ich muss noch einmal telefonieren. Hamish schläft gerade, und das will ich ausnutzen.«

»Dann machen Sie kurz Pause.« Barbara ließ mich los. »Bis später.«

Ich ging hinaus in den Park, wo ich mich unter einer großen Weide auf eine Bank setzte. Der Wind hatte aufgefrischt und brachte die ersten kühlen Böen aus dem Oktober, der vor der Tür stand. Bald würde die Sonne nur noch vereinzelt herauskommen und hinter einer dicken Wolkenschicht verschwinden oder schon so früh untergehen, dass man das Gefühl bekam, in einer Welt ohne Sonnenlicht zu leben, wenn man morgens im Dunkeln zur Arbeit ging und abends im Dunkeln zurückkehrte.

Ich wählte die Nummer des Vereins und hoffte, dass sie schon gute Neuigkeiten für mich hatten. Meine Hoffnungen waren nur winzig. Immerhin waren erst vier Tage vergangen.

»Guten Tag«, sagte eine automatisierte Bandansage. Ich schaute auf die Uhr. Die offiziellen Öffnungszeiten begannen erst in fünf Minuten. Solange würde ich wohl noch warten müssen.

Also legte ich das Handy neben mich und betrachtete meine Umgebung. Eine Schwester fuhr mit einem jungen rothaarigen Kleinkind durch den Park, das an ein Beatmungsgerät angeschlossen war. Neben ihr liefen die Eltern. In meiner Ausbildung hatte ich gelernt, anhand der Körpersprache oder des Verhaltens gegenüber den Schwestern herauszufinden, wie die Eltern zu der Situation ihres Kindes standen. Konnten sie damit umgehen, dass ihr Kind bald starb, oder waren sie noch nicht so weit, es tatsächlich zu akzeptieren?

Anfangs hatte ich mich gefragt, was es brachte, wenn man wusste, wie die Eltern damit umgehen würden. Doch mit der Zeit hatte ich verstanden, dass Kinder immer die Gefühle ihrer Eltern spiegelten. Kinder spürten die Angst und die Befürchtungen der Eltern. Und wenn die Eltern ruhig waren, war auch das Kind ruhiger.

Aus eigener Erfahrung wusste ich, dass es so etwas wie Entspannung in solch einem Lebensabschnitt nicht gab, aber es gab Akzeptanz. Akzeptanz war der erste Schritt, um eines Tages darüber hinwegzukommen, dass man das eigene Kind überlebt hatte.

Die Eltern dieses Kleinkinds waren voller Trauer, suchten den Kontakt zu ihrer Tochter, indem sie ihm immer wieder die Haare aus dem Gesicht strichen oder das Mädchen einfach an der

Schulter berührten. Sie wollten sie noch nicht gehen lassen, aber sie hatten sich damit abgefunden. Die Trauer hatte bereits eingesetzt.

Ich schluckte den Kloß in meinem Hals herunter und wählte wieder die Vereinsnummer. Diesmal meldete sich jemand. Wieder die Stimme des älteren Mannes. »The Last Watch, was kann ich für Sie tun?«

»Guten Tag, Charlotte Hill hier. Ich hatte Samstag schon einmal aus dem St. Antonius angerufen«, sagte ich rasch und hoffte, dass der Mann sich erinnerte.

»Ja, die Suche nach dem Mädchen«, antwortete der alte Mann nach einigen Sekunden. »Haben Sie neue Erkenntnisse?«

»Ich hatte gehofft, dass Sie welche hätten«, erwiderte ich schon weit weniger hoffnungsvoll. »Sie wollten ja jemanden rausgeschickt haben.«

»Ich verstehe. Kleinen Moment«, entgegnete der Mann, und ich hörte das leise Klicken einer Computertastatur. »Der Freiwillige hat sich bereits gemeldet, sagt aber, dass er in den letzten Tagen noch keinen Erfolg hatte. Er will es heute Abend noch einmal in einigen Obdachlosenküchen versuchen.«

»Ah«, sagte ich nur und ließ den Kopf hängen. »Danke schön. Wären Sie so nett und würden mich anrufen, sobald Sie etwas wissen? Es wäre wirklich dringend.«

»Ich verstehe Sie. Leider sind fast alle unsere Anfragen dringend«, erklärte er einfühlsam. »Ich hoffe, Sie können verstehen, dass wir unser Möglichstes geben, aber es bei solchen Anliegen manchmal Wochen dauert, ehe wir ein Ergebnis haben.«

»Ich weiß Ihre Bemühungen zu schätzen. Vielen Dank«, murmelte ich und legte auf.

Wieso enttäuschte es mich so sehr, dass ich noch keinen Hinweis auf Stella hatte? Hamish wusste nicht einmal, dass ich nach seiner Freundin suchte. Ihn konnte ich also nicht enttäuschen. Also blieb nur eine Person.

Es war mein eigenes dummes Herz, das sich eine Art Happy End für Hamish wünschte. Eines, das er selbst nicht mehr erwartete und das ihm die letzten Tage seines Lebens versüßen mochte.

Ich schluckte. Es war idiotisch, dass ich enttäuscht war. Also richtete ich mich auf und ging entschlossen zurück ins Hospiz. Ich wollte noch etwas Papierkram machen, ehe ich wieder zu Hamish ging.

Und vielleicht, ganz vielleicht, wollte ich auch Sam antworten, falls er sich denn noch einmal meldete.

Kapitel 16

Sam

»Was für ein Tag!«, begrüßte ich Marc, der schon in *Mollys Bar* am Tresen auf mich wartete. Er grinste breit und nahm mich in den Arm.

»Und er wird noch besser«, flüsterte Marc mir ins Ohr und drückte mich fest an sich. »Ich habe heute einen neuen Mandanten bekommen.«

Gleich darauf löste er sich von mir und drehte sich um. Dort saß auf einem der Barhocker ein Mann mit schwarzem, maßgeschneidertem Anzug. Seine Krawatte hatte er abgenommen und in die Anzugtasche gesteckt. Der oberste Knopf seines lachsfarbenen Hemds war geöffnet, eine in sämtlichen Regenbogenfarben schillernde Sonnenbrille steckte über dem zweiten Knopf und eine Hand steckte locker in einer Hosentasche, als er sich erhob. Sein kantiges Gesicht kam mir entfernt bekannt vor. Irgendwo hatte ich es schon mal gesehen. Vielleicht einer von Marcs Arbeitskollegen, die er mal wieder mitgeschleppt hatte. Eigentlich hatte ich gehofft, dass Marc und ich allein ein wenig feiern könnten. Aber zumindest schien dieser Kollege nichts gegen mich zu haben, so wie einige andere Mitarbeiter. Seine dunkelbraunen Augen funkelten mir einladend entgegen, so dass es mir unwillkürlich ein Lächeln entlockte.

»Sam, das ist Henry Baxter.«

Mir fiel die Kinnlade herunter, als ich den Namen hörte. »Der Henry Baxter?«, fragte ich perplex und schloss den Mund. Zugleich ergriff ich seine Hand, die er mir entgegenstreckte.

»Der einzig wahre«, erwiderte er und lachte. »Schön, dich kennenzulernen.«

Meine Gedanken fuhren Achterbahn, und ich hatte keine Ahnung, was gerade passierte. »Ich weiß nicht, was ich sagen soll. Es ist mir eine Ehre, Sie kennenzulernen, Mr. Baxter.«

»Schon gut, Junge.« Henry winkte ab. »Mr. Baxter ist mein Vater. Nenn mich bitte Henry.«

Ich konnte nicht fassen, wer da vor mir stand. Henry Baxter war der Leiter der angesagtesten Musikeragentur von London. *Recordtunes*. Nicht einfach nur ein Angestellter, sondern der verdammte Chef der Firma. Jetzt wusste ich auch, woher ich das Gesicht kannte. Er war vor einigen Monaten auf dem Cover eines meiner Magazine gewesen und hatte mich einen Monat lang in der Magazin-App morgens als Erstes angestarrt.

»Henry ist hier, um dich kennenzulernen«, sagte Marc, als redete er übers Wetter. Meine Finger zitterten, als mir klar wurde, dass das nicht einfach nur ein Kunde war, den Marc nach der Arbeit mitgenommen hatte.

»Mich?«, fragte ich und klang dabei wie ein schlechtes Echo. Meine Stimme war kratzig, und ich musste einmal husten, um den Hals wieder frei zu bekommen.

»Ja, dich, Sam. Ich habe dein Video gesehen, und du bist genau das, was wir für unsere Winter-Promo-Aktion noch gesucht haben. Die Gefühle in deinem Song sind perfekt für die dunkle Jahreszeit«, erklärte Henry locker und deutete auf den Stuhl neben sich.

Ich beeilte mich, den Platz einzunehmen. Wenn Henry Baxter mich zu sich bat, zögerte ich keine Sekunde. »Wow, das klingt echt wahnsinnig.« Mit einem Handzeichen bestellte ich ein Bier bei der süßen Kellnerin. Wir flirteten normalerweise, obwohl wir nie mehr daraus machten, doch an diesem Abend hatte ich nicht mehr Aufmerksamkeit für sie übrig. Vor mir saß Henry Baxter. Er hatte Weltstars nach oben gebracht, Dutzende von Nummer-1-Hits mit diesen Stars gelandet. Und jetzt unterhielt er sich in einer Kneipe mit mir?

»Gib ihm einen Moment«, sagte mein Bruder auf einmal. »Er sieht aus, als ob er dringend ein Bier bräuchte.«

Henry hob verteidigend die Hände vor die Brust. »Alle Zeit, die er haben möchte.« Er nahm sein Bier und leerte es zur Hälfte.

Ich hingegen wandte mich an Marc, der nur seine Augenbrauen bedeutungsvoll hochzog und mit dem Kopf auf Henry zeigte.

»Darf ich fragen, wie ich zu der Ehre komme, Henry?« Ich spürte meinen Herzschlag bis hinauf in meine Kehle und wunderte mich, dass meine pulsierende Zunge einen geraden Satz hatte herausbringen können.

»Das hast du deinem Bruder zu verdanken«, antwortete Henry und lachte laut und voll. »Wir hatten heute einen Termin, und vielleicht habe ich mich ein wenig darüber ausgelassen, dass es aktuell keine guten Talente auf dem Markt gibt. Alle wollen nur das schnelle Geld, aber wirkliche Musiker gibt es einfach kaum.«

»Ein wenig?« Marc schnaubte und griff nach seinem Glas Bier. »Du hast mein halbes Büro zusammengeschrien, nachdem du dein Telefonat beendet hast. Und das bei unserem ersten Termin.«

Henry hob seinen Zeigefinger und deutete damit auf Marc. »Nur, weil es mich so sehr aufgeregt hat, dass meine Angestellten unsere Musiker nicht halten können. Sie wollen lieber ihr Glück in der Eigenproduktion versuchen, statt sich den Ketten eines Agenten zu unterwerfen«, erklärte er dramatisch, und ich merkte, dass er wieder wütend wurde.

Meine Gedanken ratterten und versuchten, die offensichtlichen Punkte zusammenzuführen. »Und dann hat Marc mich erwähnt?«

Augenblicklich beruhigte sich Henry und drehte sich langsam zu mir. »Und dann hat Marc dich erwähnt.« Er grinste. »Hätte ich geahnt, dass er einen so talentierten Bruder hat, wäre ich schon eher zu ihm gewechselt. So musste mein früherer Anwalt erst in Rente gehen, damit ich ihm zugeteilt werde.«

»Es sollte wohl so sein«, schmunzelte Marc.

Die beiden schienen sich gut zu verstehen, sonst würde er wohl kaum einen so großen Mandanten wie Henry Baxter nach dem ersten Termin dazu bekommen, sich mit einem Wildfremden in einer Bar zu treffen.

Die Kellnerin stellte das Bier vor mir ab und zwinkerte mir zu. Ich starrte sie nur kurz an und hob dann das Bier. Diese Situation war zu seltsam. Henry Baxter. Ich nahm einen großen Schluck und versuchte mich zu beruhigen.

»Erzähl mal, Sam, wie kam es zu dem Song?«, wollte Henry wissen.

Ich zuckte mit den Schultern, war immer noch im Begriff, meine Gedanken zu ordnen. »Ich spiele auf der Straße«, begann ich langsam. Was konnte ich ihm erzählen? Was würde ihn abschrecken? Wieso nur hatte Marc mich nicht vorgewarnt? Ich fühlte mich wie ein kleines Mädchen, das zu ihrem ersten Schulball ausgeführt wurde. Egal was ich tat, ich konnte es nur versauen.

Reiß dich zusammen, Sam, ermahnte ich mich. Du hast hier eine Chance. Nutze sie.

»Das hat Marc erwähnt. Ein Straßenmusiker«, schwärmte Henry. »Die reinste Form der Musik. Ein Mann, sein Instrument und die Zuhörer. Keine Studios, keine Regler, die alles verändern. Einfach nur die pure Musik.« Er schnalzte mit der Zunge. »Manchmal vermisse ich die alten Zeiten, in denen man nicht auf YouTube die neusten Stars entdeckte, sondern beim Spazieren durch die Stadt«, träumte er, ehe er das Gespräch wieder auf mich lenkte. »Erzähl weiter. Was hat dich inspiriert, solch einen großartigen Song zu schreiben?«

»Das war eine Frau«, erklärte ich langsam. Ich wusste nicht, was ich alles enthüllen durfte. Charlotte hatte mir mehr als deutlich gemacht, dass ihr der Gefühlsausbruch peinlich war.

»Natürlich eine Frau«, erwiderte Henry und hob sein Glas.

Ermutigt von seinem Zuspruch fuhr ich fort. »Ich sehe sie regelmäßig, weil sie beinahe täglich an mir vorbeikommt. Allerdings kannte ich sie nicht. Ich nannte sie immer nur die Lady.« Henry nickte mir aufmunternd zu, als ich zögerte. Ja, mit dem Spitznamen konnte ich nichts falsch machen. Er würde so nicht herausfinden, wer Charlotte war. Denn das wollte ich verhindern. Immerhin hatte ich es ihr versprochen. »Vor knapp zwei Wochen spielte ich auf der Straße einen Song, der *Daisy* heißt. Sie blieb das erste Mal stehen. Und nun ja, den Rest schreibe ich im Song. Sie hat mich so nachhaltig beeindruckt, dass ich die Nacht über nicht schlafen konnte.«

»Das kann ich bestätigen. Er war wie im Wahn«, mischte Marc sich ein. Er stand seitlich zwischen uns, so dass er uns beide gut im Blick hatte.

»Das hört sich eindrucksvoll an. Und das war alles erst vor zwei Wochen?«, fragte Henry und schüttelte den Kopf. »Das kann ich fast nicht glauben.«

»Glaub mir, es war wirklich so. Ich habe ihn gesehen, Henry. Du wärst begeistert gewesen. Ich glaube, das ist das, was du als wahren Künstler bezeichnest.«

Dankbar blickte ich Marc an. Er war mein größter Fan und würde es wohl auch immer bleiben. Egal, wie viele junge Mädchen mich in der Einkaufsstraße ansprachen und kichernd wegliefen. »Es stimmt. Ich habe die Notizen hier in meinem Buch.« Ich klopfte auf den Gitarrenkoffer, der zwischen meinen Beinen stand. Ich hatte keine Zeit gehabt, um noch einmal nach Hause zu fahren, nachdem Marc mir geschrieben hatte, dass ich ins *Mollys* kommen sollte.

»Und wer ist die Frau, die so unglaublich traurig ist?«, wollte Henry wissen.

Zuerst wollte ich ihn anlügen, wollte ihm sagen, dass ich es nicht wusste, aber ich war kein guter Lügner. Das hatte Marc mir schon in Kindertagen vorgeworfen, weswegen er die Geschenke für unsere Eltern zwar gekauft, aber mir nicht erzählt hatte, was wir ihnen schenkten. Ich erfuhr das wie unsere Eltern erst bei der Bescherung. Also blieb ich jetzt auch lieber bei der Wahrheit.

»Das kann ich nicht sagen. Ich habe es mittlerweile herausgefunden, und sie möchte nicht, dass ich es verrate.«

»Wirklich nicht? Diese Geschichte ist unfassbar genial, um sie zu vermarkten. Die Zufallsbegegnung auf der Straße«, schwärmte Henry und malte ein Banner mit seinen Händen in die Luft. »Der Song, der daraufhin die ganze Welt erobert, und dazu noch die Sehnsucht, die er ausstrahlt, sind das Patentrezept für eine tolle Story hinter dem Song.«

Ich schluckte. Natürlich hatte er recht. Der Gedanke war mir auch gekommen. Vor allem, wenn ich wüsste, was hinter Charlottes Tränen steckte. Und nichts war besseres Marketing als eine persönliche Geschichte, die zu Tränen rührte. Aber ich hatte mich dagegen entschieden. Charlottes Geschichte gehörte ihr, und ich wollte nicht riskieren, dass ich sie verprellte.

Dennoch antwortete ich nicht sofort. Das schien Henry als Aufforderung zu sehen, mich zu überzeugen, denn er setzte erneut an. »Was ich eigentlich sagen möchte, ist: Ich würde dich gerne vertreten. Nachdem dein Bruder mir das Video gezeigt hat, habe ich gleich mit dem *Breakfast Clubhouse* telefoniert. Die hätten Interesse, *Sad Woman* herauszubringen.«

»Einfach so?«, fragte ich skeptisch.

»Sie vertrauen meinem Urteil. Wenn ich sage, dass da jemand kommt, der singen kann und einen guten Song mitbringt, dann zögern die nicht lange«, wiegelte Henry lapidar ab, aber ich glaubte ihm augenblicklich. Henry Baxter war seit über zwanzig Jahren im Geschäft und immer ganz oben gewesen. Er wusste, wovon er sprach, und wenn ich ihm sagte, dass ich ihm nichts verraten würde, konnte er einfach gehen. Was hielt ihn bei mir, wenn ich nicht willens war, das zu tun, was er von mir verlangte? Immerhin saß er am längeren Hebel. Er war derjenige, der die Kontakte hatte, der dafür sorgen konnte, dass ich ein Studio fand. Wer war ich da, ihm seinen Wunsch abzuschlagen? Konnte ich das riskieren? Oder würde er verschwinden?

Meine Gedanken überschlugen sich, und ich merkte, wie sich meine Kehle zusammenzog. Ich musste eine Entscheidung treffen und das möglichst schnell. Eine, die nicht meine Zukunft verbaute. Weder die mit Charlotte noch eine potenzielle Zusammenarbeit mit Henry. Blut schoss in meine Wangen, als ich den Blick abwandte und auf mein Bier starrte.

»Es tut mir leid, wenn ich dich jetzt enttäusche, aber ich habe ihr versprochen, dass ich sie da nicht mit reinziehe. Und auch wenn es vielleicht dumm von mir ist und mir damit eine Marketingkampagne verloren geht, so will ich doch lieber morgens noch in den Spiegel schauen können, ohne meine Seele verkauft zu haben für einen Song, der ohne sie gar nicht gewesen wäre.«

Die Stille zwischen uns dreien war fast greifbar. Ich hätte nur die Hand von meinem Bierglas lösen müssen und hätte diese zähflüssige Masse gespürt. Noch wagte ich es nicht, hochzublicken. Meine Fantasie reichte schon, um mir auszumalen, wie enttäuscht Henry Baxter, Leiter von *Recordtunes*, war. Oder wie er jeden Augenblick loslachen würde, weil ich die Chance meines Lebens ausschlug.

»Marc, wo hast du den nur all die Jahre versteckt?«, fragte Henry und lachte tatsächlich.

Ich sah immer noch nicht hoch, auch wenn ich meine Entscheidung nicht bereute. *Sad Woman* war gerade erst eine Woche im Netz unterwegs, und ich hatte bereits mit einem der größten Agenten in London gesprochen. Vielleicht, ganz vielleicht würden sich weitere melden. Ich stellte mich schon darauf ein, dass ich mich von Henry verabschieden müsste. Morgen würde ich eine Lachnummer beim Morgenmeeting in seiner Agentur sein. Der Idiot, der lieber eine reine Seele hatte als Taschen voller Geld.

»Er ist wie guter Käse«, erwiderte Marc und lachte ebenfalls. »Er musste reifen. Klar hat er zwischendurch gestunken, aber am Ende wird er ein leckerer Snack sein.«

Nun hob ich doch den Kopf und schaute meinen Bruder verwirrt an.

Als beide meinen Gesichtsausdruck sahen, grinste Marc nur noch mehr. »Ich glaube, er hat dich missverstanden, Henry.«

Marc bestellte eine weitere Runde Bier, obwohl ich meins noch nicht einmal zur Hälfte geleert hatte.

»Du bist wirklich noch ziemlich unbeleckt in diesem Business, oder?«, fragte Henry. »Ich bewundere deinen Mumm, Kleiner. Nicht jeder hat die Eier, mir zu widersprechen.«

Jetzt kommt es, dachte ich. Gleich würde er sich von mir verabschieden. Aber warum amüsierte Marc das so sehr? Das machte er sonst nicht. Selbst vor seinen Kollegen hatte er mich stets verteidigt.

Da kam mir ein abstruser Gedanke: Wollten die beiden etwa andeuten, dass Henry mich dennoch managen wollte?

»Was genau willst du damit sagen?«, fragte ich daher vorsichtig und machte mich auf alles gefasst. Zusage, Absage, Auslachen.

»Ich will damit sagen, dass dein Song so gut ist, dass ich den Widerspruch mal ignorieren werde.« Henry nickte mir zu. »Ich würde dich trotzdem gerne vertreten, wenn du es willst.«

»Ist das dein Ernst?«, entfuhr es mir ein bisschen zu laut. »Oh mein Gott, natürlich!«

Henry schlug mir auf die Schulter. »Sehr gut. Ich lasse meine Assistentin den Vertrag aufsetzen, und du kommst in anderthalb Wochen am Montag ins Studio. Dann können wir alles Weitere besprechen. Der Studioboss hat eine halbe Stunde für uns geblockt. Da kannst du alles erzählen.« Henry beobachtete mich, als wollte er doch noch mehr aus mir herauskitzeln. Doch dann lachte er, und dieser kurze, abwartende Moment war vergangen. »Also das, was du willst. Junge, wenn du weiter so singst und schreibst wie jetzt, wirst du eine raketenhafte Karriere vor dir haben. Ein Singer-Songwriter mit deinem Charisma?« Henry wedelte mit den Händen, als hätte er sich verbrannt. »Das wird heiß.«

Ich wusste nicht, was ich sagen sollte, also nickte und grinste ich. Mir hatte es die Sprache verschlagen, und das war etwas, das verdammt selten passierte.

»Jetzt muss ich aber auch gleich wieder los. Ich hatte deinem Bruder ein Bier versprochen.« Er setzte sich die Sonnenbrille wieder auf, obwohl es draußen bereits dämmerte. »Und mein Fahrer draußen will vermutlich auch bald Feierabend machen, also sollte ich wohl gehen.«

Ich gab ihm die Hand zum Abschied, immer noch unfähig, etwas zu sagen. Ich stand einfach nur da und starrte ihm hinterher, wie er – lässig und als ob er der Eigentümer des Ladens wäre – durch die Bar schlenderte und zum Ausgang ging.

»Na, was sagst du?«, fragte Marc und breitete die Arme aus.

»Das ist offiziell der seltsamste Monat meines gesamten Lebens«, erwiderte ich langsam und realisierte noch immer kaum, was gerade passiert war.

»Sag ›Danke, Marc‹.« Er grinste breit.

»Danke, Marc«, sagte ich abgehackt.

»Ist das nicht genial? Manchmal spielt der Zufall wirklich mit, oder?« Marc griff nach dem Bierglas.

Ich verzog das Gesicht. »Passiert das alles wirklich?«

»Natürlich, sonst würde ich nicht mit dir hier stehen. Du, Bruderherz, bist auf dem besten Weg durchzustarten. Stell dir mal vor, was du alles erreichen kannst.«

Ich ließ mich kurz darauf ein, genoss den Augenblick, der mir einen Schauer den Rücken runterlaufen ließ. »Wenn das wirklich was werden sollte mit Henry Baxter.« Mein Verstand konnte nicht verarbeiten, was ich mir gerade auszumalen versuchte. »Ich meine, er kann sich immer noch umentscheiden oder den Termin platzen lassen oder heute Nacht einen Unfall haben oder ...«

»Stopp, Sam!«, unterbrach Marc mich und stellte sein Glas weg. Er packte meine Oberarme und fror damit meine hektischen Bewegungen ein. Auch wenn er als Anwalt viel Zeit hinter dem Schreibtisch verbrachte, so war er doch durchtrainierter als ich. In seiner Anwaltskanzlei hatten sie im Keller ein ganzes Fitnessstudio, das die Mitarbeiter kostenlos nutzen konnten. Meist machte er vor der Arbeit oder in der Mittagspause Sport. Auf jeden Fall mehr als ich, denn ich konnte nur joggen gehen.

Marc suchte meinen Blick und hielt damit die Gedanken auf, die bereits wieder abzudriften versuchten. »Such nicht nach dem Haar in der Suppe. Du hast dich gerade mit Henry verabredet. Henry ist ein zuverlässiger Mann. Seine Zeit ist kostbar, und er macht keine Versprechen, die er nicht halten kann. Ja, er ist auch ein harter Knochen, aber er ist zuverlässig.«

Ich zögerte. »Du meinst, das passiert?«

Marc ließ mich los und lächelte. »Ja, du Idiot, es passiert wirklich. Genieß es einfach mal, statt dir gedanklich die Katastrophe auszumalen.«

Ganz langsam griff ich zu meinem Bierglas und trank einen großen Schluck, ehe ich das leere Glas wieder auf den Tresen stellte. »Dann sollten wir das heute Abend feiern.« Ich schaute auf das leere Glas und lauschte auf das adrenalingesteuerte Rauschen in meinen Ohren. »Also gesittet. Wenn ich demnächst im Studio spielen soll, sollte ich nicht die ganze Nacht über saufen.«

Marc lachte. »Solltest du nicht der lebensfrohe und immer feiernde Bruder sein?«, fragte er. »Mein Job als großer Bruder ist es doch, dich dann zu bremsen und auf den rechten Pfad zurückzuführen.«

»Ich glaube, das hast du gerade gemacht.« Leise pfiff ich. »Henry Baxter? Größer ging wohl nicht, oder?«

Marc zuckte mit den Schultern und grinste, während er seinen Terminkalender für morgen checkte. »Wenn ich eine gute Gelegenheit sehe, ergreife ich sie. Und das war wie ein Ball, der mir vors Tor gelegt wurde. Ich musste einfach abziehen.«

»Danke«, wiederholte ich und schüttelte immer wieder den Kopf. »Einfach nur danke dafür, dass du mein Bruder bist.«

»Gerne doch«, sagte Marc und grinste verschmitzt. »Und jetzt los. Ein Bier geht ja wohl noch, oder verträgst du gar nichts?«

Kapitel 17

Charlotte

Sam hatte mich am Vortag gefragt, ob wir uns treffen könnten, aber ich hatte ihn auf heute vertröstet. Es war Sonntag, und ich hatte mich bei Hamish abgemeldet. Er wollte den Tag mit Fernsehen verbringen, er bräuchte mal einen Tag Ruhe. Also gönnte ich ihm genau das.

Sam hatte sich mit mir zum Brunchen treffen wollen, aber ich hatte ihm einen anderen Vorschlag gemacht. Er sollte sich mit mir am Wyndham's Theatre treffen. Ich wollte endlich mehr unternehmen, als nur auf den Verein zu warten. Und mein einziger Anhaltspunkt war das Theater. Er hatte noch keine Ahnung, was ich vorhatte, aber er wollte mich sehen. Also hatte er zugestimmt.

Als ich aus der Tube kam, war es windig und ungemütlich auf dem Bahnsteig. Ich zog meinen Schal enger um meinen Hals und schob die dünne Mütze zurecht, die ich aus meiner Herbstschublade im Flur gekramt hatte. Sam stand schon an der Treppe und spielte mit seinem Handy.

Kaum erblickte er mich, begann er zu strahlen und kam mir entgegen. »Charlotte«, begrüßte er mich und nahm mich in den Arm. Er duftete nach einem herben Parfüm, das ich nicht kannte, aber es gefiel mir. In der ansonsten eher feuchten Londoner Luft, in der der Smog normalerweise das Einzige war, das man roch, war das eine angenehme Abwechslung.

»Sam, schön, dass du es geschafft hast«, begrüßte ich ihn.

»Du willst nach dieser Stella suchen, stimmt's?«, erwiderte er nah an meinem Ohr, und ein Kribbeln schoss durch meinen Nacken. Seine dunkle Stimme so dicht bei mir zu hören, regte meine Fantasie an. Erst nach einigen Sekunden begriff mein Verstand, dass er erraten hatte, warum ich mich genau hier mit ihm hatte treffen wollen.

»Woher weißt du das?« Ich löste mich von Sam, und gleichzeitig wurde mir klar, dass ich Sam unterschätzt hatte, als ich ihm vor einigen Tagen von Stella erzählt hatte. »Schon gut, du hast mir zugehört«, ergänzte ich.

»Natürlich höre ich dir zu«, erwiderte Sam amüsiert. »Was denkst du denn von mir?«

»Nur das Beste, ehrlich gesagt, aber meine bisherigen Erfahrungen mit anderen Männern lassen mich erstmal das Falsche denken. Entschuldige bitte.«

»Schon gut. Den Kerl will ich ja mal sehen, der dich so verletzt hat, dass du keinem Mann mehr traust«, schnaubte Sam. »Dem würde ich ein paar Takte erzählen.«

Ich glaubte ihm sofort, obwohl Sam sicher kein Schläger war. Vielmehr war er eine sanfte Seele, der ich vielleicht eines Tages tatsächlich vertrauen könnte. »Dieser Mann spielt keine Rolle mehr in meinem Leben«, sagte ich daher nur leise.

»Das ist auch besser so. Mit solchen Menschen sollte man keine Lebenszeit verschwenden«, antwortete Sam bestimmt.

»Du willst mir also wirklich helfen?«, hakte ich nach.

»Sehr gerne«, erwiderte er wie aus der Pistole geschossen.

Ein warmer Schauer rieselte meine Wirbelsäule hinab, und ich war dankbar für seine Bereitschaft. Er verbrachte viel Zeit auf der Straße, und vielleicht hatte er ja Kontakte zu Obdachlosen, die ich nutzen konnte.

Sam vergrub die Hände in den Taschen und wartete. Sein T-Shirt und das Hemd unter der dünnen Jacke waren vermutlich nicht warm genug für einen längeren Aufenthalt draußen. Dafür ließen sie keinen Zweifel an seinem Körperbau. Bisher hatte ich nicht darauf geachtet, aber nun, da er vor mir stand, fiel mir auf, dass er tatsächlich gut gebaut war. Kein Muskelprotz, eher einer von der drahtigen Sorte. Und das gefiel mir.

Bei dem Gedanken zuckte ich zusammen und drehte mich hastig zur Treppe. Hatte ich ihn gerade wirklich angestarrt? Betont langsam fuhr ich mir durch die Haare, um meine hektischen Bewegungen zu verbergen.

»Wir sollten Stella suchen«, lenkte ich ab und erzählte ihm noch einmal alles, was ich von Stella wusste, während wir die Treppe hinaufgingen.

»Dieser Hamish hat mit ihr jahrelang auf der Straße gelebt?«, fragte er schließlich sichtlich mitgenommen.

Ich nickte. »Etwa fünf Jahre lang. Genau wissen wir es nicht, da sich Hamish nicht erinnert, mit wie vielen Jahren er auf die Straße kam. Wir schätzen aber, dass er sechs Jahre alt gewesen ist. Jetzt ist er etwa elf.«

»Hartes Schicksal«, war alles, was Sam dazu sagte. Ich hätte mit einer weitaus intensiveren Befragung gerechnet. Allerdings hätte ich ihm dann nichts mehr verraten dürfen. Auch wenn ich keine Ärztin war, so nahm das St. Antonius wie jedes Hospiz die Privatsphäre der Patienten sehr ernst.

»Das heißt, wir suchen nach einem Mädchen, das sich als Junge ausgibt und etwa wie alt ist?«, vergewisserte er sich.

»Etwa 13 Jahre.« Wir gingen durch den Tunnel, der uns von der Tube zur Straße führte. »Er hatte mir ja vom Wyndham's Theatre am Leicester Square erzählt. Darin hat er früher bei Regen übernachtet. Deswegen wollte ich hier beginnen«, erklärte ich.

»Ich kenne mich hier ein bisschen aus«, bemerkte Sam und deutete auf die andere Straßenseite, die langsam in Sicht kam.

»Vor fünf Jahren habe ich in der Nähe in einer Bar gespielt. Es war nur zwei Mal in der Woche, aber es war mein erstes selbstverdientes Geld. Das war der Anfang vom Ende. Von dem Moment an war ich süchtig, vor Menschen zu spielen«, lachte er und massierte nervös seine Fingerknöchel. »Und soll ich dir was verraten?«

Neugierig betrachtete ich ihn. »Na, was gibt es Neues?«

»Vielleicht kann ich bald vor mehr Menschen spielen«, sagte er übermütig. »Ich habe am Mittwoch mit dem größten Musikagenten der Stadt gesprochen. Er will mich unter Vertrag nehmen.«

»Oh, wow!« Ich spürte seine Freude beinahe körperlich und lächelte unwillkürlich. »Das freut mich sehr für dich. Glückwunsch. Was bietet er dir denn an?«

»Einen Werksvertrag für meinen Song. Aber wenn ich erst einmal einen Zehennagel in der Tür habe, könnte da mehr bei rumkommen«, sagte er und presste die Lippen aufeinander. »Also vielleicht.«

»Ganz bestimmt sogar. Was sollte dich davon abhalten, die Charts mit dem Song zu erobern?«, fragte ich. Sam blieb auf einmal stehen und sah mich an. Irritiert blieb ich ebenfalls stehen. »Was ist denn, Sam?«

»Na ja, er will die Geschichte zum Song erfahren und sie dann promoten.«

Ein eisiger Wind riss an meinen Haaren. »Wie bitte?«, vergewisserte ich mich. Das konnte nicht sein. Sam hatte mir versprochen, dass er niemandem von meinem Gefühlsausbruch erzählen würde.

»Keine Sorge, ich habe ihm nur gesagt, dass ich den Song für eine Frau geschrieben habe, aber nicht, was passiert ist«, beeilte sich Sam, mich zu beruhigen.

Ich starrte ihn an und bemerkte seine nervöse Haltung. »Hast du gehofft, dass ich dir das doch erlauben würde, jetzt, da du ein Angebot hast?«, wollte ich wissen. Der Gedanke war mir urplötzlich gekommen, und so wie Sam zusammenzuckte, lag ich nicht falsch.

»Nicht direkt. Ich wollte es dir zumindest gesagt haben, Charlotte. Aber ich habe es versprochen«, beteuerte er und nickte. »Und ich stehe zu meinem Wort.«

»Darum möchte ich dich auch ausdrücklich bitten«, wiederholte ich. Bilder blitzten vor meinem inneren Auge auf. Reporter, die sich für mich oder – ich mochte es mir gar nicht ausmalen – für Daisy interessierten. Das wollte ich nicht. Niemanden ging mein Leben etwas an, außer mich und meine Familie.

»Ich verspreche es dir hiermit noch einmal bei meiner Gitarre, dass ich es niemandem sagen werde«, erklärte er, nahm meine Hand und legte sie auf seine Brust. Ich konnte die Wärme darunter spüren und das Versprechen, das er mir gab.

»In Ordnung«, sagte ich schließlich und lächelte. »Dann will ich dir mal glauben, und ich freue mich natürlich trotzdem wahnsinnig für dich. Immerhin hast du den nächsten Schritt geschafft.«

Erleichtert atmete Sam aus und gab meine Hand wieder frei. »Erst, wenn der Vertrag unterschrieben ist. Bis dahin kann noch viel passieren.« Sam hielt an einem Kiosk an und bestellte zwei Tee. »Aber genug von mir. Willst du direkt am alten Theater anfangen oder in den Nebengassen?« Sam musste lauter sprechen, um den Straßenlärm zu übertönen. Ich wartete den vorbeirasenden Polizeiwagen ab, ehe ich ihm antwortete. Auf der gegenüberliegenden Straßenseite gab es ein altes, rötliches Gebäude, das ein Casino beherbergte, doch wir wollten links abbiegen. Dort lag das Theater und hoffentlich ein Hinweis auf Stella.

»Ich denke, die Nebengassen sind vielversprechender«, beschloss ich. »Das Theater selbst ist ja schon lange geschlossen, und da dürfen die Kids wohl auch nicht mehr rein.«

»In Ordnung«, sagte Sam und deutete eine Verbeugung an. »Mylady.«

Ich antwortete mit einem angedeuteten Knicks. Er war wirklich ein netter Kerl, der erfrischend fröhlich war. Ich sah über meine Schulter und durch meine Haare hindurch zu ihm. Ein kleiner, negativer Teil von mir hatte erwartet, dass er mir auf den Hintern starrte, doch er suchte bereits die Umgebung ab. Ich schaute nach vorne. Vielleicht würde ich ihm eines Tages vertrauen können.

»Ich weiß, dass ich damit ein Klischee bediene«, begann ich, »aber kennst du jemanden von der Straße, der hier zufällig wohnt und uns helfen könnte?«

Sam zögerte kurz, schüttelte dann aber den Kopf. »Ich fürchte, mit solchen Kontakten kann ich nicht dienen. Ich weiß nur, dass hier früher Kinder und Jugendliche in den Straßen herumgelaufen sind, wenn ich nachts nach Hause gefahren bin. Aber das ist schon so lange her, dass ich nicht mehr weiß, wo das war.«

»Schon gut. Ich hatte auch keine großen Hoffnungen darein gesetzt. Wir müssen also warten, dass das Schicksal uns an den richtigen Ort führt«, sagte ich und lächelte.

»So, wie es uns zusammengebracht hat?«, fragte Sam schelmisch und bot mir seinen Arm an. Nur zu gerne hakte ich mich bei ihm unter, wollte seinen Duft noch einmal in mich aufnehmen, ehe wir in den Seitenstraßen suchten und vermutlich an einigen dreckigen Ecken Londons vorbeikämen.

»Vielleicht«, erwiderte ich und zwinkerte ihm zu. Gleich darauf wurde ich aber wieder ernst. »Da ich von dem Verein zur Wunscherfüllung bisher noch keine Information bekommen habe, muss ich Stella selbst finden. Hoffentlich haben wir heute etwas Glück.«

Während wir von der großen Straße in eine kleine Nebenstraße abbogen, bemerkte ich einen jungen Mann, der an einer

Hauswand lehnte. Er schien eine Zeitung zu lesen, aber da er nicht umblätterte, war er entweder ein sehr langsamer Leser oder aber ein Kundschafter für die Straßenkinder, die als Diebe arbeiteten. Ich hatte mich im Internet etwas eingelesen, was das Thema Straßenbanden in London anging. Vielleicht achtete ich deswegen aufmerksamer als sonst auf meine Umgebung. Sam hingegen schien ihn nicht zu bemerken. Ich verwarf den Gedanken auch wieder und beachtete den jungen Mann nicht weiter. Kaum waren wir abgebogen, wurde es dunkler um uns herum. Die hohen Wände der Häuser schluckten das Licht in der engen Gasse.

»Wären wir in einem Horrorfilm, würde hinter den Mülltonnen dort ein Serienmörderclown warten«, sagte Sam belustigt.

»Darüber macht man keine Scherze«, erwiderte ich und sah sicherheitshalber über die Schulter. Abgesehen davon, dass es bereits so roch, als ob der Serienmörderclown in dieser Gasse mehrere seiner Opfer verscharrt hatte, ekelte ich mich vor dem Dreck, der sich in den Ecken stapelte. Ich versuchte, den teilweise undefinierbaren Massen auszuweichen. »Ich bin zwar nicht abergläubisch, aber herausfordern muss man sein Glück nun auch nicht, oder?«

»Hast du Angst?«, fragte Sam und hob überrascht die Augenbrauen.

Ich blinzelte ihm zu und schüttelte den Kopf. »Nicht direkt.« Sollte ich ihm sagen, was gerade in mir vorging? Oder hielt er mich dann für eine snobistische Pute? Ich konnte mir nicht vorstellen, dass Sam so etwas von mir dachte. Andererseits hatte er mich »Die Lady« getauft, bevor wir uns kennengelernt hatten. Anscheinend besaß ich also solch eine Ausstrahlung.

»Sondern?«, hakte er nach und packte mich fester, als wollte er mich beschützen.

»Ich kenne mich in solchen Gegenden nicht aus und habe Angst, etwas falsch zu machen«, gab ich zu. »Wenn ich die falsche Person anspreche oder die falschen Worte sage, könnte ich alles zerstören, und das will ich nicht riskieren.«

»Keine Sorge. Die Kids auf der Straße sind vermutlich so misstrauisch, dass sie sich eh nicht in unsere Nähe wagen«, erwiderte Sam leichthin und wirkte nicht im Geringsten ängstlich.

»Da wäre ich mir nicht so sicher«, entgegnete eine fremde Stimme hinter uns.

Abrupt drehte ich mich um und sah den jungen Mann von der Straßenecke. Seine Jacke war etwas zu kurz an den Ärmeln, und die Hose passte auch nicht perfekt, wurde aber von ein paar Hosenträgern gehalten. Seine dunkelbraunen Haare waren glatt nach hinten gekämmt, und er trug einen rotbraunen, gut getrimmten Vollbart. Hätte ich ihn in Hoxton oder Shoreditch gesehen, hätte ich ihn für einen Hipster oder Künstler gehalten, der mit seiner nicht passenden Kleidung ein Statement gegen das Establishment setzen wollte. Aber hier konnte es nur eines bedeuten: Wir hatten eine Straßenbande gefunden.

»Sie sind nicht zum ersten Mal hier, Miss. Was wollen Sie?«, verlangte er zu wissen. »Das ist kein Viertel für eine Edeldame wie Sie.« Er klang wie Hamish, versuchte hochgestochen zu sprechen, doch seine Aussprache war schnoddrig und abgehackt.

»Wir suchen jemanden«, sagte ich rasch, ehe er verschwand. »Einen Jungen namens Stella.«

»Warum?«, wollte der Hipster wissen.

Kurz überlegte ich, ob ich ihm die Wahrheit sagen sollte. Meine Eltern hatten es als Immobilienmakler nicht immer allzu genau damit genommen, weswegen ich mir immer geschworen hatte, nur in absoluten Notfällen zu lügen.

»Ich bin Krankenschwester und habe einen Jungen namens Hamish in Behandlung.« Bei meinen Worten beobachtete ich den Hipster genau und glaubte ein Erkennen in seinen Augen zu sehen. Aber er verschränkte die Arme vor der Brust und veränderte seine Mimik zu einer Steinmaske.

»Und?«, erwiderte er abweisend. »Was hat das mit Stella zu tun?« Der Hipster drehte sich auf den Hacken um und ging in die andere Richtung.

Mein Herz machte einen Sprung, und ich schaute zu Sam, um mich zu vergewissern, dass ich mich gerade nicht verhört hatte. »Hat er gerade zugegeben, dass er Stella kennt?«, murmelte ich leise.

Sam nickte nur und hielt mich weiterhin im Arm. Sein Griff war fest und gab mir Kraft, die nächsten Worte auszusprechen, auch wenn die für niemanden leicht zu hören waren.

»Hamish stirbt, und er würde Stella gerne noch einmal sehen«, rief ich durch die Gasse, um die Distanz zwischen uns zu überbrücken. »Es würde ihm viel bedeuten.« Kurz blieb der Hipster stehen und kniff die Augen zusammen, sagte aber nichts. Er drehte sich um, kam langsam auf uns zu und fixierte mich die ganze Zeit mit seinem steinernen Blick. Als er kurz vor mir stehen blieb, schob Sam mich ein Stück weit hinter sich, um sich zwischen mich und den Hipster zu bringen. Doch ich trat wieder nach vorne. Das war meine Suche, und ich würde mich nicht von ihm zurückhalten lassen.

»Schon gut, Sam«, sagte ich und legte ihm eine Hand auf die Schulter, ehe ich mich wieder vor den Hipster stellte. »Ich regle das allein.«

»Sie haben Eier«, schnaubte der und starrte auf mich hinab. Er war mindestens einen Kopf größer als ich. »Was, wenn ich Ihnen jetzt die schicke Handtasche stehle?«

»Dann hätten Sie es längst getan und würden hier nicht mit mir reden«, erwiderte ich mit fester Stimme. Je länger ich mit dem Hipster redete, desto sicherer war ich mir, dass er ein Hund war, der zwar bellte, aber nicht biss. Dafür gab es vermutlich andere auf der Straße, die diesen Job erledigten. »Ich bitte Sie nur, einem Jungen zu helfen, der nicht mehr lange zu leben hat«, versuchte ich es auf die emotionale Tour.

Der steinerne Blick des Hipsters bröckelte etwas, und seine Augen zuckten hin und her, ehe er sich abwandte. »Wenn Hamish Sie wirklich geschickt hat, dann weiß er, dass wir uns niemals gegenseitig verraten. Außerdem hätte er Ihnen dann von unserem Versteck erzählt. Also, sorry, Miss, aber ich glaube Ihnen nicht.«

Damit drehte er sich wieder um und wollte aus der Gasse verschwinden. Ich reagierte instinktiv und rannte ihm nach. »Warten Sie. Es stimmt. Ich war nicht ganz ehrlich. Hamish hat mich nicht geschickt. Er hat nur so viel von Stella erzählt, dass ich ihn finden wollte. Anscheinend hatten die beiden eine innige Freundschaft«, gab ich zu. »Und ich wollte ihm noch etwas Gutes tun, bevor er geht.«

Der Hipster hielt kurz inne und starrte mich über die Schulter hinweg an. »Er stirbt wirklich?«

Ich nickte. Sam folgte mir und stellte sich dicht neben mich.

»Tut mir leid um den Bengel, aber ich halte mich an die Regeln. Solange er Sie nicht direkt zu Stella schickt, werde ich ihn nicht verraten.«

Diesmal ließ er sich nicht von mir aufhalten und verschwand um die Häuserecke. Als ich um die Ecke bog, war er schon verschwunden, abgetaucht hinter einer Gruppe Touristen, die eine Stadttour machten. Ich sah mich in alle Richtungen um, aber fand den Hipster nicht wieder. Vermutlich kannte er jedes Schlupfloch in der Gegend. Ich würde ihn nicht wiedersehen, wenn er es nicht wollte.

Enttäuscht drehte ich mich zu Sam um. »Was habe ich falsch gemacht?«, fragte ich leise, während er mich in den Arm nahm.

»Gar nichts. Das ist der Zusammenhalt der Straße. Ich fürchte, so schnell werden wir Stella nicht finden.« Er deutete auf die anderen Seitengassen, die vom Wyndham's Theatre abgingen. »Wir haben vielleicht noch andere Chancen. Lass es uns einfach weiter versuchen.«

Ich presste die Lippen aufeinander und war längst nicht so hoffnungsvoll wie Sam, aber Hamish zuliebe würde ich nicht so einfach aufgeben. Ich hatte mir fest vorgenommen, Stella zu finden, und das würde ich auch tun.

Wir liefen die nächsten Stunden durch die Seitengassen, in der Hoffnung, dass wir noch jemanden fanden, aber aus einem mir unerfindlichen Grund sahen wir kein Straßenkind mehr.

Schließlich zog ich Sam in Richtung Tube zurück. »Ich denke, für heute sollten wir es bleiben lassen.« Ich unterdrückte das Klappern meiner Zähne. Auch wenn wir uns zwischendurch Tee gekauft hatten, war der nasskalte Nachmittag einem verregneten Abend gewichen. »Wenn ich noch länger hier draußen bleibe, werde ich krank.«

»Das will ich nicht riskieren. Aber wir können gerne in den nächsten Tagen noch ein paar Mal herkommen«, schlug Sam vor und wärmte mir das Herz. »Wir dürfen trotz des Misserfolgs nicht aufgeben.«

»Du hast recht. Auch wenn wir heute keinen Erfolg hatten, heißt es nicht, dass wir sie nicht finden können.« Ich nahm Sams Hand und drückte sie fest. Zu meinem Erstaunen war sie warm, und ich hielt sie länger fest, als ich es hätte tun sollen. »Ich schaue, dass ich morgen noch einmal herkomme. Wenn du möchtest …«

»Auf jeden Fall«, stimmte Sam zu, ehe ich meinen Satz beenden konnte. »Ich lasse dich doch nicht allein in so einer Situation.«

»Mit den Straßenkindern komme ich schon klar«, sagte ich und schmunzelte. »So wie mit dem Hipster vorhin.«

»Das meinte ich nicht«, entgegnete Sam und strich mir sanft über die Wange. »Ich meinte die Suche selbst. Ich lasse dich das nicht allein machen. Du hast genug Sorgen mit dem Jungen, da will ich dich dabei unterstützen. Auch wenn ich nicht viel tun kann, außer an deiner Seite zu sein.«

Der Eisklumpen in meiner Brust zerfloss durch die Wärme, die der letzte Satz in mir auslöste. »Das ist mehr, als ich von dir erwarten kann«, murmelte ich und nahm ihn in den Arm. Ich konnte nicht anders. Ich musste seine Nähe spüren, ihn fest an mich drücken. Kein Mann in meinem Leben hatte sich bisher Gedanken darum gemacht, wie er mir zur Seite stehen konnte. Und Sam machte das ganz selbstverständlich.

»Oh, ähm, ist doch klar.« Er drückte mich ebenfalls.

Eine Weile stand ich einfach so da und lehnte meinen Kopf an seine Schulter, ehe ich mich löste. »Vielen Dank für deine Hilfe«, sagte ich schließlich und lächelte.

»Jederzeit. Melde dich einfach, wenn ich dir wieder helfen kann«, erwiderte er, ließ meine Hand aber nicht los. Ein Teil von mir wollte bei ihm bleiben, den Abend weiterhin mit ihm verbringen, aber in den Morgenstunden wollte ich zu Hamish und mit ihm frühstücken. Müde wollte ich da nicht sein.

»Das mache ich.« Ich musste meine Hand aus seiner ziehen. Ich winkte ihm, während ich die Stufen zur Tube hinunterging. Auf meinen Lippen ein seliges Lächeln. Was für ein schöner Tag, auch wenn ich Stella nicht gefunden hatte.

Kapitel 18

Sam

»Ich hoffe, dass ich es pünktlich schaffe«, sagte ich am Telefon und versuchte dabei cool zu klingen. Gar nicht so leicht, wenn man bedachte, wer da am anderen Ende der Leitung war. Die Veranstalter des UnCon – des Underground Concert. Ich war schon ein paar Mal dort gewesen und hatte zugesehen, wie Stars oder auch Neulinge auf der Bühne standen, aber dass ich selbst einmal von den Veranstaltern eingeladen werden könnte, davon hatte ich höchstens zu träumen gewagt.

»Wäre shiny, wenn du es schaffst. Wir halten dir einen Slot frei«, erklärte die Frauenstimme am Telefon, ehe wir auflegten.

Als das Display sich verdunkelte und Stille in der Wohnung herrschte, konnte ich nicht anders. Ich tanzte wie ein Derwisch durch das Loft und jauchzte vor Freude. Die Energie wollte einfach heraus, und ich wollte jetzt keinen Marathon laufen, also half nur wildes Tanzen und Jubeln.

Nach einigen Minuten fiel ich schwer atmend auf die Couch und starrte auf mein Handy. Das war wirklich passiert. Als sich meine Gedanken beruhigten, öffnete ich den Chat mit Charlotte und schrieb ihr. *Hast du Lust auf einen Drink heute Abend? Ich habe eine Überraschung*, schrieb ich ihr in der Hoffnung, dass sie es bald lesen würde. Ich durfte eine Person zum Konzert mitbringen, und das sollte Charlotte sein. Ich würde zwar auch ohne sie hingehen, aber mit ihr wäre es ein viel schöneres Erlebnis.

Fünf Minuten später kam eine Antwort. Mich hatte es nicht lange auf der Couch gehalten, und ich hatte mir einen Kaffee gemacht. Wenn ich wirklich auf dem UnCon spielen durfte, musste ich wach und so fit sein wie noch nie.

Ich habe Zeit, weiß aber noch nicht, wann genau ich es schaffe. Kannst du mir sagen, wo wir uns treffen?, stand in ihrer Nachricht.

Wir treffen uns an der Station Dover Street, antwortete ich und lief gleich darauf in mein Zimmer, um mich vorzubereiten. Von der Dover Station aus war es nicht weit bis zum UnCon. Ich hatte keine Ahnung, wie lange ich vor dem Kleiderschrank gestanden hatte, ehe ich mich für ein simples T-Shirt mit Johnny Cashs Gesicht darauf und einer dunklen Jeans entschied.

Um halb sieben stand ich schließlich mit meiner Gitarre auf dem Rücken an der Dover Street und wartete auf Charlotte. Sie kam pünktlich genug, damit ich nicht zu spät zum UnCon auftauchen würde.

»Hey, was ist denn los?«, fragte Charlotte und lächelte mich an. Ich nahm sie fest in den Arm. Die Euphorie war noch nicht vollständig aus mir gewichen, und ich hätte sie am liebsten hochgehoben und herumgewirbelt, aber ich besann mich eines Besseren.

»Warst du schon mal an der Down Street Station?«

Charlotte schüttelte den Kopf. »Die Station kenne ich nicht. Welche Linie ist das?«

»Sie gehörte mal zur Piccadilly Line. Aber schon seit 1932 nicht mehr«, erklärte ich und bot ihr meinen Arm an. »Seither ist sie stillgelegt.«

Die Nähe dieser Frau hatte etwas Beruhigendes, das meinen sonst so rastlosen Geist festhielt. Als ob sie ein Lasso hatte, mit dem man mich bändigen konnte. Und die Aufregung musste definitiv gebändigt werden, sonst lief ich noch den ganzen Weg bis zum UnCon.

»Und was ist dort jetzt?«, fragte sie und hakte sich bei mir unter.

Meine Fingerspitzen kribbelten, als ihre Hand sich um meinen Arm legte. »Gar nichts. Der Bahnhof ist immer noch stillgelegt, aber dort findet diesmal ein UnCon statt.«

»Was ist ein UnCon?«

»Ach so, das ist ein Underground Concert. Heimlich organisiert. Niemand weiß, wer dahintersteckt. Nur, wer eine Einladung hat, darf kommen. Nicht-Eingeweihte haben keine Ahnung, was da unten passiert.«

Charlotte schüttelte den Kopf. »Ein Konzert im Untergrund? Und wer tritt da auf? Berühmte Musiker?«

Ich winkte mit der freien Hand ab, während wir an einigen Souvenirläden vorbeiliefen. »Das kann jeder sein. Angeblich ist Ed Sheeran auch schon mal dort gewesen, aber da war ich nicht dabei. Manchmal sind es nur talentierte Nachwuchskünstler, manchmal Stars. Niemand weiß es vorher.« Ich steckte meine freie Hand in die Hosentasche. »Heute allerdings kennst du einen der Künstler.«

Charlotte blieb unvermittelt stehen und löste damit ihren Arm aus meinem. »Du? Du darfst dort spielen?«

Ich nickte heftiger, als ich beabsichtigt hatte, und musste mir ein Grinsen verkneifen. Doch auf einmal kam mir in den Sinn, dass sie das vielleicht gar nicht wollte. Immerhin hatte sie gesagt, sie wollte mit dem Trubel nichts zu tun haben. »Es sei denn, du hast keine Lust mitzukommen. Dann sage ich ab.«

»Moment, du würdest diese Chance absagen, wenn ich nicht mitkomme?«, vergewisserte Charlotte sich.

Erneut nickte ich, auch wenn ich mir nicht sicher war, ob ich nicht doch zum Konzert gehen würde. »Ich kann in meinem Leben noch viele Konzerte spielen. Aber Abende mit dir sind kostbar.«

Ich erschrak, als ich die Tränen in Charlottes Augen sah, doch zugleich lächelte sie. Ihre Gefühle waren wie ein Fass ohne Boden, und ich fiel haltlos hinein und ertrank beinahe darin. Jedes verdammte Mal erwischte sie mich eiskalt, und doch wollte ich genau das spüren. Diese rohe Traurigkeit, die ihr ganzes Dasein zu bestimmen schien. Genau das hatte ich bei unserer ersten intensiven Begegnung gefühlt, und erst jetzt merkte ich, dass es wie eine Sucht war. Ich wollte mehr von ihr, mehr von ihren Gefühlen, die sich auf mich übertrugen und wie ein Rausch für meine Kreativität waren.

»Alles in Ordnung?«, fragte ich nach.

»Alles bestens«, erwiderte sie, auch wenn ihre Stimme brach. »Ich frage mich nur langsam, wieso du das alles machst. Ich meine, du hast die Chance, bei einem so wichtigen Event aufzutreten, und stattdessen würdest du die Zeit mit mir verbringen. Warum?«

»Nenne es Glauben an das Schicksal. Ohne dich hätte ich diese Einladung niemals erhalten«, antwortete ich ehrlich. »Und auch wenn es vielleicht seltsam klingen mag, aber ich glaube an so etwas wie Karma. Hättest du nicht vor mir geweint, hätte ich niemals den Song geschrieben und somit diesen Erfolg.« Ich zuckte mit den Schultern, wusste nicht, wie ich es sonst in Worte fassen sollte. »Vermutlich glaube ich einfach, dass ich dir was schuldig bin.«

»Bitte, glaube das nicht. Du solltest nicht nur aus Schuldgefühlen mir gegenüber freundlich sein«, erklärte sie ernst. »Ich habe geweint. Mehr nicht. Du hast daraus einen unfassbar schönen Song gemacht. Das warst du ganz allein.«

»So habe ich das nicht gemeint. Nenn es Schicksal, aber ich denke, wir sollten uns treffen. Vielleicht, um uns gegenseitig zu helfen. Ich verbringe meine Zeit nicht mit dir, weil ich glaube, dass ich dir etwas schulde. Ich verbringe sie mit dir, weil ich dich mag.« Ich zwinkerte ihr zu. »Deswegen lass uns sehen, wohin uns unsere seltsame Begegnung führt und lass uns das Beste aus diesem Abend machen.«

Charlottes ernstes Gesicht lockerte sich auf, und ihre Mundwinkel zuckten ein klein wenig. »Vielleicht hast du recht.« Sie hakte sich wieder bei mir ein. »Du bist wirklich ein außergewöhnlicher Mann.«

»Das sagt genau die Richtige«, lachte ich. »Lady-ich-bin-ein-einziges-Geheimnis.«

»Es sind weniger Geheimnisse als einfach eine Geschichte, die mir allein gehört«, erwiderte sie mit melancholischer Stimme.

»Wie gesagt, falls du jemals darüber reden möchtest, bin ich gerne da«, bot ich ihr erneut an. Denn auch wenn ich sie nicht drängen wollte, so interessierte es mich doch, was in ihrer Vergangenheit begraben lag, dass sie manchmal wie ein Grabstein auf dem Friedhof wirkte.

»Später vielleicht«, wich sie aus.

»Na gut, aber nur, wenn du nachher auf dem Konzert mit mir tanzt«, beeilte ich mich zu sagen. Die Chance konnte ich mir nicht entgehen lassen.

»Ein Tanz klingt verlockend. Sehr gerne«, antwortete sie locker, als hätte sie schon mit einer Aufforderung gerechnet. Verdammt, warum fühlte ich mich in ihrer Nähe so, als wäre ich ein Teenager, der sein erstes Date hatte? Ich war ein erwachsener Mann. Was war an Charlotte so anders?

Eben das, antwortete eine Stimme in meinem Kopf. Sie war anders als alle Frauen, denen ich bisher begegnet war. So geheimnisvoll. Was mich faszinierte und anzog. Obwohl sie ihre Gefühle wie eine Lady ertrug, konnte ich in ihr lesen wie in einem offenen Buch. Und doch gelang es ihr immer wieder, sich mir zu entziehen. Ich konnte sie anfassen, sie am Arm führen, aber sie war diejenige, die immer die Kontrolle behielt. Sich fallen zu lassen gehörte nicht zu ihren Stärken, was ich wiederum nur allzu häufig tat. Charlotte war das genaue Gegenteil von mir, sodass wir uns eigentlich nicht hätten verstehen dürfen. Und doch verbrachte ich gern meine Zeit mit ihr.

Wir spazierten durch das nächtliche London, unterhielten uns über Stella, die Charlotte immer noch nicht gefunden hatte, über die Musikbranche und meinen neuen Manager. Die ganze Zeit spürte ich Charlotte an meinem Arm, wusste sie an meiner Seite, was mir Kraft für die kommende Aufgabe gab.

»Bist du aufgeregt?«, fragte sie, als hätte sie meine Gedanken gelesen.

»Ehrlich gesagt, ja. Die Zuhörer der UnCons sind verdammt anspruchsvoll. Das sind alles selbst Musiker oder Kenner der Branche. Wenn man dort versagt, dann baut man das Fundament für einen schlechten Ruf auf.« Ich rieb meine Hand an der Jeans ab.

»Du spielst jeden Tag vor Publikum«, machte Charlotte mir Mut. »Was sollte hier schon anders sein?«

»Sie könnten mich ausbuhen, weil sie es besser wissen als der Durchschnittsmensch auf der Straße«, begann ich, und in meinem Verstand baute sich eine Mauer aus Versagensangst auf.

»Glaubst du das wirklich?« Charlotte runzelte die Stirn. »Glaubst du wirklich, dass sie dich ausbuhen? Ist das schon mal passiert?«

»Nein, aber irgendwann ist immer das erste Mal. Ich spiele schon so lange, und es muss ja einen Grund geben, warum ich es bisher noch nicht geschafft habe, von der Musik zu leben. Vielleicht sollten wir einfach umkehren und uns in eine Bar setzen. Das wäre glaube ich viel besser.«

In mir kribbelten tausende Ameisen, die verzweifelt versuchten, mich in eine andere Richtung zu drängen. Die Aufregung nahm stetig zu, je näher wir dem Eingang kamen. Ich könnte einfach weitergehen. Charlotte hatte keine Ahnung, wo wir hineinmussten.

»Das wäre ziemlich kindisch«, lachte Charlotte und stemmte eine Hand in die Hüfte. »Sam, du meinst das doch nicht ernst, oder?«

»Im Moment? Doch, schon ziemlich ernst«, antwortete ich mit weit aufgerissenen Augen.

»Beruhige dich«, sagte Charlotte, als spräche sie mit einem kleinen Kind, das einen Albtraum hatte. »Ich bin die ganze Zeit bei dir und werde dich ganz sicher nicht ausbuhen. Und sollte das jemand in meiner Nähe wagen, dann werde ich dich umso lauter anfeuern.«

Ich blieb stehen, eine Hand am Hinterkopf tief in meinen Haaren vergraben. »Das würdest du tun?«

»Dich zu unterstützen ist das Mindeste, was ich tun kann«, erklärte sie voller Überzeugung.

»Danke«, sagte ich nur und nahm sie fest in den Arm. »Dann bin ich mal gespannt, wie laut du jubeln kannst.«

Ich führte sie vorbei an einem Minimarkt in dem alten, rot gekachelten Gebäude zu der unscheinbaren grauen Tür, die von einer einfachen Backsteinmauer eingefasst war. Jemand hatte diesen Eingang zugemauert und eine Tür eingebaut, um noch einen Servicezugang zu haben. Diesen sollten wir nutzen, um in die Untergrundstation zu kommen.

»Ist es hier?« Charlotte deutete neugierig auf die Tür.

Ich nickte und lehnte mich unauffällig gegen die Backsteinmauer. Eine Gruppe chinesischer Touristen lief vorbei und knipste den Eingang, während ein Tourguide etwas zu dem stillgelegten Bahngleis unter uns erklärte.

»Warte noch kurz«, murmelte ich, während ich so tat, als ob ich mein Handy checkte. Auch Charlotte schaute sich nicht mehr um, sondern stand einfach neben mir. Für mich war es nicht das erste Mal, dass ich versuchte, in ein stillgelegtes Gebäude zu gelangen, aber sie wirkte so hilflos, dass ich unwillkürlich schmunzeln musste.

»Tu einfach so, als ob du deine E-Mails liest, bis die Luft rein ist«, flüsterte ich aus dem Mundwinkel.

Charlotte tastete nach ihrem Handy und starrte auf das dunkle Display, während ich die Umgebung im Auge behielt. Kurz darauf lief niemand die Straße entlang. Die Touristengruppe war weitergezogen, und ein junger Mann war gerade in den Minimarkt verschwunden.

Ich stieß die Tür auf, die an diesem Abend unverschlossen war. Rasch schlüpften Charlotte und ich hindurch, ehe jemand uns sehen konnte. Dahinter war es stockfinster. Erst nach einigen Sekunden konnte ich meine Taschenlampen-App anstellen, und eine kleine Lichtquelle leuchtete uns den sanft abfallenden Weg.

»Es ist gespenstisch still hier drin«, flüsterte Charlotte und hakte sich wieder bei mir ein.

»Das wird sich gleich ändern, wenn wir runtergehen«, erwiderte ich und führte sie eine Rampe hinab in Richtung der Bahngleise. Die runden, weiß und braun gekachelten Wände reflektierten das Licht meiner Handy-Taschenlampe, während wir liefen.

»Ist ganz schön weit für eine Station, oder?«, fragte Charlotte nach einer Minute, die wir durch die Dunkelheit gegangen waren.

»Vielleicht gingen die Leute früher gerne weit unter der Erde, um zu ihrer Tube zu gelangen«, erwiderte ich und zuckte mit den Schultern.

»Oder das ist der Grund, warum die Station wieder geschlossen wurde«, sagte Charlotte und deutete auf Schwarzweiß-Bilder an der Wand, die die Station zeigten, als sie noch in Betrieb war. »Die Menschen sind von Natur aus faul. Sag mal, kann es sein, dass es hier Touristenführungen gibt?«

»Vermutlich. Das würde diesen museumsartigen Aufbau hier erklären«, sagte ich im Hinblick auf die gerahmten Bilder an den Wänden. »Zumindest wissen wir jetzt, dass es hier sicher ist.«

»In allem das Positive sehen, was?«, fragte Charlotte und lachte.

Ihre Stimme hallte von den Wänden wider und übertönte die Musik, die ich kurz davor gehört hatte. »Ich glaube, wir sind gleich da.«

Charlotte verstummte und lauschte ebenfalls. »Stimmt. Da spielt eine Band, oder ist das nur eine Frau?«

»Schwer zu sagen. Hier oben hallt alles so sehr. Wir sollten nachsehen, dann wissen wir mehr.«

Wir zwängten uns durch einen schmalen Schacht, der zu einer Wendeltreppe führte. Am Geländer waren Lichterketten angebracht, die den Weg hinab erhellten. Obwohl alles verrostet und die Wände längst nicht mehr überall gekachelt oder sauber waren, hatte der Abstieg einen ganz eigenen Charme. Es wirkte rau, ursprünglich, so wie die Musik auf der Straße. Augenblicklich fühlte ich mich mit dem Ort verbunden, und meine Aufregung legte sich etwas. Dazu ertönten immer mehr Menschen unter uns, und ich fragte mich, wie viele Besucher das UnCon diesmal hätte.

Am Fuß der Treppe stand eine junge Frau, deren feuerrote Dreadlocks zu einem Zopf zusammengebunden waren. Sie versuchte die Haare mit einem Hoodie zu verbergen, aber hier und dort blitzten die Dreadlocks hervor. Dazu trug sie eine Batmanmaske. Vermutlich gehörte sie zu den Organisatorinnen der Veranstaltung und wollte nicht erkannt werden.

»Du bist der Straßenmusiker, oder?«, erklang eine äußerst angenehme Stimme hinter der Maske. »Ich dachte, du würdest es nicht schaffen?«

»Hat doch noch geklappt. Aber falls ihr meinen Platz schon

abgegeben habt, ist es nicht schlimm«, erklärte ich rasch. Ich wollte keine Umstände machen.

»Wir kriegen dich sicher noch untergeschoben. Du gehst im Moment so steil, dass wir schön blöd wären, wenn wir dich nicht spielen lassen. For the music!«, rief sie.

»For the tune«, antwortete ich automatisch. Charlotte hingegen wirkte verwirrt und hielt sich an mir fest, während sie sich umsah. »Das ist sowas wie der geheime Gruppenspruch«, erklärte ich ihr, und augenblicklich glättete sich ihre Stirn.

»Klingt wie eine eingeschworene Bande.« Ihr Blick driftete kurz ab, als ob es sie an etwas erinnerte.

»Und wer ist die Lady?«, fragte die Dreadlockfrau. »Ich habe sie noch nie gesehen.«

»Sie ist meine Begleitung. Sie ist cool. Keine Sorge.«

»Deine Verantwortung. Wenn sie uns verrät, fällt das auf dich zurück«, sagte die Frau hinter der Maske. Ihre eigentlich angenehme Stimme wurde kalt und klang abweisend.

»Das wird nicht passieren, aber danke für die Warnung. Wo soll ich hin?«

»Geh erst mal in den Tunnel da vorn, da wird Crow dir sagen, wie es weitergeht«, erklärte sie und deutete auf den Abschnitt zwischen den beiden Gleisen.

»Hier herrschen ja raue Sitten«, bemerkte Charlotte, nachdem wir uns von der Dreadlockfrau verabschiedet hatten.

»Es ist halt ein geheimes und ziemlich exklusives Event. Wenn jeder Bescheid wüsste, wäre es nichts Besonderes mehr. Deswegen sind sie sehr vorsichtig, was Neulinge angeht«, versuchte ich zu erklären. »Aber keine Sorge. Sie bringen niemanden um.«

Charlotte lachte. »Davon bin ich ausgegangen. Es ist schließlich nur ein Konzert.«

Ich zog sie zur Seite und legte ihr einen Finger auf die Lippen, während ich ihr zuzwinkerte. »Lass das hier niemanden hören, sonst fliegen wir raus.«

»Sam?«, rief ein älterer Mann mit Krähenmaske, der auf uns zukam. »Batgirl hat mir gesagt, dass du spielen kannst? Dann schnapp dir deine Gitarre. Du bist in fünfzehn Minuten dran.«

»Schon?« Ich spürte, wie mein Herz in die Knie sackte. Doch Crow verschwand schon wieder in seinem Tunnel.

Ein Blick über meine Schulter zeigte mir die Menge vor der Bühne. Etwa hundert Männer und Frauen hatten sich vor dem einfachen Podest versammelt, auf dem sich gerade eine Frau an ein Keyboard setzte.

Weitere dreißig Menschen standen an der improvisierten Bar, die jemand in einer Ecke aufgebaut hatte. Eines musste ich den Organisatoren lassen: Sie erschufen mit wenigen Kisten und Paletten ein Ambiente. Wie sie das allerdings alles unbemerkt in die Station bekommen hatten, wollte ich lieber nicht wissen.

Ich wandte mich von Charlotte ab und fuhr mir mit beiden Händen durch die Haare. Die Aufregung war schlagartig zurückgekehrt und hatte mich fest im Griff. In dem Halbdunkel konnte ich nicht erkennen, wer alles in dem Tunnel neben der Plattform stand. Aber es waren sicher einige Produzenten und Musikstudiobesitzer dabei. Wenn ich diesen Auftritt versauen würde, dann ...

»Sam!«, rief Charlotte und packte mich am Arm. Sie hatte die Augenbrauen zusammengezogen und starrte mich verständnislos an.

»Mhm?«, machte ich nur. »Hast du etwas gesagt?«

Sie sah mich kopfschüttelnd an und schmunzelte im nächsten Augenblick, ehe sie sich vor mir aufbaute. Da sie in ihren Schuhen beinahe so groß war wie ich, konnte ich ihr direkt in die Augen sehen. »Du bist gerade ziemlich weggetreten, oder?«

Ich knetete meine Hände. Sie hatte ihre Hände auf meine Oberarme gelegt und strich über den Stoff meines Hemds. Ihre Berührungen beruhigten mich etwas, und ich blieb zumindest auf beiden Beinen stehen. »Ist ein wichtiger Auftritt.«

»Und du wirst ihn meistern«, sagte sie mit so viel Überzeugung, dass mein Puls sich etwas verlangsamte. Sie wirkte wie ein Fels in der Brandung, der jeder meiner Gefühlswellen trotzte. »Ich glaube an dich, Sam, sonst wäre ich nicht hier.«

Ich wollte etwas erwidern, doch meine Kehle war wie zugeschnürt. Stattdessen nickte ich nur und versuchte ein Lächeln. Es musste makaber gewirkt haben, denn Charlotte legte eine Hand an meine Wange und strich darüber. Gleich darauf lehnte sie sich vor und gab mir einen sanften Kuss auf die Wange. Keinen flüchtigen, wie man ihn von seiner Tante zu Weihnachten bekam. Einen richtigen Kuss, der lange andauerte. Ihre Hand blieb dabei auf meiner anderen Wange liegen, so dass ich in ihren Berührungen gefangen war. Eine Gefangenschaft, der ich mich ewig hätte hingeben können. Ihr warmer Duft nach Lavendel und Vanille umhüllte mich und gab mir Zuversicht, ließ die Mauer aus Versagensangst in tausend Einzelstücke zerspringen.

Als Charlotte sich von mir löste, blieb sie einen Moment lang ganz nah bei mir. Ich konnte ihren Atem auf meiner Haut spüren. Ihr Blick war voller Glauben an mich, voller Wärme, die sich wie ein Lauffeuer durch meine Adern ergoss und mich in Brand setzte. »Du wirst sie mit deiner Energie genauso umhauen wie mich«, flüsterte sie.

Ich konnte meinen Blick nicht von ihr abwenden, und meine Hand hob sich wie von allein. Ich wollte sie ebenfalls berühren, wollte ihre Haut unter meinen Fingern spüren.

Im nächsten Augenblick wurde es laut neben uns, als Crow voller Inbrunst die Künstlerin am Keyboard ankündigte. Charlotte zuckte zusammen, und dieser kostbare Moment war vergangen. Ich senkte meine Hand rasch wieder und steckte sie in meine Hosentasche. »Danke«, murmelte ich etwas unbeholfen und deutete hinter mich. »Ich sollte meine Gitarre stimmen, damit ich spielen kann«, sagte ich, um die Stille zwischen uns nicht zu groß werden zu lassen.

»Mach das«, antwortete Charlotte ruhig und gelassen, auch wenn ihre Finger zitterten, als sie ihre Haare hinters Ohr schob.

Kurz zögerte ich und stolperte deswegen beinahe über ein Kabel, das am Boden lag. Wollte sie nicht, dass ich ging? Sollte ich lieber bei ihr bleiben? Oder war der Moment für sie nichts gewesen? Ich hatte keine Ahnung, was ich tun sollte.

»Ich stelle mich vor die Bühne und bin diejenige, die dir zujubelt«, erklärte Charlotte und winkte mir, ehe sie sich umdrehte und zur Plattform ging, bevor ich sie aufhalten konnte.

Ich lehnte mich gegen die Tunnelwand und schaute ihr hinterher, obwohl ich sie längst nicht mehr sehen konnte. Ihr Kuss hatte etwas in mir ausgelöst, das ich nicht in Worte fassen konnte. Ihre Berührung hatte mich gelockert, ließ mich fast schon schweben. Wie war das nur möglich? Wie konnte eine Frau so eine Wirkung auf mich haben?

Crow berührte mich an der Schulter und deutete hinter sich. »Du bist gleich dran, und du siehst nicht so aus, als ob du bereit bist. Willst du nun spielen oder nicht?«

Sofort stieß ich mich von der Wand ab und nickte. »Sag mir einfach, wo ich hinmuss. Ich schaffe das.«

Ich verdrängte die Gedanken an Charlotte und konzentrierte mich auf die Musik und den Song. Die Aufregung war nicht vollständig verschwunden, aber durch Charlottes Kuss war sie gebändigt worden.

Die junge Frau am Keyboard machte einen fabelhaften Job und ihre Wangen glühten, als sie unter dem tosenden Applaus der Zuhörer in den Tunnel neben der Plattform kam. »Was für ein geiles Publikum! Das ist besser als jeder Drogentrip«, keuchte sie, noch außer Atem vom Singen.

»Cooles Set«, sagte ich nur und nickte ihr zu.

»Danke. Dir viel Glück da oben. Die sind heute echt gut drauf«, rief sie und sprang in die Arme einer großen, tätowierten Frau, die sie auffing und leidenschaftlich küsste.

Crow winkte mir zu und schickte mich in Richtung Bühne. Er selbst lief direkt hinter mir. »Und jetzt ein besonderer Leckerbissen für alle. Er ist erst seit zwei Wochen auf dem Musikradar, denn vorher hat er nur auf den Straßen von London gespielt. Sein Song *Sad Woman* ist ein Hit im Internet, und die ganze Branche redet nur noch von dem Mann mit dem zugleich traurigsten und schönsten Song des Jahres. Bitte begrüßt mit mir Sam Lewis«, stellte Crow mich vor.

Die Menge vor der Bühne wurde laut. Augenblicklich wurden Handys gezückt und auf die Bühne gerichtet. Die Lichter der Blitze blendeten mich, und ich musste die Hand heben, um noch etwas zu erkennen. In der ersten Reihe stand Charlotte, die laut brüllte und klatschte.

Sie so ausgelassen zu sehen, beflügelte mich, und ich stimmte die ersten Töne an. Ich nahm nichts anderes um mich herum wahr, sah nur Charlotte vor mir, wie sie im Takt des Songs den Kopf bewegte und die ganze Zeit wehmütig lächelte. Wie im Rausch spielte ich den Song, jagte durch die Akkorde und verlor mich in dem Gefühl, das mich beim ersten Anblick von Charlottes Tränen erfasst hatte.

Als ich endete, war es zunächst totenstill, ehe die Menge förmlich explodierte. Dutzende Blitze flammten auf, und Fotos wurden gemacht.

»Du bist der Beste!«, brüllte jemand in der Menge. Ich lachte und winkte den Leuten zu.

»Ich will ein Foto!«

»Komm zu mir. Ich streame das hier an meine Follower.«

»Geiler Song!«

Ich hörte all die Worte, hörte die Rufe der Zuhörer, doch alles, worauf ich mich konzentrieren konnte, war Charlotte. In ihrem Blick hatte ich mich längst verloren, und die Rufe der UnCon-Besucher perlten an mir ab wie die Hände, die nach mir griffen, als ich von der Bühne sprang und mich vor ihr aufbaute.

All diese Hochgefühle, all den Erfolg, den ich erlebte, hatte ich nur einer einzigen Person zu verdanken. Und die stand genau vor mir. Ihre blauen Augen strahlten mit ihren leuchtenden Wangen um die Wette. Sie hatte mich durch den Song getragen. Das wollte ich ihr nun zurückgeben.

Ich nahm Charlottes Gesicht, strich ihr mit meinem Daumen über die weiche Wange. Mein Atem ging immer noch rasend schnell, wie jedes Mal, wenn ich einen Song beendete, der mich so bewegte. Charlotte hingegen hielt den Atem an, als sich unsere Nasenspitzen berührten.

Die Menge um uns herum jubelte, und ich spürte, wie einige nach meiner Schulter griffen, aber ich schüttelte sie ab. Dieser Moment der Glückseligkeit gehörte Charlotte und mir.

Ich lehnte mich vor, nur ein Stück weit, wollte wissen, ob ich zu weit ging. Doch Charlotte hielt mich nicht auf, sondern kam mir ebenfalls entgegen.

In der Sekunde, in der sich unsere Lippen berührten, überrollte mich ein Schauer, der stärker war als alles, was ich zuvor gespürt hatte. Nicht einmal die Liebe zur Musik kam an das Gefühl heran, das ich empfand, als Charlottes und meine Lippen sich berührten. Ich nahm nichts mehr wahr außer der Wärme ihrer Haut und ihre Nähe. Ihre Haare kitzelten meine Finger und strichen darüber, während ich ihre Wange mit meinem Daumen liebkoste. Ich wollte Charlotte festhalten, sie nie wieder loslassen. Sie war alles, was ich wollte, alles, was ich zum Leben brauchte.

Ihr Kuss war sinnlich, voller Verlangen, und doch spürte ich, dass sie noch etwas zurückhielt. Dass sie sich mir nicht ganz hingab.

Langsam öffnete ich die Augen und löste mich von ihren so verführerischen Lippen. »Lass uns hier verschwinden«, hauchte ich und griff nach ihrer Hand.

Charlotte nickte, und wir lachten, als wir uns durch die Menschen kämpften, die alle ein Foto von mir oder mich für ein kurzes Interview beiseiteziehen wollten. Ich lehnte dankend ab und zog Charlotte mit mir mit. Sie war heute alles, was ich noch erleben wollte.

Kapitel 19

Charlotte

Können wir uns dringend treffen? Ich habe gute Nachrichten. Das stand in der WhatsApp von Sam. Wir schrieben inzwischen regelmäßig, tauschten uns über unsere »Ermittlungsergebnisse« zu Stella aus oder sprachen über seine Musik. Bisher hatte ich ihm noch nicht geantwortet. Unser Kuss vor zwei Abenden auf dem UnCon war wunderschön gewesen, aber als ich abends allein im Bett gelegen hatte, waren mir Zweifel gekommen, ob ich mich zu früh auf ihn einließ. Wir kannten uns gerade erst drei Wochen. Ich konnte ihn noch nicht richtig einschätzen. War der Kuss ein Fehler gewesen? Ich durfte ihm keine Hoffnungen machen, wenn ich selbst noch nicht wusste, was ich für ihn empfand. Ich mochte ihn, ja, aber reichte das, um mich auf ihn einzulassen? Mit beiden Händen strich ich über mein Gesicht, wischte die anhaltende Verwirrung beiseite.

Seit zehn Minuten starrte ich auf mein Handy und überlegte, was ich tun sollte. Barbara hatte mir den Abend freigegeben, damit ich fit war für die nächsten Tage. Sie hatte die Rufbereitschaft für Hamish übernommen. Mittlerweile hatte er keine Kraft mehr, um seine Stifte zu halten. Am Morgen hatte er mich gebeten, ihm ein Bild zu malen, doch das war nicht dasselbe, das sah ich ihm an. Er war traurig, weil er bis auf Sprechen nichts mehr konnte. Seine Haut hatte fast sämtliche Farbe verloren. Er war so blass, dass ich jeden Augenblick damit rechnete, den Anruf zu bekommen, um in seinen letzten Stunden an seiner Seite zu sein. Genau konnte man das nie sagen, aber die medizinischen Indikatoren wiesen darauf hin, dass es nicht mehr lange dauern würde.

Vielleicht sollte ich also tatsächlich noch einen schwerelosen Abend mit Sam verbringen. Er schaffte es, mich von all dem Leid abzulenken, das mein Job mit sich brachte. Also antwortete ich ihm, dass ich den Abend frei hätte und wir gerne etwas unternehmen könnten.

Die Antwort kam augenblicklich. *Wunderbar. Triff mich in einer Stunde vor Mollys Bar.*

Die Arbeit mit Hamish holte so viele Erinnerungen in mir hoch, dass ich einen Drink wirklich gebrauchen konnte.

Ich suchte *Mollys Bar* im Internet und stellte fest, dass ich nur etwa zwanzig Minuten dorthin brauchte. Genug Zeit, um mich noch kurz frisch zu machen und ein wenig mit dem Handy herumzuspielen. Schon den ganzen Tag hatte ich das dringende Bedürfnis, mir ein Video von Daisy anzuschauen. Eigentlich hatte ich mir das für den Abend aufgehoben. Zusammen mit einer Flasche Wein wollte ich mich den Erinnerungen hingeben, um mich auf ihren Todestag vorzubereiten. Es waren nur noch anderthalb Wochen, bis sie ein Jahr aus meinem Leben verschwunden war. Und doch war sie noch immer lebendig. Nicht nur in meinem Herzen, sondern in all den Videos und Fotos, die sie zeigten. Diese hatte ich auf vier Geräten gespeichert, um sicherzugehen, dass ich sie niemals verlieren würde. Es war vielleicht etwas paranoid, aber die Sicherheit gab mir Kraft. Ich würde sie immer lebendig bei mir tragen, solange ich eine Kopie hatte.

Ich ging die Liste der Videos durch. In den vier Jahren ihres kurzen Lebens hatte ich mehrere Tausend Fotos und Videos gemacht. Es fiel mir nicht leicht, eines auszusuchen, also schob ich den Scrollbalken auf eine willkürliche Position und klickte auf eines.

Es war ein Video von Daisy beim Baden. Sie liebte es, mit den Blasen zu spielen, einfach nur dem Knistern der platzenden Bläschen zuzuhören. Ihr Lachen schickte einen dicken Kloß in meinen Hals, während ich dabei zusah, wie sie ihren Kopf langsam schüttelte, weil Wasser über ihre Kopfhaut lief. Diese kleine Stupsnase und die hellen Haare, die an ihren Wangen klebten. Der Kloß drückte die Tränen aus meinen Augenwinkeln, so sehr breitete er sich aus.

»Mama«, sagte sie mit ihrer immer fröhlichen Stimme und zeigte mir ihre Hand, die über und über mit Schaum bedeckt war. Sie lachte und schlug direkt vor der Kamera die Hände so langsam zusammen, dass ich es hätte verhindern können. Aber die Freude in ihrem Gesicht, wenn der Schaum in alle Richtungen flog, war mehr wert als jedes nasse Handy.

Ich schlug die freie Hand vor den Mund und schluchzte stumm. Die Sehnsucht nach genau diesem Lächeln fraß sich durch meine Eingeweide, verschlang jedes Stück Fröhlichkeit und wurde erst von der Gewissheit gestoppt, dass ich eben dieses Lächeln niemals wiedersehen würde.

Nun konnte ich die Tränen nicht mehr aufhalten und wollte es auch nicht. Sie mussten raus, spülten all die Sehnsucht heraus und hinterließen Platz für Leben. Mein Leben, das ich ohne Daisy weiterführen musste.

Das Video endete, und ich scrollte weiter. Allerdings konnte ich nur noch verschwommen die Umrisse der Kacheln erkennen, die auf dem Display schimmerten. Drei weitere Videos schaute ich mir von Daisy an, ehe ich das Handy auf den Tisch legte und weinte. Stumm, aber befreiend.

Erst als ich mich langsam beruhigte, konnte ich den Kopf wieder heben. Meine Augen brannten, aber dafür war die Sehnsucht vorerst aus meinem Herzen verschwunden. Sie würde zurückkehren. Das tat sie immer. Meist mit einem Vorschlaghammer, aber darauf war ich mittlerweile vorbereitet.

Ich wischte mir mit dem Handrücken über die Augen und schluckte den Kloß herunter, der immer noch in meinem Hals steckte. Sam wollte mich in einer halben Stunde in der Bar treffen. Bis dahin wollte ich wenigstens keine rot geäderten Augen mehr haben. Ich stand auf, ging ins Bad und überlegte kurz, ob ich Make-up auflegen sollte, entschied mich jedoch dagegen. Sam hatte mich in den letzten Tagen nur mit gesehen. Sollte er heute mal sehen, wie ich wirklich war. Was hinter der perfekten Make-up-Fassade steckte. Wenn er mich dann immer noch als Muse wollte, würde ich es mir vielleicht überlegen.

Da ich nicht wusste, was er für den Abend vorhatte, packte ich zur Sicherheit eine Handtasche und einen Mantel ein, ehe ich zu *Mollys Bar* fuhr. Sam wartete schon vor dem Eingang. Er trug eine enge Jeans und ein dickes Hemd statt einer Jacke. Seine Hände hatte er tief in die Hosentaschen vergraben, während er in alle Richtungen Ausschau hielt. Als er mich entdeckte, hellte sich seine Miene auf.

»Charlotte, es freut mich, dass es so spontan geklappt hat.« Er umarmte mich und gab mir einen Kuss auf die Wange, als er merkte, dass ich noch nicht so weit war, ihn in aller Öffentlichkeit zu küssen. Er zögerte kurz, drückte mich dann aber fest. Hoffentlich hatte er verstanden, dass ich ihn nicht zurückwies. Nur meine Zeit brauchte, um mich an die Situation zu gewöhnen. »Du wirst es nicht bereuen«, sagte er schließlich und strich mit einer Hand über meine Wange.

Ich zog die Augenbrauen hoch und wollte mich dagegen wehren, dass er mir so nah kam, doch ich tat es nicht. Im Gegenteil. Wie von allein legte ich meinen Arm um ihn, sodass wir dicht nebeneinander laufen konnten. Er roch gut. Eine Mischung aus Eau de Toilette und einem Mandelöl, das ich zum

Eincremen meines Gesichts benutzte. Sam legte ebenfalls seinen Arm um mich, und zu meinem Erstaunen fühlte ich mich dort geborgen.

»Ich habe mich gefreut, dass du dich gemeldet hast. Hast du schon die Millionenmarke geknackt bei deinen Views?«, fragte ich, um keine Stille zwischen uns aufkommen zu lassen.

Sam winkte ab. »Nein, längst noch nicht, aber beinahe 200 000. Läuft also immer noch super.« Arm in Arm führte er mich von *Mollys Bar* weg.

»Gehen wir nichts trinken?«, fragte ich verwirrt.

»Das können wir gerne noch hinterher machen. Aber vorher habe ich noch eine Überraschung für dich.«

»Für mich?« Wie wollte er mich denn überraschen? Er wusste doch kaum etwas über mich, nur meinen Beruf. Andererseits war das UnCon auch eine Überraschung gewesen.

»Ja, für dich«, sagte er mit einem spitzbübischen Lächeln.

»Sagst du mir, wohin wir gehen?«, versuchte ich es.

»In Richtung Osten von hier aus«, antwortete er, nachdem er sich kurz orientiert hatte. »Glaube ich zumindest. Ich kann dir nur versprechen, dass es dir gefallen wird, Charlotte.«

»Bist du dir sicher? Überraschungen sind so eine Sache«, erwiderte ich mit einem Augenzwinkern.

»Oh, glaub mir, das wird dir gefallen«, beteuerte er mit einem siegessicheren Lächeln. »Aber wir brauchen ein paar Minuten, um dort hinzukommen.«

Kurz überlegte ich, ob ich das Thema weiterverfolgen wollte, aber so wie ich Sam einschätzte, würde er mir nichts mehr verraten.

»Wie geht es mit deinem Song voran?«, fragte ich und genoss seine Nähe.

Doch statt eine Antwort zu bekommen, starrte er mich nur an. Er runzelte die Stirn und kam ein Stückchen näher. »Geht es dir gut?«, fragte er und musterte genau mein Gesicht.

»Ach, ich hatte heute keine Lust, mich zu schminken«, erwiderte ich und war gespannt, wie er reagierte.

»Nein, das meinte ich nicht. Sowas ist mir egal. Ich wollte wissen, wie es dir da drinnen geht«, sagte er lapidar, als wäre es keine wichtige Sache. Dabei machte mein Herz einen Sprung, als mir klar wurde, dass er diese Worte absolut ernst meinte. Es war ihm egal, wie jemand aussah. Und zugleich fürchtete ich mich vor dem, was er in mir sehen konnte. Die Narben der Trauer übersäten mein Herz und meine Seele. Ich war von innen kein schöner Anblick, und das wusste ich. Ein wenig erschreckte mich der Gedanke, was passieren würde, wenn Sam mein wahres Ich erkennen würde. Für die meisten Menschen reichte ein kurzer Blick auf mein Seelenleben, um Reißaus zu nehmen. Emily kannte mich lange genug, um mich so zu lieben, wie ich war, aber viele andere hatten sich abgewandt, weil sie den Anblick nicht ertragen konnten. Wie meine Eltern.

Sie hatten es nicht ertragen können, als ich trauerte. Immer wieder hatten sie versucht, mich mit Emily auf fingierte Ausflüge zu schicken oder mich zu einem Essen im Restaurant mit ihnen zu bewegen. Eigentlich nette Gesten, wie mir Emily auch immer wieder versicherte. Doch ich hatte kein Interesse daran gehabt und wollte nicht, dass meine Eltern wie schon so oft über mein Leben bestimmten. Im Gegenteil. Mein Hauptaugenmerk war Daisy. Alles andere kam mir so banal vor. Als sie schließlich vier Monate nach Daisys Tod einen Urlaub für mich buchten, damit ich rauskam, platzte mir der Kragen. Ich hatte ihnen ein letztes Mal versucht klarzumachen, dass ich vom Leben etwas anderes erwartete als sie. Während dieses Streits merkte ich, dass sie es nicht verstehen wollten oder konnten. Das war das letzte Mal, dass ich mit meinen Eltern gesprochen hatte. Seit fast acht Monaten hatten sie zwar ab und an bei mir angerufen, aber ich hatte nicht abgenommen. Ich war noch nicht so weit, dass ich ihnen wieder unter die Augen treten und einem normalen Leben mit ihren schicken Teepartys und Diners frönen konnte. Und solange sie das nicht verstanden, würde jedes Gespräch genauso laufen wie unser letztes.

Ich senkte den Blick. Noch war ich nicht bereit, mich Sam zu öffnen. Ich wollte diese fröhlichen Momente nicht verlieren, die er mir in einer Zeit schenkte, in der ich mich nach dem Lächeln eines Menschen sehnte. »Was meinst du denn dann?«, fragte ich und strich meine nach vorne gefallenen Haare hinter mein Ohr.

»Ich kann es nicht genau sagen«, erklärte er langsam und suchte weiter mein Gesicht ab. »Du siehst so traurig aus.«

Erschrocken riss ich die Augen auf, ehe ich mich von ihm löste.

»Es tut mir leid, ich wollte dich nicht verschrecken«, sagte er rasch und legte eine Hand auf meine Schulter. Ich schüttelte ihn reflexartig ab, blieb jedoch stehen.

Sam stand hinter mir und schwieg. Ich musste mich wohl erklären. »Schon gut.« Ich atmete tief durch. »Du kannst es ja nicht wissen.«

»Was kann ich nicht wissen?«, fragte Sam leise nach und ging um mich herum. Er stand gefährlich nah am Rand des Bürgersteigs. Also ging ich näher an die Gebäude heran. Der Gehweg war breit genug, um darauf zu tanzen, auch wenn mir gerade nach allem anderen war.

»Ich möchte nicht darüber reden«, erwiderte ich. »Vielleicht war es keine gute Idee, mich heute mit dir zu treffen. Mir geht es nicht so gut, und es ist nicht fair dir gegenüber.«

»Hey!«, unterbrach er mich und hielt mich davon ab, wegzugehen. »Warte, Charlotte. Ich will dir doch etwas zeigen.« Sam stellte sich mir in den Weg, als ich versuchte vorbeizuschlüpfen, ohne ihm noch einmal in die Augen schauen zu müssen.

»Schon gut, du musst dich nicht bemühen. Ich danke dir für deinen Song und hoffe wirklich, dass du Erfolg hast mit deiner Musik, aber ich fürchte, heute ist kein guter Abend.«

Erneut wollte ich an ihm vorbei, wollte einfach nur gehen, den peinlichen Moment meiner Schwäche beenden. Doch Sam legte seine Hand unter mein Kinn und hob es sanft an. »Dann lass uns daraus einen guten Abend machen.« Sein Blick war so ehrlich, so frei von Neugier, dass ich nicht wegschaute. »Ich weiß nicht, was du durchgemacht hast, aber ich möchte für dich da sein. Keine Ahnung warum, es ist einfach richtig. Und ich glaube, dass egal, wie es dir heute geht, ich es mit meiner Überraschung besser machen kann.«

Ich zögerte. »Meinst du nicht, das klingt ein wenig arrogant?«, fragte ich und presste gleich darauf die Lippen zusammen. Gute Idee, dachte ich. Beleidige ihn auch noch.

»Nicht, wenn es stimmt.« Seine Mimik entspannte sich wieder. »Und nach allem, was ich von dir weiß, wird es dir gefallen.«

Noch immer zögerte ich, war mir nicht sicher, was ich von seinem Versprechen halten sollte. Neugierig hatte er mich gemacht. Und als Künstler war er definitiv kreativ. Mich konnte also alles Mögliche erwarten. Ich umklammerte das Handy in meiner Jackentasche. Es war mein Anker, meine Erinnerung an alles, was Daisy betraf. Ich konnte den Abend damit verbringen, weiter in ihnen zu schwelgen und mich darin verlieren. Oder ich genoss das Glück einer Gesellschaft, die noch keine Ahnung von meinem vernarbten Inneren hatte. Kurzentschlossen ließ ich das Telefon in meine Tasche fallen und nickte Sam zu. »In Ordnung. Dann zeig mir mal deine Überraschung.«

»Wir müssen noch ein paar Minuten gehen, aber dann haben wir es geschafft.« Sam zögerte, ehe er mir wieder den Arm anbot. Ich hakte mich ein, und wir gingen schweigend nebeneinander die Straße her.

Es war ein seltsames Schweigen. Eines, das man unter Liebenden hört, wenn sie sich nichts mehr zu sagen haben. Oder wenn man sich mit der besten Freundin gestritten hat und versucht, alles zu vergessen und so weiterzumachen, als wäre nichts gewesen. Und doch fühlte ich mich nicht schlecht. Es kam mir vertraut vor. Vertrauter als so manches Gespräch mit Nachbarn und Bekannten. Das Schweigen, das andere als unangenehm empfanden, war in mir – war ein Teil von mir.

»Da vorne ist es«, unterbrach Sam die Stille und deutete auf einen kastenförmigen Bau, an dessen Front ein rotes Kreuz leuchtete. Die LED-Röhren der billigen Leuchtschrift flackerten kaum merklich in der Abenddämmerung.

»Das Krankenhaus?«, fragte ich verwirrt. Was wollte er mir dort zeigen?

»Warte es ab. Die Überraschung wartet drinnen.« Sein Grinsen war übermütig, und er freute sich wie ein kleiner Junge darüber, dass ich keine Ahnung hatte, was mich erwartete.

Meine Gedanken gingen mit mir durch. Wollte er mir jemanden aus seiner Familie vorstellen, der dort lag? Oder gab es dort ein krankes Kind, dem ich helfen sollte? Manche Menschen glaubten, dass ich als Kinderkrankenschwester Wunder vollbringen könnte. Oder wollte er dort ein Konzert geben und mir zeigen, wie toll er mit Kindern umgehen konnte? Allerdings hatte er keine Gitarre dabei, was dagegen sprach.

Kaum betraten wir das Krankenhaus, wurde mir klar, dass es nicht auf dem neusten Stand der Technik war. Die Innenausstattung sah aus wie aus einem schlechten 80er-Jahre-Film, und auch die medizinischen Geräte wirkten durch die Bank weg alt.

»Was ist das für ein Ort?«, fragte ich, als wir einfach so am Empfang vorbeimarschiert waren. Sam wusste anscheinend, wohin er wollte.

»Das ist das Mercy Hospital, das mit privaten Spenden und Subventionen des Landes arbeitet.« Er zuckte mit den Schultern. »Zumindest stand das auf der Homepage.«

»Du bist auch das erste Mal hier?«, wollte ich wissen. »Was machen wir dann hier?«

Sam tat so, als schließe er seinen Mund ab, und deutete auf den Fahrstuhl. Kurz suchte er die Beschreibungen ab, ehe er mich in den dritten Stock brachte. Die helle, sterile Umgebung in der Abteilung war mir nur allzu vertraut, und ich atmete den Geruch nach Desinfektionsspray ein.

Schließlich blieb Sam vor einem Zimmer stehen und klopfte an. »Du hast doch nach einem Hinweis auf Stella gesucht, oder?« Er öffnete die Tür.

In dem Zwei-Bett-Zimmer lag auf einem alten Krankenhausbett ein junges, blondes Mädchen am Fenster, während in dem anderen Bett an der Wand eine alte Frau schnarchte. Es war ein spärlich eingerichtetes Zimmer, das nur mit einem Tisch, zwei Stühlen und den Betten ausgestattet war. Von der wohltuenden Wärme aus dem St. Antonius war es weit entfernt. Dann betrachtete ich das Mädchen mit der strubbeligen Kurzhaarfrisur. Mir entglitten die Gesichtszüge, als ich zwischen Sam und dem Mädchen in dem Bett hin- und hersah. »Willst du sagen, du hast sie gefunden?«

Sam verbeugte sich und bedeutete mir, ins Zimmer zu gehen. »Finden wir heraus, ob meine Kontakte so gut waren, wie ich gehofft habe.«

»Wer ist da?«, hörte ich die Stimme des Mädchens, das versuchte tiefer zu klingen, als sie für ihr Alter sollte.

»Stella?«, fragte ich und ging in den Raum hinein.

»Wer will das wissen?« Das Mädchen zog die Decke über ihren Oberkörper. Sie trug nur einen Krankenhauskittel, und man konnte die ersten, zaghaften Rundungen ihres Körpers darunter erkennen. Mühsam versuchte sie es zu verdecken, doch die Decke hatte sich an ihrem Gips am Bein verhakt, und sie brauchte einen Moment, ehe sie diese befreien konnte.

»Mein Name ist Charlotte Hill«, stellte ich mich vor und ging auf ihr Bett zu. Das Misstrauen in ihrem Gesicht ließ mich zögern. Zudem fragte ich mich gerade, ob ich das junge Mädchen überhaupt aus dem Krankenhaus kriegen könnte, um sie zu Hamish zu bringen. Mit dem Gips würde sie sicher nicht laufen können.

»Keine Ahnung, wer Sie sind. Ich kenne Sie nicht. Verschwinden Sie, sonst rufe ich die Schwestern«, grollte Stella mit tiefer Stimme.

Ich bezweifelte, dass sie einfach mit mir mitkommen würde. »Ich bin die Krankenschwester von Hamish«, sagte ich daher schnell, bevor sie auf den Knopf der Fernbedienung am Kopfende ihres Bettes drücken konnte.

Stella hielt in ihren Bewegungen inne, und ein kurzes Leuchten trat in ihre Augen, ehe sie den Blick von mir abwandte und auf die Wand richtete. »Keine Ahnung, wen Sie meinen. Kenne keinen Hamish.«

»Stella, er hat mir dich beschrieben, und ich weiß, wer du wirklich bist«, erklärte ich vorsichtig, um sie nicht zu verschrecken.

»Dieser kleine Bastard. Er hat geschworen, das Geheimnis für immer zu bewahren«, schimpfte sie los und klang dabei so wütend, als ginge es um ihr Leben. »Wenn ich ihn in die Finger kriege, kann er was erleben.« Sie ballte die Faust und schlug damit auf das Krankenhausbett ein.

»Deswegen bin ich hier, Stella«, begann ich und setzte mich an das Ende ihres Bettes.

Sam blieb am Eingang stehen und behielt die Tür im Auge. Vermutlich waren die Besuchszeiten schon beendet, und wir durften gar nicht mehr hier sein, aber das war mir egal. Diese Gelegenheit konnte ich mir nicht entgehen lassen.

Die alte Frau im Nachbarbett schlief tief und fest und schnarchte sogar ab und an. Solange wir sie nicht weckten, würde niemand wissen, dass wir in Stellas Zimmer waren.

»Weswegen sind Sie denn nun hier? Ich habe nicht ewig Zeit. Gleich kommt *Avengers*, den will ich sehen«, sagte Stella und zeigte auf den Fernseher, der an der gegenüberliegenden Wand hing.

»Ich möchte dich bitten, Hamish zu besuchen«, versuchte ich es behutsam. Mit der Tür ins Haus fallen wollte ich nicht.

»Warum sollte ich? Der kleine Verräter hat uns allein gelassen und lebt jetzt sonst wo«, schnaubte sie. »Der kann mir gestohlen bleiben.«

Ich runzelte die Stirn. Natürlich konnte Stella nicht wissen, was mit Hamish passiert war. Niemand hatte sich bisher die Mühe gemacht, nach seinen alten Freunden zu suchen. Vielleicht wären einige sogar zu Besuch gekommen. Aber welcher Krankenhausmitarbeiter ging schon auf die Straße und suchte nach Straßenkindern, um ihnen zu sagen, wie es ihrem Kumpel ging? »Es tut mir leid, vermutlich hat euch niemand Bescheid gesagt.«

»Wer sollte uns was sagen? Spucken Sie es schon aus, Lady.« Stella wedelte demonstrativ mit der Fernbedienung und wischte ihre blonden, kurzen Haare aus dem Gesicht. Es sah aus, als ob sie diese selbst geschnitten hätte. Aber das Mädchen war sauber und ihr Gips ordentlich angebracht. Man kümmerte sich hier wohl bereits einige Tage um sie.

Ich seufzte und holte tief Luft. »Hamish ist schwer krank und liegt in einem Hospiz.«

»Das tue ich auch. Aber meine Leute wissen, wo sie mich finden, wenn was ist«, schimpfte Stella und drückte auf den Powerknopf der Fernbedienung.

»Du liegst in einem Krankenhaus«, begann ich und fragte mich, ob Stella wirklich sauer auf Hamish war oder ob sie nur so tat. »Hamish hat Leukämie und liegt in einem Hospiz. Dort kommt man hin, wenn es keine Hoffnung mehr gibt, gesund zu werden.«

Stella hörte auf, nach dem richtigen Sender zu suchen. »Sie meinen, er kratzt ab?«, fragte sie und runzelte die Stirn.

Ich presste die Lippen zusammen und nickte. »Hamish hat nur noch wenige Tage zu leben.«

»Gut für ihn, dann hat er es endlich geschafft.« Das erste Mal, seit ich das Zimmer betreten hatte, lächelte Stella. Es war ein erleichtertes Lächeln, als ob sie sich ehrlich für Hamish freute, und das erschreckte mich.

»Wie kannst du so etwas sagen?«, fragte ich, bevor ich nachdenken konnte.

»Der Junge hat sein Leben lang nur auf der Straße gelebt. Er kennt kaum was anderes als Angst, Hunger und den Kampf ums Überleben«, sagte Stella kalt und das Lächeln verschwand. »Und wenn er so schwer krank ist, hat er vermutlich im Moment auch ziemliche Schmerzen, oder?«

Unwillkürlich nickte ich, auch wenn ich nicht glauben konnte, dass dieser so lebensfrohe Junge nur diese Gefühle kannte.

»Sehen Sie«, Stella legte eine Hand hinter den Kopf, »dann kann er froh sein, dass er es bald geschafft hat. Dann hat er seine Ruhe und muss nicht mehr leiden.«

Ich brauchte einen Moment, um mich wieder zu fangen. Ein kleiner Teil ihrer Worte drang bis in mein Herz, und ich musste ihr zustimmen. Jede Schwester in einem Kinderhospiz wünschte ihren Patienten eines Tages Ruhe und Entspannung. Ein Ende, das nicht schmerzhaft war und erst recht nicht zu lange dauerte. Die Zufriedenheit auf Stellas Gesicht schockierte mich dennoch.

»Wie dem auch sei«, wischte ich die Gedanken beiseite, um mich wieder auf den Grund meines Besuchs zu besinnen. »Wärst du bereit, ihn zu besuchen? Er würde sich sehr freuen, dich noch einmal zu sehen.«

Stella schaute wieder zum Fernseher und schaltete weiter. »Warum sollte ich?«

Verwirrt runzelte ich die Stirn. »Weil er dein Freund ist?«, erwiderte ich, und es klang eher wie eine Frage als eine Aussage.

»Auf der Straße hat man keine Freunde. Nur Allianzen. Und

er hat unsere Allianz verlassen«, bemerkte Stella kalt und legte die Fernbedienung auf den Schrank neben sich.

»Hamish hat sehr begeistert von dir gesprochen. Dass du ihn beschützt hast, als er noch kleiner gewesen ist«, entgegnete ich verwundert. Wollte dieses Mädchen tatsächlich nicht mitkommen? Das konnte ich mir fast nicht vorstellen. Wie konnte man den Wunsch eines Sterbenden nicht erfüllen wollen?

»Hören Sie, mag ja sein, dass dieser nervtötende Verräter Sie hergeschickt hat, aber ich komme nicht mit. Ich kann schlecht laufen«, zischte Stella und versuchte sich so aufzurichten, dass sie den Fernseher besser sehen konnte.

»Das ist kein Problem. Ich besorge ein Taxi und kann dich zu ihm bringen. Bitte, Stella«, flehte ich. Sie zerrte an der Decke, auf der ich saß, und ich stand auf.

»Sie verstehen es immer noch nicht«, rief Stella und wurde lauter. Das Schnarchen im Nachbarbett stoppte, und die alte Dame rührte sich. »Was springt für mich dabei raus?«

»Du würdest einem Freund helfen, und du könntest dich von ihm verabschieden, bevor er stirbt«, antwortete ich.

»Er ist nicht der Erste von uns, der gehen muss, und wird wohl auch nicht der Letzte sein. Das gehört dazu. Und wie gesagt, es gibt keine Freunde auf der Straße«, erklärte Stella voller Bitterkeit.

»Du willst wirklich nicht mitkommen?«, fragte ich noch ein letztes Mal nach. Ich wollte sichergehen, dass sie die Tragweite ihrer Entscheidung verstand. »Du kannst dich in einer Woche nicht mehr umentscheiden. So lange hat er vielleicht nicht mehr.«

»Ist mir egal. Der Film fängt gleich an.« Stella schaute nur noch auf den Fernseher und ignorierte mich vollkommen.

Sam trat hinter mich und legte mir eine Hand auf die Schulter. »Wir sollten gehen«, murmelte er.

Ich nickte und ging zur Tür. Dort blieb ich noch einmal stehen und sah über die Schulter zu Stella. Sie massierte mit der freien Hand ihre Unterlippe und hatte die Stirn krausgezogen. Der Besuch war umsonst gewesen. Ich würde Hamish nicht ein letztes Mal überraschen können, also seufzte ich enttäuscht und schloss die Tür hinter mir.

»Es tut mir leid, ich hatte mir das anders vorgestellt«, sagte Sam, kaum dass wir draußen waren.

»Schon gut, du kannst ja nichts dafür, dass sie so kalt und unnahbar ist«, murmelte ich, und wir gingen den weißen, sterilen Flur des Krankenhauses entlang zum Fahrstuhl. »Danke, dass du sie gefunden hast.«

»Gern geschehen, auch wenn ich mir einen anderen Ausgang erhofft hatte.« Sam drückte auf den Schalter für den Fahrstuhl. »Zerstört irgendwie die Stimmung.«

Ich schnaubte. »Genau genommen passt es perfekt zu meiner Stimmung, aber das ist ein anderes Thema.«

Die Türen des Fahrstuhls öffneten sich, und wir traten ein. Leise Musik erklang aus den Lautsprechern und begleitete uns auf dem Weg nach unten. »Willst du denn trotzdem noch etwas trinken gehen?«, fragte Sam vorsichtig, als wir unten ankamen.

Einen Moment lang zögerte ich, doch dann sah ich in Sams Augen, und mein Widerstand war wie weggeblasen. Er hatte es nicht verdient, einfach so abgewiesen zu werden. Nicht, nachdem er mich zu Stella gebracht hatte. Und für ihre Entscheidung konnte er ja nichts. Ich würde es einfach morgen noch mal bei ihr versuchen.

»Ja, warum nicht?«, sagte ich schließlich.

Die ehrliche Freude in seinem Blick zauberte ein Lächeln auf meine Lippen. Vielleicht würde der Abend doch noch ganz schön werden.

Kapitel 20

Charlotte

Ich lächelte, als Sam vor dem St. Antonius auf mich wartete. Wir hatten nach dem Besuch bei Stella im Krankenhaus einen wunderschönen Abend in einer Karaokebar verbracht. Mit ihm zu singen, hatte mein Herz einen Spalt breit geöffnet, sodass Licht in die dunklen Ecken fiel. Ich hatte das Licht immer ausgesperrt aus Angst, dass ein Teil meiner Liebe für Daisy entkommen würde, wenn ich die Tür nur etwas öffnete. Oder dass die Gefühle für jemand anderen die Erinnerungen an Daisy vertreiben könnten. Doch zu meinem Erstaunen war das Gegenteil der Fall. Seit ich Sam ein bisschen in mein Herz ließ, sah ich Daisy umso klarer. Ich hatte ihr Lachen gehört. In einer Menschenmenge, die laut mit uns mitsang. Ich hatte ihre Finger auf meiner Haut gespürt, als Sam meine Hand gepackt und mich nach draußen in eine mondklare Nacht gezogen hatte. Sie war bei mir. In jeder Sekunde meines Lebens und doch spürte ich sie noch intensiver, seit ich Sam wieder geküsst hatte.

Es hatte sich so vertraut angefühlt, so warm und verlässlich. Ich hatte mich schon lange nicht mehr so wohl gefühlt wie in den letzten Tagen. Er hatte mich nach dem Karaokeabend wie ein Gentleman zu meiner Haustür gebracht. Sam hatte mir einen langen, wunderschönen Abschiedskuss gegeben, der noch Minuten, nachdem er gegangen war, auf meinen Lippen gebrannt hatte.

»Hallo«, begrüßte er mich mit rauer Stimme, als hätte er seit dem Aufstehen noch nichts getrunken.

»Hi«, erwiderte ich und gab ihm einen Kuss. Sofort knisterte es wieder zwischen uns, und ich hatte Mühe, mich von ihm zu lösen. Als jedoch Mary-Jane hinter mir auftauchte, schob ich Sam von mir. Die Wut stand Mary-Jane ins Gesicht geschrieben, und doch lächelte sie. Sie bot einen makabren Anblick. Auch Sam schien das zu bemerken, denn er runzelte die Stirn, als ich Mary-Jane begrüßte.

»Typisch!«, zischte die nur.

Ich weiß nicht, ob es Sams Anwesenheit war, die mir die Kraft gab, oder ob das Fass einfach übergelaufen war, aber ich wollte in diesem Augenblick wissen, was ihr Problem war. »Würdest du hier bitte kurz warten, Sam?«, bat ich ihn und ging Mary-Jane hinterher. Erst kurz vor der Eingangstür, ein gutes Stück von Sam entfernt, fing ich sie ab. »Mary-Jane, würdest du bitte warten, ich muss mit dir reden.«

»Warum?«, schnauzte die mich an. »Willst du nicht lieber zu spät zur Arbeit kommen, weil du dich noch um deinen Lover kümmern musst?«

»Wie bitte?«, erwiderte ich erschrocken. »Ich weiß wirklich nicht, was du meinst.«

»Schon gut«, schnaubte sie und winkte angewidert ab. »Jason hat mir alles über dich und deine Arbeitsmoral erzählt.«

Ich brauchte einen Moment, um zu verstehen, welchen Jason sie meinte. Dann fiel es mir wie Schuppen von den Augen. »Du kennst Jason?«

»Wir sind seit fast einem Jahr ein Paar«, gab Mary-Jane zurück. »Nicht, dass es dich was angeht, aber wir haben uns in einer Trauergruppe kennengelernt, die ich betreue. Er hat mir alles erzählt. Den anderen kannst du vielleicht die arme, gebrochene Mutter vorspielen, aber ich weiß, wer du wirklich bist.«

Ich konnte kaum glauben, was ich da hörte, und wusste nichts zu erwidern. Tief verstört starrte ich Mary-Jane an und konnte nur den Kopf schütteln.

»Dachte ich mir doch, dass du dazu nichts zu sagen hast.« Sie zog verächtlich einen Mundwinkel nach oben. »Jason war schon sehr genau, was deine ach so heile Welt anging. Lass mich einfach in Ruhe und komm mir nicht in die Quere.«

»Er hat gelogen«, entfuhr es mir, als sich Mary-Jane umdrehte.

»Und das soll ich dir glauben?«, sagte sie und starrte mich mitleidig über die Schulter hinweg an. »Nicht besonders überzeugend, wenn man bedenkt, dass deine Tochter nur gestorben ist, weil du sie hast sterben lassen.«

Ihre Worte durchlöcherten mein Herz wie von Pfeilen getroffen. Mein Blick verschwamm, und ich erkannte ihre grinsenden Umrisse nur noch wie einen zerlaufenen Farbklecks. »Das ... das ist ...« Aber mein Mund gehorchte mir nicht. Ich wollte ihr entgegenschreien, dass Jason gelogen hatte. Dass es einfach Daisys Zeit gewesen war. Dass selbst die Ärzte alle Hoffnung aufgegeben hatten. Aber meine Kehle war so trocken wie die Wüste Gobi.

»Auf die Wahrheit weißt du wohl nichts zu erwidern«, erklärte Mary-Jane und ließ mich mit all meiner Wut vor der Eingangstür des St. Antonius stehen. Glaubte sie wirklich, dass ich meine Tochter umgebracht hatte? Das konnte nicht stimmen. Nicht einmal Jason war so grausam und dämlich, solch eine Anschuldigung hervorzubringen. Vor allem, wenn man bedachte, dass er sich nie um seine Tochter gekümmert hatte.

Langsam erwachte mein Widerstand. Er hatte Daisy dazu benutzt, Frauen abzuschleppen. Dieser Kerl war wirklich das Paradebeispiel eines Vollidioten, und wieder einmal fragte ich mich, wie ich auf ihn hatte hereinfallen können.

Ein Jahr war Jason schon mit Mary-Jane zusammen. Vor fast einem Jahr war Daisy gestorben. Wie lange bearbeitete er sie wohl nun schon, um mich schlechtzumachen? Wie viele seiner Ex-Freundinnen da draußen glaubten, dass ich eine schlechte Mutter war, weil er Lügen über mich verbreitete? All diese Fragen rasten durch meinen Kopf, und ich konnte nicht anders, als ihren Spuren zumindest ein Stück weit zu folgen.

Ich klappte meinen Mund zu, der immer noch offen gestanden hatte, und riss die Tür auf, die im Begriff war, zuzufallen.

»Mary-Jane, warte bitte!«, rief ich ihr hinterher. Sam musste warten. Diese Anschuldigungen konnte ich nicht auf mir sitzen lassen.

»Vergiss es. Ich will nichts von deinen Lügen hören«, erwiderte sie und bog ab in Richtung der Krankenzimmer.

»Er hat gelogen. Du musst mir glauben. Alles, was aus Jasons Mund kommt, ist eine Lüge«, versuchte ich ihr klarzumachen. »Du hast mich hier doch nun auch schon einige Wochen erlebt. Glaubst du wirklich, dass ich mein eigenes Kind sterben lassen würde?«

»Jason hat gesagt, dass du ein intrigantes Biest bist, das sich alles so hindreht, wie es ihm beliebt. Ich glaube dir kein einziges Wort.«

»Unsere Tochter war sterbenskrank, und er hat nicht ein einziges Mal nach ihr ...«

Mary-Jane blieb vor einem Patientenzimmer stehen und griff nach der Türklinke. »Hör auf damit. Ich will deine Lügen nicht hören. Jason liebt mich, und wenn du damit nicht klarkommst, dann ist das nicht mein Problem. Und jetzt lass mich gefälligst arbeiten, sonst beschwere ich mich bei Barbara«, zischte sie und ging in das Zimmer.

Aus dem Bauch heraus wollte ich ihr folgen, aber die Ruhe eines Patienten ging immer vor. Dennoch musste ich meine Wut zuerst unter Kontrolle bringen, denn sie verlangte danach, ihr klarzumachen, was für ein Mensch Jason tatsächlich war. Ich ballte die Fäuste und atmete einige Male tief durch. Die Wut verschwand nicht, aber zumindest konnte ich sie langsam in eine Box sperren. Sobald Sam weg war und ich Mary-Jane noch einmal sah, würde ich sie erneut ansprechen. Nun, da ich wusste, warum sie so schlecht auf mich zu sprechen war, konnte ich etwas dagegen unternehmen. Auch wenn ich eigentlich mit Jason abgeschlossen hatte, konnte ich nicht sehenden Auges dabei zuschauen, wie eine weitere Frau in ihr Unglück stürzte.

Meine Selbstbeherrschung kehrte langsam zurück, und damit ein anderes Gefühl: Mary-Jane tat mir leid. Sie würde früh genug feststellen, dass Jason nicht der edle Ritter war, der er vorgab zu sein. Aber diese Erfahrung würde sie selber machen müssen. Jason hatte ein einnehmendes Wesen, dem man nur schwer widerstehen konnte. Doch dieser niederschmetternde Teil meines Lebens lag lange hinter mir. Ich hatte diese Beziehung überstanden, und er hatte mir mit Daisy zumindest ein Geschenk gemacht, das ich für immer in meinem Herzen tragen würde.

Ich atmete tief durch, schüttelte noch einmal wütend den Kopf über Mary-Janes Verhalten, ehe ich zurück zu Sam ging. Er war mir gefolgt und stand verloren an der Eingangstür zum Hospiz. Wenigstens hatte er nicht gehört, worüber wir geredet hatten.

»Alles in Ordnung?«, fragte er.

»Nein«, erwiderte ich und konnte die restliche Wut aus meiner Stimme nicht verbannen.

»Was ist denn passiert?«, hakte er nach. »So wütend habe ich dich ja noch nie gesehen.«

Ich schluckte meine Antwort herunter. Jedes Wort, das ich über den Streit verlieren würde, hätte Daisy verraten. Also schwieg ich.

»Du weißt, dass ich für dich da bin. Wenn ich die Frau zur

Rede stellen soll, mache ich das!«, erklärte Sam, packte mich an den Oberarmen und suchte meinen Blick. »Ich bin für dich da, Charlotte.«

Die Herzenswärme, die sein Angebot in mir ausbreitete, vertrieb die Wut nach und nach, und schließlich konnte ich wieder lächeln, ohne dass ich Angst haben musste, eine Fratze zu ziehen. Ich strich ihm mit der Hand übers Gesicht. »Das ist lieb, Sam, aber ich fürchte, hier kannst du mir nicht helfen. Aber ich bin dir sehr dankbar, dass du es tun würdest.«

»Immer«, flüsterte er und hauchte mir einen raschen Kuss auf die Wange. Ich genoss seine Berührung. Auch wenn ein Teil von mir immer noch wütend auf Mary-Jane war, so beruhigte mich Sams Nähe.

Ich lächelte ihn an und nahm seine Hand, um ihn durchs St. Antonius zu führen. »Ich freue mich, dass du hier bist.«

»Natürlich«, beeilte er sich zu sagen, auch wenn er noch nicht davon überzeugt schien, dass ich mich beruhigt hatte. Ganz unrecht hatte er nicht, aber ich musste mich zusammennehmen, wenn ich zu Hamish gehen wollte. Hamish sollte sich keine Sorgen um mich machen, weil ich mich mit einer anderen Schwester gestritten hatte.

»Wenn ich Hamish mit ein wenig Musik helfen kann, dann mache ich das gerne«, holte mich Sam aus meinen Gedanken.

Ich verzog den Mund, als mir meine Idee vom Frühstück wieder in den Sinn kam, da ich nicht wusste, was Hamish davon halten würde. »Wenn es okay ist, würde ich gerne klären, ob du für alle Kinder spielen kannst. Wir haben einen Gemeinschaftsraum, und einige Kinder sind noch transportfähig, sodass sie alle deine Musik genießen könnten. Also, wenn du damit einverstanden bist?«

»Ist das dein Ernst? Ich liebe es, vor Kindern zu spielen. Sie sind das beste und ehrlichste Publikum.« Er wiegte den Kopf hin und her. »Ich denke, umso mehr, wenn ihre Zeit kostbar ist.«

Ich nickte. »Das stimmt. Hamish sagt immer ehrlich, wenn er etwas nicht möchte. Mal sehen, ob er wach ist.«

In diesem Moment schoss mir siedend heiß durch den Kopf, dass ich wahrscheinlich erst hätte Barbara fragen sollen, ob Sam Hamish besuchen dürfte. Allerdings gab es keine Verwandten, die einen Besuch hätten verbieten können. Und es war nicht irgendein Fremder, den ich mitbrachte, sondern Sam. Vor allem, da Hamish nach Sam gefragt hatte. Zwar hatte er nicht offen gesagt, dass er ihn kennenlernen wollte, aber das wusste Barbara ja nicht. Und wer sollte es ihr sagen? Mary-Jane hielt Sam ja für einen Lover, der mich von der Arbeit abhielt. Sie hatte nicht gesehen, dass er mit hineingekommen war. Kaum dachte ich wieder an sie, wallte die Wut in mir erneut auf, und ich musste tief durchatmen, um sie wieder herunterzuschlucken.

Sam tippte auf den Gurt seiner Gitarre, den er festhielt. »Ich bin bereit. Und wenn nicht, kann ich auch warten. Hat er vielleicht einen Lieblingssong?«

»Das weiß ich nicht. Aber das lässt sich herausfinden«, sagte ich.

Im Gang der Patientenzimmer begrüßte mich eine Schwester, die einen Strauß Rosen in der Hand trug. Sie ging gerade in das Zimmer eines Mädchens, das ich nur zwei Mal im Park gesehen hatte. Ich schloss kurz die Augen. Ein Kind gehen zu lassen ist immer schwer. Selbst als Hospizschwester, die täglich mit dem Tod zu tun hatte. Sie musste den Eltern gegenüber Stärke zeigen, durfte ihre Trauer nicht offen ausleben, auch wenn sie das Kind vermissen würde. Einzig wir Schwestern untereinander konnten dabei helfen, denn die wenigsten nahmen ihre Trauer mit nach Hause. Viele Ehemänner oder Freundinnen konnten nicht verstehen, wie man sich fühlte, wenn ein Kind, das nicht das eigene war, von uns ging. Jason hatte sich nie um seine Tochter gekümmert. Für ihn war das Leben weitergegangen, als hätte er kein Kind gehabt. Genauso hatte er sich auch verhalten und es auch nie verstanden. Als ich ihn angerufen hatte, um ihm zu sagen, dass Daisy nicht mehr lange leben würde, hatte er sich nur bedankt und wieder aufgelegt. Gesehen hatte ich ihn nicht einmal auf der Beerdigung unserer Tochter. Seither hatte ich nie wieder etwas von ihm gehört. Bis heute. Ich schüttelte den Gedanken ab.

Schließlich kamen wir bei Hamish an, und ich klopfte an seine Zimmertür. Von drinnen hörte ich ein leises »Herein«.

Sam zögerte, blieb an der Tür stehen, als ich schon fast bei Hamish war. Ich winkte ihm, mir zu folgen. Nur sehr zögerlich kam er tiefer in den Raum hinein.

Hamish reckte seinen Kopf und schob die Schiebermütze wieder zurück. Seit dem Vortag hatte er an Farbe verloren. Von seiner tiefbraunen Haut war nur noch ein Schatten übrig. Grau wirkte er, als ob er eine Katze in der Nacht wäre.

»Hey, Miss Charlotte, wer ist das?«, fragte er neugierig. Seine Stimme war kraftlos, und jedes Wort war von einem Rasseln begleitet, sobald er atmete.

Ich schluckte. Wenn ich Stella davon überzeugen wollte, ihn noch einmal zu besuchen, dann musste es bald sein. Sehr bald.

»Das ist Sam, der …«

»… Straßenmusiker?«, unterbrach Hamish mich und versuchte sich aufzurichten. Rasch kam ich ihm zu Hilfe. »Ist er Ihnen nachgelaufen?«

Sam schnaubte. »Genau genommen bin ich das wirklich.« Er kam langsam näher. »Schön, dich kennenzulernen.«

Hamish legte den Kopf schief, so dass seine Mütze wieder ins Gesicht rutschte. Auf seinem Arm war eine neue Kanüle angebracht worden. Vermutlich hatte er sich in der Nacht wieder gedreht und die alte dabei herausgerissen. Ich würde es später im Bericht der Nachtschwester nachlesen. »Ich habe ihn mitgebracht, damit er dir ein bisschen Musik vorspielt.«

»Ach, Miss Charlotte«, seufzte Hamish und winkte kraftlos

ab. »Dafür gibt es doch das Internet. Sie müssen den Sänger nicht mehr mitbringen.«

Ich schmunzelte bei der Vorstellung, dass er mich über die neueste Technik belehrte. »Da hast du natürlich recht. Möchtest du keine Musik hören? Dann schicke ich ihn wieder nach Hause.«

»Dann versau ich Ihnen ja Ihr Date.« Hamish schüttelte entschieden den Kopf, so dass seine Mütze herunterfiel.

Ich hob sie auf und gab sie ihm, damit er sie wieder aufsetzen konnte. »Das hier ist kein Date«, erwiderte ich und strich eine Haarsträhne hinters Ohr, um aus dem Augenwinkel zu beobachten, wie Sam auf Hamishs Aussage reagierte.

»Sie sind eine Frau, und er ist ein Mann, und Sie haben sich getroffen. Stella hat immer gesagt, daran erkennt man ein Date«, erklärte Hamish. »Dann verlieben sich die Leute und bekommen Kinder. Also wenn Sie noch ein neues Kind wollen, dann müssen Sie sich einfach weiter mit Sam treffen.«

Erschrocken zuckte ich zusammen. Hatte Sam ihn gehört? Natürlich, er war im selben Raum. Ich schluckte den Kloß im Hals herunter, der sich wie eine Schicht schnell trocknenden Zements in meiner Kehle ausbreitete. Hoffentlich hatte Sam nicht verstanden, was Hamish gemeint hatte.

Ich wagte es nicht, in Sams Richtung zu schauen, sondern konzentrierte mich vollkommen auf Hamish. »Aber da gehört noch ein klein wenig mehr dazu«, sagte ich mit einem Augenzwinkern und deckte ihn wieder zu. Dabei fielen mir die Bilder auf seinem Schoß ins Auge. Ein blauer Stift lag in einer der Deckenfalten, und ich räumte ihn beiseite. »Hast du wieder gemalt?«

Hamish nickte und griff nach dem Schlauchsystem, um einen Schluck zu trinken. »Miss Green hat mir gestern Nacht geholfen, als ich nicht schlafen konnte.«

»Wieso das denn?«, fragte ich und ignorierte Sam vorerst weiter. Der stand am Fuß des Bettes und hatte die Gitarre auf den Tisch gelegt. Im Augenwinkel konnte ich die Reflexion eines Aufklebers auf dem Gitarrenkoffer erkennen.

»Weiß nicht«, murmelte Hamish und senkte den Kopf so, dass die Schiebermütze in seine Augen rutschte. Diesmal jedoch hatte er es mit Absicht gemacht, und ich schob sie wieder zurück.

»Das glaube ich dir nicht. Erzähl mal. Wieso wolltest du nicht schlafen?«, hakte ich nach. »Du weißt doch, dass du keine Geheimnisse haben musst vor mir, oder?«

»Schon klar, Miss Charlotte«, erwiderte er trotzig und verschränkte die Arme vor der Brust.

Ich wollte ihn nicht drängen, wollte ihn nicht aufregen. Jede Aufregung konnte einen Hustenanfall auslösen, der seine sowieso schon instabilen Atemwege vollkommen zerstören würde.

»Gut, du kannst dir ja überlegen, ob du es mir erzählst, während wir Musik hören?«, schlug ich vor und wandte mich an Sam. Der beobachtete mich mit einem verwirrten Blick, während er sich am Metallgestänge des Bettes abstützte. Seine Stirn war gerunzelt, und ich konnte in seinen Augen erkennen, dass er noch Fragen hatte, die ich ihm vor Hamish nicht beantworten wollte. Er hatte den Satz also richtig interpretiert. Ich verfluchte mich für die Idee, Sam mit zu Hamish zu nehmen. Das waren zwei Lebensbereiche, die sich nie hätten überlappen dürfen. Nicht, wenn ich die Zeit mit Sam noch hätte genießen wollen. Es war mein Fehler gewesen, jetzt musste ich die Konsequenzen tragen. Sobald Sam die Wahrheit über mich und Daisy erfahren würde, wäre er weg. Dessen war ich mir sicher. Ich war gebrauchte Ware, die man nicht mehr reparieren konnte. Nicht, weil ich ein Kind bekommen hatte, sondern weil ich es verloren hatte.

Sam löste den Blickkontakt zu mir und stieß sich von dem Metallgestänge ab. »Na klar. Was möchtest du denn hören?«, wandte er sich an Hamish.

»Nicht diesen Pupskram für Kinder«, verlangte Hamish und machte ein abwertendes Geräusch. »Können Sie was von Queen?«

Sam prustete. »Ja, ich kann es gerne versuchen. Ich bin zwar kein Freddy Mercury, aber wie wäre es mit *Under Pressure?*«

Hamish schüttelte den Kopf. »Das ist doof. *We are the Champions* ist ein cooler Song. Den mochte ich immer, wenn wir Radio gehört haben. Stella meinte, das wäre ein Song für echte Männer.«

»*We are the Champions* soll es sein«, erklärte Sam, griff nach der Gitarre und setzte sich auf den Tisch.

Ich setzte mich auf den Stuhl neben Hamishs Bett. Solange es ging, wollte ich noch die Zeit mit Sam genießen, bevor sie enden würde.

Nach dem vierten Song war Hamish eingeschlafen, und ich stand auf, um die Bilder von seinem Schoß zu nehmen und die Decke zu richten. Sam packte seine Gitarre leise in den Koffer, klappte ihn zu und ging zur Tür. Ich nickte ihm zu, als er dort wartete.

Ich wusste, was mich erwartete, wenn ich jetzt mit ihm rausging, und ein kleiner Teil von mir wollte es verhindern. Es war, als ob die Stimme in meinem Kopf wieder zwölf Jahre alt war. Wenn ich nicht gehe, passiert auch nichts, sagte sie. Mein erwachsenes Ich wusste jedoch, dass das Blödsinn war und ich rausgehen musste. Sam würde sonst auf dem Flur warten, und das würde zu Fragen führen.

Also holte ich tief Luft, schloss kurz die Augen, ehe ich meine Bluse richtete und Sam auf den Flur folgte.

»Kann man hier irgendwo etwas essen?«, fragte er, als wäre nichts passiert.

Verwirrt sah ich ihn an. »Ja, auf der anderen Straßenseite ist ein Bistro. Da kann man frühstücken.« Ich schaute auf die Uhr. »Also noch etwa eine halbe Stunde.«

»Gut, ich lade dich ein«, sagte er und ging in Richtung Ausgang. Dann blieb er stehen. »Oder musst du noch arbeiten?«

»Ja, das muss ich wirklich«, erwiderte ich mit einem Zögern in der Stimme, weil ich nicht glauben konnte, dass er das wirklich gefragt hatte. »Ich kann schlecht schon wieder eine Pause machen, wenn ich erst vor einer halben Stunde angefangen habe.« Amüsiert betrachtete ich ihn. So etwas konnte nur jemand fragen, der keinem geregelten Job nachging.

»Okay. Dann warte ich in dem Bistro drüben, bis du Mittag machen musst. Und sag mir nicht, dass das hier verboten ist. Das glaube ich nämlich nicht.« Sam warf mir einen Luftkuss zu. »Ein Nein lasse ich übrigens nicht zu.«

Damit bog er um die Ecke und tauchte in die Eingangshalle ein. Kopfschüttelnd stand ich da. Dieser Kerl war wirklich seltsam.

* * *

Ich hatte meine Mittagspause so lange herausgezögert, wie ich nur konnte, aber schließlich musste ich gehen. Hamish aß selbst ein paar Löffel Pudding. Er lag mir in den Ohren, ich sollte mich doch mit Sam treffen, weil er so ein netter Mann war.

Vor dem Bistro hielt ich inne. Die moderne, verputzte Fassade stand im starken Kontrast zu der althergebrachten Verklinkerung des St. Antonius, passte aber zu den umstehenden Gebäuden. Sam saß in einem kleinen Separee an der Fensterfront und winkte mir zu. Ich sog die frische, regenschwangere Luft ein und verabschiedete mich von den Gewitterwolken, die sich über der Stadt auftürmten. Mein eigenes Unwetter wartete da drin.

Sam sprang von seinem Stuhl auf und kam auf mich zu, als ich das Bistro betrat. Er sagte nichts, nahm mich nur in den Arm und drückte mir einen Kuss auf die Wange. Ich presste die Lippen aufeinander. So fing es immer an. Sobald die Menschen wussten, was mir passiert war oder auch nur eine Ahnung hatten, nahm das Mitleid überhand.

»Einen schwarzen Tee bitte«, bestellte ich, als die Kellnerin an unseren Tisch kam. Sam hatte mir gerade den Stuhl zurechtgeschoben und setzte sich wieder mir gegenüber hin. Ich konnte die Fragen schon in seinen Augen leuchten sehen. »Was möchtest du wissen?«, fragte ich daher meinem Schicksal ergeben.

»Willst du wirklich darüber reden?«, erwiderte Sam leise und nahm meine Hand in seine Hand.

»Wenn ich es nicht tue, wirst du mich immer mit diesem mitleidigen Blick ansehen, obwohl du keine Ahnung hast, was ich durchgemacht habe.« Ich entzog ihm meine Hand und zerknüllte eine Serviette. »Bringen wir es hinter uns, dann kannst du wieder zu deiner Musik zurück und ich zu meiner Arbeit.«

»Moment, was denkst du denn, was du hier machst?«, fragte Sam verwirrt. »Ich habe nicht vor, dich alleinzulassen. Egal, was du mir gleich erzählst.«

Ich schnaubte. »Das klappt nicht, Sam. Ich habe es schon oft genug erlebt. Und ich bin dir nicht mal böse. Es waren sorglose Tage mit dir, und dafür danke ich dir.«

»Charlotte«, sagte Sam und lehnte sich vor. »Das hier soll keine Verabschiedung sein, verstehst du das?«

»Aber so läuft es immer, Sam«, erklärte ich mit unendlicher Bitterkeit in der Stimme. »Immer. Jeder neue Mensch in meinem Leben ist davongelaufen, wenn er erfahren hat, was ich durchgemacht habe. Egal, ob es eine neue Liebe oder eine Freundschaft war: Alles zerbrach.«

Sam schnappte nach Luft, wollte anscheinend widersprechen, doch dann hob er die Hände und atmete tief durch. »Ich habe nur eine Ahnung davon, was dir passiert sein muss, und ich vermute, dass du sehr häufig enttäuscht worden bist, aber ich bin nicht deine Vergangenheit. Ich bin jetzt und hier für dich da.«

Seine Worte waren so eindringlich, dass ich aufsah, und es

verschlug mir den Atem. Sams Augen funkelten, strahlten im Schein eines Blitzes, der am Himmel entlangzuckte. Ich war augenblicklich gefangen von seinem Blick. Es lag etwas darin, das mich mein Misstrauen, meine Frustration vergessen ließ. Sam hatte nichts getan, um solch eine Behandlung zu verdienen. Vielleicht interpretierte ich einfach zu viel in seine Begrüßung hinein.

»Möchtest du wirklich wissen, warum ich damals stehen geblieben bin? Warum ich mitten auf der Straße vor einem wildfremden Mann wie ein Schlosshund geweint habe?«, fragte ich mit einem Spritzer Verbitterung. Auch wenn er meinen Frust nicht verdient hatte, so würde er ihn zu spüren bekommen. Ich konnte ihn nicht zurückhalten, wollte es auch nicht. All die Jahre hatte ich ihn für mich behalten.

»Nur, wenn es dir hilft, darüber zu reden«, sagte Sam einfühlsam, und ich hätte ihn dafür schütteln können. An seiner Nasenspitze konnte ich ihm ansehen, dass er es wissen wollte. Ich atmete tief durch, als die Kellnerin mir den Tee hinstellte und wieder ging.

»Ich hatte eine Tochter«, begann ich leise und klammerte mich mit beiden Händen an die Teetasse. »Ihr Name war Daisy.«

Sam sog die Luft ein und nickte wissend. »So wie mein Song«, murmelte er und fasste sich an den Kopf. Wahrscheinlich wurde ihm klar, dass man den Text nicht nur auf eine verflossene Liebe, sondern auch auf den Verlust eines geliebten Menschen beziehen konnte. »Ich kam nie auf die Idee, dass der Song anders interpretiert werden könnte als eine Ode an die Liebe«, sagte er nach einigen Sekunden leise.

»Du konntest es ja nicht ahnen«, erwiderte ich. Der Tee duftete verführerisch, aber ich wärmte mir vorerst nur die Hände daran. Die Kälte, die meinen Körper erfasste, kam zwar nicht von außen, aber vielleicht konnte ich mit etwas externer Wärme dagegen arbeiten.

»Was ist passiert?«, fragte er nach einer kurzen Stille zwischen uns.

»Sie wurde schon mit einigen Benachteiligungen geboren. Bei der Geburt hatte sie eine schwere Meningitis, und es wurde ein Hydrocephalus, ein Wasserkopf, diagnostiziert. Außerdem hatte sie nur eine Sehkraft von vierzig Prozent.« Ich schluckte. Dass sie nur einen Teil ihrer Umgebung wahrgenommen hatte, war ihr immer egal gewesen. Daisy hatte sich auf das konzentriert, was sie sehen konnte.

»Das tut mir sehr leid.« Sam griff nach meiner Hand. »Wie hast du das geschafft?«

Ich schnaubte. »Was meinst du damit? Sie war meine Tochter. Ich habe sie geliebt. Da gab es nichts zu schaffen, nur zu lieben und ihr ein Leben zu bieten, das nicht unwürdig war«, ereiferte ich mich.

»Entschuldige, so war das nicht gemeint. Ich meinte eher, wie du den Alltag bewältigt hast. Wo war der Vater?«

»Nicht existent. Der hat mich verlassen, als er erfuhr, dass ich schwanger war.« Bei dem Gedanken an Jasons Unterstellungen schüttelte ich angewidert den Kopf. Ich hatte Mühe, mich zusammenzureißen, kaum dass ich an ihn und Mary-Janes Vorwürfe dachte. »Er hat behauptet, dass ich ihm das Kind des Geldes wegen unterjubeln wollte. Doch ich war nie auf sein Geld angewiesen und habe es auch nie angenommen«, erklärte ich strikt.

»Dann hast du dich allein um sie gekümmert?« Sam riss beeindruckt die Augen auf. »Das muss viel Kraft gekostet haben.«

»Ich habe meine beste Freundin, die mir geholfen hat, wenn sie konnte. Ansonsten habe ich mich um sie gekümmert.« Etwas in seinem Blick löste meine Zunge, und ich redete weiter. »Natürlich kommt man an seine Grenzen, auch wenn man sich um jemanden kümmert, den man liebt, aber ich wollte Daisy ein warmes, liebevolles Zuhause bieten. Die Ärzte gaben ihr nur ein paar Monate, höchstens ein Jahr zu leben. Doch dieses Jahr wollte ich mit so viel Liebe für sie gestalten, wie es mir nur möglich war. Also gab ich meinen Job auf und kümmerte mich um sie.« Ein wehmütiges Lächeln glitt über meine Lippen, als ich an all die schönen Momente dachte, die in mir eingesperrt waren, die nur mir allein gehörten. Ein kleiner Teil von ihnen wollte ausbrechen und zu Sam gelangen, aber ich hielt sie zurück. Die Erinnerungen an Daisy waren immer noch mein Eigentum.

Sam nippte an seinem Kaffee und starrte mich an. Erstaunlicherweise konnte ich in seinem Blick kein Mitleid erkennen. Nur den Wunsch, mir zu helfen und für mich da zu sein. Ich runzelte die Stirn. Täuschte ich mich etwa in ihm? War er nur ein guter Schauspieler und verbarg sein Mitleid, um mehr von mir zu erfahren? Oder meinte er es ernst? Ich war unsicher.

»Wie lange hast du dich um sie gekümmert?«, fragte er leise nach.

Spätestens wenn die Menschen hörten, wie lange ich Daisy gepflegt hatte, wurde ihnen bewusst, dass ich weit über das normale Maß hinweg gearbeitet hatte. Ich hätte sie in eine Langzeitpflege geben können, meinten sie. Geld genug hätte ich gehabt. Aber was wäre ich für eine Mutter gewesen? Dort wäre sie gut aufgehoben gewesen, das wusste ich. Doch es wäre nicht ihr Zuhause gewesen. Ich war gelernte Kinderkrankenschwester und hatte mich nach Daisys Geburt in den Abendstunden zuhause weitergebildet, um ihr die beste Pflege zu bieten. Manchmal, wenn sie unruhig gewesen war, hatte ich sie in einem Tuch vor meine Brust geschnürt und ihr die Berichte und Texte vorgelesen, die ich studiert hatte. Es hatte sie beruhigt, so nah bei mir zu sein, und ihr so manches Mal die Schmerzen genommen, die ihr Zustand mit sich brachte. Wir waren nie glücklicher als an diesen Abenden, auch wenn sie mit den Jahren weniger geworden waren.

»Vier Jahre lang«, murmelte ich und schaute in meinen Tee.

»Sie starb vor beinahe einem Jahr an den Komplikationen einer OP.« Mehr konnte ich nicht erzählen. Dass ich zwei Wochen an ihrem Bett gesessen hatte, weil sie nicht wieder aufwachen wollte. Die Ausschläge des EEGs, die zeigten, was für Schmerzen sie in ihrem komatösen Zustand hatte. Die Entscheidung, sie gehen zu lassen. Es war die schwerste Zeit meines Lebens gewesen, und ich wusste nicht, ob Sam verstehen konnte, was ich durchgemacht hatte. Vermutlich konnte das niemand, der nicht denselben Verlust erlebt hatte. Der nicht dieselbe Entscheidung über das Leben seines Kindes hatte treffen müssen.

»Krass«, erwiderte Sam nur.

Im Augenwinkel konnte ich erkennen, dass er die Lippen zusammengepresst hatte und nickte. Diese Reaktion weckte meinen üblichen Verteidigungsinstinkt. All die Jahre über hatte ich mich verteidigen müssen, weshalb ich mich für ein Kind aufopferte, das sowieso niemals alt werden würde. Warum ich keinen Pfleger eingestellt hätte. Und sei es nur temporär, um auch mal frei zu haben. Niemand hatte verstanden, dass es mir egal war, wie viel meiner Lebenszeit ich in ihren Augen verschenkte. Genau das wollte ich Sam gerade erklären, als er meinte: »Ich kann es aber verstehen.«

Diese Worte hielten mich zurück. »Wie bitte?«

»Dass du dich so lange selbst um sie gekümmert hast«, erwiderte er und lehnte sich in seinem Stuhl zurück. »Es ist deine Tochter. Egal, wie krank sie war, du wolltest keinen Moment mit ihr verpassen. Weder die guten noch die schlechten. Ich verstehe das. Man gibt nicht auf, was man liebt«, erklärte er leichthin.

Mein Kiefer klappte herunter. Er verstand mich genau und verurteilte mich nicht dafür, dass ich meine Tochter alleine gepflegt hatte. Rasch schloss ich meinen Mund wieder und schluckte meine übliche Verteidigungsrede herunter. Was gar nicht so leicht war, da sie mir schon in Fleisch und Blut übergegangen war.

»Danke«, sagte ich leise. »Du bist neben meiner besten Freundin der Erste, der akzeptiert, dass ich Daisy nicht in professionelle Pflege gegeben habe.«

Sam lehnte sich wieder vor, und die Knöpfe an seinem Ärmel schabten über den Tisch. Draußen donnerte es lautstark, und die Fensterscheibe neben uns vibrierte leicht. »Wirklich?«, fragte er und seine Augen leuchteten schelmisch. »Dann ist die Welt dem Untergang geweiht. Was du durchgemacht hast, ist einfach unfassbar. Wer wäre ich, mir ein Urteil darüber anzumaßen?«

Ich wusste nicht, was ich erwidern sollte. Tränen stiegen in mir auf, während ich Sam betrachtete. Es waren keine Tränen der Trauer, sondern des Glücks. Vor mir saß ein Mann, den ich mochte, der von Daisy wusste und nicht schreiend davonlief. Meine Welt stand gerade auf dem Kopf.

»Alles in Ordnung?«, hakte Sam nach, stand rasch auf und nahm mich in den Arm.

Meiner Stimme vertraute ich nicht, also nickte und lächelte ich. Kein verkümmertes Lächeln wie sonst, sondern ein ehrliches, kraftvolles, von Liebe getriebenes Lächeln.

Eine Weile saß ich einfach nur da und genoss Sams Umarmung ebenso wie das Streicheln auf meinem Kopf. Zärtlich fuhr er mir durch die Haare, hielt mich fest an sich gedrückt. Sein herber Geruch erfüllte mich vollkommen, erreichte Stellen in meinem Innern, die ich zuvor nicht einmal gewagt hatte zu erkunden. Sams Präsenz erhellte die dunklen Ecken meiner Seele. Sein Licht zeigte mir das Chaos, das dort herrschte, doch zugleich gab es mir Kraft, dieses Chaos nach und nach zu beseitigen. Mit Sam an meiner Seite könnte ich es schaffen.

Kapitel 21

Sam

»Du schaffst das ganz sicher«, sagte Charlotte ermutigend am Telefon. »Viel Glück, und schreib mir gerne, wenn du mit deinem Termin fertig bist.«

»Das mache ich. Bis später«, verabschiedete ich mich, ehe ich auflegte und die Tür öffnete, die mich zu meinem Termin mit Henry Baxter führte. Er hatte sich mit mir im Musikstudio treffen wollen, um mich einem Produzenten vorzustellen. Der Gedanke, dass es jetzt tatsächlich voranging, hatte mir Angst gemacht, weshalb ich Charlotte angerufen hatte.

Als ich hereinkam, sprang Henry, der im Eingangsbereich des *Breakfast Clubhouse* Musikstudios gesessen und auf mich gewartet hatte, auf, und kam auf mich zu. »Sam, schön, dass du es einrichten konntest«, begrüßte er mich und reichte mir die Hand. So eine Reaktion hätte ich von mir erwartet, wenn ich auf ihn gewartet hätte. Aber dass er mir freudestrahlend entgegenkam, ließ meine Aufregung zurückkehren. Auch wenn Charlotte mir die Versagensangst kurzfristig genommen hatte, kehrte diese nun zurück. Leider war auch Marc noch auf der Arbeit und saß in einem wichtigen Meeting fest, so dass er mir nicht zur Seite stehen konnte.

»Hallo, Henry. Ich wäre ja schön blöd gewesen, wenn ich den

Termin nicht wahrgenommen hätte«, sagte ich ehrlich. Meine Gitarre hatte ich nach meinem Auftritt auf der Straße an diesem Montagmorgen nicht nach Hause gebracht. Auch wenn wir noch keine Musik aufnehmen wollten, so fühlte ich mich mit ihr deutlich wohler.

»Du weißt, dass wir heute nichts aufnehmen, oder?«, fragte Henry und deutete auf meinen Rücken.

Ich nickte. »Heute Vormittag habe ich noch auf der Straße gespielt und war seitdem nicht mehr zuhause«, erklärte ich und nahm die Gitarre vom Rücken, um sie vor mir festzuhalten.

Die Inneneinrichtung des Empfangsbereichs war beeindruckend. Hinter dem modernen Alu-Tresen hingen Goldene Schallplatten neben den Bildern der Künstler, die ihre Songs in diesem Studio aufgenommen hatten. Ich konnte nicht anders, als sie mir alle anzuschauen. Ich würde in demselben Studio spielen wie Elton John. Das war unfassbar und surreal, sodass ich nur grinsen konnte.

»Wenn wir alles richtig machen, dann hängst du da auch bald«, sagte Henry und legte mir die Hand auf die Schulter. »Vor allem, wenn wir dich als Person so richtig pushen. Weitere Auftritte auf der Straße«, er schnalzte mit der Zunge, »das ist perfekt. Als wüsstest du ganz genau, was ein Agent von seinem Künstler braucht, um ihn zu promoten. Diese Fannähe werden die Hörer lieben.«

Ich winkte erschrocken ab. »So war das eigentlich nicht gemeint. Ich wollte nicht prahlen. Nur erklären, warum ich die Gitarre noch dabeihabe.«

»Du weißt schon ganz genau, wie du dich vermarkten musst. Dein Auftritt am Mittwoch auf dem UnCon ist in aller Munde. Sam, du machst im Moment sehr viel richtig.«

Verlegen strich ich mir über den Hinterkopf. »Ich weiß auch nicht, warum gerade alles so abgeht.«

Es war ja nicht nur meine Musik, die gut anlief. Vor dem Studio hatte mich eine Musikerin angesprochen, weil sie mich erkannt hatte. Die Videos im Netz sorgten dafür, dass ich bekannter wurde. Mein YouTube-Channel hatte in den letzten zweieinhalb Wochen über zehntausend Follower gewonnen.

Aber das Beste in meinem Leben war Charlotte. Und seit ich von Daisy wusste, mochte ich sie umso mehr. Es war kein Wunder, dass ich mich in ihrer Seele verlaufen hatte. Sie ging auf einem verschlungenen Lebenspfad, der sicher so manchen aufgrund seiner Komplexität umgehauen hätte. Aber Charlotte meisterte ihn auf eine bewunderungswürdige Weise.

»Du bist einfach fürs Starsein geboren«, nahm Henry unsere Unterhaltung wieder auf. »Ich will dir mal das Studio zeigen, in dem wir deine Single aufnehmen, falls du dich von mir vertreten lässt.«

»Genau, falls«, lachte ich. »Hat schon mal jemand zu dir nein gesagt?«, wollte ich wissen.

Henry verzog seine Lippen zu einem diabolischen Grinsen. »Niemand, der es danach woanders geschafft hätte.« Mir glitt ein Schauer über den Rücken. Ich glaubte ihm das sofort. Henry Baxter war schon so lange im Geschäft, dass man dämlich wäre, ihm abzusagen. Besonders, da er überall Kontakte hatte. Wenn man ihn verärgerte, verbaute man sich jede Chance, woanders in der Musikbranche einen Fuß in die Tür zu bekommen.

»Komm schon, wir wollen doch die Techniker nicht warten lassen.« Henry zwinkerte mir zu und winkte der älteren, gut gestylten Frau hinter dem Tresen zu. »Kleiner Tipp von mir: Stell dich immer gut mit den Technikern. Sie können dafür sorgen, dass dein Song fürchterlich klingt, selbst wenn du gut singen kannst.«

»Verstanden. Nicht die Tontechniker verärgern.« Ich machte mir innerlich eine Notiz, während ich mich weiter an meine Gitarre klammerte.

Henry führte mich durch eine Milchglastür, vorbei an einigen

Büros, die allesamt geschlossen waren. An den Wänden zwischen den Türen hingen Poster von großartigen Künstlern, Albumcover oder Konzertplakate. Ich fühlte mich winzig klein im Vergleich zu diesen Stars, und zugleich durchströmte mich Ehrfurcht. Diesen Weg waren schon so viele vor mir gegangen. Sogar die Beatles hatten in diesem Studio ein Album aufgenommen.

»Hast du es dir noch mal überlegt?«, riss mich Henry aus meinen Gedanken.

»Was meinst du?«, fragte ich verwirrt, da ich Schwierigkeiten hatte, mich von dem Anblick zu lösen.

»Na, die Story hinter deinem Song«, erklärte Henry und hielt mir die einfache Holztür zu dem Tonstudio auf.

»Henry!«, dröhnte eine tiefe Bassstimme aus dem Innern. »Ich dachte schon, du willst mich sitzenlassen.« Ein übergewichtiger Mann mit einer E-Zigarette in der Hand kam mit ausgestreckten Händen auf uns zu. Es schien einer der Produzenten zu sein, denn Henry wandte sich augenblicklich von mir ab und dem Übergewichtigen zu.

»Phillip«, erwiderte er nicht weniger laut, allerdings mit weniger Vibrato in der Stimme. Sie umarmten sich herzlich, auch wenn ich das Gefühl hatte, dass Phillip Henry jederzeit wie eine Fliege zerquetschen könnte.

In meinem Gedächtnis kramte ich nach jedem Phillip, über den ich in einer der Musikzeitschriften schon mal gelesen hatte, doch es gab eindeutig zu viele davon im Musikgeschäft.

»Hast du deinen Wunderknaben mitgebracht?«, fragte Phillip und reichte mir die Hand. »Der sieht eher aus wie ein schüchternes Rehkitz.« Phillip schüttelte meine Hand, und kurz befürchtete ich, diese hinterher nicht mehr nutzen zu können, so einen festen Händedruck hatte er.

»Kannst du es ihm verübeln? Vor einer Stunde stand er noch auf der Straße und hat da gespielt, und jetzt ist er hier bei dir.«

»Keine Angst, Kleiner, du bist hier in den besten Händen«,

dröhnte Phillip und sog an seiner E-Zigarette. Der Rauch, den er ausstieß, roch nach Ingwer und Zitrone. Ich hielt zur Sicherheit die Luft an, um nicht husten zu müssen.

»Danke, ich freue mich auch sehr, bei Ihnen sein zu dürfen«, merkte ich höflich an. Was sollte ich auch sonst sagen? Da ich noch immer nicht wusste, was genau Henry mit mir vorhatte, wollte ich möglichst nichts falsch machen.

Phillip zog amüsiert die Augenbrauen hoch. »Und weiß sich zu benehmen. Davon bringst du mir nicht mehr viele, Henry«, scherzte er. »Du weißt, von wem ich rede.« Vielsagende Blicke wurden zwischen den beiden ausgetauscht, während ich nur schweigend danebenstehen konnte.

»Schon gut, schon gut. Ich entschuldige mich tausendfach für sie. Aber ich kann es wiedergutmachen. Dieser Junge hier ist eine echte Goldgrube«, schwärmte Henry, als wäre ich ein preisgekrönter Labrador, den er meistbietend verkaufen wollte. »Mal abgesehen von der Musik hat er einen tollen Background. Und wenn er mir noch verrät, was hinter seinem Song steckt, dann wird sich die Single wie von allein verkaufen.«

Ich spürte, wie meine Wangen rot wurden, und ich war dankbar für das eher schummrige Licht in dem Tonstudio. Nur in der mit Holz ausgekleideten Kabine war es hell genug, um ein Flugzeug umzuleiten.

»Siehst du, was ich meine. Es ist ihm sogar peinlich, wenn man ihn lobt«, lachte Henry.

»Vielleicht ist das aber auch die Hitze hier. Wo bleiben meine Manieren«, dröhnte Phillip. »Betty!«

Gleich darauf kam die ältere Frau vom Empfang angelaufen. Ich bezweifelte, dass es eine Gegensprechanlage gab, durch die sie auf den Ruf aufmerksam wurde. Phillip hatte so laut gebrüllt, dass das gesamte Haus es hören konnte.

»Ja, Boss?«, fragte sie geflissentlich und hatte einen Zettel und Stift zum Schreiben in der Hand bereit.

»Wir brauchen Tee und Wasser.« Phillip wandte sich an mich. »Oder was säuft die Jugend von heute?«

»Tee ist wunderbar«, erwiderte ich rasch und schenkte der Empfangsdame ein Lächeln. »Danke.«

Sie erwiderte das Lächeln nicht, sondern notierte alles auf dem Zettel. »Soll ich auch ein wenig Gebäck und Gemüse dazustellen?«

»Gemüse!«, knurrte Phillip und schlug sich auf den voluminösen Bauch. »Seitdem Betty von meiner Frau gehört hat, dass ich abnehmen soll, haben sich die Weiber verschworen, und sie schummeln mir heimlich Gemüse und Obst in meine Snacks.«

»Ich deute das als ein Ja«, erwiderte Betty mit einem süffisanten Schmunzeln und verließ das Tonstudio, ehe Phillip noch etwas sagen konnte.

»Es ist so schwer, gutes Personal zu bekommen.« Phillip lachte und schlug in der Luft hinter ihr her. »Ach, wem mache ich was vor? Sie ist die beste Empfangsdame, die man finden kann. Du wirst sie lieben lernen, wenn wir deine Single aufnehmen.«

Ein Schauer glitt meine Wirbelsäule hinab. »Meine Single aufnehmen? Hier?«

»Henry, hast du ihm das nicht gesagt?«, fragte Phillip und schlug dem Agenten vor die Brust, so dass dieser keuchte. »Ich sag es ja. Gutes Personal. Na klar nehmen wir deine Single hier auf. Übernächste Woche Montag ist das Studio den ganzen Tag für dich reserviert. Du kriegst den besten Aufnahmeleiter von uns und Steve *The Mic* Manson. Er kann aus jedem Kauz eine Nachtigall machen. Das hast du noch nicht gesehen. Nur das Beste für dich, Kleiner.«

Als er den Arm um mich legte, spürte ich sein Gewicht überdeutlich auf mir. Es war, als ob er mit jedem neuen Wort mehr Steine auf meine Brust legte, die mir das Atmen erschwerten. Phillip gab mir die Besten seines Studios, gab mir eine Zeit zur Aufnahme. Die Erwartungshaltung schmiss noch ein paar Brocken oben drauf. Was auch immer er von mir erwartete, ich wusste nicht, ob ich es liefern konnte.

»Ich weiß nicht, was ich sagen soll«, erklärte ich fassungslos und nestelte nervös an dem Gurt meiner Gitarre herum. Auch wenn ich Angst hatte, dass ich versagen könnte, so wollte ich zugleich alles ausprobieren, was Phillip vorschlug. Sofort. Wieso bis nächste Woche warten?

Ich schaute mich im Studio um, das mit der neuesten Technik ausgestattet war. Das hier war kein Ramschladen, in dem man einen Neuling seine ersten wackeligen Gehversuche am Mikrofon probieren ließ. Dieses Studio war für Profis, und davon war ich weit entfernt. Ich hatte bisher erst einmal in einem Studio gesessen, weil ich über eine Werbeagentur einen Jingle hatte einspielen und singen sollen. Es war gutes Geld, das ich genutzt hatte, um Marc einen Teil der Miete zu zahlen. Doch das war ein winziges Studio gewesen, das in den Kellerräumen einer Wäscherei verborgen lag. Die Wände waren mit Eierkartonschalen statt mit Holzpaneelen ausgekleidet gewesen. Am Abend danach hatte ich mit Marc gescherzt, dass es genauso gut das Versteck eines Serienmörders hätte sein können. Einfach die mit Blut bespritzten Eierkartons austauschen und es sah aus wie neu. Ich schüttelte den Gedanken ab und konzentrierte mich auf das Hier und Jetzt.

»Sei einfach du selbst«, sagte Henry. »Dann geht das schon alles. Bist du bereit für die Tour?«

Ich nickte, als Betty mit einer Obst- und Gemüseplatte wiederkam, auf der nur wenige Kekse lagen. Kokett grinste sie in Phillips Richtung und zwinkerte ihm zu, ehe sie die Platte abstellte und das Studio wieder verließ.

Phillip ließ die Techniker allein, die an irgendeinem Demoband arbeiteten. Einer der Tontechniker winkte mir zum Abschied über die Schulter, und ich erwiderte den Gruß mit einem Lächeln.

»Gut gemacht«, merkte Henry gleich an. Auch wenn ich mich bei seinen Worten wie ein Hund fühlte, der brav das Stöckchen geholt hatte, so freute ich mich über den Kommentar. »Noch mal zu dem Thema von vorhin. Hast du es dir überlegt?«

Ich presste die Lippen zusammen. Ich wusste, was er meinte, doch ich schüttelte den Kopf. Nun, da ich Charlottes Geschichte kannte, verstand ich, warum sie ihren Gefühlsausbruch auf offener Straße geheim halten wollte. Sie hatte Angst, dass die Menschen sie voller Sensationsgier betrachten würden. Wenn ich Henry erzählte, warum Charlotte geweint hatte, würde ich Daisy und ihren Tod den Haien zum Fraß vorwerfen, und das konnte ich Charlotte nicht antun. »Es tut mir leid, aber ich habe ihr versprochen, dass ich nichts preisgeben werde, und daran halte ich mich.«

»Bist du dir sicher, Sam?«, hakte Henry nach. »Bedenke, was du alles für Chancen hättest. Klar hat jeder Song einen Hintergrund, der für den Künstler wichtig ist, aber *Sad Woman* geht so tief, dass alle wissen wollen, was dich dazu bewogen hat.«

»Ich kann gerne erzählen, wie mir die Idee kam, aber ich werde nicht die Geschichte der echten *Sad Woman* erzählen«, erklärte ich strikt, auch wenn es mir schwerfiel in Anbetracht der Umstände. Niemand sagte ihm ab, der hinterher Erfolg haben wollte. Konnte ich das riskieren?

»Die Idee ist ganz nett, aber wir bräuchten mehr«, sagte Henry zähneknirschend, und das erste Mal sah er aus wie der zähe Bär, als der er immer beschrieben wurde.

Zwei Stimmen kämpften hart in mir. Entweder ich verprellte Charlotte oder Henry. Beide konnte ich auf keinen Fall glücklich machen. Oder doch? Meine Gedanken wirbelten hin und her, während ich überlegte, welche Alternativen ich hatte. Doch je länger ich wartete, desto mehr Hoffnungen machte sich Henry. Die konnte ich aber nicht erfüllen, weil ich damit meine Beziehung zu Charlotte gefährden würde.

»Ich fürchte, das kann ich nicht bieten«, murmelte ich daher verlegen und biss mir auf die Zunge. Wie konnte ich das nur sagen? Natürlich konnte ich mehr bieten, nur eben nicht Charlottes Geschichte. Warum sagte ich das nicht einfach? Ich wollte gerade den Mund aufmachen, als Henry ein Lächeln aufsetzte und abwinkte.

»Na gut, dann müssen wir einfach schauen, dass wir mit dem arbeiten, was du uns gibst«, sagte er leichthin. »Den Vertrag bekommst du übrigens die Tage per E-Mail. Du müsstest ihn dann nur unterschreiben und mir zurückschicken.«

Eifrig nickte ich. »Das kriege ich hin. Soll ich ihn direkt in deiner Agentur abgeben?«

Henry nickte und zog sein Handy heraus. »Und jetzt solltest du Phillip zuhören, sonst denkt er noch, er redet mit einer Wand.«

Während Phillip mich durch die verschiedenen Studios schleuste, lief Henry hinter mir und tippte auf seinem Handy. Dann und wann kommentierte er etwas mit einer Anekdote zu einem Star. Ich war geflasht von all der Aufmerksamkeit, die ich bekam. Alle beteuerten, wie cool sie meinen Song fanden, und eine der Tontechnikerinnen wollte sogar ein Selfie mit mir. Ich kam mir vor wie in einem Traum und war sicher, jeden Augenblick aufzuwachen. Mein Leben war gerade so perfekt, dass ich es nicht fassen konnte. Ich hatte Charlotte, Henry Baxter wollte mein Agent sein, und ich stand in einem der renommiertesten Studios von ganz London und ließ mich von dem Besitzer durch die Räume führen. Ein seliges Lächeln lag auf meinen Lippen, während ich mir die Geschichten von Henry und die Erklärungen zu den Räumen von Phillip anhörte. Je länger ich darüber nachdachte, desto sicherer war ich mir: Das war die beste Zeit meines Lebens.

Kapitel 22

Charlotte

Die Nachricht von Sam kam nicht überraschend. Ich hatte schon seit seiner verständnisvollen Reaktion im Bistro damit gerechnet, dass er mich wieder zu einem Date einladen wollte. Wir hatten jeden Tag geschrieben, während ich bei Hamish gewesen war. Dass er allerdings schon drei Tage später wieder ein Treffen wollte, verwunderte mich dann doch. Ich konnte ihm jedoch nur antworten, dass ich noch nicht wusste, ob ich Zeit haben würde. Hamishs Zustand hatte sich nicht gebessert. Im Gegenteil. Das Rasseln seiner Lunge war lauter geworden, und ich hatte ihm Sauerstoff geben müssen, damit seine Sättigung nicht zu sehr abfiel. Sein Körper gab auf, und ich wusste nicht, wie lange er noch durchhalten würde. Ich wollte nicht auf einem fröhlichen Date sein, wenn jeden Augenblick der Anruf kommen konnte. Lieber wollte ich für Hamish da sein. Das war immerhin mein Job. Also hoffte ich einfach, dass Sam es verstehen würde.

In meinem Haus war es angenehm warm. Ich hatte am Morgen die Heizung angestellt, weil London sich dem Herbst mit großen Schritten näherte.

Ich ging durch den langgezogenen Flur und wollte in die Küche, um mir etwas zu essen zu machen, als ich das Blinken auf dem Anrufbeantworter sah. Irritiert runzelte ich die Stirn.

Normalerweise riefen mich alle, die ich kannte, auf dem Handy an. Einzig Versicherungen und Behörden hatten meine Festnetznummer und nutzten diese regelmäßig. Ich drückte den blinkenden Knopf und wartete auf das übliche Piepen, dem die Nachricht folgte.

»Hallo Charlotte, hier ist Amelia Williams von *The Sun*.« Mein Herz klopfte auf einmal hart gegen meine Brust. Eine Zeitung? Was wollte diese Amelia von mir?

»Ich habe gehört, dass Sie der Grund für den Song *Sad Woman* von dem YouTube-Durchstarter Sam Lewis sind, und wollte Sie um ein Interview bitten. Ihre Geschichte ist so unfassbar traurig, und ich möchte gerne Ihre Version hören.«

Hatte mein Herz zuvor noch hart gegen meine Rippen gepocht, so blieb es nun fast stehen. Die Erkenntnis über Sams Verrat sickerte nur langsam in meinen Verstand, während mein Körper ihn schon begriffen hatte. Eine Träne floss meine Wange hinab, während ich mich an der Wand abstützte, um dem Schwindel entgegenzuwirken, der mich erfasst hatte.

Das Piepen beendete die Nachricht, und es wurde die nächste abgespielt. »Hier spricht Raffi Taylor von der *Times*. Ich rufe an, um Ihnen ein Angebot zu machen für die Exklusivrechte an Ihrer Story. Melden Sie sich bitte bei mir, damit wir die Details besprechen können. Sie erreichen mich unter ...«

Den Rest hörte ich nicht mehr, die Worte des Mannes wurden von meinem Schrei überdeckt. Ich brüllte und schlug mit der Faust gegen die massive Steinwand, bis meine Hand und meine Kehle schmerzten. Wieso hatte ich ihm nur vertraut? Wieso hatte ich geglaubt, dass Sam besser war als alle anderen? Er war nur ein dämlicher Kerl, der mich ausnutzte. Kaum hatte ich ihm von Daisy erzählt, war er damit zu den Zeitungen gelaufen. Dass die sich auf die Story stürzten, war zu erwarten gewesen. Aber ich hatte es nicht von Sam erwartet. Er hatte mich getäuscht. Schlimmer noch. Er hatte mir das Gefühl gegeben, dass er meine Trauer akzeptierte. Stattdessen verkaufte er meine Geschichte, meine Erinnerungen an Daisy an irgendeine Zeitung, die meine Vergangenheit ausschlachten würde, bis nichts mehr für mich übrigblieb.

Kraftlos fiel ich gegen die Wand und rutschte an ihr herunter. Ich fasste an meinen Kopf, der sich auf einmal unsagbar schwer anfühlte. Was war nur in meinem Leben los, dass ich schon zum zweiten Mal auf die falsche Sorte Mann hereinfiel? Ich hätte doch aus dem ersten Mal lernen sollen. Immerhin hatte mich Jason nach Strich und Faden verarscht. Er hatte kein Interesse an einem Kind gehabt, nur an meinem Körper. Als er sich weigerte, Daisy mit mir großzuziehen, hatte er hingeschmissen. *Das ist es nicht wert*, hatte er mir an den Kopf geworfen und war gegangen. All die Jahre über hatte er mein Bild von Männern geprägt. Diese selbstsüchtigen Kerle, und Sam hatte eben dieses Bild bestätigt.

»Ich hätte mich ihm nie anvertrauen dürfen«, schluchzte ich leise und versank in einem Loch, das tief genug war, um für immer darin zu verschwinden.

Wie lange ich auf dem Boden gesessen hatte, konnte ich nicht sagen, als es an der Tür klopfte. Es war ein beschwingtes Klopfen, fast schon fröhlich. Wer auch immer dort vor der Tür stand, würde warten müssen, denn ich war nicht darauf erpicht, aufzumachen. Nicht so, wie ich gerade aussah und wie ich mich fühlte.

Zuerst dachte ich, derjenige würde wieder gehen, doch stattdessen klopfte die Person erneut. Diesmal ohne Melodie, einfach nur ein simples Klopfen. War das vielleicht Emily? Hatte ich eine Verabredung vergessen? Aber in meinem Kalender stand nichts. Und Emily schrieb normalerweise am selben Tag, um die Verabredung zu bestätigen.

»Charlotte? Bist du zu Hause? Ich sehe das Licht brennen«, hörte ich Sam, und die Wut gab mir die Kraft aufzustehen.

Mit weit ausholenden Schritten lief ich auf die Tür zu und riss sie auf. »Du!«, zischte ich, und meine Miene versteinerte bei seinem Anblick.

Er hatte einen großen Blumenstrauß in der Hand und hielt ihn mir freudestrahlend entgegen. Als er mein Gesicht sah, zögerte er jedoch.

»Du hast wirklich Nerven, dich hier blicken zu lassen«, brüllte ich ihn an. »Wie kannst du es wagen?«

Sams Lächeln verschwand, und er starrte mich verwirrt an. »Was?«

»Verschwinde von hier! Ich will dich nicht sehen. Ich dachte, ich könnte dir vertrauen, aber du bist genauso ein Arschloch wie alle anderen Männer«, schrie ich und schlug auf die Blumen ein, die er mir immer noch ins Gesicht hielt.

»Was habe ich getan?«, fragte er und wich meinen Schlägen aus, indem er die Arme schützend vors Gesicht hielt. Blütenblätter rieselten auf ihn nieder, als ich den Strauß traf.

»Das weißt du ganz genau. Ich habe dir vertraut, als ich dir von Daisy erzählt habe. Ich habe dir wirklich geglaubt. Herzlichen Glückwunsch! Du bist ein besserer Schauspieler als mein Ex!«, schleuderte ich ihm entgegen.

»Charlotte, ich weiß nicht, wovon du redest. Was ist passiert?«, fragte Sam und sprang nach hinten, um mir auszuweichen. Ich folgte ihm nicht, sondern nahm die Tür in die Hand, um sie zuzuschlagen, doch da sprang er wieder vor und stellte seinen Fuß in die Tür. »Rede mit mir.«

Die Wut in mir ballte sich zu einem Sturm, und ich wollte ihm die Tür am liebsten gegen den Kopf schlagen, doch sein Fuß verhinderte es. Also drückte ich die Tür mit aller Kraft dagegen, um ihn zur Aufgabe zu zwingen. »Ich hatte heute zwei Anrufe von Zeitungen, die von mir die Hintergrundgeschichte zu *Sad Woman* hören wollten«, schrie ich, ließ die Tür locker und schlug sie erneut gegen Sams Fuß.

Der war zu perplex, um zu reagieren. Er hatte wohl nicht damit gerechnet, dass sich die Zeitungen so schnell bei mir melden würden, und hatte sich noch einen Abend mit mir vergnügen wollen. »Verschwinde von hier, sonst rufe ich die Polizei.«

Sam verzog das Gesicht vor Schmerz, als ich wieder die Tür gegen seinen Fuß schlug. Gleich darauf zog er ihn zurück. »Ich habe niemandem etwas gesagt«, log er so schlecht, dass ich nur den Kopf schütteln konnte.

»Dann hältst du es für einen Zufall, dass die sich nur drei Tage nach unserer Unterhaltung bei mir melden?« Ich schnaubte. »Wem willst du das weismachen?«

Die Enttäuschung troff aus meiner Stimme, und ich schlug endlich die Tür zu. Was auch immer er mir noch erzählen wollte, konnte nur eine Lüge sein. Und ich hatte nicht die Kraft, um mich weiter mit ihm auseinanderzusetzen. Der Knall der zugeschlagenen Tür hallte in meinem Verstand und in meinem Herzen nach, als ob dort ebenfalls Türen zugeschlagen worden waren. Bei einer war ich mir sicher, dass sie für immer geschlossen bleiben würde. »Nie wieder«, schwor ich mir mit kraftloser Stimme und sackte auf dem Flur zusammen. Wie ein nasser Sack lehnte ich mich gegen die Tür und legte die Hände über die Knie.

»Charlotte!«, rief Sam hinter mir und klopfte. Ich spürte die Erschütterungen in meinem Rücken. »Mach wieder auf. Du kannst mich nicht einfach hier stehen lassen. Lass uns darüber reden. Ich glaube, das ist alles nur ein Missverständnis.«

»Verschwinde, Sam. Ich habe dir nichts mehr zu sagen«, murmelte ich voller Enttäuschung.

Er log mich rigoros an und merkte nicht einmal, wie sehr es mich verletzt hatte. Dass er aber an seinen Lügen festhielt und so tat, als wisse er von nichts, verletzte mich beinahe noch mehr. Hielt er mich für bescheuert? Kaum öffnete ich mich einem vermeintlichen Vertrauten, der aus meiner Geschichte Kapital schlagen konnte, meldeten sich die Zeitungen. Wer sonst hätte es also verraten können? Nein, Sam log bei jedem Wort, das aus seinem Mund kam, und das machte mich fertig.

»Charlotte, bitte. Du verstehst das falsch. Ich habe niemandem etwas von dir oder Daisy verraten.«

»Und wie haben die Zeitungen dann davon erfahren?«, brüllte ich zurück. »So kurz, nachdem du davon erfahren hast? Erklär mir das. Und lüg mich nicht an. Sag mir die Wahrheit. Wenn du es nicht warst, wer bitte soll es sonst gewesen sein?«

Sein Verrat weckte eine Seite in mir, die ich lange verdrängt hatte. All die Jahre mit Daisy hatte ich mich nie so gefühlt wie in diesem Moment. So verraten und benutzt. Nicht einmal, als Jason mir gesagt hatte, dass er sein Kind niemals sehen wollte. Sam hatte es geschafft, mich so sehr zu verletzen, dass ich mich zurückhalten musste, um mich nicht auf ihn zu stürzen.

»Das kann ich dir nicht erklären. Aber ich werde es herausfinden. Bitte, ich lüge dich nicht an. Das habe ich nie getan.« Ich hörte, wie sich etwas Schweres an der anderen Seite gegen die Tür lehnte. »Charlotte, ich will dich doch nur sehen.«

»Damit du noch mehr Infos aus mir rauspressen kannst, die deine Karriere voranbringen? Hast du mich nicht schon genug ausgenutzt? Reicht es nicht, dass du mein Seelenleben in aller Öffentlichkeit ausbreitest und damit auch noch Erfolg hast?«, wurde ich wieder laut und kämpfte mich auf die Beine. Ich drehte mich zur Tür und ballte die Fäuste. »Das ist es doch, was du immer wolltest. Bitte sehr, die Menschen hören dir endlich zu, und du machst damit Geld. Genieß es, aber lass mich da raus. Ich will mit deinem erschlichenen Ruhm nichts zu tun haben.«

»Erschlichener Ruhm?«, brauste Sam auf. »Ich habe mir gar nichts erschlichen!«

»Ach nein?« In meinem Verstand überschlugen sich die Gedanken, und ich konnte sie nicht so schnell sortieren, wie sie aus mir herauspurzelten. Die Wut fand ihren Weg in meine Kehle und spickte meine Worte mit Zweifeln und Anschuldigungen.

»Ohne mich hättest du es gar nicht so weit gebracht. Und so langsam glaube ich, dass du *Daisy* mit Absicht gespielt hast, um zu sehen, wie ich reagiere. Oder Jason hat dich darauf angesetzt. Keine Ahnung. Ich weiß nur, dass ich nichts mehr mit dir und deinem dämlichen Song zu tun haben will!«

»Dämlicher Song?«, wiederholte Sam, und ich hörte, wie er nach Luft schnappte, während ich mich langsam von der Tür entfernte. »Es ist ein guter Song, und das weißt du auch. Er entspringt meinem Herzen. Und bis vor einigen Minuten dachte ich noch, dass mein Herzensprojekt dir ebenso viel bedeutet, weil es uns zusammengeführt hat. Aber da habe ich mich wohl getäuscht.« Sam schlug mit der flachen Hand gegen die Tür. »Du willst, dass ich verschwinde? Bitte schön. Dann gehe ich eben. Aber ich schwöre dir, dass ich nichts mit diesen Zeitungen am Hut habe!«

Im nächsten Moment hörte ich Schritte, die sich entfernten. Ich blieb stehen und lauschte, ob er noch einmal zurückkam, doch da war nur noch Stille neben dem Rauschen in meinen Ohren. Sam war gegangen. Endlich. Ich hatte keine Ahnung, wie lange ich das noch ausgehalten hätte. Seine Lügen zu hören hatte mich erneut an den Abgrund gedrängt. An eine Stelle, an der ich kaum noch Halt fand. Einzig die Tatsache, dass ich noch für Hamish da sein musste, hielt mich davon ab, mich einfach fallen zu lassen. Hamishs Lachen und seine funkelnden Kinderaugen sorgten dafür, dass ich mich an die Felswand der Klippe presste, um nicht abzustürzen.

Ich ging in mein Wohnzimmer, schnappte mir meine Lieblingsdecke und kuschelte mich auf dem breiten, roten Ohrensessel zusammen, den ich von meiner Großmutter geerbt hatte. Er war bequem gepolstert und vor drei Jahren neu bezogen worden. In den Anfangszeiten hatte ich mich immer mit Daisy hineingekuschelt. Ich weiß nicht, ob es der Geruch war oder einfach die Entspannung, die ich jedes Mal in dem Sessel verspürte, aber ich konnte sie stets in dem Sessel beruhigen, wenn sie ein Schmerzschub geplagt hatte. Mit einem tiefen Seufzen schloss ich die Augen und hing meinen Erinnerungen nach. Das Licht, das Sam in meine tiefsten Ecken geschickt hatte, verblasste mit jedem Gedanken an die Enttäuschung, und auch wenn ich ihn verabscheute, so wollte ich doch das Gefühl genießen, das er mir geschenkt hatte. Nur noch einen Moment lang. Bevor mein Innerstes wieder in der Dunkelheit des Verrats und der Enttäuschung verschwand.

Kapitel 23

Sam

»Ich habe keine Ahnung, wie das passieren konnte, Marc«, erklärte ich verzweifelt und lief hinter dem Sofa auf und ab. Marc saß wie so oft mit dem Laptop auf dem Schoß und arbeitete, während er mir zuhörte.

»Hast du wirklich nicht angedeutet, wer hinter dem Song stecken könnte?«, vergewisserte sich mein Bruder und klappte den Laptop zu. Er fuhr sich mit der Hand über das Gesicht, als müsse er sich erst von seinem Fall lösen. Ich wusste, dass er seit heute eine neue Klientin hatte, aber mehr auch nicht.

»Ich habe Henry gegenüber sogar explizit betont, dass ich niemanden verraten werde, weil ich es ihr versprochen hatte.« Wieder begann ich meine Wanderschaft und lief von der Balkontür zur gegenüberliegenden Wand. »Henry hatte es verstanden, auch wenn ich das Gefühl hatte, dass er es gerne für Marketingzwecke genutzt hätte.«

»Henry ist ein harter Verhandlungspartner, und ein Nein akzeptiert er nur sehr selten.« Marc rieb sich über die müden Augen. Es war spät, aber da er noch gearbeitet hatte, hatte ich ihn angesprochen. Ich bekam ein schlechtes Gewissen, aber er konnte mich jederzeit unterbrechen. Gerade wusste ich jedoch nicht, wohin mit meinen Gedanken.

»Meinst du, er hat etwas aus unseren Andeutungen herausgefunden?«, fragte ich mich und blieb abrupt stehen. »Glaubst du, er würde das wirklich tun?« Ich konnte es mir einfach nicht vorstellen. Immerhin hatte er mir den Vertrag geschickt. Die Ausdrucke lagen neben mir. Auch wenn ich mir die Klauseln noch nicht angesehen hatte – ich hatte einfach noch keinen Kopf dafür –, wusste ich, dass ich ihn unterschreiben würde, sobald ich mich wieder konzentrieren konnte.

»Wie denn? Er weiß doch eigentlich nur, dass es eine Frau ist, die in der Nähe der Saxon Street wohnt. Davon gibt es Tausende«, widersprach Marc. »Vielleicht hat es auch gar nichts mit dir zu tun?«

Ich schüttelte den Kopf. »Charlotte sagte, dass sie nach ihrer Rolle bei *Sad Woman* gefragt wurde. Es muss also definitiv etwas mit mir zu tun haben. Verdammt!«, fluchte ich und schlug auf den weißen Sessel ein, der mehr zur Dekoration dastand, da weder Marc noch ich jemals darauf saßen.

»Beruhige dich, Sam. Du hast es nicht getan. Kannst du ihr das irgendwie beweisen?«

Ich zuckte mit den Schultern. »Wie denn? Sie hat mir vor ein paar Tagen davon erzählt, und gestern Abend haben sich die Zeitungen bei ihr gemeldet. Ich kann sogar verstehen, dass sie mich verdächtigt. Aber ich war es nicht. Das muss ihr doch klar sein. Ich würde so etwas nie tun. Dafür mag ich sie ...« Ich verstummte, fühlte den Worten nach, die noch auf meiner Zunge lagen. Wollte ergründen, ob sie der Wahrheit entsprachen. »Dafür mag ich sie zu sehr«, beendete ich meinen Satz schließlich mit einem Lächeln auf den Lippen.

»Wer hätte das gedacht?«, sagte Marc und legte den Laptop neben sich auf das Sofa, um in die Küche zu gehen. »Ich denke, es ist Zeit, den guten Whiskey anzubrechen, den ich mal geschenkt bekommen habe. Damals war er schon zwölf Jahre alt. Er dürfte nicht schlechter geworden sein«, erklärte Marc und öffnete die Tür zu unserem Alkoholvorrat. Darin standen nur vier Flaschen Rotwein und ein paar Sorten harten Alkohols, die wir über die Jahre geschenkt bekommen hatten. Wir tranken selten in der Wohnung. Wenn, gingen wir auf ein Bier in eine Bar oder ein Pub.

Ich wusste, dass ich keine Lösung finden würde, solange ich nicht denjenigen aufspürte, der Charlottes Namen an die Zeitungen weitergegeben hatte. Also schob ich meine Probleme beiseite und folgte Marc in die Küche. »Probleme auf der Arbeit?«, fragte ich ihn und angelte die Gläser aus dem oberen Schrank.

Marc holte ein paar Eiswürfel aus dem Kühlfach. Ich trank den Whiskey lieber pur, aber Marc nahm seinen stets on the rocks.

»Ich würde es nicht Probleme nennen. Es ist ein Fall, der mich mitnimmt. Eigentlich ist er rechtlich sehr klar, aber meine Mandantin hat emotionale Gründe, die ich absolut nachvollziehen kann.«

»Worum geht es denn?« Ich hielt ihm mein Glas hin.

»Meine Mandantin hat auf beeindruckende Art und Weise ihr Leben umgekrempelt, um sich um ein Kind zu kümmern, das nicht ihres ist. Ihre beste Freundin starb zusammen mit ihrem Mann bei einem Autounfall, und sie hat deren Sohn bei sich aufgenommen. Niemand sonst aus der Familie wollte den Jungen haben, da er wohl ziemlich schwierig ist. Aber der Junge ist ein Megatalent und hat die Chance, demnächst in der U18-Nationalmannschaft zu spielen. Und schon kommen die Verwandten um die Ecke, um sich ein Stück vom Kuchen zu sichern. Die letzten fünf Jahre hat sich jedoch meine Mandantin um ihn gekümmert und alles für ihn getan. Sie liebt ihn wie ihren eigenen Sohn, das kann man sehen. Und doch kann es sein, dass sie das Sorgerecht an einen Verwandten verliert.«

Ich blies die Wangen auf und pustete die Luft aus. »Das ist

hart. Hat sie denn kein Testament oder so etwas, auf das sie sich beziehen kann?«

Marc schüttelte den Kopf. »Nur ein paar vage SMS, in denen ihre Freundin ihr angedeutet hat, dass sie das Sorgerecht bekäme, wenn ihr etwas zustoßen würde, allerdings gibt es keine notariell beglaubigte Urkunde. Jetzt muss ich zusehen, wie ich ihr Recht auf den Jungen vertreten kann. Ihr geht es nicht ums Geld, sonst hätte sie ihn nie aufgenommen. Aber die Gegenseite behauptet genau das.«

»Sieht nicht jeder Richter mit ein wenig Verstand, dass sie nur das Beste für den Jungen wollte? Immerhin hat sie sich um ihn gekümmert, als noch nicht klar war, dass er mal ein solches Talent entwickeln würde, oder?«, fragte ich und setzte mich auf das Sofa neben seinen Laptop.

»Sollte man meinen, aber ohne Beweise entscheiden die Richter eher zugunsten der Familie«, sagte Marc und warf sich drei Eiswürfel in sein Glas, ehe er den Whiskey hineinfüllte. Er schloss die Flasche und setzte sich zu mir. »Und das Schlimmste daran ist, dass der Junge darunter leidet. Er will einfach nur Fußball spielen und bei meiner Mandantin bleiben. Das ist das Einzige, was vielleicht etwas vor Gericht bewirken könnte.«

»Der Junge ist doch alt genug, um selbst zu entscheiden.« Einen Moment lang betrachtete ich Marc. »Aber warum nimmt dich dieser Fall so sehr mit? Du hast doch öfter mit Familienangelegenheiten zu tun.«

Marc nahm einen Schluck aus dem Glas und drehte es zwischen seinen Händen. »Es ist Angela Haggert.«

Ich runzelte die Stirn. Der Name kam mir entfernt bekannt vor. Wo hatte ich ihn nur schon mal gehört? Es dauerte, bis es mir einfiel. »Moment, die Angela Haggert? Deine erste Freundin, die dich sitzengelassen hat, weil sie sich zu Frauen hingezogen fühlte?«

Marc nickte. »Genau die Angela«, bestätigte er und hob bedeutungsvoll die Augenbrauen. »Allerdings ist sie nicht mehr an Frauen interessiert. Das war eine Phase, wie sie nebenbei erwähnte.«

Ich sog die Luft zischend ein. »Moment, willst du mir erzählen, dass du immer noch Gefühle für sie hast?«

Marc verzog das Gesicht und zuckte mit den Schultern. »Ich kann es dir wirklich nicht sagen. Wir haben uns heute das erste Mal gesehen, nachdem sie mir vorgestern eine E-Mail geschrieben hat.«

»Und dann sagst du nichts?«, schimpfte ich und nippte an meinem Glas. »Die Frau hat dir damals dermaßen wehgetan, dass du überlegt hast, ins Ausland zu gehen, um dort Fische zu füttern.«

»Ich wollte die Welt sehen und in einem Meerespark helfen«, korrigierte Marc mich und zeigte mit seinem Glas auf mich. »Und außerdem hast du mir geholfen, die Koffer zu packen. Nein, ich kann es dir wirklich nicht sagen. Ich weiß, dass sie meine erste Liebe war, aber auch, wie sehr mich ihr Fortgang verletzt hat. Ach, ich weiß es nicht.«

Ich schnaubte. »Dann stecken wir beide gerade in einem Dilemma, das wir partout nicht lösen können.« Mit sarkastisch verzogenem Gesicht hielt ich ihm mein Glas hin. »Darauf trinke ich.«

»Cheers«, stieß Marc mit mir an. »Ich muss sie einfach vertreten und ihr helfen. Sie wirkte so verzweifelt bei unserem Termin.« Marc schüttelte den Kopf und seufzte. »Wenn ich es nicht tue, würde ich es mir nie verzeihen.«

»Du wirst einen Weg finden, Marc«, tröstete ich ihn. »Immerhin bist du gut in deinem Job und weißt, wie man einem Mandanten hilft. Und du bist einfühlsam genug, um einen Weg zu finden, dich mit ihr auszusprechen.«

»Aber will ich das? Es sind immerhin fast zehn Jahre vergangen, und ich habe nur selten an sie gedacht«, wandte Marc ein.

»Das ist es, was ich meine. Du hast an sie gedacht. Das ist es, was zählt«, erklärte ich, lehnte mich auf dem Sofa zurück und legte den Kopf über die Lehne. Ich schloss die Augen. »Genauso wie ich bei Charlotte. Ich denke unentwegt an sie, auch wenn sie das nicht sieht. Dennoch glaube ich, dass ich einen Weg finde, um ihr zu beweisen, dass ich es nicht war.«

»Wie willst du das anstellen?«, erkundigte sich Marc und nahm einen Schluck von dem weichen Whiskey.

»Ich denke, ich werde ihren Patienten mal besuchen. Der kennt sie offensichtlich besser als ich, wenn er wusste, dass sie ein Kind hatte. Vielleicht hat er eine Idee, wie ich Charlotte von meiner Ehrlichkeit überzeugen kann.«

Marc nickte. »Unkonventionell, aber einen Versuch ist es wert.«

»Ich gehe gleich morgen früh zu ihm«, sagte ich und schob in Gedanken nach: Bevor es zu spät ist.

* * *

In das Hospiz kam ich ohne Probleme, doch als ich am Empfangstresen vorbeiwollte, hielt mich die Dame dahinter auf. »Kann ich Ihnen helfen?«, fragte sie lächelnd.

Ich drehte mich mit einem charmanten Lächeln zu ihr um. »Guten Morgen, ganz sicher können Sie das«, sagte ich und lehnte mich an den Tresen. Ich hatte meine Gitarre auf dem Rücken, da ich später noch einmal vor Craigs Laden spielen wollte. »Ich bin Sam und war vor ein paar Tagen mit Charlotte schon einmal bei Hamish«, erzählte ich ehrlich. »Sie bat mich, ihm heute noch einmal Musik vorzuspielen, da es ihm am Samstag so gefallen hatte.«

Die Frau am Empfang schaute mich skeptisch an. Sie hatte am Wochenende wohl keinen Dienst gehabt, weswegen sie mir nicht glaubte.

»Schauen Sie in Ihrem Besucherbuch nach. Da stehe ich drin. Sam Lewis.« Charlotte hatte mich gebeten, mich einzutragen, weil es Vorschrift war, jeden Besucher zu registrieren.

Die Empfangsdame blätterte mit ihren langen, künstlichen Fingernägeln in dem Buch vier Seiten zurück und fuhr mit den roten Krallen über die Namen. Schließlich fand sie mich. »Okay, ich habe keine Nachricht von Charlotte, dass Sie heute da sind. Es tut mir leid. Ich kann Sie so nicht durchlassen.«

»Fragen Sie doch einfach Hamish. Der Junge wird es bestätigen«, versuchte ich es. Im schlimmsten Fall lehnte er meinen Besuch ab. Doch wenn ich Glück hatte, kam ich so durch.

»Einen Moment, bitte«, sagte sie und ging nach hinten in den Gang, der zu den Patientenzimmern führte. Ich wartete und schaute immer wieder zum Empfang. Auf jeden Fall wollte ich einen Zusammenstoß mit Charlotte vermeiden. Das würde meinen Plan torpedieren.

Als die Empfangsdame zurückkam, lächelte sie mich an. »Sie haben Glück, dass er schon wach ist. Er ist einverstanden.«

»Danke schön«, sagte ich erleichtert und klopfte mit der flachen Hand zum Gruß auf den Tisch. »Danke Ihnen.«

Ich beeilte mich, zu Hamish zu gelangen, und erschrak, als ich das Zimmer betrat. Der Junge war aschfahl im Gesicht. Seine Wangen waren eingefallen, und der Glanz, den ich am Samstag noch ab und an in seinen Augen hatte aufblitzen sehen, war verschwunden. Seine Augen waren genauso blass und trübe wie seine Haut.

»Hey«, begrüßte er mich und versuchte die Hand zu heben. Doch schon auf halber Strecke fiel sie schlaff wieder herunter.

Wollte ich das wirklich? Mit einem Mal merkte ich, wie egoistisch ich gerade handelte. Der Junge hatte vermutlich andere Sorgen, als sich um seine Krankenschwester zu kümmern. Ich schluckte, als mir bewusst wurde, was für ein Idiot ich war. »Hamish, entschuldige, ich wollte nicht stören.«

»Nein, nein«, widersprach er mit schwacher Stimme. Ich konnte die Worte kaum verstehen, so erschöpft klangen sie. »Ich freue mich über Besuch.« Er nahm alle Kraft zusammen und winkte mich an sein Bett.

Zuerst zögerte ich, wollte dem Jungen nicht die letzten Stunden seines Lebens mit meinen Nichtigkeiten versauen. Doch er hörte nicht auf zu winken, also ging ich an sein Bett.

»Bist du wegen Charlotte hier?«, fragte er, als ob er meine Gedanken lesen konnte. Ein Hustenanfall schüttelte den kleinen, schlappen Körper. Dabei verlor er die Bettdecke und enthüllte einen viel zu dünnen Körper. Mein Herz krampfte sich zusammen, und ich musste mich zusammennehmen, um nicht fluchtartig das Zimmer zu verlassen. Welcher Teufel hatte mich nur geritten, zu ihm zu gehen?

»Ja, ich wollte dich um Rat fragen«, versuchte ich es. Ich erinnerte mich noch gut, wie sehr es mich in Hamishs Alter gefreut hatte, wenn die Erwachsenen meine Meinung hören wollten. Ein kleiner Funke flammte in Hamishs Augen auf, und ich wusste, dass es der richtige Weg war.

»Schieß los, Alter«, sagte er und wischte sich mit einem Tuch über den Mundwinkel. Rote Flecken waren darauf zu sehen und ließen mich erneut zögern. Das war wirklich keine gute Idee gewesen. Ich musste mich darauf konzentrieren, dass die Tränen, die von dem Kloß in meinem Hals nach oben gedrückt wurden, nicht aus meinem Augenwinkel flossen. Der Junge tat mir unendlich leid, und ich wusste so ganz allein mit ihm nicht, wie ich mit ihm umgehen sollte.

Ich räusperte mich, ehe ich ihm mein Problem in aller Ruhe schilderte. Zwischendurch machte ich Pausen, wenn er husten musste, und gab ihm anschließend etwas zu trinken. Als ich endete, lag er einfach da und schob seine Mütze tief in die Stirn.

»Hamish, was kann ich denn tun, um Charlotte klarzumachen, dass ich es nicht war?«, fragte ich schließlich verzweifelt.

»Charlotte mag Blumen und Pudding«, antwortete Hamish. »Und mich«, ergänzte er mit einem frechen Grinsen, ehe er wieder einen Hustenanfall bekam und sich über den Mund wischte.

Da kam mir eine Idee. Warum war ich nicht schon früher darauf gekommen? »Stimmt. Danke, Hamish, damit hast du mir sehr geholfen.« Ich wollte mich gerade von ihm verabschieden, als ich zögerte. »Kann ich dir noch etwas Gutes tun?«, folgte ich meiner Eingebung.

Hamish schüttelte erst den Kopf, aber dann schaute er aus dem Fenster. »Du bist doch Sänger, oder?«

»Ja«, erwiderte ich und lehnte mich vor, um seine schwache Stimme besser zu verstehen.

Hamish kaute auf seiner Unterlippe herum. Er wollte mich offensichtlich um etwas bitten, wusste aber nicht, wie er es sagen sollte. »Spuck es aus. Ich helfe dir gerne.«

»Ich muss bald sterben«, begann er. »Und ich will nicht einfach weg sein.«

Ich runzelte die Stirn und überlegte, was er meinen könnte. »Du möchtest in Erinnerung bleiben?«, fragte ich verwirrt und lehnte mich noch weiter vor, da seine Stimme immer schwächer wurde.

»So was, ja. Ich will nicht, dass ich einfach weg bin und sich niemand an mich erinnert«, erklärte Hamish, und in seinen Augen glitzerte es verdächtig.

Ich überlegte, wusste jedoch nicht, was ich sagen sollte. Der Junge war ein Kämpfer, das sah ich, aber genauso sah ich auch, dass er den Kampf längst verloren hatte. Es würde nicht mehr lange dauern, bis er die Augen für immer schloss. Dieser Gedanke blockierte jede Idee, die mir gekommen wäre. »Was möchtest du denn machen?«, fragte ich daher.

Hamish seufzte. »Machst du ein Video von mir, wie ich meine Geschichte erzähle, und machst dann ein Lied daraus? Und zeigst das dann Charlotte, wenn ich weg bin?«

Auch wenn Hamish versuchte, locker zu klingen, so spürte ich die Anspannung, die seinen kleinen Körper erfasst hatte. Er wollte das unbedingt machen. Warum er Charlotte jedoch nicht darum gebeten hatte, war mir ein Rätsel.

»Natürlich. Das können wir gerne sofort machen. Ich habe mein Handy dabei.«

Ein schüchternes Lächeln glitt über die Lippen des Jungen. Die Erleichterung, die über sein Gesicht huschte, war jedoch viel beeindruckender und traf mich direkt ins Herz. Dieser Junge hatte keine großen Wünsche und doch den größten von allen. Ein Teil von mir konnte das sehr gut nachvollziehen. Am Ende eines langen Lebens fragte man sich, was von einem im Gedächtnis blieb. Wer erzählte meine Geschichte, wenn ich mal sterben würde? Ich konnte nur hoffen, dass meine Songs nicht in Vergessenheit gerieten. Ich wollte kein Michael Jackson werden oder ein Freddy Mercury, aber zumindest der ein oder andere könnte über meine Songs nachdenken. Ich verstand Hamish und würde schauen, was ich aus seiner Geschichte machte, sobald wir sie aufgenommen hatten. Ich musste mir etwas Besonderes dafür einfallen lassen. Einfach nur seine Geschichte als Song an Charlotte schicken, fand ich zu platt, auch wenn es sie sicher freuen würde. Ich zückte mein Handy, um Hamish zu filmen. Ich nickte mir selbst zu bei der Idee, die mir gerade gekommen war. Damit konnte ich sowohl Hamish als auch Charlotte glücklich machen.

»Bist du bereit?«, fragte ich.

»Jetzt oder nie«, sagte er mit einem frechen Schmunzeln, und das Funkeln, das am Samstag noch in seinen Augen geleuchtet hatte, kehrte wieder zurück.

Kapitel 24
Charlotte

Erneut drückte ich genervt den Anrufer weg. Schon den ganzen Morgen rief Sam mich an, aber ich wollte nicht mit ihm sprechen. Nicht nachdem schon vor dem Aufstehen zwei weitere Zeitungen bei mir angerufen hatten, um auf ein Exklusivinterview zu bieten. Sogar ein Lokalsender wollte ein Radiointerview mit mir bringen. Wenn ich könnte, doch bitte noch am Abend, da würden sie über Senkrechtstarter sprechen. Dankend hatte ich abgelehnt und direkt wieder aufgelegt. Da ich auf Sams Nachrichten der letzten beiden Tage nicht reagierte, hatte er gegen acht Uhr am Morgen angefangen, bei mir anzurufen.

Inzwischen drückte ich nur noch auf den Abweisen-Button meines Handys. Ich saß an meinem Frühstückstisch in der Küche, hatte jedoch keinen Hunger. Der Appetit war mir vergangen. Einzig auf meinen Frühstückstee konnte und wollte ich nicht verzichten. Eine heiße Tasse dampfte vor mir, während ich mit den Händen meinen Kopf stützte. Das Handy lag auf dem Tisch neben mir. Wieder vibrierte es, und ich schloss die Augen. Wie konnte jemand nur so stur und penetrant sein? Hatte er nicht verstanden, dass ich nicht mit ihm reden wollte? Ich schnaubte. Vielleicht hatte er es wirklich nicht begriffen.

Ich öffnete die Augen, griff voller Wut nach dem Telefon und ging dran. »Hör auf, mich anzurufen! Ich will nichts mehr mit dir zu tun haben!«, rief ich laut genug, um damit eine Horde Elefanten aufzuscheuchen.

Am anderen Ende der Leitung herrschte Stille. Ich wollte gerade zufrieden auflegen, als ich eine Stimme hörte, die nicht Sams war. »Charlotte?«

Mein Herzschlag beschleunigte sich. Das war Barbara. »Oh, es tut mir leid, ich dachte, Sie wären jemand anderer.«

»Schon gut, Sie können mir später erklären, warum Sie erst beim dritten Mal an Ihr Telefon gehen. Kommen Sie bitte her. Hamish geht es nicht gut«, sagte meine Vorgesetzte kurz angebunden.

»Ich bin gleich da«, erwiderte ich rasch und legte auf. Meinen Tee ließ ich stehen, rannte in den Flur und nahm die erstbeste Jacke. Meine Handtasche hatte ich schon vor Tagen so gepackt, dass ich jederzeit losgehen konnte. Ich rief mir ein Taxi, um möglichst schnell im Hospiz zu sein. Die gesamte Fahrt über fragte ich mich, ob ich es wohl rechtzeitig schaffen würde.

Kopfschüttelnd starrte ich auf das Display. Das war allein Sams Schuld. Wenn ich zu spät zu Hamish käme, würde ich ihm das Leben zur Hölle machen. Dieser Junge war allein auf der Welt, und ich sollte die Person sein, die sich um ihn kümmerte, die an seiner Seite war, wenn er gehen musste. Aber Sam hatte mir diese Chance vielleicht genommen. Mein erster Patient, und er würde mutterseelenallein sterben. Eine Träne rann meine Wange herunter. Ich wollte für Hamish da sein, seine Hand halten. Ihn begleiten, bis er sanft eingeschlafen war.

Die Mauern des St. Antonius Kinderhospiz ragten vor mir auf, als ich aus dem Taxi sprang. Ohne auf mein Wechselgeld zu warten, rannte ich hinein und am Empfang vorbei. Die Frau dahinter sagte noch etwas zu mir, aber ich hörte sie nicht. Ich fragte mich, ob Hamish noch bei Bewusstsein war oder ob die Medikamente ihn schon so sehr betäubt hatten, dass er weggedämmert war. Vielleicht war Barbara bei ihm geblieben und hatte seine Hand gehalten, seine Medikamentendosis erhöht, damit er keine Schmerzen hatte und in Ruhe einschlafen konnte.

Ich riss die Tür auf und blieb direkt stehen. Hamishs Atmung war so laut, dass ich sie bis zur Tür hören konnte, doch das hatte mich nicht aufgehalten. Es war der Anblick von Sam, der am Fußende von Hamishs Bett stand und sich an der Metallstange festhielt. »Was machst du hier?«, zischte ich, bevor ich nachdenken konnte.

»Er hat mich hergebracht«, hörte ich eine leise Mädchenstimme. Verwirrt wandte ich den Blick von Sam ab und bemerkte da erst Stella, die in einem Rollstuhl zwischen dem Bett von Hamish und dem Fenster saß. Meine Kehle schnürte sich zu. Jedoch nicht vor Wut oder Angst, sondern vor Erleichterung. »Du bist gekommen.« Ich schluchzte, ehe ich es aufhalten konnte. Sofort schlug ich die Hand vor den Mund.

»Du hast recht, Hamish, sie ist echt voll emotional«, sagte Stella. »Ist doch kein Ding, dass ich hier bin.«

»Aber wie ...«, begann ich den Satz, aber meine Stimme versagte.

»Ich wollte dir beweisen, dass ich dir nichts Böses will«, sagte Sam. »Bitte, Charlotte, du musst ...«

Ich hob die Hand und unterbrach ihn, das war nicht der Moment für seine Entschuldigungen. Ich räusperte mich, um den Kloß beiseitezuschieben, der meine Kehle blockierte. »Wir reden später darüber. Jetzt muss ich dich bitten rauszugehen.«

»Aber ...«, wollte Sam widersprechen.

Doch ich schaute ihn nur mit einem eiskalten Blick an. »Du gehst sofort nach vorne in den Warteraum, oder ich lasse dich rausschmeißen, hast du das verstanden?« Sam nickte und verließ das Zimmer ohne weitere Widerworte.

Ich hingegen ging zum Bett und nahm Hamishs Hand. Sie lag schlaff neben seinem Körper. Er hatte die Augen geöffnet und starrte zu Stella, doch ich sah, dass er sich nur noch mit letzter Kraft ans Leben klammerte. Eigentlich wollte sein Körper längst gehen. Nur sein Wille hielt ihn noch bei uns.

»Hallo Hamish«, begrüßte ich ihn mit sanfter, ruhiger Stimme. Sein Kopf drehte sich wie in Zeitlupe zu mir, und ich hatte Mühe, das Lächeln aufrechtzuhalten, das ich speziell für diese Situation gelernt hatte. Auch wenn mir schon einige Eltern unterstellt hatten, dass es nicht echt wäre, so war es doch voller Hingabe und Liebe für meine Patienten.

»Miss Charlotte, ich bin müde«, sagte er und hustete so kratzend, dass es selbst in meiner Lunge schmerzte.

»Ich weiß, Hamish. Du kannst gleich schlafen. Ich wollte dir nur noch sagen, dass du ein wunderbarer Junge bist und es mir eine Ehre war, dich kennengelernt zu haben.« Ich streichelte ihm mit meiner freien Hand über die Stirn.

Hamish wollte etwas sagen, konnte es aber nicht, da ihm der Atem wegblieb. Er schnappte nach Luft, und ich hob seinen Oberkörper ein Stück an, damit er noch einmal die Möglichkeit hatte zu antworten. Mit den Händen stützte ich ihn, bis er wieder freier atmen konnte, sofern man in seinem Zustand davon reden konnte.

»Danke, Miss Charlotte. Dass Sie Stella gefunden haben. Und dass Sie mir Pudding gemacht haben. Der war lecker.« Eine Träne lief seine Wange herunter, während er erneut nach Luft schnappte. »Ich habe Sie angelogen«, murmelte er schließlich, und seine Augenlider flatterten.

»Wieso das?«, fragte ich rasch. Er würde nicht mehr lange bei Bewusstsein sein.

»Ich habe doch Angst«, hauchte er, und die Träne rann über sein Ohr und tropfte hinunter auf das Kissen.

Ich biss mir auf die Unterlippe. Vorsichtig nahm ich ihn in den Arm und schaukelte ihn vor und zurück. »Schhhh«, flüsterte ich ihm ins Ohr. Zu mehr war ich nicht mehr in der Lage.

Während ich ihn in meinen Armen hielt, wurde ich ein Jahr zurückversetzt. Ich hielt Daisy fest an mich gedrückt, wartete nur auf den Moment, in dem die Maschine den erlösenden Ton von sich gab. Und doch wollte ich sie nicht gehen lassen. Genau so erging es mir mit Hamish. Ich wusste, dass es keine Hoffnung für ihn gab und sein Leben schrecklich schmerzhaft werden würde, wenn wir es künstlich verlängerten, aber zugleich wollte ich noch mehr über den Jungen erfahren, der noch vor einem Monat so lebensfroh und tapfer gewesen war. Der unendlich viele Abenteuer erlebt hatte, die niemand mehr hören würde.

»Du brauchst keine Angst zu haben«, mischte sich auf einmal Stella ein und drückte seine andere Hand fest. »Du bist Hamish, der Straßenjunge. Überleg mal, was wir alles zusammen durchgemacht haben. Wie wir uns gegen Big Al gewehrt haben. Die Narbe von dir wird auf ewig seine hässliche Visage verschönern.« Stella lehnte sich vor und legte Hamishs Hand an ihre Wange. »Oder wie du mich vor diesen Vollärschen aus dem Westend bewahrt hast, indem du mit dem Rohr gegen die Mülltonnen geschlagen hast. Du brauchst vor nichts Angst zu haben, Kleiner, verstanden?«

Hamish nickte kaum merklich an meiner Schulter. Dankbar blickte ich zu Stella hinüber. Sie wollte sich nicht anmerken lassen, wie nah es ihr ging, aber ich konnte die wässrigen Augen, die bebende Unterlippe sehen und wusste genau, wie es ihr ging. Ich selbst wollte stark sein. Für Hamish. So lange es nötig war. Ich würde ihn mit aller Liebe verabschieden, die ich in mir fand. Er hatte jedes bisschen davon verdient. In den wenigen Wochen war er mir ans Herz gewachsen.

Seine Atmung wurde schwächer, und ich legte ihn sanft zurück auf das Bett. »Danke«, murmelte er so leise, dass ich es fast nicht verstanden hätte. »Ich ... Daisy«, schob er hinterher. Ich konnte mir denken, was er hatte sagen wollen. Sein weiches Gesicht verzerrte sich, als ihn ein weiterer Hustenanfall so sehr schüttelte, dass er kaum noch Luft bekam. Sein zuvor aschfahles Gesicht verlor alle Farbe, und er kniff die Augen vor Schmerzen zusammen.

Ich hielt weiter seine Hand, erhob mich jedoch, um den Perfusor zu erreichen. »Möchtest du ihm noch etwas sagen?«, fragte ich mit belegter Stimme.

Stella schniefte, als sie Hamishs Hand fester gegen ihre Wange drückte. »Spürst du das, Hamish? Ich werde dein dummes Gesicht und all die Überfälle mit dir niemals vergessen, hörst du mich?« Auch ihre Stimme brach. »Niemals. Du wirst immer einer von uns sein. Einmal Straßenkind, immer vereint.«

Ihre Tränen waren nicht mehr aufzuhalten, und sie schluchzte, klammerte sich aber weiter an Hamish. Ich erhöhte die Morphin-Dosis um einige Milliliter, sodass seine Schmerzen nachließen und er einschlafen konnte. Hamishs Gesichtszüge entspannten sich kurz darauf. Ich glaubte in seinen Augen ein letztes Funkeln zu erkennen, ehe er sie schloss.

Rasch setzte ich mich wieder zu ihm, streichelte ihm über die Wange und trocknete den Weg seiner Tränen. Daisy hatte nicht geweint, aber ich hatte mich von ihr verabschieden können. Damals hatte ich ihr etwas ins Ohr geflüstert, von dem ich hoffte, dass es sie auf ihrer Reise beruhigen würde. Ich wusste nicht, ob Hamish mich noch hörte, aber ich wollte es wenigstens versuchen. Vielleicht half es ihm auch, meine Daisy zu finden.

Ich atmete tief ein, um meine Stimme unter Kontrolle zu bekommen. Es kostete mich einiges an Kraft, aber ich lächelte, als ich sagte: »Reise mit den Sternen und finde jeden Tag einen neuen Himmel, tapferer Junge.«

Dann wartete ich. Auf den unvermeidbaren Augenblick. Stumm saßen Stella und ich da, schauten nur auf Hamish. Ich ahnte, dass sie an all das dachte, was sie mit ihm erlebt hatte. Ich dachte an Daisy und fragte mich, ob sie wohl im Himmel auf Hamish wartete. Ob sie ihm helfen würde, sich einzugewöhnen, und ob Hamish sein Versprechen hielt und wie ein großer Bruder für sie sein würde.

Hamishs Atmung wurde stockend, und ich wischte mir übers Gesicht, um die Gedanken zu vertreiben. Immer wieder setzte seine Atmung aus, bis er auf einmal ein letztes Mal lange ausatmete. Dann erschlaffte sein Körper für immer, und auf seinem Gesicht zeigte sich die Erlösung von allen Schmerzen.

Stella und ich saßen noch lange an seinem Bett, hielten seine leblosen Hände und verabschiedeten uns jede auf ihre Weise. Stella schluchzte nur ab und an leise, wischte sich heimlich über die Augen, ehe sich ihr Blick versteinerte. Ich war mir sicher, dass sie es nicht gewohnt war, ihre Gefühle offen zur Schau zu stellen.

Dann wurde es Zeit. Ich musste Hamishs Tod melden und einen Arzt holen, der den Tod offiziell feststellte. Aber ich hatte nicht die Kraft aufzustehen. Nach Daisys Tod hatten mir die Schwestern nur ein paar Minuten allein mit ihr gegeben, sodass ich sie noch ein wenig länger im Arm halten konnte. Ich war den Schwestern unendlich dankbar gewesen, aber trotz allem waren die letzten Minuten mit meiner Tochter zu kurz gewesen. Dass ich jetzt selbst bestimmen konnte, wann ich Hamishs Tod meldete, war eine Freiheit, die ich bei Daisys Tod nicht gehabt hatte.

Also saß ich einfach nur da und starrte ihn an, während ich über seinen Handrücken streichelte. Wie lange, konnte ich nicht sagen, aber irgendwann spürte ich eine Berührung auf der Schulter. Verwirrt drehte ich mich um und sah Stella neben mir. Sie war unbemerkt mit dem Rollstuhl neben mich gerollt.

»Wie lange kannten Sie ihn?«, fragte sie mit versteinerter Miene.

»Etwas mehr als einen Monat.«

»Man schließt ihn gleich ins Herz, oder?«, erwiderte sie, ohne einen Hauch des üblichen Sarkasmus.

»Er hat«, ich stockte, »hatte so eine fröhliche Art, selbst in seiner Situation.« Ich schmunzelte, als ich an unseren ersten Tag dachte. Die Mütze, die ihm immer zu tief ins Gesicht gerutscht war, und seine Ehrlichkeit hatten mich sofort für ihn eingenommen.

Stella lehnte sich in ihrem Stuhl zurück. »So ist das Leben. Die Besten sterben viel zu jung.« Ich konnte die Bitterkeit in ihren Worten beinahe schmecken. Mir fielen ihre Worte aus dem Krankenhaus wieder ein. Er war nicht der Erste, den sie verloren hatte. Vermutlich starben auf der Straße öfter Kinder.

»Und jetzt Kopf hoch. Das Leben geht weiter.« Stella deutete auf Hamish. »So scheiße schmerzhaft sein Abgang ist: Er hätte nicht gewollt, dass wir hier sitzen und uns die Augen ausheulen. Hamish war ein Kämpfer und hat sich nie unterkriegen lassen, wenn einer von uns gestorben ist. Er war so positiv, dass es echt zum Kotzen war. Und genau das sollten wir auch machen. Wir chillen positiv, statt hier nur rumzuheulen.«

Regungslos schaute ich Stella an. Auch wenn ihre Ausdrucksweise nicht die beste war, so verstand ich, was sie meinte. »Da hast du vermutlich recht«, stimmte ich schließlich zu. »Für mich ist es nicht ganz so einfach, denn ich weiß gar nicht so viel über sein Leben.«

»Sie wussten genug, um mich zu suchen«, schnaubte Stella. »Was ich übrigens immer noch nicht geil finde. Mich findet man nicht, wenn ich es nicht will.«

»Keine Sorge, das war auch nicht ich. Sam hat dich aufgespürt. Er ist Straßenmusiker und kennt wohl ein paar Leute«, erklärte ich, während ich mich langsam von Hamish löste. Ich richtete mich auf. Ein Schauer rann meinen Rücken herunter, als ich Hamishs Hand losließ. Es fühlte sich an wie damals. Der Moment, in dem ich Daisy wieder ins Bett hatte zurücklegen müssen, weil der Arzt gekommen war. Ich sah eindeutig Hamish vor mir, und doch fühlte es sich so an, als müsste ich mich ein zweites Mal von meiner Tochter trennen. Seine Fröhlichkeit und sein Sterben würden mich den Tag durchstehen lassen.

»Dann muss ich wohl ein ernstes Wort mit diesem Sam reden«, schimpfte Stella.

»Wie hat er es eigentlich geschafft, dich herzubringen?« Ich atmete tief durch, um mich wieder auf die Lebenden zu konzentrieren statt auf die Toten.

»Er hat mir fünfzig Pfund versprochen und meinte, dass er mich nachher zum Mittagessen einlädt. Dieser Krankenhausfraß macht mich echt krank«, erklärte sie leichthin. »Aber ich denke, ich nehme nur das Essen. Hamish war ein cooler Junge, und ich wäre sowieso gekommen«, schob sie etwas schüchtern hinterher, als wäre es ihr unangenehm.

»Danke, dass du gekommen bist. Ich glaube, das hat Hamish unendlich viel bedeutet. Er hat öfter von dir gesprochen, auch wenn er nicht viel über seine Zeit auf der Straße gesprochen hat.«

»Hamish und ich haben schon echt einiges durchgemacht.« Das erste Mal, seit ich das Zimmer betreten hatte, schmunzelte sie, und es wirkte ehrlich. Sie sah genauso aus wie jemand, der an einen Menschen dachte, der nie wieder in ihrem Leben sein würde. Diese Gedanken lockten ein nostalgisches Lächeln hervor, das man nicht fälschen konnte.

Da kam mir eine Idee. »Musst du wieder ins Krankenhaus zurück?«, fragte ich sie unverblümt. Ich wollte meinen Vorschlag loswerden, bevor er im Morast meiner tränengetränkten Erinnerungen versank.

»Wohin denn sonst? Die lassen mich ja noch nicht gehen. Erst, wenn dieser Kackgips ab ist.«

»Ich könnte dich mit zu mir nehmen«, schoss es aus mir heraus. »Du könntest mir mehr zu Hamish erzählen und müsstest nicht wieder auf die Straße zurück.«

»Sorry, Lady, aber ich kenn Sie kaum. Was sollte ich bei Ihnen?« Stella runzelte skeptisch die Stirn.

»Zunächst einmal hättest du ein Bett und geregelte Mahlzeiten, bis du wieder gesund bist«, versuchte ich es. »Und außerdem würde es mich freuen, wenn ich mehr über Hamish erfahren könnte. Du hast ihn ja am besten gekannt.«

Ein Hauch von Stolz zog über Stellas Gesicht. »Da haben Sie verdammt recht. Aber Sie könnten eine von diesen reichen Tussen sein, die Kinder von der Straße klauen und ins Ausland verkaufen. Mit uns kann man es ja machen.«

»Glaubst du das wirklich?« Ich zog eine Augenbraue hoch.

Einen Moment lang starrte Stella mich an und verschränkte die Arme vor der Brust. Ich hielt ihrem Blick stand. Schließlich verzog sie das Gesicht. »Alles ist wohl besser als dieses Drecksessen im Krankenhaus. Da gibt es auf der Straße besseres Essen«, schimpfte sie.

»Dann würde ich mich freuen, wenn du mit mir kommst. Ich regele das mit dem Krankenhaus. Die werden sicher nichts dagegen haben, wenn ich mich die restliche Zeit um dich kümmere.« Ich drehte mich noch einmal zu Hamish. Er wirkte so entspannt, dass man glauben konnte, er schliefe nur. Ich verabschiedete mich von ihm und seufzte. Hamish würde für immer in meinem Gedächtnis bleiben.

Ich verließ das Zimmer und blieb draußen sofort stehen. Sam lehnte an der gegenüberliegenden Wand und stieß sich ab, kaum dass ich auf dem Flur stand. »Charlotte, ich …«

Bevor er weitersprechen konnte, unterbrach ich ihn. »Sam, ich bin dir dankbar, dass du Stella hergebracht hast, aber ich habe jetzt keine Zeit für dich.«

»Soll ich später zu dir kommen?«, fragte er, während ich ihn stehen ließ und in Richtung Schwesternzimmer ging.

Zuerst überlegte ich, ob ich weitergehen und so tun sollte, als ob ich ihn nicht gehört hätte. Doch das würde ihn nicht abhalten, mir zu folgen. Und ich hatte nicht die Kraft, ihm ständig zu erklären, warum ich keine Zeit für ihn hatte.

»Hör zu, Sam. Ich weiß nicht, was du von mir erwartest. Du hast mich verraten. Zutiefst verletzt. Glaubst du wirklich, dass ich dir einfach so verzeihen werde?«

»Ich war das nicht, Charlotte. Das versuche ich dir die ganze Zeit zu erklären«, sagte er verzweifelt.

Ich hob nur meine Hand und schüttelte den Kopf. »Nicht jetzt, Sam. Geh bitte einfach. Ich kann das jetzt nicht, hörst du?«, flehte ich. »Ich melde mich bei dir.«

Damit drehte ich mich um und ging.

Kapitel 25

Sam

Ich stieß mit dem Fuß gegen einen angebissenen Apfel. Er kullerte auf die Straße und verschwand im Rinnstein. Charlotte hatte mir immer noch nicht für etwas verziehen, das ich gar nicht getan hatte. Nicht einmal, nachdem ich Stella davon überzeugt hatte, mitzukommen. Dabei war ich mir so sicher gewesen, dass sie die Geste verstanden hatte.

Hamish war seit drei Tagen tot. Ihre verquollenen Augen und die Härte in ihrer Stimme hatten keinen Zweifel daran gelassen. Als sie mich gebeten hatte zu gehen, hatte ich nicht anders gekonnt, als ihrem Wunsch zu folgen, auch wenn ich sie viel lieber in den Arm genommen und festgehalten hätte.

Doch Charlotte wollte mich nicht sehen, wollte sich *bei mir melden*. Ich ahnte, dass sie das nicht tun würde, wenn ich sie nicht daran erinnerte. Aber für den Augenblick wollte ich ihr den Freiraum lassen. Außerdem musste ich endlich den Vertrag bei Henry abgeben. Marc war ihn einmal mit mir durchgegangen, und ich hatte ihn unterschrieben. Diesen Vertrag trug ich in meinem Rucksack bei mir wie einen Schatz, eingepackt in eine Folie und in einen stabilen Briefumschlag, damit er auf keinen Fall knicken konnte. Da Henry gesagt hatte, dass ich ihn jederzeit vorbeibringen könne, wollte ich es erledigen, bevor ich nächste Woche bei *Breakfast Clubhouse* den Song einsingen sollte.

Das Gebäude seiner Agentur war schlicht und einfach. Nur das goldene Firmenschild an der Backsteinmauer deutete an, wer in diesem Bürokomplex arbeitete. Neben Henrys Agentur arbeiteten noch eine Zahnärztin, zwei Anwälte und eine Versicherungsmaklerin in dem zweistöckigen Haus. Laut Schild befanden sich Henrys Räumlichkeiten im ersten Stock. Da ich eindeutig zu viel Energie in mir trug, nahm ich die Treppe und immer zwei Stufen auf einmal. Die Ungewissheit über Charlottes und meine Zukunft feuerte diese Energie nur weiter an. Bei jedem Schritt fragte ich mich, ob wir überhaupt eine Zukunft hatten. Sicher, sie trug ein Päckchen mit sich herum, das größer war als das der meisten Menschen. Ihre Geschichte hatte sie zu der gemacht, die sie heute war. Wie konnte ich diesen Teil an ihr dann nicht lieben?

Als ich die Tür vom Treppenhaus öffnete und in einen schmalen Flur trat, musste ich die Gedanken an Charlotte beiseiteschieben. Es fiel mir nicht leicht, und ich lehnte mich an die Wand. Innerhalb der letzten fünf Wochen hatte ich mich in sie verliebt. In ihre unglaubliche Wärme, trotz der ladyliken Kühle, die sie auf den ersten Blick ausstrahlte. Ihre starken Gefühle und diese Schwermut, die sie jede Sekunde ihres Lebens umgab. Und doch war da eine Kraft, wie ich sie nie zuvor bei einem Menschen gesehen hatte. Charlotte hatte Unvorstellbares erlebt, und doch hielt sie den Kopf hoch und kümmerte sich um andere Kinder, denen das Gleiche bevorstand wie ihrem Kind. Diese Ausstrahlung hatte mich um den Verstand gebracht, hatte mir *Sad Woman* eingepflanzt. Ich seufzte. Ohne Charlotte hätte ich niemals dieses Büro betreten können. Vielleicht musste ich ihre Schwermut und meine Angst, sie nie wiederzusehen, mit in dieses Büro nehmen, weil sie mich durch den Erfolg leitete.

Einen Augenblick lang schloss ich die Augen, genoss die

Kühle der Wand und stieß mich schließlich ab. Es half nichts. Ich konnte nicht ewig vor den Büroräumen herumlungern.

»Guten Morgen«, begrüßte ich den jungen Mann, der hinter dem Tresen saß. Es war einer dieser Hipster, die sich zu cool für eine Krawatte waren und stattdessen eine Fliege und Hosenträger trugen, weil es angesagt war. Sein Undercut auf einer Seite, der Vollbart und die schwarzen, nach hinten gestriegelten Haare vollendeten den Hipsterlook.

»Guten Morgen, Sir, was kann ich für Sie tun?«, erwiderte er mit schottischem Einschlag.

»Ich wollte meinen Vertrag bei Henry Baxter abgeben. Ist er zu sprechen?« Nervös vergrub ich meine Fäuste in den Hosentaschen.

»Ah, der Straßenmusiker, richtig?« Die Augen des Hipsters leuchteten auf, als hätte eine Schlange eine Maus entdeckt, die im Wald herumlief.

»Ja, genau. Sam Lewis«, erwiderte ich und zog die Schultern hoch, um meine leuchtend roten Ohren zu verbergen.

»Henry hat Sie schon erwartet. Einen Moment. Ich kläre, ob er Zeit hat. Nehmen Sie bitte kurz dort drüben Platz.« Der Hipster deutete auf eine Sitzecke aus vier bequemen Ledersesseln mit halbhoher Lehne. Eine Wand mit Autogrammkarten hing dahinter und ließ mich in Ehrfurcht erstarren. Dort hingen Karten von jedem britischen Star, den man in den letzten fünfzig Jahren im Radio gehört hatte.

»Es dauert auch nicht lange«, sagte der Hipster, der mein Zögern bemerkte und es falsch interpretierte.

»Ja, danke«, erwiderte ich und setzte mich rasch. Meine Finger tippten ungeduldig auf der Lehne. Jede Sekunde, die ich warten musste, baute in mir die Angst auf, dass Henry den Vertrag doch noch ablehnen könnte. Immerhin war ich ein Niemand und Henry der Leiter einer der angesehensten Musikagenturen in ganz London, wenn nicht sogar in ganz Großbritannien. Immer wieder drifteten meine Gedanken ab zu Charlotte, aber ich fing sie wieder ein, wollte nicht zu traurig sein, wenn ich Henrys Büro betrat.

»Sam?«, unterbrach der Hipster schließlich meinen Gedankengang. Ich schreckte hoch. »Henry ist jetzt so weit, und er freut sich schon sehr auf Sie.«

»Danke«, brachte ich mit Mühe heraus und wusste nicht, ob der Hipster seine Worte ironisch oder ernst meinte. Auch wenn Henry mir schon mehrfach gesagt hatte, dass ich das Zeug zu einem Star hatte, konnte ich einfach nicht glauben, dass er aufrichtig war. Vielleicht machte er das bei jedem Talent, um sicherzustellen, dass sie sich für ihn entschieden. Wie viele Künstler hatte er so schon für sich gewinnen können? War ich nur einer von vielen in seiner langen Karriere? Natürlich war ich das. Was für ein Gedanke. Immerhin hatte er Stars am laufenden Band hervorgebracht mit seiner Agentur.

Mit einem mulmigen Gefühl im Magen ging ich in Henrys Büro. Es lag am Anfang eines längeren Flurs, von dem mehrere Büroräume abgingen. Vermutlich die Räume seiner Angestellten. Auf der Homepage hatte ich nachgelesen, dass seine Agentur fünfzehn Agenten beschäftigte.

»Sam!«, rief Henry und nahm seine Brille ab. »Schön, dass du es einrichten kannst. Ich hoffe, du kommst mit guten Nachrichten.«

Ich nickte. »Den Vertrag habe ich dabei.« Wieso war ich immer noch so aufgeregt? Henry wollte mich unter Vertrag nehmen. Ich hätte vor Freude in die Luft springen und dort dauerhaft über dem Boden schweben sollen. Stattdessen krampfte sich mein Magen zusammen vor Aufregung.

»Sehr gut. Das trifft sich, denn ich habe verdammt gute Nachrichten. Du hast Interviewanfragen von *BBC Radio* und zwei lokalen Sendern.« Aufmerksamkeit heischend breitete Henry die Arme aus und wartete anscheinend auf meinen Jubelschrei.

Ich konnte das jedoch noch nicht verarbeiten. »Wie bitte?«, fragte ich verwirrt nach. »Habe ich mich verhört?«

»Nein, mein Junge. Noch bevor deine Single überhaupt produziert ist, wollen alle deine Geschichte und die von der Frau hören, die dich inspiriert hat.«

»Du weißt doch, dass ich darüber nicht reden will«, erwiderte ich und runzelte die Stirn. Henrys Worte dämpften meine Freude über die Interviewanfragen.

»Ach, hab dich nicht so. Du weißt doch: Sex sells. Oder in diesem Fall: Sad Woman sells«, lachte Henry und ging wieder hinter seinen Schreibtisch, wo er sich in einen überdimensionalen Stuhl fallen ließ und die Fingerspitzen vor der Brust aneinanderlehnte. »Oder willst du etwa nicht, dass deine Single im Radio gespielt wird?«, fuhr Henry bedrohlich leise fort.

Seine Worte klangen wie eine Drohung, und ich hatte Mühe, meine Gedanken im Zaum zu halten, die in alle möglichen Richtungen abzudriften drohten. »Was meinst du damit? Ohne die Geschichte hinter *Sad Woman* gibt es keine Single?«

»Ach, Sam, du hast eindeutig zu lange auf der Straße gespielt. Das Leben ist kein Wunschkonzert. Manchmal muss man Dinge tun, wenn man Erfolg haben will. Prinzipien verraten, um einen Nummer-1-Hit zu landen. Was willst du wirklich vom Leben, Sam?« Henry lehnte sich auf seinen Schreibtisch vor und fixierte mich mit seinem Blick. »Willst du einen Nummer-1-Hit, denn den kann ich dir mit dem Song und der Story versprechen. Oder willst du irgendeine Vorstadttussi in einem schicken Stadthaus beschützen, die in ein paar Wochen eh das Interesse an dir verliert?«

In meinen Adern gefror das Blut. »Ich habe nie gesagt, in was für einem Haus sie wohnt«, sagte ich leise, und ein schrecklicher Gedanke kam mir. Charlotte hatte mich rausgeworfen, weil sie gedacht hatte, dass ich sie verraten hatte, aber was, wenn es Henry gewesen war? Aber wie hatte er von ihr erfahren?

Ich hatte weder ihren Namen noch andere Details über sie verraten.

»Versteh doch, Sam. Das Business läuft halt so. Nur mit guter Musik kommst du nicht weit. Du brauchst 'ne geile Story dahinter. Schau dir Michael Jackson an. Kaum war er tot, haben alle seine Songs runtergeladen. Du und deine *Sad Woman* habt das Potenzial für einen Chart-Erfolg. Und wenn du es richtig anstellst, sogar mehrere. Wenn du einen Song über ihre Tochter schreibst, wird dir die Welt zu Füßen liegen. Was Charlotte durchgemacht hat, muss die Hölle gewesen sein.«

Da hatte ich den Beweis. »Du hast ihren Namen an die Presse weitergegeben!«, entfuhr es mir.

»Und du solltest mir dankbar sein. Schau dir an, was wir an Anfragen nach so wenigen Tagen reinbekommen haben. Was meinst du, was da noch alles kommt, wenn die Leute in ihren Konferenzen darüber gesprochen haben.«

Ich konnte es nicht fassen. Mein Agent hatte Charlotte verraten. Ich fuhr mir durch die Haare, musste mich darauf konzentrieren, ihm nicht eine reinzuhauen. »Wie hast du es herausgefunden?«, fragte ich zwischen zusammengebissenen Zähnen.

»Ich bin nicht von gestern. Kaum wusste ich, dass es eine Frau war, die in der Nähe deines üblichen Platzes wohnte, musste ich meine Leute nur darauf ansetzen, nach Frauen zu suchen, die etwas Schreckliches erlebt hatten. Vergewaltigung, Verluste, Unfälle. Ich hatte schon befürchtet, dass wir es nicht herausfinden würden, aber dann warst du so freundlich, Charlotte auf dem Un-Con zu küssen«, erklärte er gefühlskalt. »Einen kurzen Screenshot und eine Gesichtssuche im Internet später hatte ich sie gefunden, und der Rest war einfach.«

Fassungslos stand ich da und schüttelte den Kopf. »Hast du eine Ahnung, was du damit angerichtet hast?«, zischte ich. Die Wut kochte in mir hoch, und ich ballte meine Fäuste. Ich ging einen Schritt auf Henry zu, aber er blieb ruhig sitzen, die Unterarme auf dem Schreibtisch abgelegt.

»Hat sie dir die Schuld gegeben?«, fragte Henry ohne Mitleid. »Gut, denn für das, was dich in den nächsten Wochen erwartet, kannst du keinen Ballast gebrauchen.«

»Spinnst du?«, wurde ich laut. »Charlotte ist doch kein Ballast.«

Nun regte sich doch Mitleid auf Henrys Gesicht, jedoch nicht für Charlotte, sondern offensichtlich für mich. Ich fühlte mich wie ein putziger Welpe, der versuchte, auf das Sofa zu gelangen, und sein Herrchen schaute ihn mitleidig an. »Willst du es in der Musikbranche schaffen?«, wollte Henry wissen.

»Natürlich, aber ...«, widersprach ich.

»... nicht um jeden Preis?«, lachte Henry. »Das haben viele vor dir gesagt. Keiner von ihnen hat es je geschafft. Willst du an die Spitze, dann kannst du es nur schaffen, wenn du alles hinter dir lässt. Glaubst du, ich wäre in meiner Position, wenn ich auf die Gefühle von Menschen Rücksicht nehmen würde?« Sein Lachen klang bitter und verächtlich zugleich. »Sam, du bist wirklich niedlich. Aber wenn du etwas aus deiner Stimme machen willst, verabschiede dich von deiner Moral.«

Neben meiner Wut regte sich in mir Ekel. »Du bist widerlich, weißt du das? Charlotte ist eine wundervolle Frau, und sie hat es nicht verdient, so behandelt zu werden. Niemand verdient das!«, brüllte ich lautstark. »Klar könnte ich meine Prinzipien aufgeben, könnte jeden verletzen, der mir etwas bedeutet, aber was für ein Leben wäre das dann bitte?«

Henry lehnte sich in seinem Sessel zurück und legte die Fingerspitzen wieder aneinander. »Pass auf, was du sagst, Junge. Das könnte ganz schnell nach hinten losgehen«, knurrte er mit beängstigend ruhiger Stimme.

»Nein, ich werde nicht aufpassen, was ich sage. Ich dachte, ich hätte bei dir eine echte Chance, meine Musik zu spielen.

Meine. Nicht die Geschichte einer Frau zu vermarkten, die mir mehr bedeutet als jeder Ruhm.«

Ich verstummte. Hatte ich das gerade wirklich laut gesagt? Wo kam das denn auf einmal her? Verwirrt fühlte ich den Worten nach, aber mein Herz schlug ruhiger, wenn ich an sie dachte. Ich hatte bisher nicht darüber nachgedacht oder es in Erwägung gezogen, aber hier, in diesem unsäglichen Augenblick, wurde es mir klar: Ich liebte Charlotte. Und daran gab es nichts zu rütteln.

»Das sagst du, weil du jung und naiv bist, Sam. Ich biete dir eine Chance, die du nie wieder bekommen wirst, wenn du mich jetzt abweist.«

»Wenn ich mich jetzt an dich binde, gebe ich die Liebe meines Lebens auf. Und ich bezweifle, dass ich das gut überstehe. Dann werde ich einer von diesen Stars, die den Schmerz nicht mehr spüren wollen und sich mit Drogen und Alkohol vollschütten. Und das ist kein Geld der Welt wert!«, sagte ich auf einmal ganz ruhig. »Ja, ich will Musik machen. Ja, ich will, dass Menschen meine Musik hören. Aber ganz sicher will ich nicht, dass du mich vertrittst!«

Ich griff in meinen Rucksack, holte den Vertrag aus dem Umschlag und der Folie und zerriss ihn vor Henrys Augen. Die Ader auf seiner Stirn pulsierte, und sein Gesicht lief rot an. »Das wirst du bereuen. Niemand in dieser Stadt wird dich noch unter Vertrag nehmen, wenn du aus dieser Tür gehst.« Seine Fingerknöchel liefen weiß an, so fest presste er die Hände gegeneinander. Er unterdrückte seine Wut, das war offensichtlich, wollte den Überlegenen spielen. Aber die Chance hatte er vertan.

Ich ließ mich nicht von meiner Entscheidung abbringen. »Ich hoffe für dich, dass du eines Tages so richtig auf die Fresse fliegst.« Mit diesen Worten drehte ich mich um und marschierte aus seinem Büro.

Henry Baxter, der angesehenste Musikagent in London, brüllte mir Beschimpfungen und Drohungen hinterher, die ich geflissentlich überhörte. Der Hipster am Tresen starrte mich mit großen Augen an, als wäre ich ein Einhorn in einer Horde von Nilpferden.

»Sie gehen schon?«, fragte er und schien nicht zu wissen, was er tun sollte. Er sprang auf und stellte sich mir in den Weg. Allerdings ohne wirkliche Gegenwehr, als ich ihn beiseiteschob. »Warten Sie, ich muss noch …«

Mehr hörte ich nicht mehr, da ich schon im Flur die Treppe herunterlief. Als ich unten auf der Straße stand, nieselte es, aber mich störte das nicht. Im Gegenteil. Der Regen war befreiend, als ob er mich von allen Sorgen reinwaschen würde. Beschwingt lief ich die Straße entlang, um schnellstmöglich nach Hause zu kommen. Auch wenn sich der Regen gut anfühlte, so konnte er diesen einen Makel auf meinem Herzen nicht wegwaschen. Charlotte. Nun, da ich wusste, was passiert war, konnte ich es ihr erklären. Ihr sagen, dass ich sie niemals für meinen Ruhm verkaufen würde. Niemals. Nicht Charlotte. In meinem Verstand ratterte es. Ich fühlte mich, als ob der Sand aus dem Gedankengetriebe verschwunden war. Henrys Worte, seine Taten, sein Verrat an mir und Charlotte hatten mich blockiert. Nun war ich wieder frei. Frei, um das zu tun, was ich machen wollte. Vielleicht würde ich niemals den großen Durchbruch schaffen. Vielleicht hatte ich mir mit der Absage bei Henry die Wege in die großen Studios verbaut. Aber es gab genügend kleine, in die ich gehen konnte, um *Sad Woman* selbst einzuspielen. Selfpublishing war heutzutage ja kein Problem mehr, und mit meiner aktuellen Reichweite konnte ich es vielleicht schaffen, dass der Song in den Spotify-Listen weiter oben angezeigt wurde.

Ich lächelte, obwohl meine Kleidung bei dem zunehmend stärker werdenden Regen durchnässte. Auch wenn mein Leben gerade ein gigantischer Scherbenhaufen war, ging ich optimistisch in die Zukunft. Denn ich hatte einen Plan, um Charlotte alles zu erklären. Ich klopfte auf mein Handy, auf dem ich die

Aufnahmen von Hamish hatte. Ja, das würde ihr gefallen. Frohen Mutes lief ich durch den Regen und pfiff eine Melodie, die mir schon seit Tagen im Kopf herumgeisterte.

Kapitel 26

Charlotte

»Danke, Emily, dass du mich begleitest. Ich weiß nicht, ob ich das sonst schaffen würde.« Ich schlenderte mit Emily durch die Einkaufsstraße. Ihre Kinder waren noch im Kindergarten und in der Schule. Wir hatten also zwei Stunden für uns, da meine neue Patientin erst am nächsten Tag im Hospiz eintreffen würde.

»Schon gut. Welche Größe hatte er denn?« Emily richtete ihre Handtasche, die ihr immer wieder von der Schulter rutschte.

»Kinder-XS.« Ich deutete auf einen Laden, in dem es Anzüge für Kinder gab. »Hoffentlich haben sie dort auch etwas für Hamish.«

Ich hatte beschlossen, ihm einen schicken Anzug zu kaufen, in dem er beerdigt werden konnte. Die Kleidung, die er auf der Straße getragen hatte, war schon lange entsorgt worden. Und in einem Krankenhauskittel sollte er nicht im Sarg liegen.

Während wir uns durch die Anzugreihen des Kinderausstatters suchten, schaute mich Emily immer wieder von der Seite an. »Irgendetwas ist anders an dir«, bemerkte sie schließlich und stemmte eine Hand in die Hüfte. »Keine Ahnung, was es ist, aber ich sehe deutlich einen Unterschied.«

Ich runzelte die Stirn und blickte sie verwirrt an. »Was genau meinst du?«

»Ich glaube, es ist dieser Sam«, erwiderte sie und hob gleich darauf entschuldigend die Hände. »Ich weiß, du willst nichts zu dem Kerl hören, aber ganz ehrlich: Ich glaube, er hat dir gutgetan.«

Ich wusste genau, dass sie recht hatte, und dennoch wollte ich ihn nicht sehen. »Nicht jetzt, Emily«, sagte ich kraftlos.

Dabei stach mir ein schicker, weißer Anzug ins Auge, der gut zu Hamish gepasst hätte. Auch wenn er ein Leben in der Unauffälligkeit gelebt hatte, so hatte er doch eine glänzende Ausstrahlung gehabt. Dieser weiße Anzug spiegelte genau das wider. Ich suchte einen in XS heraus. »Der hier«, rief ich Emily zu und freute mich, dass ich schon nach wenigen Minuten den richtigen Anzug in Händen hielt.

»Der ist mal fesch.« Emily grinste anerkennend. »Wird ihm sicher gut stehen. Piri wollte zu unserer Hochzeit auch so einen tragen, aber ich habe ihm klar zu verstehen gegeben, dass ich auf der Hochzeit die Einzige in Weiß sein würde. Er war sehr enttäuscht.« Emily lachte und ging mit mir zur Kasse.

»Aus Trotz hat er sich doch einen weißen Anzug zu eurem ersten Hochzeitstag gekauft und dich ausgeführt, wenn ich mich recht entsinne.«

Mit dem Anzug in einer großen Leinentasche verließen wir das Geschäft wieder und wollten uns einen Tee in einem Café in der Nähe gönnen. Doch wir waren keine zehn Schritte in der Fußgängerzone gegangen, da gefror mein Blut zu Eis.

Mary-Jane und Jason kamen direkt auf uns zu. Ich wusste nicht, was ich tun sollte. Einfach ins nächste Geschäft abbiegen? Mich mit Emily vor ihnen verstecken?

Doch dann fielen mir die Lügen ein, die Jason über mich verbreitet hatte. Und Mary-Jane hatte keine Ahnung, was für ein Arschloch da an ihrer Seite war. Vielleicht war es die Trauer um Hamish oder auch die Wut auf Jason, die mich dazu trieb, aber ich ging weiter auf Jason und Mary-Jane zu.

»Oh, oh«, hörte ich Emily, aber sie hielt mich nicht zurück. Im Gegenteil, sie beschleunigte ihre Schritte ebenfalls und folgte mir.

Mary-Jane und Jason waren so sehr in ihr Gespräch vertieft, dass sie mich erst bemerkten, als ich vor ihnen stand. Jason riss erschrocken die Augen auf.

»Guten Tag, ihr beiden«, brachte ich freundlich heraus und schaffte es sogar, ein unterkühltes Lächeln hervorzuzaubern. »Jason, ich habe gehört, dass du Lügen über mich und unsere Tochter verbreitest.«

»Lass es gut sein«, fing sich Jason. Ich merkte, dass er nervös mit dem Schlüssel in seiner Jackentasche spielte und die andere Hand sich fest um Mary-Janes klammerte. »Wir wissen alle, was du für ein Mensch bist.«

»Das bezweifle ich«, entgegnete ich voller Beherrschung und wandte mich an Mary-Jane. »Wusstest du, dass er seine Tochter nicht ein einziges Mal gesehen hat? Er ist nicht einmal zu ihrer Beerdigung gekommen, sondern hat sich lieber in irgendwelchen Clubs rumgetrieben.«

Mary-Jane hob irritiert die Augenbrauen. »Das stimmt doch gar nicht. Er geht nie in einen Pub. Dafür trauert er zu sehr.«

Nun, da er Rückendeckung von Mary-Jane bekam, lag auf Jasons Gesicht seine alte Selbstsicherheit. »Ich weiß, es fällt dir schwer, das zuzugeben, aber du musst nicht deine Probleme auf andere projizieren«, bemerkte er mit der Stimme, die er immer benutzt hatte, wenn er mich hatte belehren wollen.

Hinter mir knurrte Emily leise, aber ich bedeutete ihr, dass ich alles im Griff hatte. Aus der Schulzeit wusste ich, dass sich Emily zur Not auch vor einer Prügelei mit einem Älteren und Kräftigeren nicht scheute. Doch das war mein Kampf, und ich würde ihn allein ausfechten.

»Wie groß war Daisy, als sie gestorben ist?« Ich schaute ihn erwartungsvoll an. Jason kannte nicht einmal ein Bild von ihr, er hatte keine Ahnung, wie sie ausgesehen hatte. »Oder einfacher: Welche Augenfarbe hatte sie?«

Jasons Mundwinkel zuckten nervös, er löste sich von Mary-Jane und vergrub beide Hände in den Jackentaschen. »Das werde ich nicht beantworten. Es ist doch lächerlich. Du weißt doch selbst nicht, welche Farbe sie hatten, weil du dich nie um sie gekümmert hast.«

»Ich habe Fotos von ihr auf meinem Handy«, erklärte ich selbstsicher. Jason zog sich immer weiter zurück. Auch Mary-Jane bemerkte das und verschränkte die Arme vor der Brust.

»Sag schon. Beweis ihr, dass sie falschliegt«, verlangte Mary-Jane.

Ein Moment des Schweigens breitete sich zwischen uns aus, und Jason starrte mir voller Berechnung in die Augen. Ich konnte sehen, wie es in seinem Verstand arbeitete. Jason hatte braune Augen, und ich hatte blaue Augen. Die Chancen standen also 50:50.

»Sie hatte braune Augen, wie ich«, erklärte er und wandte sich mit weicher Stimme an Mary-Jane. »Das habe ich dir doch schon mal erzählt. Weißt du noch?«

Mary-Jane lächelte. »Wie hätte ich das vergessen können. Das war unser erstes Treffen.«

Während die beiden sich anlächelten, holte ich mein Telefon heraus und öffnete den Ordner mit den Fotos von Daisy. Ich suchte ein Bild heraus, auf dem sie ihre Augen weit geöffnet hatte. Deutlich konnte man die strahlend blauen Augen erkennen. Ich hielt das Foto Mary-Jane hin.

In dem Moment, wo sie das Bild sah, wich alle Farbe aus ihrem Gesicht. Wahrscheinlich stürzte ihre Welt gerade in sich zusammen. Zurück blieb nur die aschgraue Farbe des Staubs, der sich über ihre Wangen legte. »Sie sind blau«, murmelte Mary-Jane heiser.

»Was?«, fragte Jason irritiert. Er konnte es anscheinend nicht fassen, dass sein Genmaterial nicht das dominante gewesen war. »Das ist nur irgendein Kind. Könnte jeder sein.«

Ich schnaubte, wischte ein paar Bilder weiter, ohne auf den Bildschirm zu achten. Alle Bilder in diesem Ordner waren von Daisy. Auf jedem einzelnen konnte man ihr Gesicht erkennen. Und mit jedem einzelnen brach Mary-Janes Welt weiter zusammen.

Bevor er noch mehr Lügen erfinden konnte, beugte ich mich zu Mary-Jane. »Wenn du mal reden möchtest, meine Tür steht jederzeit offen«, sagte ich leise und drückte ihre Hand, ehe ich mit Emily an den beiden vorbeiging. Mit jedem Schritt, den ich machte, fiel mehr Wut von mir ab, und ich befreite mich von der Last, die Jason mir mit seinem Verrat auferlegt hatte.

»Du bist so eiskalt gewesen gerade. Ich beneide dich.« Emily klatschte wie ein Teenager in die Hände. »Oh Gott, ich hätte das aufnehmen müssen.«

Langsam breitete sich ein Lächeln auf meinen Lippen aus. Jason war Vergangenheit für mich. Und hoffentlich bald für Mary-Jane auch.

Kapitel 27

Charlotte

Daisys Todestag stand bevor, und da wollte ich arbeiten, wollte mich ihr im Kinderhospiz nah fühlen. Ich konnte zwar jeden Tag an sie denken, doch ihr Sterben, den Moment, der sie mir entrissen hatte, wollte ich nicht zu Hause verbringen.

»Kann ich noch fernsehen?«, fragte Stella. Sie stand auf ihren Krücken vor der Couch und versuchte das Gleichgewicht zu halten. Unter der Bedingung, dass ich meine Adresse hinterließ, hatte ich Stella mitnehmen dürfen. Das Jugendamt wollte sich um sie kümmern und würde sich mit mir in Verbindung setzen. Ich wartete seit zwei Tagen auf den Anruf.

»Solange es deinem Alter angemessene Filme oder Serien sind, habe ich nichts dagegen«, erwiderte ich und amüsierte mich, als sie die Augen verdrehte.

»Chill mal, ich habe vermutlich mehr Scheiße auf der Straße gesehen, als diese Idioten im Fernsehen umsetzen können«, stöhnte sie.

Ich hatte mittlerweile herausgefunden, dass sie vierzehn Jahre alt war und schon seit sechs Jahren auf der Straße lebte, weil sie von ihrem alkoholabhängigen Onkel ausgerissen war. »Hm, ansonsten kann ich auch die Sendung auswählen.« Ich wackelte mit der Fernbedienung in der Luft.

»Nein, schon gut.« Sie schnappte nach der Fernbedienung. »Gott, Sie sind ja schlimmer als die Tussen vom Jugendamt.«

Ich überlegte, ob ich auf ihre Aussage reagieren sollte, ließ es aber bleiben. So wie sie mich aus dem Augenwinkel ansah, wollte sie mich nur provozieren. Vermutlich suchte sie bereits nach der ersten Fluchtmöglichkeit, dabei hielt ich sie nicht fest. Sie konnte jederzeit gehen. Doch als sie mein Haus gesehen hatte, hatte sie beschlossen, ein paar Tage könnten nicht schaden. So vor dem regnerischen Herbst und so, hatte sie gesagt.

Ich fragte mich sowieso, wie die Kinder auf der Straße es schafften, bei dem Wetter nicht ständig krank zu sein. Hamish hatte sich den Krebs sicher nicht ausgesucht, aber er war auch nichts, was man sich wie eine Erkältung einfing.

Kaum drifteten meine Gedanken zu ihm, spürte ich wieder dieses schmerzhafte Ziehen in meiner Brust. Es tat mir unendlich leid, dass der Junge gestorben war, auch wenn ich wusste, dass er nun besser dran war. Dennoch hätte ich ihn gerne länger gekannt. »Sag mal, wie war es denn so mit Hamish auf der Straße?«, fragte ich Stella auf ihrem Weg um das Sofa herum.

Mit einem Ächzen ließ sie sich fallen und hob den Gips auf das Kissen, das ich auf dem schmalen Fernsehtisch für sie vorbereitet hatte. »Wie soll das schon gewesen sein?«, schnaubte Stella. »Er war ein kleiner Nervsack, den ich nicht mehr losgeworden bin.«

Ich seufzte. »Stella, du musst hier bei mir nicht die Harte spielen«, erklärte ich einfühlsam. Sie hingegen starrte stur geradeaus auf den Fernseher und wartete darauf, dass der Receiver startete. »Ich weiß, was dir Hamish bedeutet hat. Glaubst du wirklich, du musst jetzt noch so tun, als ob du ihn nicht gemocht hast?«

Stella verschränkte die Arme vor der Brust und schwieg. Ich gab ihr die Zeit. Emilys Ältester war auch ein bockiges Kind, das manchmal länger brauchte, um einzusehen, dass ein Erwachsener einem nicht immer das Schlimmste antun wollte. Gerne widersprach er um des Widersprechens willen.

»Sorry«, sagte sie schließlich schnodderig, ohne mich anzusehen. »Bin es nicht gewohnt.«

»Schon gut«, erwiderte ich leise. »Ich kann es verstehen. Du musst sicher jede Sekunde aufpassen, um keinen Fehler zu machen und dich zu verraten, oder?«

»Was verstehen Sie schon von meinem Leben?« Sie deutete um sich. »In diesem Schloss ist das Leben sicher fürchterlich scheiße gewesen.«

»So war das nicht gemeint, und das weißt du auch. Ich versuche nur, mich mit dir zu unterhalten«, bemerkte ich und schob eine lose Haarsträhne aus meinem Gesicht, die mir die Sicht auf Stella versperrte. »Du hast zugestimmt, bei mir zu bleiben, obwohl du geahnt haben musst, dass ich auch über Hamish reden will. Wenn du nicht bleiben möchtest, kannst du jederzeit gehen.«

»Und wie?«, schnauzte sie mich an und schlug gegen die Krücken. »Mit diesen dämlichen Stelzen komme ich ja kaum vom Klo zur Couch. Der Rollstuhl wäre viel besser gewesen.«

»Bestimmt, doch dann hättest du niemals gelernt, dein Bein langsam wieder zu belasten«, sagte ich und griff nach der Wasserkaraffe. »Möchtest du etwas trinken?«

»Na klar«, brummte Stella und verschränkte erneut die Hände vor der Brust. Der Receiver hatte gestartet und zeigte eine Quizshow. Mit Daisy hatte ich selten den Fernseher angemacht. Meist hatten wir lieber ein Buch gelesen, aber ich bezweifelte, dass sich Stella dafür erwärmen ließ.

»Er war ein cooler Junge«, murmelte Stella unvermittelt und so leise, dass ich sie kaum verstand.

»Wie habt ihr euch kennengelernt?«

»Ich habe ihn gefunden, wie er bei einem chinesischen Schnellimbiss die Mülltonnen durchwühlt hat«, erzählte sie zögerlich. Aber als ich sie nur interessiert ansah, schien sie zufrieden und redete weiter. »Er hatte seit Tagen nichts gegessen und war abgemagert. Also ging ich zu ihm und bot ihm etwas von dem Brot an, das ich von einem Bäcker geklaut hatte. Er hat es quasi inhaliert. Von da an wurde ich ihn nicht mehr los.«

Ich hob eine Augenbraue und wartete darauf, dass sie weitererzählte.

»Na ja, anfangs war er halt nervig. Er war gerade mal sechs Jahre alt und lief mir überall hinterher. Selbst wenn ich schlafen wollte, hat er sich immer den Platz neben mir erkämpft«, erklärte Stella, und ihre Gesichtszüge entspannten sich, zeigten ein wehmütiges Lächeln. »Er war wirklich penetrant. Und nach ein paar Wochen hat er die Polizei abgelenkt, so dass ich abhauen konnte.« Stella zuckte mit den Schultern. »Von da an fühlte er sich, als ob er mich beschützen müsste, wobei es meistens andersrum war. Er war wie ein kleiner Hund. Und ich habe mir immer ein Haustier gewünscht.«

»Du hast ihn nur behalten, weil er dich gerettet hat?«, hakte ich nach. In Stellas Augen konnte ich erkennen, dass sie etwas vor mir zurückhielt. Es war, als ob sie eine Box verschlossen hatte, die sich ständig selbst öffnete. Auch wenn Stella mich erst seit ein paar Tagen kannte, so schien ich eine Verbindung zu ihr zu haben. Dieses Straßenkind war wie ein offenes Buch für mich.

»Was wollen Sie denn noch hören?«, blökte Stella und wandte den Blick ab.

»Rede mit mir über Hamish. Es wird dir helfen, den Verlust zu verarbeiten«, erklärte ich vorsichtig.

»Da gibt es nichts zu verarbeiten«, sagte sie bitter. »Ich weiß, dass Sie in Ihrem perfekten Schloss hier vielleicht nicht damit klarkommen, aber der Tod gehört halt dazu. Manchmal stirbt man halt früher. Das Leben ist eine Bitch.«

»Trauerst du denn gar nicht um Hamish?«, wollte ich wissen.

Stella hatte im St. Antonius geweint, aber hier war sie wieder dieser kalte, glatte Fels, an dem alles abprallte.

»Warum sollte ich? Damit fall ich nur auf, und dann kann ich nix mehr klauen«, sagte Stella fast schon beiläufig. »Unauffällig sein ist alles auf der Straße. Das wusste Hamish und war verdammt gut darin.«

Ich ließ Stella einen Moment, um sich einen Film auszusuchen. Währenddessen schaute ich auf mein Handy und hatte eine Nachricht. Als ich den Messenger öffnete, seufzte ich und wollte den Bildschirm wieder ausschalten, als mir auffiel, dass er keinen Text geschickt hatte, sondern einen Link. Wollte er jetzt etwa angeben, wie viele Viewer sein Video schon hatte? Ich öffnete den Chat, um zu schauen, was für ein Link es war. Tatsächlich. Ein YouTube-Link. Das Vorschaubild lud noch, aber vermutlich war es nur er, der seine tolle Musikkarriere ankündigte, die er auf meine Kosten aufbaute. Der Schmerz über seinen Verrat saß noch immer tief, und ich konnte ihm einfach nicht verzeihen. Egal, wie viele Entschuldigungen er schickte oder wie sehr er versuchte, mich zu beeindrucken. Was er getan hatte, hatte mich zu tief verletzt.

»Was ist das für ein Video?«, fragte Stella und schaute mir über die Schulter.

Bevor ich ihr erklären konnte, dass man nicht einfach so auf das Handy einer anderen Person schaute, klingelte das Festnetztelefon. Ich legte mein Handy auf den Tisch und ging zu der Station. »Hill?«, meldete ich mich.

»Charlotte Hill?«, hörte ich die Stimme einer Frau.

»Wer möchte das wissen?« Ich hatte schon von zu vielen Firmen gehört, die sich Telefonate zurechtschnitten, weswegen ich nicht mehr mit Ja antwortete.

»Mein Name ist Faye Donahue von der *Sunday Gazette*, und ich wollte fragen, ob Sie heute …«

»Hören Sie auf, bei mir anzurufen!«, brüllte ich ins Telefon, unfähig, mich unter Kontrolle zu halten. Es war bereits der vierte Anruf, und ärgerlicherweise ließ das Interesse nicht nach. Ich atmete einmal tief durch, um meine Fassung wiederzuerlangen. »Ich habe kein Interesse an irgendwelchen Interviews oder Stories oder was auch immer Sie vorhaben. Und ich verbiete Ihnen, meine Geschichte abzudrucken.«

Auch wenn meine Stimme zitterte, so schien ich beeindruckend genug gewesen zu sein. »Schon gut. Kein Grund, gleich laut zu werden. Einen schönen Tag noch«, verabschiedete sich die Zeitungsangestellte pikiert.

Wütend stellte ich das Telefon zurück in die Station und stapfte zum Sofa.

»Ärger im Schloss?«, fragte Stella, die sich ein breites Grinsen nicht verkneifen konnte.

Einen Moment lang überlegte ich, ob ich mit Stella über das Thema sprechen sollte, aber sie schien mir trotz ihrer Zeit auf der Straße zu jung, um zu verstehen, welchen Schmerz mir Sams Verrat zugefügt hatte. Hatte sie überhaupt schon Liebe kennengelernt? Emily hingegen hätte sicher Zeit, um mit mir zu telefonieren. Ich schaute zum Telefon. Außerdem hätte es den Vorteil, dass ich keine ungebetenen Anrufe mehr bekäme. Sobald Stella heute Abend im Bett wäre, würde ich Emily anrufen und mit ihr sprechen. Ich brauchte einen Rat, wusste nicht, wie ich damit umgehen sollte.

»Warum schickt Ihnen dieser Sam ein Video von Hamish?«, erkundigte sich Stella verwirrt.

Da erst bemerkte ich, dass sie mein Handy in der Hand hielt und den Link angeklickt hatte. »Stella, gib mir sofort mein Handy zurück. Diese Nachricht war nicht für dich bestimmt.«

»Aber es ist Hamish«, widersprach Stella und suchte den Knopf für die Lautstärkeregelung. Nach und nach wurde Hamishs Stimme lauter. Ich blickte ihr über die Schulter.

Er trug seine Schiebermütze so, dass man die Glatze nicht

sah. Die Belichtung schmeichelte seiner kränklichen Hautfarbe, so dass er immer noch krank aussah, aber eher, als ob er eine fiese Erkältung hatte und keine ALL. Sam hatte scheinbar den richtigen Winkel gefunden. Aber wann war er bei Hamish allein gewesen? Eigentlich durften keine fremden Besucher einfach so durch das St. Antonius wandern. Aber für den Augenblick konnte ich mir darüber keine Gedanken machen. Stattdessen schaute ich auf das Video und lauschte Hamishs Worten.

Er sprach über die Zeit auf der Straße, was er durchgemacht hatte. Seit der Ton lief, schaute auch Stella nicht mehr zu dem Film, sondern hing an Hamishs Lippen. Sie lehnte sich leicht an mich, so dass wir beide das kleine Display erkennen konnten.

»Die meiste Zeit habe ich mit Stella verbracht. Ist 'ne coole Type und so gar nicht, wie man es erwartet«, sagte er und zwinkerte, ehe ihn ein Hustenanfall schüttelte. Das Video konnte höchstens zwei Tage vor seinem Tod entstanden sein.

»Wehe, er verrät jetzt, dass ich ein Mädchen bin«, meckerte Stella leise neben mir.

»Aber dann kam ich ins Krankenhaus, und Stella war weg«, sagte Hamish, nachdem sich sein Körper wieder beruhigt hatte. »Ich war allein und hatte Angst.«

Hamish nestelte an der Decke herum. »Aber das war nicht schlimm. Die Krankenschwestern waren immer nett zu mir. Manche brachten mir sogar Schokolade mit.«

Ich musste mich zusammennehmen, um die Tränen zurückzuhalten. Ich wollte keinen Augenblick von ihm verpassen. Es waren die kleinen Dinge, die ihn glücklich und die ihn so besonders gemacht hatten. Seine Begeisterung und sein Lebensmut.

»Im Krankenhaus hat man mir dann gesagt, dass ich abkratzen werde«, erzählte er schnoddrig. »War heftig, das zu hören.« Hamish riss die Augen auf. Einen Moment lang schaute er aus dem Fenster, und sein Blick wurde glasig. Ich hatte keine Ahnung, woran er dachte, aber ein Lächeln tauchte auf seinem blassen Gesicht auf. »Dann kam ich hierher. In ein Sternenhaus, so hat es die Krankenschwester genannt. Das Haus, in dem die Kinder zu den Sternen gehen. Ich glaube, sie hat sich versprochen und meinte Himmel, aber ich habe sie lieber nicht verbessert«, Hamish kicherte. »Sie war lieb.«

Ich konnte den Schluchzer nicht zurückhalten und schlug die Hand vor den Mund. Hamish atmete flach und bedächtig, wusste genau, wie er möglichst lang ohne Hustenanfall auskam. »Hier kam dann Charlotte zu mir. Sie ist toll, hat mir ihren Zauberpudding gemacht und ist immer da. Wenn ich in den Himmel gehe, werde ich auf ihre kleine Tochter aufpassen, das habe ich versprochen, und Stella hat mir beigebracht, was man verspricht, das hält man.«

Der dünne Körper neben mir versteifte sich, und sie wischte sich mit dem Handrücken über den Augenwinkel. Unauffällig, damit ich es nicht mitbekam. »Da hast du verdammt recht«, schimpfte sie mit zitternder Stimme. »Und du hältst dich nicht an unsere Abmachung, dass wir gemeinsam die Straße regieren werden.« Im nächsten Moment brachen sämtliche Dämme bei Stella, und sie schrie mein Handy an. »Was fällt dir ein, mich hier allein zurückzulassen? Wir waren doch ein Team!«

Immer wieder schluchzte sie, wischte sich über die Wangen. Ich war überrascht über ihren Ausbruch, und doch war es gut, dass sie ihre Gefühle endlich herausließ. Ich nahm sie in den Arm, pausierte das Video und streichelte ihr beruhigend über den Kopf.

»Warum ist er einfach gegangen?«, fragte sie immer wieder.

»Ein weises Mädchen sagte mir einst, dass das der Kreis des Lebens ist«, erwiderte ich. Stella brauchte gerade Kraft, und die wollte ich ihr geben. »Er war krank und hatte keine Chance. Auf der Straße wäre er viel eher gestorben. So konnte er seine letzten Monate in einem Bett und mit gutem Essen verbringen.«

»Er hätte ein Schloss wie dieses hier verdient«, schluchzte Stella. »Hamish war mein Freund.«

Stella wurde auf einmal ganz still und löste sich aus meiner Umarmung. Es war, als ob ihr gerade erst klargeworden war, dass der letzte Satz der Wahrheit entsprach. »Und jetzt ist er weg. Ich werde ihn nie wiedersehen.«

Das Entsetzen in den Augen des Mädchens zu sehen, krampfte mein Herz zusammen. Erneut nahm ich sie in den Arm. Ich wollte nicht, dass sie meine Erschütterung sah. Gemeinsam saßen wir auf der Couch und ignorierten den Film. Stattdessen schauten wir uns nach einer kurzen Erholungsphase den Rest des Videos an. Es waren nur noch wenige Sekunden.

»Möchtest du noch etwas sagen?«, fragte Sams Stimme aus dem Hintergrund. Er war ansonsten still geblieben. Das Video war ganz klar für Hamish gewesen.

»Ich weiß nicht.« Hamish griff nach einem Stift. Seine Finger zitterten, als er ihn hielt, aber er spielte damit herum und überlegte. »Ich glaube, das war es. Meinst du, das reicht?«

»Damit sich die Leute an dich erinnern?«, fragte Sam. »Hamish, ich glaube, niemand wird dich je vergessen, der dich einmal kennengelernt hat.«

Hamish lächelte, ehe seine Augenlider langsam schwerer wurden. Sie zitterten, da er versuchte, sich wach zu halten, aber ich wusste, dass er diesen Kampf nie für sich entscheiden konnte. »Ich bin müde«, murmelte er und drehte den Kopf zur Seite.

»Dann ruh dich aus, Hamish«, sagte Sam mit belegter Stimme. Ich konnte nachempfinden, wie er sich hatte fühlen müssen. »Ruh dich aus.«

Dann endete das Video, und das Display wurde schwarz. Keiner rührte sich. Stella blieb in meinen Armen und schluchzte leise vor sich hin, während ich fassungslos auf mein Handy schaute. Das war eine Erinnerung an sein Leben. Hamishs persönlicher Blick auf seine Vergangenheit. Alles, was ihm im Gedächtnis geblieben war. Seien es die guten oder auch die schlechten Erinnerungen.

Das Video schloss sich und wurde wieder zu dem kleinen Kasten in meinem Messenger. Bewegen konnte ich mich dennoch nicht. Wann hatte Sam das aufgenommen, und warum? Meine Gedanken kamen nur langsam in Fahrt, und ich hatte Mühe, mich darauf zu konzentrieren und nicht jeder neuen Frage nachzuhetzen, die sich in meinem Verstand formte. Ich wollte mich auf dieses Video konzentrieren.

»War das derselbe Sam, der mich aus dem Krankenhaus befreit hat?«, fragte Stella nach einer Weile, in der ich nur auf das Vorschaubild des Videos gestarrt hatte.

»Genau der«, erwiderte ich und räusperte mich, um den Kloß loszuwerden, der sich in meiner Kehle eingenistet hatte.

»Das Video ist cool. Sagen Sie ihm das von mir, ja?«, bat Stella auf einmal lammfromm, drehte sich von mir weg und legte den Kopf auf die Sofalehne.

»Mhm«, erwiderte ich nur und stand auf. Stellas Worte brachten mich ins Grübeln. Wollte ich mit ihm kommunizieren? Ihm sagen, wie dankbar ich für dieses Video war? Oder sollte ich ihn weiter bestrafen?

Meine Finger waren anscheinend schneller als mein Verstand, denn sie drückten schon auf den Wählen-Knopf, ehe ich begriff, was ich tat. Schon immer hatte ich meinem Instinkt vertraut, und der schien nun erneut eingreifen zu wollen. Anders konnte ich mir nicht erklären, wieso ich ihn anrief.

»Charlotte?«, erklang es am anderen Ende der Leitung. Sam klang gehetzt, als ob er gerade gelaufen war. Zunächst reagierte ich nicht, was dämlich war, denn er konnte ja meine Nummer im Display erkennen.

»Charlotte, ich weiß, dass du mich hörst. Auch wenn du nicht mit mir reden willst, so hör mir bitte zu«, sagte er behutsam und atmete tief durch. Es tat gut, seine Stimme zu hören. Auch wenn ich immer noch tief enttäuscht von ihm war, genoss ich diese sanfte Bassstimme und wie sie in meinem Bauch nachvibrierte. »Ich habe deine Geschichte nicht an die Zeitungen gegeben, aber ich weiß inzwischen, wer es war.«

Ich wurde hellhörig. Wollte ich ihm glauben? Er konnte mir viel erzählen, aber schlussendlich war er der einzig neue Mensch in meinem Leben, der von Daisy erfahren hatte. Ich beschloss, ihm eine Chance zu geben. Wenn er nicht die Wahrheit sagte, würde ich es schnell herausfinden.

»Mein Agent war es. Also genau genommen war er nie mein Agent, ich habe den Vertrag bei ihm nie unterschrieben.«

»Hast du nicht? Warum nicht?«, fragte ich dazwischen.

Sam seufzte. »Weil ich nicht so arbeiten wollte. Er tut alles für den Erfolg, aber das bin nicht ich. Ich will nicht um jeden Preis berühmt werden.«

»Wie hat er es denn dann herausgefunden?«, wollte ich wissen. Sein Plädoyer für seinen Anstand erwärmte mein Herz, aber es war kein Beweis dafür, dass er mich nicht anlog.

»Ich habe ihm gegenüber erwähnt, dass du in der Nähe von der Stelle wohnst, an der ich immer spiele. Und als wir uns auf dem UnCon geküsst haben, hat er eines der Videos analysiert und dein Gesicht durch die Fotosuche gejagt. Dadurch hat er dich und deine Anschrift gefunden«, erklärte Sam und zögerte. »Oder besser gesagt einer seiner Agenten, denn er selbst krümmt keinen Finger.«

»Meinst du das ernst?«, entfuhr es mir. Ich konnte kaum fassen, dass jemand meine Daten einfach so aus dem Internet ziehen konnte, vor allem, da ich ja kaum aktiv war.

»Frag mich nicht nach Details, die kenne ich nicht. Bevor er mir mehr von seinem ach so genialen Coup erzählen konnte, habe ich wutentbrannt sein Büro verlassen«, schimpfte Sam am anderen Ende der Leitung. »Ich schwöre dir, Charlotte, ich wollte nie, dass es herauskommt.«

Ich schwieg, nagte an meiner Unterlippe, während ich überlegte. Konnte ich ihm glauben? Die Geschichte klang arg konstruiert, aber ich wusste auch, dass ein guter Hacker heutzutage beinahe alles herausfinden konnte. Und er hatte den Vertrag nicht unterschrieben. Welchen Nutzen hätte er also davon, mich zu verraten, wenn er gar nicht von diesem Agenten vertreten wurde? Oder war das eine weitere Finte? Ein Versuch, mehr aus mir herauszubekommen, weil ich nicht auf die Interviewanfragen einging? Ich konnte mir einfach nicht sicher sein.

»Ich weiß, dass du mir vermutlich nicht glaubst, aber ich schwöre bei allem, was mir heilig ist, dass ich das nicht gewesen bin. Wenn du mich darum bitten würdest, würde ich sogar mein Video löschen und den Song nie wieder spielen«, beteuerte er.

»Nein«, widersprach ich und schüttelte den Kopf, auch wenn er das nicht sehen konnte. Langsam ging ich in Richtung Wohnzimmer, um nach Stella zu schauen. Sie lag noch immer auf der Couch und starrte auf den Fernseher. »Das musst du nun wirklich nicht machen. Es ist dein Song.«

»Aber was soll ich tun, damit du mir glaubst, dass ich dich niemals verraten hätte? Bitte, Charlotte«, flehte er, »ich möchte dich wiedersehen. Du fehlst mir.«

Seine letzten Worte lösten eine Hitzewelle in meinem Bauch aus, die sich bis hinauf zu meinem Herz arbeitete.

Unwillkürlich lächelte ich. »Du fehlst mir auch.« Ich lehnte mich gegen die Türzarge und beobachtete Stella, auch wenn ich mich in Gedanken für die voreilige Reaktion ohrfeigte. »Wieso hast du das Video von Hamish gemacht?«, wechselte ich rasch das Thema.

»Er hat mich darum gebeten«, antwortete Sam, als wäre es keine große Sache.

»Wieso hast du es ins Internet hochgeladen?«, wollte ich wissen. »Dazu hattest du kein Recht.«

»Es ist ein geheimer Link. Solange wir den Link nicht weitergeben, können nur du und ich ihn sehen. Er wollte, dass ich es dir schicke, und das ist der einfachste Weg.«

Der Kloß in meinem Hals kehrte zurück. »Er wollte, dass man sich an ihn erinnert, nicht wahr?«

»Ja, das hat er angedeutet. Er wollte wohl nicht, dass ihn alle Menschen nach seinem Tod vergessen«, stimmte Sam zu. »Aber ich kann das Video auch wieder herausnehmen, wenn du es nicht möchtest.«

»Nein!«, entfuhr es mir schneller, als ich beabsichtigt hatte. Ich wusste, dass Hamish genau diesen Wunsch schon einmal mir gegenüber geäußert hatte. Auf der Straße wurde man offensichtlich schnell vergessen, wenn man gestorben war. Das Leben musste weitergehen. Aber das hatte Hamish nicht gewollt. Dieses Video würde überdauern, solange ich den Link nicht verlor. Ich würde es in Ehren halten. Kurz überlegte ich, ob ich es der Öffentlichkeit zugänglich machen sollte. Immerhin erreichte ich so, dass er wirklich unvergessen bleiben würde. Konnte ich das verantworten? Er hatte keine Familie, die mich davon abhalten würde. Und wer weiß, vielleicht gab es irgendwo Verwandte, die das Video sahen und erfuhren, was aus ihm geworden war. Zugleich fragte ich mich, ob eine Veröffentlichung moralisch vertretbar war. Immerhin zeigten die Aufnahmen einen sterbenden Jungen, wenn auch kurz vor seinem Tod. Ich beschloss, es mir noch zu überlegen. Ob ich das Video heute oder in einer Woche freigeben würde, konnte ich immer noch entscheiden. Im Moment hatte ich nicht den Kopf frei, um so eine Entscheidung zu treffen. »Bitte lass es online«, sagte ich schließlich. »So kann ich es mir jederzeit anschauen.«

»Natürlich, Charlotte«, erwiderte Sam. »Ist Stella noch bei dir?«

»Ja, sie wohnt für ein paar Tage hier, aber woher weißt du das?«, fragte ich verwirrt.

»Es hätte mich gewundert, wenn du sie wieder auf die Straße geschickt hättest«, sagte er mit einem Lächeln in der Stimme. »Dein weiches Herz und der Wunsch, mehr über Hamish zu erfahren. Es war nur logisch, dass du sie bitten würdest, bei dir zu bleiben.«

Ich schüttelte den Kopf und legte eine Hand an den Mund, konnte nichts sagen. Sam hatte mich durchschaut. Er wusste genau, was in mir vorging, und das war zugleich erschreckend und überraschend. Ich hatte nie zuvor einen Mann getroffen, der mich nach so kurzer Zeit schon so gut verstanden hatte.

»Schon gut, du musst nichts sagen«, erklärte er. »Wie geht es dir denn? So kurz vor Daisys Todestag?«

Die Frage kam überraschend, und ich musste mich zusammennehmen. »Ich kann es dir nicht genau sagen. Aufgewühlt trifft es wohl am besten. Ich habe den Job im St. Antonius angetreten, um Daisy möglichst nah zu sein. Um eine Verbindung zu ihr zu haben, wenn der Tag kommt. Klingt vielleicht egoistisch, aber ich wollte nicht allein sein an dem Tag. Die Arbeit im St. Antonius ist es aber auch, die alles wieder aufwühlt. Besonders die Betreuung von Hamish hat mich echt mitgenommen.«

»Kann ich verstehen. Er war ein besonderer Junge«, stimmte Sam zu, und wir redeten noch eine Weile über Hamish.

Der Film war schon vorbei und Stella eingeschlafen, als ich auflegte, aber ich konnte noch nicht schlafen. Zu viel ging in meinem Kopf herum, das ich sortieren musste, ehe ich schlafen gehen konnte. Also schaltete ich den Fernseher aus, griff mir Zettel und Stift und begann eine Liste zu machen mit allem, was mir im Kopf herumschwirrte.

Kapitel 28

Sam

»Hast du dich inzwischen entschieden?«, fragte Marc und reichte mir die Butter für meinen Toast.

»Noch nicht. Ich weiß nicht, ob sie es gutheißt, wenn ich einfach auf der Beerdigung von dem Jungen auftauche. Eigentlich habe ich ja nichts mit ihm zu tun, aber ich will ihr beistehen«, sagte ich, gestikulierte dabei so wild, dass ich beinahe den Buttertopf verloren hätte. »Ach, ich habe keine Ahnung, was ich tun soll. Was würdest du machen?«

»Ich habe dir schon gesagt, dass ich dir diese Entscheidung nicht abnehmen kann. Die musst du schon ganz allein treffen.« Marc zeigte mit seinem Messer auf mich. »Aber du hast nicht mehr lange. Wenn du gehen willst, dann solltest du dich beeilen.«

»Also meinst du, dass ich hingehen sollte?«, vergewisserte ich mich.

»Bei allen schlechten Anwälten, Sam. Du sollst dich einfach entscheiden«, wurde Marc etwas lauter. Gleich darauf legte er seine Stirn in seine Handfläche. »Entschuldige. Das ist der Schlafmangel. Ich sollte mal wieder früher ins Bett gehen.«

»Immer noch der Fall mit Angela?«, hakte ich verständnisvoll nach.

»Ja. Der Gerichtstermin wurde vorverlegt, und ich muss jetzt noch schneller die Verteidigung aufbauen. Mein Chef sitzt mir auch im Nacken, weil ich so viel Zeit auf so einen kleinen Fall verschwende, aber er ist mir wichtig.« Marc seufzte. »Manchmal wünschte ich, ich könnte mehr Fälle selbst aussuchen und müsste nicht immer die nehmen, die mir zugeteilt werden.«

»Bist du nicht mehr glücklich in deiner Kanzlei?«, fragte ich verwirrt. Bisher hatte er nie solche Andeutungen gemacht. Marc liebte seinen Job, auch wenn er natürlich auch mal schlechte Tage hatte.

»Ach, ich glaube, es ist einfach nur dieser Fall, der mich meine Entscheidungen überdenken lässt. Warum bin ich damals nicht zur Staatsanwaltschaft gegangen? Oder habe mich einer Pro-Bono-Kanzlei angeschlossen? Klar, ich verdiene gut, aber wird mich das auf Dauer glücklich machen?«

»Wow, so tiefschürfende Gedanken noch bevor der erste Kaffee leer ist.« Ich nahm einen großen Schluck aus meiner Tasse. »Okay, also ich glaube, du machst dir da zu viele Gedanken. Überleg mal, du bist erst dreißig Jahre alt. Du kannst noch so viel in deinem Jobleben anfangen. Wenn du die Kanzlei wechseln willst, stehen dir sicher einige Türen offen.«

»Ich weiß«, erwiderte Marc ehrlich und legte das Messer ab, mit dem er seinen Toast geschmiert hatte. Er faltete die Hände vor sich und stützte das Kinn darauf. »Aber es ist ja nicht nur der Job. Seit ich Angela wiedergetroffen habe, frage ich mich, ob ich damals richtig gehandelt habe.«

»Das wirst du, fürchte ich, nie erfahren, egal wie lang du darüber nachdenkst und dich fragst, was du hättest anders machen können«, sagte ich und seufzte. »Manchmal passieren Dinge, die wir nicht beeinflussen können. Das Leben läuft, wie es will.«

Marc runzelte die Stirn. »Zitierst du da gerade meinen Songtext von *A Life Goes By*?«, lachte er.

Ich breitete die Arme aus. »Er passte nie besser als in diesem Moment, oder?«

Gemeinsam lachten und frühstückten wir, hingen unseren Gedanken und bevorstehenden Entscheidungen nach. Marcs Grübeleien halfen mir jedoch. Manche Entscheidungen bereute man Tage, Monate oder gar Jahre später. Ich befürchtete, dass vor mir eine Entscheidung lag, die ich bereuen würde, egal, was ich tat. Aber vermutlich würde ich es stärker bereuen, wenn ich es nicht wenigstens versuchte. Immerhin konnte ich so Charlotte beistehen. Bei unserem Telefonat vor zwei Tagen hatten wir lange miteinander geredet, und auch wenn sie noch nicht bereit war, mich auf ein Date wiederzutreffen, so wollte ich wenigstens als Freund für sie da sein.

»Ich werde auf die Beerdigung gehen«, verkündete ich daher und schreckte Marc aus seinen Gedanken auf.

»Gut für dich. Ich werde nachher ins Büro fahren und den Fall weiter vorbereiten«, sagte Marc. »Was auch immer ich mit meiner Zukunft anfangen werde: Angela soll darunter nicht leiden. Ich will den Fall für sie gewinnen.«

»Heißt das etwa, dass wir beide tatsächlich eine Entscheidung getroffen haben?«, fragte ich amüsiert.

Marc schnaubte und griff nach seiner Tasse. »Kein Wunder. Wir beide sind ja schließlich Brüder, die mehr gemeinsam haben, als du vielleicht denkst, und keine Freunde.«

Nun da ich eine Entscheidung getroffen hatte, war mein Herz leichter, und ich konnte wieder freier atmen. »Willst du etwa sagen, du fütterst mich nur durch, weil wir verwandt sind?« Ich tat beleidigt. »Und ich dachte, du magst mich.«

Marc zuckte nur mit den Schultern. »Was man halt so für die Familie tut, kleiner Bruder.«

Ich schmunzelte. »Warte nur ab, bis ich den ersten Scheck für meinen Song bekomme, dann kann ich dich mal eine Weile aushalten.«

Marc prustete beinahe seinen Kaffee über den Tisch. »Dazu müsstest du erst einmal ein Studio haben, das dich produzieren will. Bis dahin darfst du gerne noch ein wenig bei mir wohnen.«

»Apropos aushalten«, fiel mir da auf einmal ein. »Sag mal, hast du eigentlich einen schwarzen Anzug, den ich mir ausleihen könnte?«

* * *

Der Himmel über London war bewölkt. Ab und an kämpfte sich die Sonne durch einige Löcher in der Wolkendecke, aber meist verlor sie den Kampf. Ich wusste von Charlotte, wo die Beerdigung stattfinden sollte. Auf einem kleinen Friedhof, nicht weit von ihrem Haus. Er war ruhig gelegen, abseits der Hauptstraßen, mit sehr gepflegten Grünanlagen. Wären da nicht die vielen Grabsteine, hätte ich ihn für einen wunderschönen Park gehalten.

Ich vermutete, dass Daisy ebenfalls hier lag. Der Friedhof lag in Laufweite zu Charlottes Wohnung und auch in der Richtung, die sie jeden Morgen über Monate gegangen war. Ich presste die Lippen zusammen. Erst auf dem Weg hierher war mir klargeworden, dass es vielleicht kein guter Tag war, um mich mit Charlotte zu treffen. Es war der Todestag ihrer Tochter. Ausgerechnet an diesem Tag hatte das Institut beschlossen, Hamish zu beerdigen. Ich wusste nicht, ob ich es für makaber oder traurig halten sollte. Vermutlich beides, auch wenn niemand von der Friedhofsverwaltung Charlottes Hintergrundgeschichte kannte. So nachtragend Henry Baxter auch war, zumindest hatte er die Story von Charlotte nicht weiterverfolgt. Weder in den Zeitungen noch online waren Artikel zu ihr erschienen. Der Hype um meinen Song hielt noch an, und ich hatte von einem kleinen Studio eine Einladung bekommen, das offensichtlich nicht unter Henrys Einfluss stand. Später würde ich ihnen antworten, aber für den Augenblick wollte ich Charlotte beistehen.

Ein Blick aufs Handy sagte mir, dass ich schon zu spät war. Ich rannte die verschiedenen Pfade entlang, suchte links und rechts nach Charlotte. In der Mitte, nicht weit von der Kapelle des Friedhofs, stand sie vor einem Loch. Gerade groß genug für einen Kindersarg. Ein Priester stand neben ihr, ebenso wie Stella.

Der Anblick stimmte mich traurig. Da war ein kleiner Junge gestorben – ein guter Junge –, und kaum jemand war da, um sich von ihm zu verabschieden. Der Kloß in meinem Hals wuchs, und ich räusperte mich, um ihn in kleine Stücke zu zerbröseln. Heute durfte ich nicht weinen. Heute wollte ich für Charlotte stark sein. Die Schulter sein, an der sie sich anlehnen konnte.

Je näher ich kam, desto deutlicher hörte ich die Worte des Priesters. »... und auch wenn Gott ihn viel zu früh zu sich geholt hat, so hat er sich den tapfersten aller Jungen geholt, um ihm sein Himmelreich zu zeigen. Hamish hat selbst gesagt, dass er ein Beschützer sein möchte, und genau diesen Wunsch wird er sich erfüllen. Er wird auf die anderen Kinder im Himmel aufpassen und ihnen vielleicht auch das ein oder andere Bild malen, um ihnen eine Freude zu bereiten. Gott wird ihn für immer in seine Arme schließen und ihm ein friedliches, schmerzfreies Zuhause bieten. Amen«, endete der Priester und neigte den Kopf.

Charlotte blickte ebenfalls zu Boden und hatte mich noch nicht gesehen. Ich stellte mich einige Schritte neben sie. Als sie den Blick hob, erkannte ich den Schmerz in ihren Augen, der mir schon beim ersten Mal den Atem geraubt hatte.

Sie entdeckte mich und zuckte kurz zusammen, ehe sie die Lippen zusammenpresste. Einen Teil ihrer Seele verschloss sie wieder vor mir. Charlotte schwieg, bis die Zeremonie beendet war. Ich ging einige Schritte hinter ihr und Stella her, die abwechselnd Charlotte und mich mit neugierigem Blick anstarrte.

»Ach, jetzt kommt schon«, sagte sie schließlich genervt. »Selbst ein Blinder kann sehen, dass ihr beiden scharf aufeinander seid.«

»Stella!«, entfuhr es Charlotte, und sie bedachte die Jugendliche mit einem maßregelnden Blick. Doch die zuckte nur mit den Schultern.

»Ist doch wahr!«, murmelte sie und wollte schon mit den Krücken vorangehen, als sie auf einmal stehen blieb und mich anschaute. »Du hast das Video mit Hamish gemacht, oder?«

Ich nickte, wusste nicht, was mich als Nächstes erwartete. Bei Stella konnte man nie wissen, ob sie einen mit den Krücken umarmen oder verprügeln wollte. Zur Sicherheit blieb ich außer Reichweite.

Stellas Gesichtszüge wurden weicher. Wenn sie sonst kaum eine Regung zeigte, war dies wie eine Gefühlsexplosion am ansonsten schwarzen Nachthimmel. Sie nickte mir zu. »Danke.«

Es war nur ein Wort, aber es bedeutete so viel mehr. Die Zweifel, die mich geplagt hatten, ob es richtig gewesen war, verschwanden. Stella war ehrlich froh über das Video, ebenso wie Charlotte. Ich lächelte ihr zu, ehe sie sich mit den Krücken rasch entfernte.

»Sam, was willst du hier?«, fragte Charlotte und verschränkte die Arme vor der Brust. »Du warst nicht eingeladen.«

»Ich habe Hamish auch kennengelernt und wollte mich von ihm verabschieden. Außerdem möchte ich für dich da sein«, erklärte ich und ging einen Schritt auf sie zu. Charlotte wich nicht zurück, aber sie machte auch keine Anstalten, mir entgegenzukommen.

Sie verlagerte ihr Gewicht auf ein Bein und löste ihre Arme ein wenig, um mit Daumen und Zeigefinger einer Hand an ihrer Unterlippe zu spielen.

»Möchtest du für mich als Freund oder als *mein* Freund hier sein?«, erkundigte sie sich.

»Ich bin hier für dich. Muss es ein Label haben, als was ich für dich hier bin? Ich habe mir extra diesen Anzug von meinem Bruder geliehen, weil ich keinen besitze«, versuchte ich die Situation aufzulockern. Der Ort unseres Treffens war schon seltsam genug, da musste es nicht auch noch verkrampft sein.

Ein zaghaftes Lächeln umspielte Charlottes Lippen, und ich war augenblicklich wieder verliebt in ihre Ausstrahlung. Diese geröteten Wangen auf der blassen Haut und ihre zögerliche Art und Weise, obwohl sie längst wusste, was sie tun wollte. Dazu diese unterbewusste, abweisende Kühle. Lady. Ich hätte nie einen besseren Begriff für sie finden können.

»Du hast ihn dir ausgeliehen?«, fragte sie leise. »Das hättest du nicht machen müssen.«

Es war ein erster Schritt auf mich zu, und das wollte ich nutzen. »Hätte ich hier in zerschlissenen Jeans und einem Metallica-Shirt auftauchen sollen?«, fragte ich mit einem Lächeln.

»Das wärst du gewesen«, sagte sie und ging einen Schritt auf mich zu. Sie packte meine Arme, fuhr daran hinab und deutete dann auf mich in Gänze. »Das hier ist doch jemand anderer.«

Ich lockerte die Krawatte, die Marc mir geliehen hatte. In meinem ganzen Leben hatte ich noch nie eine Krawatte gebunden, und vermutlich würde ich es auch nie tun. »Ich wollte Hamish die letzte Ehre erweisen«, erwiderte ich.

»Das ist lieb von dir. Aber du hättest nicht zu kommen brauchen«, erklärte Charlotte und drehte sich ein Stück weit von mir weg, entfernte sich jedoch nicht. »Ich komme klar.«

»Bist du dir sicher?«, fragte ich. Ich näherte mich ihr vorsichtig und legte meine Hände auf ihre Schultern. Sie verweigerte die Nähe nicht. »Ich weiß, dass heute kein guter Tag für dich ist. Im doppelten Sinne.«

Charlotte drehte sich langsam um, und ich schrak zurück. In ihren Augen standen Tränen. Das erste Mal, seit ich sie kannte, konnte ich bis auf den Grund ihrer Seele schauen. Sie verbarg nicht länger ihre Geheimnisse und ihren Schmerz vor mir, sondern zeigte mir in vollem Maße das, was ich vor über einem Monat erahnt hatte. Vorsichtig nahm ich sie in den Arm, hielt sie einfach fest, während sie sich an mich lehnte. Stumm weinte sie sich in mein Herz.

»Ich bin da«, murmelte ich immer wieder, da ich keine Ahnung hatte, was ich sonst sagen sollte. Es war der einzige Grund, warum ich hergekommen war. Um Charlotte in den Arm zu nehmen und sie in meiner Nähe zu wissen. Ich wollte nicht, dass sie weinte, und doch wusste ich, dass es notwendig war. Sie konnte nicht alles in sich hineinfressen. Ihre Finger klammerten sich in mein Jackett und knüllten es zusammen. Marc würde es mir nachsehen, und ich würde ihm die Reinigung bezahlen. Dieser Moment mit Charlotte war mehr wert als jeder Anzug.

»Daisy«, seufzte Charlotte schließlich und erschrak anscheinend selbst über ihren Gefühlsausbruch. Augenblicklich wischte sie sich die Tränen von den Wangen. Sie löste sich von mir und zwang sich ein Lächeln auf das Gesicht. »Entschuldige, das war unangemessen. Es tut mir leid, dass du mich so sehen musstest. Das ist sicher nicht das, was du hier an Inspiration erwartet hast.«

»Charlotte, ich bin nicht hier, um mir Inspirationen für neue Songs zu suchen«, korrigierte ich sie sofort und suchte ihren Blick. »Ich hoffe nicht, dass du das denkst.«

»Was soll ich denn sonst denken?« Sie wischte sich eine weitere Träne aus dem Augenwinkel. »Ich weiß nicht, was ich glauben soll.«

»Glaube an uns«, antwortete ich, ohne nachzudenken. Die Worte kamen direkt von meinem Herzen und waren von meiner Zunge gerutscht, ehe ich sie aufhalten konnte. Doch ich wollte sie nicht zurücknehmen. Sie trafen genau das, was ich ihr schon seit Tagen sagen wollte. »Glaube an das, was uns zusammengebracht hat. Nenn es Zufall, nenn es Schicksal oder Vorsehung. Was es auch war, es wollte offensichtlich, dass wir beide uns näher kennenlernen. Und ich weiß nicht, wie es dir geht, aber ich will dich nie wieder in meinem Leben missen müssen.«

In ihren Augen standen noch immer Tränen, aber ich sah den schwindenden Widerstand in ihrem Blick. Sie kniff die Lippen zusammen, doch sie schaute nicht mehr weg. Je länger ich in ihre Augen blicken konnte, desto mehr spürte ich meinen Herzschlag in meinem Hals.

»Warum bist du wirklich hier, Sam?«, fragte sie schließlich und lehnte sich erneut gegen meine Brust. Ich legte einen Arm um sie, musste meine Hoffnung zurückhalten. Diese Nähe ihrerseits bedeutete noch gar nichts. Sie konnte sich auch einfach nur anlehnen wollen, weil sie keine Kraft mehr hatte.

»Weil ich mich in dich verliebt habe. Ohne dich kann ich mir die Zukunft nicht mehr vorstellen. Ich wünsche mir, dass wir gemeinsam alt werden, dass wir schlechte Tage zusammen durchstehen und an guten Tagen das Leben genießen. Weißt du eigentlich, wie sehr du mein Leben auf den Kopf gestellt hast? Du warst für mich da, als ich nicht einmal wusste, dass ich dich gebraucht habe. Ich wollte die Musik nicht aufgeben, aber ich lief auf der Stelle. Ich kam nicht vor und nicht zurück. Hätte ich vor dir Henry Baxter kennengelernt, hätte ich vielleicht sogar bei ihm unterschrieben. Doch durch dich ist mir klargeworden, was ich wirklich vom Leben erwarte. Ich will nicht Erfolg und Ruhm um jeden Preis. Ich muss nicht vor Tausenden von Menschen spielen.« Ich löste sie langsam von meiner Brust und hob ihr Kinn. Meine Hoffnung konnte ich kaum mehr zurückhalten, als sich ein Lächeln in ihren Augen ausbreitete. »Ich will nur dich und unsere gemeinsame Zukunft.«

Charlotte seufzte. »Wieso bist du nur so stur?«, fragte sie. Auch wenn es wie ein Vorwurf klang, so sagte ihr Lächeln etwas anderes.

»Heißt das, du verzeihst mir?« In meinen Ohren rauschte es so laut, dass ich ihre Antwort beinahe nicht hörte.

Charlotte nickte. »Wie könnte ich nicht bei allem, was du für mich tust und was du mir gibst? Du hast nicht versucht, mich zu ändern, sondern mich so akzeptiert, wie ich bin. In deiner Nähe kann ich so sein, wie ich bin, und muss keine Angst haben, dass du wegläufst. Mit dir und deiner leuchtenden, positiven Art fühle ich mich nicht mehr allein in der Dunkelheit meines Herzens.«

Ein Jubelschrei bahnte sich meine Kehle hinauf, aber ich unterdrückte den Impuls, hochzuspringen. Auf keinen Fall wollte ich Charlotte loslassen. Außerdem hätte meine Reaktion nicht zu der Umgebung gepasst. »Weißt du, wie glücklich du mich damit machst?«, murmelte ich stattdessen heiser und senkte meinen Kopf.

Unsere Nasenspitzen berührten sich, und ich konnte ihren heißen Atem auf meinen Lippen spüren. Er brannte sich bis in mein Herz und setzte es in Flammen. Ein Feuer loderte auf, von dem ich hoffte, dass es niemals erlöschen würde.

Gerade, als ich sie wollte, zog sie sich jedoch noch einmal zurück. »Würdest du noch eine Sache für mich tun?«, fragte sie fast ebenso heiser wie ich.

»Alles«, erwiderte ich und ließ sie keinen Zentimeter weiter zurückweichen. Ich wollte bei ihr sein, sie bei mir wissen und niemals wieder gehen lassen. Diese Gefühle überraschten mich, aber ich wollte mich nicht gegen sie wehren.

Charlotte zögerte, aber als sie mir in die Augen schaute, nickte sie, als hätte sie darin die Bestätigung gefunden, die sie gebraucht hatte. »Würdest du mit zu Daisy kommen und ihren Song singen?«

Zuerst wusste ich nicht, was ich dazu sagen sollte. Daisy war Charlotte heilig. Sie hatte bisher kaum etwas über ihre Tochter erzählt, und nun wollte sie mich mit zu ihr nehmen. Diese Vertrauensbekundung jagte einen Sturm in das Feuer meines Herzens und ließ es weiter anwachsen. Zugleich bekam ich Angst vor ihrer Reaktion. Konnte ich es richtig machen? Was, wenn ich falsch sang oder wenn Charlotte den Song anders in Erinnerung hatte, als er war? In gefühlsstarken Momenten konnte die Wahrnehmung schon mal von der Realität abweichen. Dennoch blieb mir nichts anderes übrig, als es zu wagen. Charlotte hatte mich darum gebeten, für ihre Tochter zu singen, und wer war ich, ihr diesen Wunsch abzuschlagen?

»Es wäre mir eine Ehre«, antwortete ich daher.

Charlotte wirkte erleichtert, und ich zog sie wieder zu mir heran. Von der Dunkelheit, die sie sonst umgab, war kaum noch etwas übrig. Vor mir stand eine Frau, die sich auf das einließ, was ich ihr bieten wollte, die ihren Kopf der Sonne entgegenstreckte und dieser langsam Einlass gewährte.

Ich lehnte mich vor und küsste sie. Zaghaft, vorsichtig. Ich wollte Charlotte nicht drängen, sie nicht in die Dunkelheit zurücktreiben, aus der sie sich nur langsam herauskämpfte.

Als wir uns voneinander lösten, blieben unsere Gesichter dennoch dicht beieinander. Ein Schmunzeln umspielte Charlottes Lippen. »Daisy würde deine Stimme mögen«, sagte sie und lehnte sich an meine Brust. Sie deutete auf einen Grabstein, der nicht weit von uns entfernt war. Es war ein schlichter, schwarz melierter Stein, auf dem »Daisy Hill« stand. Ich presste die Lippen zusammen, während ich die Inschrift las. *Jeden Tag ein neuer Himmel, das wünsche ich dir.*

»Was bedeutet der Satz?«, fragte ich neugierig. Stella stand bereits neben dem Stein. Anscheinend hatte Charlotte ihn ihr schon vorher gezeigt. Sie nickte zustimmend, als sie Charlottes und meine ineinander verschlungenen Hände sah.

Charlotte holte tief Luft, während sie mich zu dem Stein führte. »Daisy liebte Geschichten über den Himmel, als sie noch klein war. Also erfand ich eines Tages eine Geschichte, in der der Himmel jeden Tag anders aussah. Je nachdem, wie sie sich fühlte. Sie allein durfte bestimmen, wie der neue Himmel war.«

Ich gab ihr einen Kuss auf die Stirn. »Das könntest du dir auch zum Vorbild nehmen«, schlug ich vor. »Erschaffe dir jeden

Tag deinen neuen Himmel, um glücklich zu sein. So bist du deiner Tochter näher, und du findest wieder zu dir selbst.«

Charlotte stellte sich auf die Zehenspitzen und gab mir einen Kuss auf die Wange. Stella schnaubte im Hintergrund, aber ich ignorierte sie und genoss die Berührung. »Heute heißt mein Himmel Daisy, aber morgen«, flüsterte sie mir ins Ohr, »morgen wird er vielleicht Sam heißen.«

Lesejury